浙江省教育厅人文科学一般项目（Y201018553）结题成果

清代阳羡联姻家族
文学活动研究

邢蕊杰 / 著

Qingdai Yangxian
Lianyin Jiazu
Wenxue Huodong Yanjiu

中国社会科学出版社

图书在版编目（CIP）数据

清代阳羡联姻家族文学活动研究/邢蕊杰著. —北京：中国社会科学出版社，2015.6
ISBN 978 - 7 - 5161 - 6180 - 7

Ⅰ.①清…　Ⅱ.①邢…　Ⅲ.①中国文学—古典文学研究—宜兴市—清代　Ⅳ.①I206.2

中国版本图书馆 CIP 数据核字（2015）第 117602 号

出 版 人	赵剑英
责任编辑	郭晓鸿
特约编辑	席建海
责任校对	刘　娟
责任印制	戴　宽

出　　版	中国社会科学出版社
社　　址	北京鼓楼西大街甲 158 号
邮　　编	100720
网　　址	http://www.csspw.cn
发 行 部	010 - 84083685
门 市 部	010 - 84029450
经　　销	新华书店及其他书店

印刷装订	三河市君旺印务有限公司
版　　次	2015 年 6 月第 1 版
印　　次	2015 年 6 月第 1 次印刷

开　　本	710×1000　1/16
印　　张	17.5
插　　页	2
字　　数	279 千字
定　　价	66.00 元

凡购买中国社会科学出版社图书，如有质量问题请与本社营销中心联系调换
电话：010 - 84083683

目　录

序

　　家族文学研究已经"热"了十多年了，迄今为止这一跨学科的研究仍显示着方兴未艾的态势，这并不是偶然的现象，而具有切合文学研究内在规律的必然因素。所谓"必然因素"，简单地说，人类正常生活都是群体性、社会性的，文学创作是一种社会文化现象，文学家创作的土壤在社会历史之中，而文学作品归根结底是社会历史的产物，受社会关系影响和制约。

　　社会关系是一个含义复杂的概念，盘点起来千头万绪，且因人而异。但有两种关系属于基础性的，每个人都必然身处其中，那就是地缘关系与亲缘关系。曾有文化人类学者提出"亲族或血缘关系乃是原始社会的基本结构要素，而在国家社会则以地域关系为主要结构基础。"这种二分倾侧的观念，一度曾被接受和沿用，不过人们早已认识到这一理论的片面性，而将"地域关系"与"亲族或血缘关系"同样视为"国家社会"的"主要结构基础"。

　　我一直以为，研究家族文学或文学家族，是要以研究地缘关系与亲缘关系为起点的，这两者是这一课题所关涉的最重要的社会功能关系。分而言之：文学家族不是文学家在家族中的简单集聚，而是有着血缘脉络的文学群体结构，这种文学群体结构与地缘关系又紧密牵连；家族文学是家族所系的血缘关系的衍生物，同样受到家族所在的地域文化意识的深刻映射、影响。正是在这一意义上，我觉得邢蕊杰的《清代阳羡联姻家族文学活动研究》是一个很有价值的选题，一刀双刃正好切应了"地缘"与"血缘"两个关捩。

我最初对阳羡的关注是杜牧曾在《许七侍御弃官东归潇洒江南颇闻自适高秋企望题诗寄赠十韵》中云"尘意迷今古,云情识卷舒。他年雪中棹,阳羡访吾庐。"进而读《樊川集》有《李侍郎于阳羡里富有泉石,牧亦于阳羡粗有薄产,叙旧述怀,因献长句四韵》,可明杜牧与李褒都曾在阳羡营建别业,以作隐居休闲之用。由此切近唐代文献,方知自安史之乱后,多少唐代文人向往这一清淑之地,并建庐于其地,流连于其间。

邢蕊杰显然注意到了这一文化现象,对唐代以来"文人与阳羡"的关系做了系统的梳理,是相当有意思的。她进一步揭示的是,阳羡具有怎样的地理位置,这种地理环境在江南具有怎样的共同性和特殊性。与江南其他地方相同的应是水网密布,山光清嘉,故称"山川阳羡由来胜";而异于吴中的是其偏于太湖西滨,处于江、浙、皖交界处,交通往还不甚便捷。正是这样的地理区位使阳羡具有一种远离繁华的沉静之美、深幽之美,中晚唐文人和北宋文人之所以心仪阳羡,盖因此也;靖康之变时,大批北方家族南奔于斯,且世代繁衍于斯而不迁,亦因此也。唐顺之在《与王尧衢书》中称:"春来卜居阳羡,此中山水绝清,无车马迎送之烦,出门则从二三子登临山水,归来闭门食饮寝梦,尚有余闲,复稍从事于问学",是道出箇中奥妙的。阳羡这样的地域环境中产生的文学家、文学家族,所创作的文学作品,应该具有与他处不同的质地,即使与江南各郡相比,亦必自有其特色。这方面,邢蕊杰深入地域文化,对自然环境与清代阳羡家族文学的关系是值得称道的。

研究家族文学或文学家族,对家族的姻娅关系应予以特别的关注,其中的原因研究史学、社会学的学者多有论述,当代美国学者艾尔曼在《经学、政治和宗族》也指出:文化家族"其势力、声望不仅是基于宗族本身的凝聚力,士绅家庭还利用联姻策略来实现自己的社会和政治目的,与其他大族联姻可以强化宗族的凝聚力。……宗族借助联姻形式强化自身的组织性,乃是士绅生活的一大特征。"其实这种宗族在姻娅关系中强化的"自身的组织性",不仅有利于"社会和政治的目的",同样也有利于文学、文化的目的。我在《清代江南文化家族姻娅网络与文学创造力生成》一文中谈过这样的观点:"清代江南文化家族的文学创造力是怎样育成、怎样发挥的?在诸多的因素中,家族姻娅网络的凸显程度非常引人注意。

这一网络不仅联结着为数众多的杰出作家，而且成为一种意味特殊的创作环境和创作群体，家族间基于一定的亲缘关系相互扶持，几代人在姻娅圈中自为集群，交相师友，激发写作热情，共享创造成果，形成了清代地域文学中极具特色的江南现象。"

以上观点如果要进行实证的话，那么阳羡文化家族可谓十分典型。在这里，若干文化家族具有强大的话语权，他们的话语自然包括了文学，而且涉及到诗、文、词、曲各个方面，形成了全面的覆盖。将这些具有强大话语权的家族之间关系梳理一下的话，几乎彼此之间都有着姻娅关系的牵连。这种牵连不是一对一的简单方式，而是错综循环的；不是一代两代的时间范围，而是累叶世代性的。这比"朱陈村"现象要有意思得多，文化现象也丰富得多。清代阳羡文化家族固然有门内的文学活动，更多的是家族之间的集群活动。正因为姻娅关联是如此的复杂广泛，所以家族文化的联唱是多声部的、复合性的，相当生动、精彩。邢蕊杰对清代阳羡家族联姻而形成的多维性、多层性的关系做了大量的文献考证工作，在此基础上对家族之间的姻娅关系图作了清晰描绘，由此构成了对清代阳羡文学的扎实的分析基础。我们对清代阳羡文学成就和特点的把握，正是在这幅斑斓的图绘中得到的，这也是这部著作给人印象深刻之处和成功所在。

邢蕊杰硕士生阶段就从我学习，接着又继续攻读博士学位，从太原来到苏州求学深造，我身边前后六七年时间。那时候我的学术兴趣基本上集中在家族文学方面，与学生课上课后谈论的学术话题大都是"家族"和"家族文学"。其实当时国内学术界家族文学研究尚在起步阶段，可以说许多有志于这一学术方向的学者都是一条陌生河流中的泅渡者，一种兴趣与热情、一份追求与努力是否能够取得成果，并没有把握。所幸清代江南有着天然的文学资源，任由你从哪个地区去发掘，总会有不少收获。我鼓励邢蕊杰到"阳羡"去探一探那里的家族文学的矿石，她是一个勤奋而踏实的勘探者，而骨子里的那份沉静的灵气与阳羡文化气质也很相应。几年下来甚有收获，毕业论文写得相当可观，答辩时得到专家组的一致肯定，我很为她高兴。

毕业之后，蕊杰来到人杰地灵的绍兴任教，一个山右人渐渐江南化了，这对于她继续从事江南文学家族研究很有助益。当时的博士毕业论文她并没有急于出版，在一些专题上继续深入研究。当申请到不同层次的科研项目后，其研究更加专注了，陆续发表了一些学术论文，反响不错。这本著作，是蕊杰研究阳羡家族文学的一个向度的成果。她没有追求"全面"，但因其抓住了家族文学中"姻娅关系"这个"大判断"性的问题，使单向度的讨论有了纵深感，对家族文学研究是很有启发意义的。

蕊杰的这部著作与当年博士毕业论文中相关部分比较面貌颇有不同，文献发掘丰富了，理论阐发也深入了，文字上也打磨得精细了。我向来既鼓励学生积极研究，但对急功近利是反对的。在大家都竞走式地进行科研时，"慢点走"，多读点文献，多思考一些问题，多斟酌打磨文字，就显得特别不容易，也特别可贵。诚然蕊杰这二十多万字的内容应该还有充实、提高的空间，但基本格局、气象颇让我感到欣慰。著作即将出版，蕊杰来信，请我写篇序言，此似不可辞之事，便聊书数语，充为引喤。

罗时进

2015 年初春书于吴门

绪　论

　　家族是构成人类社会体系的组织形式之一。家，即家庭。郑玄曰："有夫有妇，然后为家。"① 族，许慎《说文解字》中释为："矢锋也，束之族族也。"段玉裁注曰："族族，聚貌。毛传云：五十矢为束。引申为凡族类之称。"② 族的成立，以家庭为核心单位，是若干具有亲属关系的家庭的集合。家庭是人类繁衍、进行社会生活的最基本的结构形式，以夫妻关系为核心，包括夫妇与子女。因此，家族，我们可以理解为，是由同一个男性祖先的子孙后裔及其配偶、子女等按照一定的规范世代聚居而形成的社会组织形式。

　　文化家族繁盛是中国古代社会引人注目的文学—文化现象之一。某一地域内，众多家族诗礼传家，人才辈出，形成家族文学或学术链，其所居之地由此成为文化活跃区。这一盛况在清代江南特别突出。江南，是整个清代学术最为发达、文学最为繁荣的地区，乾隆帝即认为"三吴两浙为人文所萃"。清代江南文学的一个突出特征，是文化家族互结姻娅，家族文人交流不断，推进文学发展，阳羡联姻家族的文学活动尤为典型。清代阳羡文人大多出自崇文尚儒的文化家族，家族间互攀数代联姻，阳羡家族文人在姻娅圈中自为集群，激发写作热情，共享创作成果，成为引导清代阳羡文学发展的重要力量。

　　关于清代阳羡文学，尤其是阳羡词学的研究，学术界已经有一定积累

---

　　① （汉）郑玄注：《周礼》卷三，王云五主编：《丛书集成初编》第 867 册，商务印书馆 1936 年版。

　　② （清）段玉裁注、（汉）许慎：《说文解字注》，上海古籍出版社 1981 年版，第 312 页。

和成果，但是，在地域、家族视野中，探究阳羡联姻家族文学创造力生成、全面深入地考察阳羡家族性文人群体文学活动的研究，还非常缺乏，而本书正是希望在这一知识领域中有所开拓与创新。

本书所采用的"地域"、"家族"研究策略，是近年来古代文学研究新的学术生长点，然已有的研究往往为某地某家的单一线性研究模式，而本书的研究，则是以一时一地互有联姻的文学家族共同体为重，探究其独特风貌及其文学成就，是家族视角与群体视角的双向结合，历时性考察与共时性考察彼此交叉。同一时期阳羡联姻家族文学活动涉及诗、词、曲、文等多个领域，本书将视其为一个整体而加以综合观照，为求重点突出，在清代阳羡联姻家族文学活动系统研究中又以词文学活动研究为主干，以此构架全书。

目前，清代阳羡联姻家族文学活动研究尚处于起步阶段。迄今为止，只有与之紧密关联的清初阳羡词派有幸得到重视与探讨。严迪昌先生的《阳羡词派研究》是关于这一论题的开山之作。这本专著以严密的逻辑、翔实的考证，介绍了阳羡派形成的时代背景、词风渊源、发展演变过程、词学理论建树、总体创作成就以及阳羡词人群的独特创作风格，考辨了阳羡派与浙西派产生的时序，理清了阳羡兴起盛衰的时间，以此来明确阳羡派对清词复兴演变与清词流派更替等的重要影响。严著的意义在于，不仅是为一个曾不为人所重视的词派立传，而且力求从地域角度审视流派的产生与发展，特别强调地域人文背景对文人成派的促和作用，如书中首章概述阳羡人文历史景观，是试图"从深层渊源的走向上，尤其是自明中叶以来的阳羡世族文人背景上"，揭示阳羡派"硬箭强弓"的词风是怎样激发于"破巢剩垒"中的。① 这一立论视角，不仅值得地域文学流派研究吸取借鉴，对本课题的研究亦有不少启发。严先生对阳羡词派初步系统的探究，形成了一个重要的学术话题。此后，孙克强、陈水云等，以论文形式继续申发阐述阳羡派词学理论，各有创获，进一步补充或深化学界已有成果。此外，陆勇强、马大勇等学者的研究成

---

① 严迪昌：《阳羡词派研究》，齐鲁书社 1993 年版，第 21 页。

果，也为本书的研究提供了不可或缺的文献资料，如论文《陈维崧家世考述》①、专著《陈维崧年谱》②、《史承谦词新释辑评》③等。

　　然而，阳羡词派仅是清代阳羡文化家族以联姻关系为纽带聚合而成的文学力量的重要表征之一。本书的研究，在研究时序、作家范围上明显不同于此，对之既有所涵盖也有所拓展和补充。首先，本书的研究，是对有清一代阳羡联姻家族文学活动的系统观照，重在考察家族文人群体的创作活动，以充实和丰富清代阳羡文学史。其次，本书的研究对象，是地域性家族文人群体，而且是互为姻亲的家族文人群体，既要对已被关注的清代阳羡家族文人做进一步深入探讨，还将对家族网络中被忽略的作家作品进行论析，并为地域文学史书写提供一定经验。即使涉及已较为成熟深入的阳羡词派相关内容，本书也力求从家族文学活动的视角，给予动态观照，重点考察阳羡词人的唱和活动、词选编纂及其意义、阳羡家族词人创作与阳羡词风演变等问题，以对当前的阳羡派研究有所深化和拓展。由于文学研究存在多样阐释的可能性，其研究方法和研究角度也具有多样性、多元化的特点，这些都决定了本书的研究即将开启一个有别于传统文学史所阐释的别具一格的文学空间。

　　当前的古代文学研究，不仅注重对文学发生、发展状况做历史性考察，而且越来越强调将考察面下移，寻绎文学活动的原生形态。这种研究趋势与导向，也促使我们更为深入地关注清代阳羡文学演进过程中，阳羡联姻家族共同体的文学兴趣是如何形成，其群体性文学活动是怎样进行的。因此，本书以清代文学发展"地方化"、"家门化"为学术背景，遵循"（地方）学术文化与大族盛门常不可分离"的研究路径，力求系统探讨清代阳羡文化家族联姻与家族内家学传承、家族间文学互动、地域性文学流派与文学群体形成的内在关联性，具体而深入地阐释清代阳羡文学发展过程中，家族文学创造力是如何凝结、怎样发挥的。这个理论体系的建构，将拓展清代家族文学研究的空间，并为清代地域文学研究提供新的学术增长点。

①　陆勇强：《陈维崧家世考述》，《暨南学报》（哲学社会科学版）2002年第1期。
②　陆勇强：《陈维崧年谱》，中国社会科学出版社2006年版。
③　马大勇：《史承谦词新释辑评》，中国书店2007年版。

　　本书的研究，将清代阳羡文化家族共生的姻娅空间视为阳羡文人进行文学活动的重要背景，以吸收借鉴现有清代文学家族研究成果、整理分析阳羡家族文献资料为基础，以文化考古的精神，对清代阳羡文化家族的共同特征及联姻关系的文学影响等进行理论阐释，并由此深入，具体阐论不同时代的阳羡联姻家族词文学活动的形式与成就，并以互有联姻的阳羡陈氏、储氏为个案，对其中联姻与家族文学的关系进行深入探究。

　　本书的研究思路，分别从两个维度展开：一是要历时性地纵向深入关注阳羡联姻家族的文学传统与家族文人互动，揭示清代阳羡文学的体裁特征与风格特征；二是要注意共时性的姻娅文人群体的文学活动，重点论析那些被传统文学史所忽略的阳羡家族文人，揭示清代阳羡文学发展的多样性。对家族内不同家族文人创作成就的考察，或采用综合视角给予整体观照，或采用对比视角，分析其相似性或差异性，考辨其风格的承继与传衍，以客观全面地呈现清代阳羡文学史的书写态势。

　　本书对清代阳羡联姻家族文学活动所做的宏观与微观相结合的系统探究，主要采用渐进式结构。首先，清代阳羡联姻家族总论，这一部分是本书的理论基础。分别从阳羡地域特征与文学传统入手，考察阳羡地域文化传统与家族生存发展的关系，阳羡文学传统与清代阳羡家族文人及其群体性文学活动的关系。清代阳羡互有联姻关系的家族，基本都具有文化家族性质，因此本书将借助大量方志、谱牒文献勾勒阳羡文化家族群像，揭示其联姻模式与观念，并就联姻对阳羡文化家族及阳羡家族文人群体的影响，文化家族联姻与文学群体生成进行理论阐释。

　　其次，对清代阳羡联姻家族词文学活动的研究，这一部分是本书的重点所在。整个清代，阳羡文化家族词人辈出，传世词集数量可观，阳羡因而被誉为"词人薮"。清代阳羡词人血脉相承的同时，还因家族联姻而具有千丝万缕的亲缘联系。因为，清代阳羡词的演进，始终以联姻家族为主动力量，以创作集群为表现形态。本书欲以阳羡地域词风的定型与嬗变为主线，分别对康熙时期和雍乾时期的阳羡词群的唱和活动、词体创作及其艺术风貌进行详细论述。顺治、康熙时期阳羡词群，以康熙二十年为界，可分为前后两期。前期的词人群以陈维崧为中心，形成了阳羡词派，学界已多有研究。本书的论述并不着意于探讨他们如何成派，而以考述他们的词业活动为基础，重点研究康熙初年阳羡词人的唱和活动、词论见解、词选编纂，家族词人群同声而和的创作特征。康熙二十年以后，阳羡词派逐渐衰落。以联姻为基础的阳羡文化家族中没有再出现如陈维崧一样的具有卓越成就的中心词人，活跃于康熙二十年以后的阳羡词人主要有陈履端、董儒龙和徐瑶、路传经。他们之间偶有唱和，但未能再振阳羡雄风，其创作实践甚至出现偏离阳羡悲慨词风而近浙西的倾向。雍乾时期的阳羡词群，以史承谦为领军人物，储氏家族储国钧、储秘书，任氏家族任曾贻等与之多有唱和。这班才士对浙西词风多有不满，独推婉丽词风，他们的创作风格呈现游离于阳羡与浙西之外的状态，形成了清代阳羡地域词风的多样性。阳羡联姻关系网中连接着数家、数辈的家族词人，于不同时期形成不同的词集群，并非陈陈相因。他们的创作实践，随着时代风会的变化、词史演进的影响而有所改变，并投射于清代阳羡词发展演变的过程中。

最后，阳羡联姻家族文学活动个案研究，旨在从微观领域探讨联姻对家族文学活动的影响。本书择取了互有联姻的陈氏与储氏家族，一方面考察联姻对家族命运的现实影响所引发的家族文人的群体性文学互动的特征，如陈氏昆仲的家族唱和词；另一方面考察联姻对家族文人文学兴趣的影响以及家族文学的新变，如储氏虽以古文为家学传统，但受陈维崧专力攻词氛围之影响，也投身词文学创作，而不同时期的储氏词人对迦陵词风既有接受又有反思。

总而言之，本书在家族和地域的双重视野中，系统客观地展示以联姻家族为载体的清代阳羡文学的演变轨迹，展示清代阳羡文学兴盛和发展的状况，力求更为全面地理解清代地域文学的多样性。并以阳羡联姻家族文学活动为样本，把握清代地域文学发展的社会、人文背景，以及清代地域文学创作的原生态，并由此观照“文化部落”盛衰与文学发展、消长之辩证关系。

第一章

阳羡联姻家族形成的地理人文环境

家族文学活动，离不开特定地理空间和人文历史，即所谓的自然地理因素和人文地理因素。自然地理作为一种客观存在，限制着居于其中的人选择怎样的方式生存繁衍，以适应环境。家族生命力持续稳定，方有促成群体性文化行为产生的可能。而任何群体所进行的文化创造，又总是包含着他们和地域基础之间一种必然的联系。特定地理空间人文特性的形成，是人的群体性社会实践与环境的长期作用下逐步整合显示出来的，一方面它不断变异，随着人类活动的渐次丰富而不断有新的内容补充并沉积；另一方面，它又相对稳定，将沉寂下来的文化传统内化为一种精神气质，从而展示出区别于其他区域的独特品质。文化史是种族的、文化的和地理的三种因子之和。① 丹纳所谓的"决定文明的三大因素为种族、环境与时代"②，强调的正是地理因素的影响力。

因此，地域对家族文学活动必然产生诸多影响。对自然地理特征及地域人文传统的探究，是家族文学活动研究的基本参照系之一。更进一步说，地域对家族的影响，不仅是山川、气候、物产等纯粹、稳定的自然地理因素，更为重要的则是人文传统的建构、传衍及其对人的作用。基于

---

① 潘光旦：《种族与文化机缘》，《潘光旦文集》第 8 卷，北京大学出版社 2000 年版，第 236 页。

② 参见［法］丹纳《艺术哲学》第二章"艺术品的产生"，丹纳提出"艺术品的产生取决于时代精神和周围的风俗"，傅雷译，人民文学出版社 1963 年版。

此，本书对清代阳羡联姻家族文学活动的探讨，始于对其地域基础和人文背景的关注。

第一节　阳羡地域特征

人杰与地灵紧密关联，才俊辈出的文学家族，总是被视为一境灵秀之气陶冶滋养之结果，地域的自然地理特征与经济文化特征对家族文学发展既有限制又有推促。地域空间是影响家族发展的重要因素。家乡地域的山川地理、风土民情、文化氛围的熏陶，被认为是家族文人成长的重要的自然与人文因素，是造就家族文学品格的最基本条件。清代阳羡联姻家族文学活动生发于怎样的地域空间中呢？本节将从阳羡的空间特征、环境特征、民风特征三个方面详述之。

一　空间特征：偏于太湖西滨

阳羡位于江、浙、皖交界处，濒临太湖。太湖水系由西南部的水流发端，汇于荆溪，"东至阳羡入海"[①]，而阳羡最早的名字就是荆溪。荆溪本为当地东溪（东氿）、西溪（西氿）、南溪、北溪的统称，绵亘数百里，是古太湖水入海的宣泄口之一。春秋战国时，该地属楚国，"荆"乃楚地古国名，《左传·庄公十年》有载"荆败蔡于莘"，"荆溪"一名又有楚国属地的含义。秦始皇灭楚后，因"吴楚间谓荆为楚"，"秦以子楚，改为阳羡，其地本名小震居，在荆溪之本，故云阳羡"[②]。阳羡在秦汉时属会稽郡。晋永兴元年（304），惠帝为表彰阳羡人周玘举义兵平贼、保卫朝廷之功，遂分吴兴之西境及丹阳之东界为阳羡、临津、国山、义乡、永世、平陵六县为义兴郡，其中国山、临津、阳羡三县的县城，在原阳羡境内。此地从此又被称为义兴。隋开皇九年（589），隋文帝撤销义兴郡，把阳羡、义乡、国山、临津四县，合并为义兴县。唐武德三年（620），唐高祖

---

① （清）赵弘恩等监修，黄之隽等编纂：《江南通志》卷十七，（清）纪昀等编纂：《四库全书》第510册，上海古籍出版社1987年版。

② （宋）李昉等撰：《太平御览》卷一百七十，张元济纂辑：《四部丛刊》三编第40册，上海书店1985年版。

废国山、义兴二县，于义乡置鹅州，七年，改鹅州为南兴州。义兴在这几十年中又被称为鹅州和南兴州。唐武德八年，恢复义兴县，属常州府。宋时，太宗赵光义因避讳，改义兴为宜兴，此后一直沿用此名。清雍正二年（1724），两江总督查弼以宜兴赋重事繁，题请分两县，雍正三年析宜兴县舆图，置荆溪县，并隶常州府。

阳羡地域广袤。清康熙时，徐喈凤根据历代方志所载考其旧城范围为："东九十里至太湖中项沙洲苏州府吴县界，西七十里至渡济桥镇江府溧阳县界，南八十里至啄木岭浙江长兴县界，北六十里至五洞桥阳湖县界，东南八十里至董塘浮山嘴浙江长兴县界，西南百里至伏牛岭分界山安徽广德界，东北六十五里至百渎口分水墩阳湖县界，西北九十里就洛村镇江府金坛县界。"① 由其区域所辖可知，阳羡东临太湖，西与溧阳、长兴、阳湖等交界，太湖既是阳羡的一道屏障，也是这一区域通往吴地的桥梁。

阳羡是太湖与西南岸内陆互通的重要通道，为太湖的西南门户之一。从其地理形势看，它恰好处于江、浙、皖三地交汇地带："宜邑山川之险，东北分水堰，西北滆子湖，南阻铜官、离墨诸峰，东南由湖氵父诸山达长兴界，西南由张渚诸山达长兴、广德界，其东面则自上百渎，自下百渎，俱滨太湖，惟西面路稍平夷，直达溧阳界，然长荡湖、大坯山阻其西北，戴埠、白塔诸山阻其西南，诚所谓四塞之地也。"② 这一"四塞之地"在特殊时期还具有一定的军事战略意义。春秋战国时期，阳羡即为秦楚兵戎相向之地，东汉末年群雄割据，孙权年十五当阳羡长，协助其兄孙策在此扼守。南宋抗金英雄岳飞，在此组建"岳家军"，击退金兵，声威大震。明初大将徐达，在此围困元军，从而打开了东南门户。

偏于吴越江南边隅的地理条件赋予阳羡奇秀的自然风景。浩瀚太湖之滨，水网丰富，纵横交错，逶迤天目余脉，峰峦叠嶂，界坞连绵，晴日烟云缭绕，阴天岚雾朦胧。自古以来，对阳羡山水风物的美誉频见于古人的

---

① （清）李先荣等原本，阮升基增修，宁楷等增纂：《重刊宜兴县旧志》卷一《疆域志·疆域》，清光绪八年重刻清嘉庆年本。
② （清）李先荣等原本，阮升基增修，宁楷等增纂：《重刊宜兴县旧志》卷六《疆域志·疆域》，清光绪八年重刻清嘉庆年本。

诗句之中，"阳羡山水甲于江东"①、"阳羡溪山古有名"②、"山川阳羡由来胜"③、"阳羡溪山名浙右"④、"阳羡山水奇胜"⑤。

位置偏僻的山水清嘉之地，往往会成为家族流动、迁徙时首选的安居之处。在对阳羡望族谱系延展的追踪过程中，可以发现，陈氏、任氏、万氏、路氏等阳羡家族，几乎都是在朝代更替、战乱迁徙的背景下，从他处迁入阳羡的。任氏于南渡时期建炎初年，自河南偃师南渡，徙宜兴篆里，任庆源为任氏始祖。路氏祖籍湖南东安，在当地以代出文人雅士、朝有富官重臣而称望，宋末避战祸迁江南，路氏第十二世孙路亮为阳羡这一支始迁祖。陈氏，亦是自南宋灭亡以后迁往阳羡的："我陈氏居亳村自南雄府尹云衢公始，而由浙之永嘉徙义兴（阳羡），则自府尹之曾祖承先公……公系出宋儒止斋先生裔，生宋德祐元年乙亥，又七年而宋亡，其迁宜当在元初。"⑥万氏，于元末明初从安徽濠梁徙居阳羡，万氏始祖为万胜，胜生寿，寿生雄，雄生璵，璵生吉，正是在这样的代有子孙的繁衍中，万氏家族逐渐壮大，并通过博取功名而获取了地域声望。

古代的偏僻之地，所遭遇的兵火重创与毁坏也比较少，生活环境相对安定，根植于此的世家大族往往可延续数十世以上，支脉分衍，绵延不绝。阳羡很少受到外来文化的冲击与影响，同时又富有上苍所赐予的山水相依的秀丽景致，各个家族迁入此地而长久居之，岂能不乐焉。明人唐顺之称"宜兴溪深而谷窈，石峭而泉冽，自古宦游之士，多欲徙而家焉"⑦，

---

① （宋）杨亿：《送张泌之毗陵诗序》，《武夷新集》卷七，（清）纪昀等编纂：《四库全书》第 1086 册，上海古籍出版社 1987 年版。

② （宋）苏颂：《送沈学士守毗陵》，《苏魏公文集》卷七，（清）纪昀等编纂：《四库全书》第 1092 册，上海古籍出版社 1987 年版。

③ （宋）刘敞：《送沈康学士知常州》，《公是集》卷二十四，（清）纪昀等编纂：《四库全书》第 1086 册，上海古籍出版社 1987 年版。

④ （宋）潜道：《慕容居士双南轩》，《参寥子诗集》卷八，（清）纪昀等编纂：《四库全书》第 1116 册，上海古籍出版社 1987 年版。

⑤ （明）归有光：《题玉女潭记》，《震川集》卷十五，（清）纪昀等编纂：《四库全书》第 1289 册，上海古籍出版社 1987 年版。

⑥ （清）陈行山：《始祖宋亲军指挥使承先公小传》，《亳里陈氏家乘》卷十一，民国二十九年开远堂藏本。

⑦ （明）唐顺之：《重修宜兴县学记》，《荆川集》卷八，（清）纪昀等编纂：《四库全书》第 1276 册，上海古籍出版社 1987 年版。

道出了其魅力所在。

二　环境特征：山水清嘉

阳羡重峦叠嶂，铜官、南岳、芙蓉、龙池、善权、石亭、张公等各擅其胜，或气象峥嵘，呼吸风雨，或吐纳景光，若置身天际而与之行游。其水系发达，滆湖、洮湖、荆溪、西溪、东溪、罨画溪等皆"威风习习春溪寂，浮云漠漠春溪流"[1]。南岳山以古松为著，"悬崖生，围十数抱，根盘曲石壁，怒突天矫"[2]。龙池山则险奇无比，"山高五里，南岩曰白云岩，壁立数百仞，一望皆石，其石皆白，取径峰腰仅可置足，最窄处则架阁……西转而望震泽，波涛悉在"[3]。罨画溪因梁代任昉"长溪水东舍"之句，又名东舍溪，溪水绀绿，"溪两岸多朱藤花，映溪远望如画"[4]。玉女潭灵秀兼具，"潭在山半深谷中，渟膏碧莹洁如玉。三面石壁下插深渊，石梁直其上如楣，而偃草树蒙宷，中深黑不可测。上有微窦，日正中，流影穿漏下射，潭心光景澄澈，俯挹之，心凝神释，寂然望去……潭四周无隙，水伏流而南出岩石之下，汇为小池，玉洁不流"[5]。阳羡风景中最令人叫绝的是那叠叠群山中的洞天福地，张公洞与善卷洞最负盛名。清人周启嶲称："荆溪盖有十景焉，若夫挟山灵之变幻入其中，辄流连循览而莫能已者，善卷、张公为最。二山之胜惟以洞，洞之擅胜于二山也，景自殊。"[6]善权洞如层楼，上层"渠渠若广厦"，下层"披石斗泻汇而为湫"[7]。张公洞形如瓮，入洞处平坦宽敞，深入之则如临栈道，怪石错立。

①　（清）任绳隗：《罨画溪茶舍诗》，（清）李先荣等原本，阮升基增修，宁楷等增纂：《重刊宜兴县旧志》卷九《古迹志·名胜》，清光绪八年重刻清嘉庆年本。

②　（清）李先荣等原本，阮升基增修，宁楷等增纂：《重刊宜兴县旧志》卷九《古迹志·名胜》，清光绪八年重刻清嘉庆年本。

③　（清）任元祥：《龙池山志》，《鸣鹤堂文集》卷六，清光绪刻本。

④　（唐）陆希声：《君阳遁叟山居记》，《唐文粹》卷七十五，（清）纪昀等编纂：《四库全书》第1343册，上海古籍出版社1987年版。

⑤　（明）文徵明：《玉潭仙居记》，（清）李先荣等原本，阮升基增修，宁楷等增纂：《重刊宜兴县旧志》卷九，清光绪八年重刻清嘉庆年本。

⑥　（清）周启嶲：《善卷张公二洞合记》，（清）李先荣等原本，阮升基增修，宁楷等增纂：《重刊宜兴县旧志》卷十，清光绪八年重刻清嘉庆年本。

⑦　（清）李先荣等原本，阮升基增修，宁楷等增纂：《重刊宜兴县旧志》卷九《古迹志·名胜》，清光绪八年重刻清嘉庆年本。

这些天然化成的欲界仙都又为阳羡增添了神奇的魅力。明人王慎中曾惊异于阳羡山峻水秀的自然造化："予出行县至义兴入其境，顾而美之曰：'此非吴地与？何其风景物象不类吴中也！'及其纵而游之，益以得其美焉。其山水之胜者，往往幽邃而旷远，明秀而静深，至于草木泉石亦皆发色含气而有余光欤！夫澶绮靡腴衍而泽丽者，大不同焉！"①

山川之美，古来共谈。阳羡山长水远，气秀地灵，"清淑之气，钟而为人，而辞藻发焉"②。自然山水作为艺术生成的本源，唤起人们对美的向往，吸引人们去游赏、探奇，并将对美的体验付诸艺术形式之中。故震泽、荆溪之汇注，铜官、南岳之耸拔，张公、玉女之灵异，被历代文人反复题咏。南朝梁代的任昉，唐时的独孤及、许浑、皇甫冉、权德舆、卢仝、杜牧、陆龟蒙等，两宋的杨亿、梅尧臣、王安石、苏轼、贺铸、尤袤、朱熹等，明代的李东阳、唐顺之、文徵明、董其昌等，都曾到阳羡探幽访胜。题咏诗词。这些文人的文化印迹，使阳羡的灵秀山水又增添了一份浓厚的人文气息。

陈维崧《蒋京少梧月词序》称："铜官崎丽，将军射虎之乡；玉女峥弘，才子雕龙之薮。城边水榭，迹擅樊川；郭外钓台，名标任昉。虽沟塍芜没，难询坡老之日；而陇树苍茫，尚志方回之墓。"③ 这些带有历史沉淀的人文景观对生于斯、长于斯的阳羡文人而言，岂不妙哉。清代阳羡词人石亭探梅、龙池观松、东溪修禊等风雅集会，以及由此而产生的连篇佳作，既得益于他们对家乡山水风情的喜好，也源自他们暗求与先贤精神遇合的心境。

在中国文化史中，自谢灵运伐山开径以极游旷放之后，山水逐渐从单一的审美客体逐渐转化为审美与移情兼而有之的心神物化的对象，成为文人内在情感的外在寄托。秀丽宜人的阳羡悄然处之深奥之地，具有超然于物外、内敛自束的闲静韵味，能够给予人心灵的慰藉。对此，明人唐顺之

---

① （明）王慎中：《双溪诗集序》，（清）卢文弨纂，庄翊昆校补：《常郡艺文志》卷六，清光绪十六年刻本。

② （明）沈敕：《荆溪外纪》卷二十五，《四库全书存目丛书》集部第382册，齐鲁书社1997年版。

③ （清）陈维崧：《蒋京少梧月词序》，《陈迦陵文俪体集》卷七，张元济纂辑：《四部丛刊》初编第281册，上海书店1989年版。

的体会最为深刻，他在《与王尧衢书》中称："抱病懒慢久缺书。问知执事不谓我疎也，春来卜居阳羡，此中山水绝清，无车马迎送之烦，出门则从二三子登临山水，归来闭门食饮寝梦，尚有余闲，复稍从事于问学。"①阳羡变幻莫测的林壑山色，奇特美妙的山水之窟，让他感叹不已："嘉靖丁未春，余以病客荆溪，遂同杭子宣登龙池。僧居嵌岩中如鸟巢，梯其门以登。值二老僧相对煨笋，遂以笋供余二人，因留宿，与老僧坐至夜，分说楞岩因缘事，老僧意甚朴野可爱也。明日晓起，岚气满山，乾坤如混沌状，阶前竹柏亦在摩荡中，咫尺不可物色。日且午始开霁，则诸峰历历，澄湖映隐，观草木百里之外若在几前，盖宇宙间晦明不常若此。既午出，往石屑。石屑两山夹涧，山高百余仞，而涧道仅阔四五十步，人家缘涧以居惟亭。午则见月色，盖其胜又与龙池异观矣。既午饭，遂从西霞步入舟，意兴悠然，如有得也。呜呼！此岂可与沉酣声利者道哉！"②龙池、石屑皆山雾缭绕，舒张着灵性，给人以心诚明澈、自由舒适之感，作者不由叹喟，此番自然而纯粹的美景，追逐名利而心有重负之人很难有所体会。李泽厚认为，经由考试出身的士大夫，常常由野而朝，由农（富农、地主）而仕，由地方而京城，由乡村而城市。这样，丘山溪壑、野店村居倒成了他们的荣华富贵、楼台亭阁的一种心理需要的补充和替换，一种情感上的回忆和追求，从而对这个阶级具有某种普遍的意义。③ 因此，阳羡的青山秀水被闻而慕之，不仅缘于青嶂云泉的自然清新，更为重要的是，它那幽静深远的淡泊气质，与士人追求自由、舒缓精神的心境形成默契。

阳羡这一独特的文化气质尤其与厌弃世事、求田问舍的退隐之辈相衬相契。唐宋以后，此地往往成为厌倦官场沉浮的文士首选的休憩之处，"荆溪山水清且美，屡日贪欢犹未休"④。正如清人徐嗜凤《望江南》组词所言：

---

　① （明）唐顺之：《与王尧衢书》，《荆川集》卷八，（清）纪昀等编纂：《四库全书》第1276 册，上海古籍出版社 1987 年版。

　② （明）唐顺之：《赠庵中老僧诗序》，《荆川集》卷三，（清）纪昀等编纂：《四库全书》第 1276 册，上海古籍出版社 1987 年版。

　③ 李泽厚：《美学三书》，安徽文艺出版社 1999 年版，第 166 页。

　④ （明）唐顺之：《宋莆田方生自宜兴归应试》，《荆川集》卷二，（清）纪昀等编纂：《四库全书》第 1276 册，上海古籍出版社 1987 年版。

荆溪好，春水浴春山。风卷浪花渔欸乃，烟迷岸柳鸟绵蛮，兰桨荡忘还。

荆溪好，夏雨涨无边。波撼小城仙峤动，气蒸众壑蜃楼悬，人在水中天。

荆溪好，风景入秋清。霞映水村翔鹜远，月临山寺落钟轻，此际倍移情。

荆溪好，冬景更清真。雪霁万峰浮玉垒，冰融二水渡银津，四顾绝纤尘。

如此诗情画意的青山绿水、水乡风情，岂能不令人惬意忘返。游心抒怀，绸缪往复于此，最能感受到心灵的自由澄明，也最能体会到脱俗独立的生命价值，"乘此纵长啸，悠然物外心"①。这也就不难理解清初众多阳羡文化家族出现父子、兄弟等相继以隐为生，在铜峰画水之间以著述、诗酒、艺术等聊寄此生这一文化现象的地域背景。

与太湖流域的吴江、华亭等相比，阳羡诚为一处与众不同之地。以农耕为重的文化传统以及朴素淳逊、敏于习文的民风民俗，还有那令人赏心悦目的淡泊无欲的自然之境都随着历史发展而逐渐沉淀为特定的人文内涵，对当地的家族产生了潜移默化的教化作用。"地僻"而远隔通都大邑，渐益养成"俗俭"和山地丘陵型"佶直"心性②，这一地域人文性格又衍化为古板与耿直。《重刊宜兴县旧志》中"万吉，……平生冠履、饮食、拱揖、趋走一遵矩蒦，未尝见其有戏谑、笑傲、箕踞、跛倚之容"③；"陈一经，……年十六，有里艾私挑，正色拒之。后，每迁步弗过其门"④ 等恪守清规、严肃持正的描述不免夸张，但于一时一地，由"佶直"心性衍化而来的反映于群体的保守性可略见一斑。明清易代之际此地抗清尤为激烈，"该邑士民、乡绅投入人员之多，转辗流徙之久，邑中诸望族遇害或

---

① （明）唐顺之：《暮春游阳羡南山》（其四），《荆川集》卷二，（清）纪昀等编纂：《四库全书》第 1276 册，上海古籍出版社 1987 年版。
② 严迪昌：《阳羡词派研究》，齐鲁书社 1993 年版，第 14 页。
③ （清）李先荣等原本，阮升基增修，宁楷等增纂：《重刊宜兴县旧志》卷八《人物志·理学》，清光绪八年重刻清嘉庆年本。
④ 同上。

牺牲的人数之巨，均居江东前列，惜有关文献大都因忌讳有碍而或遭毁禁或久亡逸"①。就阳羡而言，耿直不再是个人品行之高标，而演化为地域群体认可的精神价值。清廷大势既定，此地又成为众多隐士奇人的汇集之处，大批文士潜于这一质朴淳俭、服田力穑的环境中清娱终生。以上种种，从时间断层而言，是特定时期的特殊社会文化现象，但从历史过程来把握，则成为阳羡地域文化的重要表征。

三　民风特征：重视耕读

气候山川之特征，影响于住民之性质，性质累代之蓄积发挥，衍为遗传。此特征又影响于对外交通及其他一切物质生活，物质生活还直接间接影响于习惯及思想。② 地处太湖之滨的阳羡，拥有以水为母体的优越的生态环境，"鱼米之乡"之美名天下传闻。这对阳羡的经济生活、家族文化均有很大的影响，主要体现在两个方面：一是重农轻商的社会经济传统，二是重文教科第的人文风尚。

太湖流域是传统的蚕桑区、丝织区，号称"湖丝遍天下"，名冠一时。③ 明清时期，江南的绫绸绢纱行销各地，太湖流域大批丝绸业市镇应运而生，以苏州府最为集中。吴江县有四镇三市，皆人沸繁荣，盛泽镇"每日中为市，舟楫塞港，街道肩摩"；黎里镇"居民千百家，货竝集市"；平望镇"明初居民百家，贸易如小邑。自弘治迄今，居民日增，货物益备……千艘万舸，远近毕集"；同里镇"明初居民千百家，室宇丛密，街巷逶迤，市物腾沸"④。市镇商业引人注目的发展势头之中，却没有常州宜兴的身影。虽然宜兴濒临太湖，但它远隔商品经济发达的通都大邑，同时，其"势稍偏而平土亦隘"⑤，自身也不具备成为都会的地理优势，

① 严迪昌：《阳羡词派研究》，齐鲁书社 1993 年版，第 23 页。

② 梁启超：《近代学风之地理的分布》，《饮冰室文集》之四十一，《饮冰室合集》第 14 册，中华书局 1941 年版，第 50 页。

③ 樊树志：《明清江南市镇探微》，复旦大学出版社 1990 年版，第 200 页。

④ （清）陈缵修，沈彤撰：《乾隆吴江县志》卷四《镇市村》，《中国地方志集成·江苏府县志辑》第 19 册，江苏古籍出版社、上海书店、巴蜀书社 1991 年版。

⑤ （清）胡观澜：《宜兴县旧志序》，（清）李先荣等原本，阮升基增修，宁楷等增纂：《重刊宜兴县旧志》，清光绪八年重刻嘉庆年本。

故而商贾罕见，在市镇商业经济的发展过程中严重落伍。

李伯重在《江南的早期工业化》中称，明清江南地区苏、松、太、常等应该是一个非常完整的经济区。首先，该地区由太湖水系和江南运河连为一体。其次，该地区已形成高层中心地的基本经济腹地。复次，在此地区的高层中心地中，有一个中心地（即苏州）高居其他各地中心地之上。第四，该地区中心地苏州周围，由南京、杭州、松江（明）——上海（清）构成了三角形的核心区。① 处于太湖西部的阳羡，并不属于这一经济核心区，处于依附地位。太湖如同一道天堑将其与江南的腹地——苏州分隔开来，它们之间在地缘上的联系仅能依靠太湖水系。与"民物丰阜，商贩骈集，百工之事咸集"② 的姑苏繁华相比，宜兴显然十分沉静。它很少受到来自经济中心区域商业气息的熏染，很少有人口进出流动的变化，民风淳朴，而无奢华享乐之风尚，"其土不为游贾于四方，而四方贾人亦以僻绝罕至其地。其民终身不见都会之绮丽与奇邪之人，而自老于岩壑之间，是以其俗俭陋而木愁，畏吏而简讼，山泽之税不待督"③。

位于江、浙、皖三地交界处的阳羡，一面牵着多山的浙西，一面连着水系交错的苏南，形成了有利于农业发展的生态环境。宜兴"阴多山，其阳衍沃"④，南面为多山的丘陵地带，植被茂密，而北面则是典型的江南水乡平原。地处山地西障、太湖西屏的宜兴并不贫瘠，荆溪水把上游带来的泥沙，在下游近太湖这段低湿之地，慢慢沉积，逐渐形成肥沃平坦的低地，土地肥沃，物产丰饶，"宜兴环山为邑，所产多竹木名材、熊猊异兽，柿栗茶荈之饶，其民人工织屦治丝葛，善猎射自食"⑤。宜兴保持了江南特有的水系发达的生态特征，雨量充沛，气候温和，加之平原、丘陵纵横交错的独特地貌，十分适合农耕文明的发展。

---

① 李伯重：《江南的早期工业化（1550—1850）》，社会科学文献出版社2000年版，第19页。
② （清）陈缵修、沈彤撰：《乾隆吴江县志》卷四《镇市村》，《中国地方志集成·江苏府县志辑》第19册，江苏古籍出版社、上海书店、巴蜀书社1991年版。
③ （明）唐顺之：《赠宜兴尹林君序》，《荆川集》卷十一，（清）纪昀等编纂：《四库全书》第1276册，上海古籍出版社1987年版。
④ （清）施惠、吴景墙等纂修：《光绪宜荆新志》卷一《疆土志·物产记》，清光绪八年刻本。
⑤ （明）唐顺之：《赠宜兴尹林君序》，《荆川集》卷十一，（清）纪昀等编纂：《四库全书》第1276册，上海古籍出版社1987年版。

　　阳羡历来以耕稼为重。《重刊宜兴县旧志》对当地的农业民俗有详细描述："其民业则种稻。平田宜夏至后，山田、圩田宜夏至前，清明浸稻种，谷雨以谷芽入田，芒种插苗，……田极高者，种菽粟或木棉，或交秋种荞麦。极低者，秋前莳穤稑。……在山乡樵户以八月入山斫柴，俗谓八月柴。……茶户以谷雨日赛茶神，入山采茶，俗谓开园。……其种苧芋、烧石灰、造纸料、渔舟、猎户、蚕桑、摇织之事，各就所居。"① 长期以来，此地"齐民尽力农桑"②，耕稼自给，传承和延续了中国古代社会的农耕传统，为当地家族长期稳定的发展提供了物质保障。在此基础之上，自足俗俭、淳朴安逸的民风随之而生。《重刊宜兴县旧志》中"佶直淳逊，巨室无歌舞声艳丽"③、"人性佶直，黎庶淳逊"④、"士大夫不衣文绣，不乘舆马"⑤ 等记载，皆为此地民风的真实写照。又《光绪宜荆新志》称："宜兴风俗偶于古者屡矣。地偏而俭也，性佶直而淳逊也。士好儒术而不好远游，民重耕稼而罕为商贾也。盖其山水劲厚而回秀故成风俗，愈朴愈美。"⑥ 民风淳厚，衣食无忧的现实环境对精神文明的发展无疑提供了强大的动力与支持力。

　　在朴实民风的浸润下，当地的士子皆尚儒术而不好远游。蒋景祁称："荆溪故僻地，无冠盖文绣为往来之冲也，无富商大舶移耳目之诱也。农民服田力穑，终岁勤动。子弟稍俊爽者，皆欲令之通诗书，以不文为耻。"⑦ 家族子弟通诗书，即家族世代以儒为业，这对地方氏族向文化家族转型具有重大意义。家族子弟敏于习文，又形成以文为重的社会习俗，对当地家族文化素质的进一步提高有着强大的推动作用。北宋时阳羡曾有

---

　　① （清）李先荣等原本，阮升基增修，宁楷等增纂：《重刊宜兴县旧志》卷一《疆域志·风俗》，清光绪八年重刻清嘉庆年本。

　　② （明）徐显卿：《宜兴县旧志序》，（清）李先荣等原本，阮升基增修，宁楷等增纂：《重刊宜兴县旧志》，清光绪八年重刻清嘉庆年本。

　　③ 同上。

　　④ （清）李先荣等原本，阮升基增修，宁楷等增纂：《重刊宜兴旧志》卷一《疆域志·风俗》，清光绪八年重刻清嘉庆年本。

　　⑤ 同上。

　　⑥ （清）施惠、吴景墙等纂修：《光绪宜荆新志》卷一《疆土志·风俗记》，清光绪八年刻本。

　　⑦ （清）蒋景祁：《荆溪词初集序》，（清）曹亮武、蒋景祁、潘眉等纂：《荆溪词初集》，清康熙刻本。

"一邑三魁"之盛誉，"宋熙宁六年，佘中，字行老，魁廷对；绍刚试礼部第一，绍材试开封第一"①，成为遍传天下的盛事。这一事实也说明，重视文化教育、以科第传家，在宋时的阳羡已成为社会共识，这一传统的积淀成为阳羡家族以文化为立族取向的潜在源动力，清代阳羡文化望族群翩然出现、互结姻娅的社会现象，与这一人文传统有深刻联系。

第二节　阳羡文学传统

家族文学活动，是特定地理空间的文学传统影响外化的表征。依托客观的地域基础，一定地域空间所发生的文化行为及文化产品历久而积，形成家族共同认可的文学精神与传统。因此，必须系统探寻阳羡地域文学传统，方能更为深入地了解清代阳羡联姻家族共同的文学取向及其文学活动特定态势的心理渊源及人文根基。

一　唐宋文人对"隐阳羡"的文学构筑

阳羡偏于海隅、深处幽阻的环境特征，使之禀赋了高蹈脱俗、自由淡泊的"桃花源"式的文化地理气质。陆机云"山泽多藏育，士风清且嘉"②，越是幽僻清嘉的山水之处，则越容易成为隐者栖居之地。况且，隐逸在江南文化史上本就有着深厚的历史渊源，可追溯到商周时代的泰伯奔吴、延陵高风，唐代李华就曾言："其旧俗则泰伯之让德、延陵之高风，因是而佐王孙，缘物而兴之，远也矣！"③ 隐逸在江南之极盛，主要出现在唐代。阳羡山水亦属江南的名胜之区，必然成为唐代文士心意向往之地。

我们可以从现存唐代诗歌中窥见中晚唐文人或避难，或置业，或隐读于阳羡的大致情况。天宝进士皇甫冉，字茂叔，润州丹阳人，因避安史之乱而寓居阳羡，在此营建别墅。皇甫冉颇喜阳羡山水，曾有多首相关的题

---

① （清）李先荣等原本，阮升基增修，宁楷等增纂：《重刊宜兴县旧志》卷八《人物志·文苑》，清光绪八年重刻清嘉庆年本。

② （晋）陆机：《吴趋行》，（晋）陆机著，郝立权注：《陆士衡诗注》，人民文学出版社1958年版，第20页。

③ （唐）李华：《送薄九自牧往义兴序》，《李遐叔文集》卷一，（清）纪昀等编纂：《四库全书》第1072册，上海古籍出版社1987年版。

咏之作,如《荆溪夜湍》《洞灵观》《三月三日同义兴李明府泛舟》等。
即使是赠及友人的诗,皇甫冉亦不忘夸赞阳羡之景,如《酬裴十四诗》云
"旧国想平陵,春山满阳羡"①,《归阳羡兼送刘八长卿》诗云"湖上孤帆
别,江南谪宦归。前程愁更远,临水泪沾衣。云梦春山遍,潇湘过客稀。
武陵招我隐,岁晚闭柴扉"②。中唐诗人刘长卿与他的友人李幼卿,在阳
羡均有别业。刘长卿《酬滁州李十六使君见赠》诗序云:"李公与予,俱
于阳羡山中新营别墅,以其同志,因有此作。"③李十六,即李幼卿,字
长夫,他在阳羡的别业称为玉潭山庄,又名蒙溪幽居。李幼卿任滁州刺史
时,曾修书于独孤及,请其代为照看玉潭山庄。独孤及寄诗云其"日日思
琼树,书书话玉潭"④,反映出李幼卿对阳羡风光的流连忘返。中唐诗人
顾况在阳羡也有居所,其《赠僧诗》明确提道"家住义兴东舍溪,溪边
莎草雨无泥。上人一向心入定,春鸟年年空自啼"⑤。中唐诗人孟郊在阳
羡亦可能有庄宅,因其《寄义兴小女子》诗云:"江南庄宅浅,所固唯疏
篱。"⑥晚唐诗人杜牧亦"于宜兴县近有水榭",且自称"阳羡粗有薄产",
并有"他年雪中棹,阳羡访吾庐"⑦之行,以及"终南山下抛泉洞,阳羡
溪中买钓船。欲与明公操履杖,愿闻休去是何年"⑧,"一壑风烟阳羡里,
解甲休去路非赊"⑨等诗句,表达闲居阳羡的情趣与乐趣。

唐昭宗时宰相陆希声,自号君阳遁叟,曾隐读于阳羡,著《二十七咏》
"记(阳羡)台池泉石林木之胜"⑩。其《君阳遁叟山居记》称:"遁叟以斯

① (唐)皇甫冉、皇甫曾:《酬裴十四诗》,《二皇甫集》卷一,张元济纂辑:《四部丛刊》
三编第 60 册,上海书店 1985 年版。

② (唐)皇甫冉、皇甫曾:《归阳羡兼送刘八长卿》,《二皇甫集》卷三,张元济纂辑:《四
部丛刊》三编第 60 册,上海书店 1985 年版。

③ (唐)刘长卿:《酬滁州李十六使君见赠》,《刘随州集》,中华书局 1985 年版。

④ (宋)计有功:《唐诗纪事》卷二十七,中华书局 1965 年版。

⑤ (唐)顾况:《赠僧诗》(其一),《顾况诗集》,江西人民出版社 1983 年版。

⑥ (唐)孟郊著,华忱之校注:《孟郊诗集校注》卷七,人民文学出版社 1995 年版。

⑦ (唐)杜牧:《适高秋企望题诗寄幕十韵》,《樊川文集》卷二,上海古籍出版社 1978 年版。

⑧ (唐)杜牧:《李侍郎于阳羡里富有泉石,牧亦阳羡粗有薄产,叙旧述怀,因献长句四
韵》,《樊川文集》卷二,人民文学出版社 1995 年版。

⑨ (唐)杜牧:《正初奉酬歙州刺史邢群》,《樊川文集》卷四,上海古籍出版社 1978 年版。

⑩ (清)赵弘恩等监修,黄之隽等编纂:《江南通志》卷十三,(清)纪昀等编纂:《四库
全书》第 509 册,上海古籍出版社 1987 年版。

世方乱，遗荣于朝，筑室阳羡之南而遁迹焉。地当君山之阳，东谿之上，古谓之湖漱渚。遁叟既以名自命，又名其山曰颐山，谷曰谿谷，以颐养蒙昧也。"① 韦庄《婺州和陆谏议将赴阙怀阳羡山居》诗云："望阙路仍远，子牟魂欲飞。道开烧药鼎，僧寄卧云衣。故国饶芳草，他山挂夕晖。东阳虽胜地，王粲奈思归。"② 可印证陆希声对阳羡山居的留恋之情。陆相山房、杜牧水榭等人文遗迹，都成为后代文士乐于吟咏的诗题，宋代蒋颖叔曾题陆相山房云："二十四桥芜没尽，溪边犹有故时桥。"③ 描绘其幽居之胜。

纵览唐前阳羡文化史，此地并没有出现过真正具有影响力的隐逸贤人，但这并不妨碍唐代文人在其诗文中乐此不疲地强调阳羡的闲适与淡泊。阳羡适隐的文化地理特质由此而深入人心。自唐以后，阳羡逐渐成为历代文人士大夫共同向往的"桃花源"。对此，王安石的解读颇有见地。他有《寄虞氏兄弟》诗云："一身兼抱百忧虞，忽忽如狂久废书。畴昔心期俱丧勇，此来腰疾更悉虚。久闻阳羡安家好，自度渊明与世疏。亦有未归沟壑日，会应相近置田庐。"他又有《寄阙下诸父兄兼示平甫兄弟》诗称："父兄为学众人知，小弟文章亦自奇。家势到今宜有后，士才如此岂无时。久闻阳羡溪山好，颇与渊明性分宜。但愿一门皆贵仕，时将车马过茆茨。"王安石的这两首诗不约而同地提到了"阳羡"与"渊明"，揭示了他对阳羡地域文化内涵的深刻理解。在王安石看来，阳羡地处偏僻、溪山明媚，与陶渊明离世而居田园的淡泊性情似有几分相通。基于这一认识，王安石表达了渴望置田庐于此的人生追求。再如明人沈敕的《荆溪外纪》云："江出芜湖之西南，东至阳羡入海。盖荆溪上通芜湖，下注震泽，达松江而入于海，溪流既远，澄澈可望，溪南峰峦，相映如画，名贤取此为隐处之胜。"④ 明代散文家唐顺之亦认为，居阳羡者自足养尊，闲暇之

---

① （唐）陆希声：《君阳遁叟山居记》，《唐文粹》卷七十五，（清）纪昀等编纂：《四库全书》第 1343 册，上海古籍出版社 1987 年版。

② （唐）韦庄：《婺州和陆谏议将赴阙怀阳羡山居》，《浣花集》卷五，张元济纂辑：《四部丛刊》初编第 131 册，上海书店 1989 年版。

③ （宋）蒋叔颖：《题陆相山房》，（清）李先荣等原本，阮升基增修，宁楷等增纂：《重刊宜兴县旧志》卷九《古迹志·名胜》，清光绪八年重刻清嘉庆年本。

④ （明）沈敕：《荆溪外纪》卷二十五，《四库全书存目丛书》集部第 382 册，齐鲁书社 1997 年版。

余，游娱其间，可观廻溪峻岭、飞泉石窦，"乐其风土之醇，而无宾客送迎"①，充分肯定阳羡实乃隐居佳地。唐宋文人乃至明代士大夫对阳羡适隐的强调和推崇，构成了阳羡隐风的历史情境，逐渐汇入地域人文脉流之中，并随着苏轼买田阳羡的推动，内化为一种被家族集体认同的心理范式。

苏轼在两宋词史及后代文学史上的影响是非常巨大的，他更是中国文化史上一位极具人格魅力的人物，他结合老庄和禅宗的思想，以顺乎自然之道求得个人心灵的平静。当遭遇人生挫折时，他力图不以此自苦，努力以一种旷达的心态来对待，将其视为世间万物流转变化中的暂时现象，而更多地在"如寄"的人生中寻求美好的、可以让人获得心灵慰藉的东西。他并不是隐士，但他一生都在反复咏叹归去，宦海沉浮与归隐情结伴随其终生。在隐逸问题上，苏轼以陶渊明回归自然的精神追求为典范，最终却放弃陶之归园田居的行为模式。虽然他高唱"买田阳羡吾将老，从初只为溪山好"，但他更希望体验的是"来往一虚舟，聊从造物游。有书仍懒著，且漫歌归去。筋力不辞诗，要须风雨时"②的自由心神，形成了遗世而独立的个性化心志。

苏轼"阳羡梦"的构筑始于宋嘉祐二年（1057）。是年，年仅 22 岁的苏轼与同年进士宜兴蒋之奇共赴琼林筵，听蒋之奇介绍完自己的家乡后，苏轼十分向往，当即作《次韵蒋颖叔咏鼋画溪》，诗中的"琼林花草闻前语，鼋画溪山指后期"之语表露出他对铜峰山水的一丝钦慕之情。宋神宗熙宁七年（1074），苏轼在杭州通判任上，被差遣赈灾常州、润州，得以亲身游览阳羡。在同年进士单锡（宜兴人）的陪同下，苏轼游览了此地的各处名胜，再次深深陶醉于阳羡山水的清秀美丽，他明确表示，希望能有机会在此"解佩投簪，求田问舍"③。作于此时的诗歌《寄述怀古》其五也表达了这种急流勇退、买田归老阳羡的想法："惠泉山下土如濡，

---

①　（明）唐顺之：《赠宜兴尹林君序》，《荆川集》卷七，（清）纪昀等编纂：《四库全书》第 1276 册，上海古籍出版社 1987 年版。

②　（宋）苏轼：《菩萨蛮》（买田阳羡吾将老），《东坡乐府》卷下，上海古籍出版社 1979 年版，第 42 页。

③　（宋）苏轼：《踏莎行》（山秀芙蓉溪明），《东坡乐府》卷下，上海古籍出版社 1979 年版，第 42 页。

阳羡溪头米胜珠。卖剑买牛吾将老，杀鸡为黍子来无。地偏不信容高盖，俗俭真堪著腐儒。莫怪江南苦留滞，经营生计一身迁。"苏轼"居于阳羡"之梦想在借诗指画的基础上也更进一步，但这一梦想尘落于现实之中，已又经历了一番时光流转。宋元丰七年（1084），苏轼上表乞居常州，明言"臣有薄田在常州宜兴县"①。他借《归宜兴留题竹西寺》三首倾诉了归隐阳羡、寻求安宁的心愿，其一曰："十年归梦寄西风，此去真为田舍翁。剩觅蜀冈新井水，要携乡味过江东。"他又作《满庭芳》一阕诉尽了他与阳羡的尘缘之遇，其词上片云："归去来兮，清溪无底，上有千仞嵯峨。画楼西畔，天远夕阳多。老去君恩未报，空回首、弹铗悲歌。船头转，长风万里，归马驻平坡。"②此时的苏轼已在宦海沉浮中几经波折，乌台诗案的打击，黄州之贬的寂寥失落，都让苏轼对人生有了更加清醒的认识，乞居常州宜兴亦是他内心的自觉选择。苏轼在阳羡所作的《种橘贴》（又名《楚颂帖》）明确表达了他的归隐心志："吾来阳羡，船入荆溪，意思豁然，如恰平生之欲。逝将归老，殆是前缘。王逸少云，'我卒当以乐死'，殆非虚言。吾性好种植，能手自接果木，尤好栽橘。阳羡在洞庭上，柑橘栽至易得，当买一小园，种橘三百本。屈原作颂，吾园若成，当作一亭，名之曰楚颂。元丰七年十月二日书"③苏轼欲在阳羡买园、种橘、构亭，其意十分明显。屈原《橘颂》，借咏物而抒写节操品志，旨归明确，即"受命不迁，生南国兮；深固难徙，更壹志兮"，包含了两层意思，一是受命不迁的忠诚品性，二是深固难移的坚定自持。苏轼拟构亭以"楚颂"名，实系颂扬屈原"独立不迁，深固难徙"的品质节操，明确"苏世独立，横而不流"的人生态度。

苏轼虽高调唱诵自己的阳羡归梦，但此梦从未真正落实，刚到此地仅三十余天，苏轼就被朝廷调往登州。但是，苏轼对阳羡人文冶化的影响，却是此前在此地留下足迹的陆希声、杜牧等人所无法企及的，"峨眉仙客，

①　（宋）苏轼：《乞常州居住表》，《东坡文集事略》卷六十五，张元济纂辑：《四部丛刊》初编第 158 册，上海书店 1989 年版。

②　（宋）苏轼：《满庭芳》（归去来兮），《东坡乐府》卷上，上海古籍出版社 1979 年版，第 5 页。

③　（宋）苏轼：《入荆溪题》，题下有注云"按此所谓《种橘帖》也"，（清）李先荣等原本，阮升基增修，宁楷等增纂：《重刊宜兴县旧志》卷十，清光绪八年重刻清嘉庆年本。

曾驻吾乡。惹溪山千载，姓氏尤香"①。在清代，祭东坡成为阳羡联姻家族共同参与的地方风俗活动之一。对于清代阳羡家族文人而言，陆希声、杜牧等人的"隐行"，源于诗人对山水清静的迷恋与享受，尚不足以震撼他们的心灵。苏轼的"隐心"，则将屈原与陶渊明的心神融会整合，把屈原的激愤弃世、陶渊明的归隐山林转化为谋求尘外之乐的心理解脱根植于心，此种独特的人生态度极易引发精神世界的共鸣。

苏轼阳羡买田，卜居归老，托身于溪山，借助诗词形式把独立、不流的归隐之心魂落在阳羡，以明其波澜不惊之人生态度，为阳羡播育下泽润后世的精神种子。清代阳羡家族文人因此而获得了一种可以慕而效之的精神心理：身在尘世中，心在物外游。这是一种受自然庇护的入世之乐。

阳羡适隐的文化地理气质，陶渊明式的冲淡闲适与苏东坡式的独立不流的相融相汇潜移默化地浸润着阳羡家族的文化行为。清初顺治、康熙年间，阳羡成为欲惬平生之欲的逸士、僧道的庇护所，与此同时，阳羡家族内部出现了父子相继、兄弟并行的大规模团体式隐逸，在清代江南实属罕见。吴氏的吴洪裕、吴固本，潘氏的潘绍显、潘廷瑜，陈氏的陈贞慧、陈贞祥，任氏的任大烈、任绳宠等，他们或为明末仕宦，或为中举待选之名士，但是一入新朝，他们无一例外地决意不仕，选择了沉于诗酒、隐于乡里的生活。这种群体性心理共识的产生，从人文地理的因素而言，正是缘于地域文化精神内脉的影响。阳羡家族将陶渊明式的冲淡闲适与苏东坡式的独立不流两相结合，将其心神融汇于日常文化活动之中。阳羡家族文人回归自然、守护淡泊的人生选择，是受阳羡醇厚而独特的隐逸气质所影响的集体性的、自觉的选择，体现了阳羡家族在山崩地裂的易代之际对自我价值实现方式的清醒认定。

二　《荆南倡和诗集》与阳羡唱和传统

雅集唱和是较为常见的古代文人交往互动的方式之一，文人雅集多发

---

① （清）陈维崧：《满庭芳·蜀山谒东坡书院》，《迦陵词全集》卷十三，张元济纂辑：《四部丛刊》初编第 282 册，上海书店 1989 年版。

生在山清水秀之地，文徵明《玉女潭山居记》载，唐时李幼卿、陆希声曾居阳羡玉女潭边，"唱酬篇咏，流传至今，有以想见其盛也"①。见诸文字的阳羡唱和中，《荆南倡和诗集》最具地域影响力。该集问世于元末明初，其中唱和诗以咏荆溪风光为主，它的问世印证了清代以前阳羡唱和活动的某个时代侧影，而它的留存与传世，又被视为一种文化沉积，为清代阳羡家族文人所钦慕效仿。

《荆南倡和诗集》所录的唱和诗人只有两位，分别是马治与周砥。马治，字孝常，宜兴人，自幼好学，诗文典雅冲澹。周砥，字履道，号菊溜生，别号东皋生，苏州人，博学攻诗，效东坡书甚工，亦擅画山水。马治与周砥在宜兴的唱和主要集中在"癸巳、甲午、乙未"这几年间。此时，元朝的政治危机、民族矛盾已经十分尖锐，蒙古政权如同即将倾倒的大厦摇摇欲坠，在风雨飘摇的兵事纷争的日子中苟延残喘。朱元璋、张士诚在南方各自扩张自己的势力，形成两股强大的力量挟制着元朝，而朱、张之间又多有争斗，江南多战事。迫于如此现实，周砥不得不离乡避乱，流寓宜兴，恰逢马治，二人同馆于荆溪周氏家塾。他们居荆溪期间，"随事倡和，积诗一卷，录成二帙，各怀其一"②。

从《荆南倡和诗集》中"两涧谦集得轻字"、"四月一日南楼听子规联句"、"五月廿日雨中饮南楼"等题可知，马治与周砥的唱和次数频繁，随事而发，马治在序言中描述了这一情景："前年余归养亲，始寓荆南山中。……去年春，履道自吴门来，与余俱主周氏家。周氏好学者有贤行，得客予二人，乃大喜，为屋涧东西以馆之，置茶具、酒杯，属其子弟从之游。盖今二年之间，亦稍稍事搜览。天高气清，间则相与登铜官，窥玉潭，咏颐山。晚晴送具区之洪波，招天目之远云，而长兴、桐川诸山若奔走来会，可喜者，始咎向者缺游观之胜也。闲居读书，念亲旧别离。舆夫风泉月林之间，载咏载歌，商今古，较人事，吊吴封禅遗迹，思孝侯折节从学之勇，不可复见。舆夫杜牧之之风流、苏长公之英灵，则复感叹，悲咤嗒嗒不已。予与履道意思皆然，因合前后所作为《荆

<hr>

① （明）文徵明：《玉潭仙居记》，（清）李先荣等原本，阮升基增修，宁楷等增纂：《重刊宜兴县旧志》卷九，清光绪八年重刻清嘉庆本年本。

② （清）永瑢等撰：《四库全书总目》卷一八九，中华书局 1965 年版，第 1712 页。

南倡和诗》若干篇。"① 他们之间的频频唱和，并非沉耽于诗，有意为提高诗艺而作，也不是借诗歌表达优游山林的感受。他们称其诗歌乃随事而发，是强调作者真性情的抒发，以诗反映内心的真实情态，周砥序曰："盖吾二人之诗，非艰深劳苦以得之。见山而心乐焉，则欲养其德也。观水而志达焉，则欲果其行也。登高而见白云之英英，则思吾亲之在远也。与山僧野老往来以游，则亦未绝于朋从也。居穷约而无怨尤之辞，则知安乎命分之故也。是皆有感于中而形于言尔。谓非为学之道乎？虽然，荆南山水岂以吾二人而著，即天下名山水多矣，其峰峦洞谷岂尽胜荆南哉？彼或当四方之要冲，遇贤达之游咏，则名著于无穷矣。荆南既僻左，寡贤达之遇，则其名不著，岂特山水也哉？"② 他们的诗歌并非向山水潜心体道，寓理于诗，也不专注于闲居山林，吟咏风月，而以借物寄情感怀的模式为主。阳羡山水优而不著，周砥甚感惋惜。心有志向的他躲在荆溪山水之中而未能用于世，与寂寞山水产生共鸣，故而发出"彼或当四方之要冲，遇贤达之游咏，则名著于无穷矣。荆南既僻左，寡贤达之遇，则其名不著"的感受。"有感于中而形于言"，说明他们重视寄托手法，把独特的人生感受寓于了唱和诗之中。

　　诗歌承载的是诗人心灵世界。如果透过诗歌文字本身去追寻诗人的内心情思，这收有一百七十九首、众体兼备的一卷《荆南倡和诗集》（以下简称《荆南集》）便瞬间丰富起来。《荆南集》涉题广泛，生活趣味、山水之感、离别之思、悼古伤今，无不入诗，其中吟咏荆溪山水的唱和之作占到了一半之多。

　　题咏阳羡山水已经是历经无数诗人之手的传统题材，但在马治、周砥这里，阳羡自然景观和历史遗迹被大量地纳入诗歌唱和之中，题咏阳羡风情因此而被强化为一种惯性的文学传统。《过任彦升钓台》《经杜樊川水榭故址》等写怀古幽思，《过西涧》《张公洞》《望颐山》等写山水之景，皆明快简洁。因二人的叙述视角不同，同一景观在他们的笔下呈现了不同

① （元）马治：《荆南倡和诗集序》，（元）周砥、马治：《荆南倡和诗集》，（清）纪昀等编纂：《四库全书》第 1370 册，上海古籍出版社 1987 年版。

② （元）周砥：《荆南倡和诗集序》，（元）周砥、马治：《荆南倡和诗集》，（清）纪昀等编纂：《四库全书》第 1370 册，上海古籍出版社 1987 年版。

的面貌，如《至铜官最高处》：

> 来游石磴青天上，斜日晴云高下飞。笑说东湖一杯水，行人何事不能归。（马治）①
>
> 丹崖翠壁半空浮，秋尽铜官思一游。何限吴人白云里，心随飞雁到长洲。（周砥）②

马治从俯瞰角度，写湖水似杯水，以此映衬山峰峻拔，周砥则选择特定画面，言崖壁浮于空中，造势凌厉惊人，显示了铜官山的奇险。

然而，马治、周砥并非真心有意在山水之中逍遥，故其诗中常常隐约着淡淡的哀愁或忧伤。马治《绝句五首》其二曰："一架蔷薇绿，经愁忆故庐。乡书夜来到，只是更愁予。"周砥《绝句五首》其一曰："朝朝感霜露，昔昔梦乡关。何以慰亲念，因悲行路难。"周砥流寓此地，已是作客他乡，心中难免有所失落，加之其个性豪放自负，"幼家徙无锡，居市上，未尝与群儿戏，自知弄笔研。稍十四五，择从文学高等游，俄而才思大进，举州皆惊，……履道素飘挺，性节义"③，且胸怀志向，"谓士学以适变通其道"④，渴望在有生之年能有所作为。周砥《秋思》其二云："白下门西江水滨，寒烟衰草卧麒麟。当时谈笑尘沙静，谁是东山折屐人。"以谢安折屐的典故，暗示自己渴望像大器晚成的谢安一般，日后能够有所成就。周砥对避世荆南的闲适平淡生活并不满意，他认为自己只是荆南山中的匆匆过客，故常常触景伤情："缠弄新春色，已有萦愁意。欲倚不成眠，待扶还似醉。疏雨飘枝湿，暮雀衔花坠。脉脉独含情，故园那得至。"⑤ 这首诗中所描绘的刚出芽的柳枝明显是诗人自己的化身，春是四

---

① （元）马治：《至铜官最高处》，（元）周砥、马治：《荆南倡和诗集》，（清）纪昀等编纂：《四库全书》第 1370 册，上海古籍出版社 1987 年版。

② （元）周砥：《至铜官最高处》，（元）周砥、马治：《荆南倡和诗集》，（清）纪昀等编纂：《四库全书》第 1370 册，上海古籍出版社 1987 年版。

③ （元）马治：《周履道哀辞序》，（元）周砥、马治：《荆南倡和诗集》，（清）纪昀等编纂：《四库全书》第 1370 册，上海古籍出版社 1987 年版。

④ 同上。

⑤ （元）周砥：《对新柳》，（元）周砥、马治：《荆南倡和诗集》，（清）纪昀等编纂：《四库全书》第 1370 册，上海古籍出版社 1987 年版。

季的开始，春柳是生命萌动的标志，但在充满愁思的作者眼中，弱不禁风的柳枝已含情愁，因不得归家、无依无靠而暗自悲伤，他如"凄凉怀故旧，寂寞卧丘园"①，"落花风里酒旗摇，水榭无人春寂寥"② 等句都表达了相似的感情。

马治的心态要平和豁达许多，他很清醒地认识到："予与履道徒以流连至此，遭时屯阨，不能羽翼以飞。殆所谓匪鳣匪鲔，潜逃于渊；匪鹑匪鸢，翰飞戾天。噫！士至于此，乃得于一丘一壑，尽心焉。"③ "匪鳣匪鲔，潜逃于渊；匪鹑匪鸢，翰飞戾天"出自《诗经·小雅》中的《四月》，乃是遭逢变故的大夫有家不能归的行役之语，以鳣、鲔逃于深渊和鹑、鸢高飞云天作比，自述其心中的忧苦。马治借此亦隐喻他所处的环境，并以先哲之慧言自我安慰："孟子曰：人之有德慧术智者，恒存乎疢疾。诗亦然。又况重于诗者乎。异时年迈，志衰幡然，两翁复相遇于山巅水涯，开卷一笑，则犹藉此以识忧患穷愁之岁月云。"④ 他更加看重精神追求，认为精神的东西才是永恒的，虽然他偶有岁月蹉跎、生命无常的感伤，但更多的时候，他都以平和之心观物，借诗歌营造清新意境，典雅冲淡。

周砥对于自身命运的敏感与警觉程度要远远高于马治，面对历史遗迹，他所倾注的忧患意识比马治更为深沉。怀古诗《上董山读孙氏古碑》中，诗人激越悲昂，奋笔直问历史本质："亦有文章效封禅，奈无功德济刑名。长江纵有崤函险，终使秦人念子婴。"以辛辣之笔讽刺了孙权、子婴等不察历史动向、自固而为的不识时务者。《重刊宜兴县旧志》载，某年阳羡善卷洞自开，烟雾缭绕，并露出一石碑，孙权闻之后认为此地有龙脉之气，故命人立碑撰文，以固其江山千年不变。周砥在深刻讽刺孙权的荒诞之举的同时，将秦朝子婴认为长江天堑如肴函之险、自己的江山可因此高枕无忧作为又一例证，子婴、孙权的政权最终在滚滚前进的历史车轮

① （元）周砥：《雨中一首》，（元）周砥、马治：《荆南倡和诗集》，（清）纪昀等编纂：《四库全书》第1370册，上海古籍出版社1987年版。

② （元）周砥：《经杜樊川水榭故址》，（元）周砥、马治：《荆南倡和诗集》，（清）纪昀等编纂：《四库全书》第1370册，上海古籍出版社1987年版。

③ （元）马治：《荆南倡和诗集序》，（元）周砥、马治：《荆南倡和诗集》，（清）纪昀等编纂：《四库全书》第1370册，上海古籍出版社1987年版。

④ 同上。

中消亡，作者借深刻的笔触讽刺了他们的荒诞无能。周砥诗歌感情激越深沉，意义深刻警醒，既为作者"心之所感，情之所发"，更是其洞悉世事变换的真知灼见。

周砥与马治的唱和仅维持了三年，随后二人各有所为，命运极不相同。满怀丈夫之志的周砥离开宜兴后，返回吴门。他始终对荆南之乐念念不忘，"每燕语间，未尝不叹荆溪之胜，诵孝常之诗之美"，"自吾别孝常去荆南，谓山林燕咏之乐不可复得矣"①。荆南山水给予他心理上的宁静，"荆南美春物，云锦十万里"②，马治与他的唱和又使他获得了心理安慰，"山馆荆南共苦吟，每于何处更关心"③。马治亦视他为知己，周砥后入张士诚幕，不幸死于兵火中，马治闻此极为伤痛，"不知履道去予，如予当有几人也。男儿四十非短命，穷达贵贱，已不足介于死生之间……其诗在，人未有裒之四方而编之，为履道可哀也"④，字里行间都透出了惺惺相惜的知音之情。马治又作《悼履道》追忆深厚友谊，感叹人生无常，无奈沉痛。

正如《四库全书总目》所称："其撰是集，正元末丧乱之际，感时伤事，尤情致缠绵。……以视松陵唱和、汉上题襟，虽未必遽追配作者。而两人无全集行世，存之亦足以窥见一斑。"⑤ 虽然周砥自称《荆南倡和集》为"野人之语，恐世之嗜好者少，故不敢出"，实为谦语。《荆南集》问世后，为时人所重。当时诗坛大家郑元祐、高启、徐贲等都为之作序，可见其受重视的程度。

从诗歌艺术流变的角度而言，《荆南倡和诗集》未能占据诗歌史的某个高峰。但是，诗人真性情的抒发，彼此坦诚的酬唱，足以叩开后世读者的心灵之门，从而形成一个人文传统，绵延不断。马治和周砥早已

---

① （明）高启：《荆南倡和诗集后序》，（元）周砥、马治：《荆南倡和诗集》，（清）纪昀等编纂：《四库全书》第 1370 册，上海古籍出版社 1987 年版。

② （元）周砥：《怀荆南山中》，（元）周砥、马治：《荆南倡和诗集》，（清）纪昀等编纂：《四库全书》第 1370 册，上海古籍出版社 1987 年版。

③ （元）周砥：《忆孝常》，（元）周砥、马治：《荆南倡和诗集》，（清）纪昀等编纂：《四库全书》第 1370 册，上海古籍出版社 1987 年版。

④ （元）马治：《周履道哀辞序》，（元）周砥、马治：《荆南倡和诗集》，（清）纪昀等编纂：《四库全书》第 1370 册，上海古籍出版社 1987 年版。

⑤ （清）永瑢等撰：《四库全书总目》卷一八九，中华书局 1965 年版，第 1712 页。

被历史遗忘，但是他们在荆南山水渡过的那短暂的诗情画意般的生活却因《荆南倡和诗集》永存于世。那些富有情感的文字深深根植于他们歌唱过的这片土地，获得了永久的生命。阳羡词人对家乡风光的吟诵，阳羡词人对亲朋故友的沉痛悼念，无不晃动着《荆南集》的影子。晚清阳羡文人蒋氏蒋萼与亲友万立钧等人互有唱酬，结集而成《阳羡唱和集》。他在序中明确表示，"是集仿周砥、马治《荆南倡和集》而成，本名《荆南倡和后集》，因宜兴分治后，城南山水皆隶荆溪县，故名《阳羡唱和集》以别之"，揭示了地域文学传统的深刻影响。

三　竹山词对清代阳羡家族文人的影响

清代阳羡词学兴盛，若从地域视角溯其渊源，必当推究到"竹山"情韵，"吾荆溪之人文之盛也。……邑词名者则宋末竹山始也"[①]。竹山，乃宋末四大家之一、遗民词人蒋捷之号，其词作别集亦名为《竹山词》。《竹山词》抒写了黍离麦秀之悲和荆棘铜驼之感，充满怀旧与伤感情绪。但其问世后，并没有立即引起词坛的强烈共鸣，慕效者甚少。在对蒋捷其人其词的接受过程中，词论家一致高度认可的是蒋捷的品行。吴照衡称竹山"品谊之高，不止为填词家也"[②]，况周颐亦对其"抱节终身"[③]大加赞赏。蒋捷而立之年中进士，南宋即灭亡。正值壮年，面对新朝之利诱，蒋捷毅然决然地选择了隐逸不仕，终生落拓于吴越两地。

《竹山词》主要记述蒋捷隐居生活中所目睹的现实苦难、所经历的精神苦闷以及他消解苦闷的过程与方式，现实而自然地呈现自我的心态情感、人格精神。这种独特的笔法，得到了褒贬不一的评说。毛晋赞其"语语纤巧，真世说靡也；字字妍倩，真六朝腴也"[④]；刘熙载认为"蒋竹山

---

① （清）蒋景祁：《荆溪词初集序》，（清）曹亮武、蒋景祁、潘眉等纂：《荆溪词初集》，清康熙刻本。

② （清）吴照衡：《莲子居词话》卷一，唐圭璋编：《词话丛编》第 3 册，中华书局 2005 年版，第 2417 页。

③ （清）况周颐：《蕙风词话》卷一，唐圭璋编：《词话丛编》第 5 册，中华书局 2005 年版，第 4421 页。

④ （明）毛晋：《竹山词跋》，（宋）蒋捷：《竹山词》，（清）纪昀等编纂：《四库全书》第 1488 册，上海古籍出版社 1987 年版。

词，未极流动自然，然洗练缜密，语多创获。其志视梅溪较贞，其思视梦窗较清"①；而周济则认为"竹山薄有才情，未窥雅操"②，陈廷焯亦有"竹山词外强中干"③，"竹山……仅得稼轩糟粕，既不沉郁，又多枝蔓"④的贬斥之词。

蒋捷虽然恬淡寡营，与所处的时代保持了游离的姿态，但在其笔下，处处以家国之恨的悲慨、背井离乡的丧乱为词心，与现实境遇的关系又最为紧密。蒋捷善于以赋笔直诉所见所闻、所想所感，与张炎、王沂孙、周密等南宋遗民词人沿袭姜夔密丽清雅的艺术风格，多用咏物写景的象征手法曲传心事⑤。如《贺新郎·兵后寓吴》反映战火之后词人流亡漂泊的艰难生存境况："深阁帘垂绣。记家人、软语灯边，笑涡红透。万叠城头哀怨角，吹落霜花满袖。影斯伴，东奔西走。望断乡关知何处，羡寒鸦、到著黄昏后。一点点，归杨柳。　　相看只有山如旧。叹浮云、本是无心，也成苍狗。明日枯荷包冷饭，又过前头小阜。趁未发、且尝村酒。醉探枵囊毛锥在，问邻翁，要写牛经否。翁不应，但摇手。"词的开头采用了倒叙的手法，以特定的生活画面展开漫漫思绪，在时空中不断铺衍。黄昏中寒鸦尚有杨柳可归，而词人望断乡关，却不知家在何处。词人如今只有"枯荷包冷饭"，并且还要不断"东奔西走"，寻找维持生计的机会。"万叠城头哀怨角，吹落霜花满袖""相看只有山如旧"，与另一首《贺新郎·秋晓》所言"万里江南吹箫恨，恨参差白雁横天杪"，都是借眼前的实景寄内心之苦情，深沉悲慨。深秋拂晓的寒冷萧瑟，与词人内心的亡国之悲，漂泊之苦的感伤心绪相契合，可谓语工而情真。

《竹山词》处处含"恨"，这种新旧朝交替所引发的特殊而复杂的情感，既包括亡国之遗恨、思乡之愁恨，还包括个人羁旅行役、功业无成之

---

① （清）刘熙载：《词概》，唐圭璋编：《词话丛编》第 4 册，中华书局 2005 年版，第 3695 页。

② （清）周济：《介存斋论词杂著》，唐圭璋编：《词话丛编》第 2 册，中华书局 2005 年版，第 1634 页。

③ （清）陈廷焯：《白雨斋词话》卷一，唐圭璋编：《词话丛编》第 4 册，中华书局 2005 年版，第 3794 页。

④ 同上。

⑤ 刘扬忠：《唐宋词流派史》，福建人民出版社 1993 年版，第 557 页。

悲恨。蒋捷比较擅长写各种"恨"，具体而真实，谢章铤即认为"蒋竹山《声声慢》（秋声）、《虞美人》（听雨），历数诸景，挥洒而出，比之稼轩《贺新郎》（绿树听啼鴂）阕，尽集许多恨事，同一机杼，而用笔尤为崭新"①。蒋捷的羁旅行役词，将伤春与乡愁主题相结合，如"送春归，客尚蓬飘。昨宵谷水，今夜兰皋"②"天不教人客梦安。昨夜春寒，今夜春寒。梨花月底两眉攒。敲遍栏杆，拍遍栏杆"③等。词人离乡背井，既非负笈游学，亦非世宦迁谪，而是因战乱逃难所致。湖海飘零中所滋生的个人感慨，总是以挥之不去的故国之思为情感底色。词人时时流连于无法抹去的旧朝记忆之中，萦怀难去，如《梅花引·荆溪阻雪》："白鸥问我泊孤舟，是身留，是心留？心若留时，何事锁眉头？风拍小帘灯晕舞，对闲影，冷清清，忆旧游。旧游旧游今在否？花外楼，柳下舟。梦也梦也，梦不到，寒水空流。漠漠黄云，湿透木棉裘。都道无人愁似我，今夜雪，有梅花，似我愁。"词开篇即为词人自述矛盾困境，因雪的阻隔而无法归家，但他自问之词又是"身留"还是"心留"，显然这种因阻隔而引发的愁绪又不仅仅是因眼前的现实而起。若"心留"为何还是无法愉悦？词人进一步在现实与过去交错的记忆之中，苦苦追寻旧日的欢游，但却是梦中也难以觅到，真正令词人无法愉悦的是今昔的阻隔，那么"心留"又有何用？"无人愁似我"，表明愁绪难解，"有梅花，似我愁"，以物观我，映衬自我的孤独与寂寞，是对其无可归依的生活状态、愁绪难遣的心灵现实的感慨。

在诗词的世界里，怀旧之情、亡国之痛本已不是什么新鲜的情感质素，但蒋捷以其对漂泊流离、无家可归的生存困境的亲身体验来反映今昔有别之悲感，为这一传统内容又辟出了一重新意。如《贺新郎·怀旧》通篇采用比兴之法，叹物是人非，今非昔比之恨："梦冷黄金屋。叹秦筝、斜鸿阵里，素弦尘扑。化作娇莺飞归去，犹认纱窗旧绿。正过雨，荆桃如

---

① （清）谢章铤：《赌棋山庄词话》卷四，唐圭璋编：《词话丛编》第4册，中华书局2005年版，第3379页。

② （宋）蒋捷：《一剪梅·舟过吴江》，《竹山词》，（清）纪昀等编纂：《四库全书》第1488册，上海古籍出版社1987年版。

③ （宋）蒋捷：《一剪梅·宿龙游朱氏楼》，《竹山词》，（清）纪昀等编纂：《四库全书》第1488册，上海古籍出版社1987年版。

菽。此恨难平君知否？似琼台、涌起弹棋局。消瘦影，嫌明烛。　　鸳楼碎泻东西玉。问芳踪、何时再展，翠钗难卜。待把宫眉横云样，描上生绡画幅。怕不是、新来装束。彩扇红牙今都在，恨无人，解听开元曲。空掩袖，依寒竹。"整首词笔法空灵，意象繁多，以典型的抒情形象、具体的抒情意象写出了亡国遗恨与个人失意交杂而成的一种情绪状态。词以美人梦归故里起笔，"素弦尘扑"、"纱窗旧绿"、"翠钗难卜"等意象，直言旧物蒙尘，暗含失落之情，"消瘦影，嫌明烛"则刻画出忧思伤神的状态，"彩扇红牙今都在，恨无人，解听开元曲"，是失时佳人自言其孤寂、凄怨与无奈，结尾处"空掩袖，依寒竹"巧妙化用冯延巳"独立小桥风满袖，平林新月人归后"之意境，笔触充满跳跃感，画面场景多有转换，飞动流转间隐藏着孤独、失落之意，《贺新郎》这个词调，在两宋词人手中一般多填格调豪迈或悲愤之语，词情质实深厚，而蒋捷这一首，则以表现含蓄的情感境界为主，大量采用传统的婉约意象琴筝、斜阳、娇莺、纱窗、明烛等，嵌入美人感旧的含蓄幽婉的情境中，表达生存困境与亡国之恨交织融合的悲凉凄苦，词情隐幽，有言外之韵味。

在词论家和词史研究者眼中，蒋捷所承继的主要是稼轩之风。蒋捷也确为见诸文字的较早对"稼轩体"推尊与体认的南宋词人之一。《水龙吟·效稼轩体招落梅之魂》通过"招落梅之魂"来追忆已经灭亡的南宋王朝，表达黍离之悲，通篇采用比兴之法，"君毋去此，飓风将起"、"叫云兮，笛凄凉些"、"归来为我，重倚蛟背，寒鳞苍些"、"招君未至，我心伤些"① 等，渗透着激越与愤慨。《尾犯·寒夜》表达欲有所为而不得为的孤愤情怀：

　　　　夜倚读书床，敲碎唾壶，灯晕明灭。多事西风，把斋频掣。人共语，温温芋火，雁孤飞、萧萧桧雪。遍阑干外，万顷鱼天，未了予愁绝。

　　　　鸡边长剑舞，念不到、此样豪杰。瘦骨棱棱，但凄其衾铁。是非

① （宋）蒋捷：《水龙吟·效稼轩体招落梅之魂》，《竹山词》，（清）纪昀等编纂：《四库全书》第 1488 册，上海古籍出版社 1987 年版。

梦、无痕堪记，似双瞳、缤纷翠撷。浩然心在，我逢着，梅花便说。①

　　词人寒夜倚床读书，连连感叹没有出现祖逖、刘琨这样闻鸡起舞的英雄来重整山河，以致情绪激昂，唾壶敲碎，更叹世事变化令人眼花缭乱，"万顷鱼天"竟无法包容难以了绝超越的亡国愁思，感情之沉雄，与稼轩词的词境多有相似。词人自始至终都怀有崇高的"浩然心"，但却只能逢着梅花说，以抑笔收束全词，可谓跌宕顿挫，沉郁深厚的情感之中又透发出悲苦与凄清之感。

　　《竹山词》中总是跃动着词人这样一种微妙的心绪：对南宋故国的难以忘怀，对元蒙统治的誓不妥协，对生活处境的无可奈何，对人生道路的坚定不移。这种复杂的心态，使竹山词词情悲郁，词语直爽。蒋捷承辛弃疾而来，但却不及稼轩豪迈雄壮，与辛弃疾抱负相近、渴望用于世的蒋捷，内心则比辛弃疾更加绝望，沧桑变故的现实境况使他再无机会施展"金戈铁马，气吞万里如虎"的报国之志，他已经无力承受"壮岁旌旗拥万夫"的壮大情怀，他的词中多渗合凄冷声情，如"奈旧家，苑已成秋"②"星月一天云万壑，览茫茫宇宙知何处"③ 等。

　　相似的历史境况与生存境遇，引发了清初阳羡家族文人对竹山词的异代同感。陈维崧作《女冠子·癸丑元夕，用宋蒋竹山韵》，徐喈凤作《女冠子·元夕病足自嘲，用蒋竹山韵》，史惟圆作《女冠子·元夕，和其年用竹山韵》，次韵蒋捷作《女冠子·元夕》，乃清代家族文人传承竹山词的重要表征。节序词是宋词中的一个重要主题。李清照于南渡之后，忆"中州盛日，闺门多暇，记得偏重三五。铺翠冠儿，拈金雪柳，簇带争齐楚"，"如今憔悴，风鬟霜鬓，怕见夜间出去。不如向帘儿底下，听人笑语"④，将今

　　① （宋）蒋捷：《尾犯·寒夜》，《竹山词》，（清）纪昀等编纂：《四库全书》第1488册，上海古籍出版社1987年版。
　　② （宋）蒋捷：《高阳台·送翠英》，《竹山词》，（清）纪昀等编纂：《四库全书》第1488册，上海古籍出版社1987年版。
　　③ （宋）蒋捷：《贺新郎·吴江》，《竹山词》，（清）纪昀等编纂：《四库全书》第1488册，上海古籍出版社1987年版。
　　④ （宋）李清照：《永遇乐》（落日镕金），唐圭璋编：《全宋词》，中华书局1999年版，第1208页。

不胜昔的伤今感旧的情怀抒发得缠绵悱恻；南宋遗民刘辰翁依易安之声，言"香尘暗陌，华灯明昼，长是懒携手去。谁知道，断烟禁夜，满城似愁风雨"①，又为这一主题注入了沉郁悲慨之气。元夕词从此超越了节序词的基本层面，被赋予了时代内涵和人文情感，成为抒发伤今怀旧之感的固定模式之一。蒋捷的元夕词亦不例外："蕙花香也，雪晴池馆如画。春风飞到，宝钗楼上，一片笙箫，琉璃光射。而今灯漫挂。不是暗尘明月。那时元夜。况年来、心懒意怯，羞与蛾儿争耍。　　江城人悄初更打。问繁华谁解，再问天公借？剔残红炧，但梦里隐隐，钿车罗帕。吴笺银粉砑。待把旧家风景，写成闲话。笑绿鬟邻女，倚窗犹唱。夕阳西下。"② 因易代之痛及遗民情怀的双重作用，蒋捷这首词较刘辰翁更加个性化。"而今灯漫挂。不是暗尘明月，那时元夜"，悲凉而深沉。繁华难借，唯有将旧家风景写成闲话，词人似乎要轻松面对沧桑巨变，但在内心深处实难挥去。

《竹山词》被清代阳羡家族文人视为文学经典与精神支柱。陈维崧、史惟圆、徐喈凤等人，似乎与蒋氏互知心境，将竹山元夕词中的感伤国家兴亡、个人飘零落魄的哀婉幽怨抒发得更为淋漓沉痛。如陈维崧"叹浮生故国，难把前欢借。蜡珠红炧。总湿透昔日，传柑双帕。春罗愁细砑。也料写他不尽，十年前话。约东风选梦，惹人重到，旧樊楼下"③，徐喈凤感"愁听更鼓城楼打。唤小姬抚痛，难把风流借。短檠花炧"④，史惟圆"掩重门自醉，风月何须借。烛花休炧。待寻理旧句，题残罗帕。粉桃笺细砑。收拾艳思绮语，作渔樵话"⑤，皆是今不如昔的沉痛感叹。他如陈维崧的《个侬·丙午元夕雨》《烛影遥红·丁未元夜》《水龙吟·己酉元夕，洛阳寓署对雪》《探春令·庚戌元夜》《春从天下来·壬子元夕》等一系

①　（宋）刘辰翁：《永遇乐》（璧月初晴），唐圭璋编：《全宋词》，中华书局 1999 年版，第 4087 页。

②　（宋）蒋捷：《女冠子·元夕》，《竹山词》，（清）纪昀等编纂：《四库全书》第 1488 册，上海古籍出版社 1987 年版。

③　（清）陈维崧：《女冠子·癸丑元夕，用宋蒋竹山韵》，《迦陵词全集》卷二十四，张元济纂辑：《四部丛刊》初编第 282 册，上海书店 1989 年版。

④　（清）徐喈凤：《女冠子·元夕病足自嘲，用蒋竹山韵》，程千帆主编：《全清词》（顺康卷），中华书局 2002 年版，第 3082 页。

⑤　（清）史惟圆：《女冠子·元夕，和其年用竹山韵》，程千帆主编：《全清词》（顺康卷），中华书局 2002 年版，第 3837 页。

列元夕感旧词，诉一己怀抱，凄音不减竹山。万树在词艺上也瓣香蒋捷，其《声声慢·秋色》效仿竹山平韵调《声声慢·秋声》，以仄韵协之。

异代同感的共鸣，并不足以显示《竹山词》对阳羡家族文人所有的影响力量，竹山高洁形象与狷介品格，亦是阳羡文士普遍认同的行为楷模。清代阳羡词人中，史惟圆的行迹和怀抱最似蒋捷，曹吉贞《摸鱼儿·赠史云臣》称："绕荆溪，数间茅屋，竹山旧日曾住。吟花课鸟无遗恨，领袖词场南渡。逐电去，谁更续、哀丝脆管红牙谱？湖山如故。又幻出才人，镂冰绘影，抒写断肠句。"[1] 史惟圆词的情调与《竹山词》如出一辙，其行文表达也承蒋捷之法乳，"依旧春光皓，恐梨花落尽，庭院成秋"[2]，"潮打孤城，月迷故苑，总是断肠句"[3] 等句，置于竹山词中，实难辨识。

蒋捷独特的词艺、词境承稼轩而来，抒情悲苦然不流于凄晦柔弱，深沉疏豪，气韵流宕。蒋捷《竹山词》的恨与悲，融会于清代阳羡家族词人群心声之中，在清初勃郁于胸的时代情绪影响下，阳羡诸家借鉴蒋捷之法，通过今昔对比的写实手法来表达故国之思、落魄之痛，深沉悲慨。他们由蒋至辛，与稼轩词脉相通，将家国之痛、身世之感交融于词中，应时而扬稼轩风。因此，情系竹山，已不仅仅是阳羡家族词人群对乡邑先贤开词学先河的崇敬，更是特殊时代背景之下的自觉选择。

---

① （清）曹吉贞：《摸鱼儿·寄赠史云臣》，程千帆主编：《全清词》（顺康卷），中华书局2002年版，第6524页。

② （清）史惟圆：《忆旧游·本意》，程千帆主编：《全清词》（顺康卷），中华书局2002年版，第3834页。

③ （清）史惟圆：《齐天乐·端午阴雨，和片玉韵》，程千帆主编：《全清词》（顺康卷），中华书局2002年版，第3835页。

第二章

阳羡文化家族联姻的特征与意义

集中于具体地域环境中的家族，还需借助某种方式，在时代序列中寻绎适合自身的社会坐标。那么，家族是以怎样的方式体现这个社会性需求的呢？对于六朝的门阀贵族而言，世家的优越性，决定了族人无需在延续家族命运方面做很多努力。而明清时期的家族则不然。他们必须坚守儒业，为世代簪缨而投身科场，以门楣光宠，确保家族声誉。同时，家族成员还自觉结成师友、社友、亲友等关系，以求在社会同一结构层次中互相扶持、共享利益。在这诸种社会关系缔结方式中，最有意味的，无疑是文化家族间的通婚。从人类社会学角度而言，家族联姻是其借重彼此的清华声誉、寻求社会结盟、提升家族声望的重要途径。其实质是通过新的"社会阶层和类别的配置"，使原有的基于道德和情感层面的关系产生质的变化。① 这种变化，必将对地域性家族群体以及萃集在家族联姻网中的家族文人产生重要影响。

第一节 清代方志、谱牒中的阳羡文化家族群像

. 中国传统社会的婚姻观，不仅讲究媒妁之言，还强调门当户对。若从所谓"门户"的视角观照清代阳羡联姻家族，无疑会引发一个有趣的问

---

① 罗时进：《清代江南文化家族姻娅网络与文学创造力生成》，《地域·家族·文学：清代江南诗文研究》，上海古籍出版社 2010 年版，第 51 页。

题，阳羡文化家族是以怎样的标准衡量彼此，方能结为秦晋之好？在解开此疑问之前，我们必须首先对清代阳羡家族做全面而深入地巡视，依据方志、家乘、宗谱、行略、传记等资料，从文献层面梳理各家谱系构成，呈现清代阳羡家族"文化"性累积、固化的过程。

1. 陈氏

陈氏家族是清初阳羡文学家族之翘楚。陈氏文人成就最高、影响最大的是被誉为"江左三凤凰"之一的陈维崧。崧，字其年，号迦陵，文学造诣多端，有《陈迦陵文集》《陈迦陵俪体文集》《湖海楼诗集》《迦陵词全集》等。维崧诸弟亦擅文学，名重一时。二弟陈维嵋，字半雪，有《亦山草堂诗》《亦山草堂词》《亦山草堂南曲》若干卷。三弟陈维岳，字纬云，晚号苦庵，以诗、古文、词名世，有《秋水阁古文》《潘鬂诗》《红盐词》诸集。四弟陈宗石，字子万，号寓园，有《寓园诗集》。

陈氏昆仲的文学才华得益于家族文化氛围的濡染。陈氏家族"盛于前明，掇巍科，魁天下，才学行谊，显于时"①。陈维崧之曾祖陈一经，字怀古，以孝行著称于乡里，人称孝洁先生。陈维崧之祖陈于廷，字孟谔，号中湛，又号湛如、定轩，以刚正气节著称于明末政坛。陈维崧父陈贞慧，字定生，才气丰盈，与清初散文家汪琬、侯方域等相交善，著述包括《雪岑集》《交游录》《皇明语林》《书事七则》《秋园杂佩》等，内容以记载故明掌故和纪念明末"清流"、殉难人士为主，思旧怀贤，表沧桑之感。贞慧有三位兄长。伯兄陈贞贻，字孙谋，号淡慧居士，曾被江左文坛推为主盟。少有才气，居玉潭阁博览群书，包括经史子集及稗官乐府等。才情浩森，"所纂录《大全性理》《苏长公文腴》《纪录汇编》诸书数十万言，旁及脞谈、丛史、稗官、杂俎"，行文风格与眉山苏轼相似，并"撰《当垆》《度世》《桃花》《诗谜》诸传奇"②，文名赫赫冠于一时。仲兄陈贞裕，字孙绳，号雪林；陈贞达，字则兼，号青溪，均为耿介忠诚之士，为时人所称。陈氏族谱称，"怀古、硐云之孝悌，端毅之忠义，青溪之壮烈，淡慧、定生之学行，迦陵之文采风流，一展卷而昭然在目，足以补史

① （清）曹炳：《陈氏缵修宗谱序》，《亳里陈氏家乘》，民国二十九年开远堂藏本。
② （清）陈维崧：《敕赠征仕郎翰林院检讨先府君行略》，《陈迦陵文集》卷五，张元济纂辑：《四部丛刊》初编第281册，上海书店1989年版。

书之缺"①，陈氏之家风与文风由此可知。

2. 储氏

宜兴丰义储氏自副宪公储昌祚以来，丁齿繁衍兴旺，以科第世其家，颇有望名。储昌祚从侄储懋时，字翼子，明崇祯甲申序贡，是明清之际宜兴著名的史学家。一生好学，淹贯群籍，著述等身。晚年因患风疾，置笔砚床褥间，默写二十一史，勒成《编年》《纪传》二书。其他评阅子史的文章，靡不精粹。储昌祚子储福畤，字九斿，清兵下江南后，遂隐居家中读书教子，率群弟课文，教授终身。储昌祚孙储欣，字同人，号在陆，性笃学，嗜经籍，会试不第后闭门著书，有《在陆草堂集》《唐宋十大家全集录》《春秋指掌》等。储欣是储氏家族教育史上的关键人物，他曾开在陆草堂，为族内弟子讲习科举之业，储方庆一支受其影响最大。储方庆，字广期，号遁庵，储昌祚曾孙，有《遁庵文集》二十五卷。方庆五子，储右文、储大文、储在文、储郁文、储雄文皆为储欣门下弟子，于康熙年间先后登第，一时传为佳话。五子之中储大文较有名望。大文，字六雅，号画山，嗜读书，博览群经，被当时学者尊称为画山先生，著有《存砚楼文集》《存砚楼二集》。

方庆孙、曾孙也特多文士，《重刊宜兴县旧志》，《宜兴县志》中多有载。储方庆孙辈有：右文子储开济，字容泉，从大父读书九峰楼，才士麇集，开济为文高出侪辈。诗歌多惊人语，以此自喜，遂弃举子业，绝意进取。凡生平所过名胜悉著于诗。家贫困，遇善举，未尝不力。而好与名人往还，有魏晋风流之目。有《闽峤纪事》《听涛轩诗稿》。在文子储晋观，字宽夫，雍正十年与兄传泰、弟鼎泰举于乡试，时称"三凤"。储晋观连隽礼部试，授翰林编修。好籍古读史，曾充国史纂修，又著《明通鉴纲目》。季弟兆丰，绩学砥行，晚成进士，授徽州府教授，训课生徒，文风丕振。郁文子储元晋，字孟养，诸生，工制艺，克世其学，性尤谦退，无城府。弟元临，亦诸生，家贫好学，年未四十卒，著有《缃芸阁诗稿》。雄文子储国钧，字长源，家多藏书，博览强记，能文章，尤喜为诗，自魏以来诸名家乐府古今体靡不精究，独宗尚唐人诗，日益工。入太学屡试不

---

① （清）任烜：《庚辰重修族谱序》，《亳里陈氏家乘》，民国二十九年开远堂藏本。

隽，乃浪游淮湘金陵浙闽诸山水，所至以诗酒自娱，晚年复精词律，一生著述丰富，有《一壑风烟集》二卷、《抱碧斋集》二卷、《於戲集》二卷、《倚楼笛谱词》二卷。储方庆曾孙辈有：储建枢，字玑政，附贡生，以绩学能文世其家。储赐书，字玉衡，少颖迈，读书数行，为文俊发英敏，风驰霆击，援笔洒洒日成。刻苦好学，坐卧九峰楼，研究经史，造诣甚精。储赐书弟储实能，精研经史，学者称璞庵学生。储实能弟储实书，字玉森，少聪慧，承祖训，得行文真诀，兼工诗赋古文。生平读书丰裕，手未曾释卷，熟于经史，晚年尤喜为诗，脍炙人口，顾懒不收拾，迄无专集，时谕惜之。储实书弟储秘书，字玉函，为官有政绩，被罢后归隐乡里。其人性情淡薄，好读书，浸淫经史，精研历代文学大家得其间奥，文格屡变益上，所著有《缄石斋集》四卷、《试帖》一卷、《花屿词》一卷行世。储研璘，字砚峰，工古文辞，纵横轶荡，出入韩苏诸大家。晚年精碑铭序记，一切琳宫梵宇制作多出其手。既登贤书，主舒城龙山书院讲席，有《偏园古文集》四卷。

储欣，及其子储芝，字五采，号梅颖；其孙储掌文，字曰虞，号云溪；其侄储方庆、侄孙储大文等以古文相砥砺，形成了地方性的家族文学群体。清人钱维城称："余自束发读书作举子业，即见所谓储氏六子文者，在陆先生与其群从家塾课文也。及长与太仆、梅夫、广文、茗坡为同年，益得尽交储氏昆季，皆恂恂儒雅，言行不苟，而其文章大都踔厉风发，不可一世，以为储氏之才莫盛于是矣。"① 储氏古文呈"家学"特色，蜚声海内。

3. 万氏

宜兴万氏以"醇谨"为家训，贤人君子如林，"方正如溪庄公，理学如古斋公，孝友如希庵公，勋德如文恭公，正直如舆调公，循良如九云公，其大节具载国史"②，济英之彦累世而出，"为庵处士之诗学、怀蓼舍人之史学、红友先生之词学，以及铜麓、兰鹤二儒生之书，皆是衣被艺林"③，可谓繁盛。

---

① （清）钱维城：《储氏诗词稿选序》，（清）卢文弨纂，庄翊昆校补：《常郡艺文志》卷六，清光绪十六年刻本。

② 《万氏宗谱序》，《万氏宗谱》，清光绪九年木活字本。

③ 同上。

　　万氏家族中，万吉、万士和一支最为兴旺。万吉，字克修，明代著名理学家。万吉"为人方严刚峻，刻意师先儒，尤尊朱子，"……"后学者多师事之，称为古斋先生，以其行古人之道"①。万吉兄万善，字克一，好读古书，长于吟咏，有《为庵集》三卷。万善作诗"宗唐人而兼收宋元。……诗成卓有岩穴风味。然惟纪舆一时，不祈长誉"，"五言简澹幽野，稍振大历余音。七言近体，清婉平幽，蔚有情致。……绝句善屈折，时出新意，高者可与樊川争衡"②。万吉生三子，士亨、士和、士安。万士亨，字思通，少奉父训，规行矩步，不失绳尺，善属文。以孝行著称，"闻父讣，水浆不入口者三日，捧灵位徒行九十里，抵舟，哀毁愈切，至家无顷刻离柩，侧戚若负重罪，踰五月竟不起"③。万士和，字思节，与兄士亨同为明嘉靖辛丑进士，受父学影响，以理学而著，曾从唐荆川游，切磋行学。士和论学以诚静为宗，以躬行为实。身当仕宦之时，实心任事，颇有政绩；闲居之后常与一二知旧徜徉于山水之间，悠然自得，所著诗文通畅而邃于理，有《履庵文集》若干卷。士安，字思迁，以明经终。少承父训，以践履笃实为学，既长师事唐荆川，荆川爱其清约谨厚，每以寡过称之。士亨早卒，其子尚幼，士安未能以功名立业，万氏这两支逐渐衰微，独有士和一支发展比较好。

　　万士和子五：万春、万习、万会、万智、万曾。万士和曾孙万迅，字叔翰，生而笃孝。万迅子万夔辅，字伯安，因其居鹤鹕楼，又号鹤楼居士。夔辅承其家学之风，善工诗词，著有《鲭余集》《餐荸词》等。夔辅子万松龄，字星钟，乾隆二年召试博学鸿词第一，授翰林院检讨。好奖励后进，谆诲子弟有所成就，编纂史书，至老不倦，有《思俭楼集》十二卷。松龄弟万椿龄，亦能诗。万夔辅及其子孙以诗文传家，清人王豫深有感触："壬申秋，余以事羁郡城，寓古木兰院，……闻训导万先生砺斋籍宜兴，余诣署斋坐甫定，先生即出示诗数十册。……整冠揖

----

① （清）李先荣等原本，阮升基增修，宁楷等增纂：《重刊宜兴县旧志》卷八《人物志·理学》，清光绪八年重刻清嘉庆年本。

② 《为庵诗集序》，《万氏宗谱》卷二十六，清光绪九年木活字本。

③ （清）李先荣等原本，阮升基增修，宁楷等增纂：《重刊宜兴县旧志》卷八《人物志·孝行》，清光绪八年重刻清嘉庆年本。

余，示以令高祖伯安明经《鲭余集》《鲭余集续集》各六卷，令祖拾樗上舍《红杏集》十四卷，尊公泰逢上舍《风月吟》六卷，叔祖廷大令《鸡肋编》，香南上舍《小兰山房集》共五家。"①

在对阳羡万氏的家系钩稽过程中，笔者进一步厘清了万树的家世脉络。这位才学卓著的阳羡文坛巨擘一生落魄漂泊，以至于身世背景也湮没无闻，严迪昌先生《万树三考》一文对其宗亲已略有考辨，但尚有语焉不详之处有待落实。

万树，字红友，又字花农、号山翁，又号三野先生，系明清时期宜兴地区显赫一时的文化望族——宜兴万氏的裔孙。现上海图书馆存《（宜兴）万氏宗谱》残本，虽世系部分有残缺，但仍有线索可析出万树之亲眷。《万氏宗谱》卷十九载："（万）晓，字子寅，别号存希。万晓有四子，长德绪，郡诸生，孝友诚笃而济之以敏，能世其家。……次德纯，……次德纲，邑诸生，质颖志锐，将以文起家……次德绳。"② 同卷《通州学正万云庵公墓志铭》称："万姓著阳羡，实自濠梁徙也。迨文恭由中秘至礼部尚书，始大显。戊午，余典留都，试籍行远，亟闻之，则公之从曾孙也。行远卷奇甚，予意必有海之似者，见及籍，则云庵公其父也……公讳德纲，字锦倩，云庵其号也。……少有成人之尚，读千古书，舞勺就有，司试辄冠，多士交，日益而有名而学益笃。……行远曾与子言，乃父好学，坐卧一小楼，读倦取饮，饮罢复读，课行远及诸叔季以下子弟，皆如之：且句且读，且负且祝，克疑晰义，动至夜分。……（云庵公）生男近，即行远，娶太常寺典薄康侯吴公女。……"③ 又《万氏宗谱》中《意园集自序》云："意园者，阳羡万子西溪别圃也。万子，名近，字紫函，后更名濯，自号蓉石。读书园中垂廿年，乃弗获，竟厥修，而以微禄自见，非其志也。园近鹤鹯楼，为先司勋宗伯旧读书处。故建鹤凄草堂，而圃书颖素随之。园以意名，非当世士大夫所为亭台池馆者也。背大溪临长川，清涧右来，铜峰前峙，秋岚春霭顷刻万状，独坐领之，悠然有得，遂诛茅治，畦茸叠砌，杂植花木，手自浇艺，阅数年而庭阴森森。凡所布置惟意所不加点缀，每一开卷，胸冒豁如，疑与王

---

① （清）王豫：《五家诗选序》，《万氏宗谱》卷三十六，清光绪九年木活字本。
② （明）唐鹤徵：《万君子寅墓志铭》，《万氏宗谱》卷十九，清光绪九年木活字本。
③ （明）郑以伟：《通州学正万云庵公墓志铭》，《万氏宗谱》卷十九，清光绪九年木活字本。

子猷倪高士对语。客至携手坐，花樵青荐茗，茗尽而继以酒沿。东坡羹鸣，渊明琴颓，然自放不知身在苍烟绿漪之间，此意园之所由名也。……"① 又万树《沁园春·寄泽州王伯升》题下小序曰："……先大夫所赠《意园集》尚什袭笥中。"② 且《重刊宜兴县旧志》有"万德纲正学以子濯秩，赠户部郎中"③ 的记载。将这些分散的资料汇集起来，万树身后的家族文化链可清晰勾勒：万树父万濯，本名万近，乃万德纲子，万晓孙，万士安曾孙。万士安、万晓、万德纲、万濯皆为才学之辈，万濯"在淮阴以庾使者御闯守河，尽瘁而殉"④，又以忠义而闻，万氏之门庭环境，万树之教养氛围可想而知，家族文化精神的影响不言而喻。

4. 任氏

任氏乃阳羡望族之一，诗书传家，科第昌盛，硕儒辈出。诗文方面，以明末清初时的任源祥最著。任源祥，又名元祥，字王谷，号息斋，自号善卷子，少年早慧，秉性端方。本明季诸生，鼎革后弃之，隐于乡里。平生寡言笑，但及作诗文，下笔千言立就，四方名士多与之游。宁都魏禧、商丘侯方域、毗陵董以宁、吴门钱禧、同邑陈贞慧、吴湛等，先后与定交。元祥好经义，精研经世之学，颇有见地，被尊称为息斋先生。

任源祥从侄任绳隗，字青际，早负才名，年十五游庠，文名甚噪。初事张溥，颇与社事，声名寖盛，壮游京师，蜚声国学。顺治十四年登贤书，受奏销案牵连，不得试春官，于是肆力玫典，于学无所不窥，殚心著述，斐然进于著作之林。有《直木斋集》十三卷，包括诗七卷、词三卷、文三卷，其文健而雅，其诗高而洁，与任源祥风格迥异。《清诗纪事初编》称："绳隗文不及源祥坚卓，亦俊快可喜，而诗词清丽则过之。元祥诗专学杜，与侯朝宗合。绳隗则由长吉以摹云间，与陈维崧齐名。"⑤

————————

　① （明）万濯：《意园集自序》，《万氏宗谱》卷二十六，清光绪九年木活字本。

　② （清）万树：《沁园春·寄泽州王伯升》，程千帆主编：《全清词》（顺康卷），中华书局2002年版，第5619页。

　③ （清）李先荣等原本，阮升基增修，宁楷等增纂：《重刊宜兴县旧志》卷七《选举志·封赠》，清光绪八年重刻清嘉庆年本。

　④ （清）万树：《沁园春·寄泽州王伯升》，程千帆主编：《全清词》（顺康卷），中华书局2002年版，第5619页。

　⑤ 钱仲联：《清诗纪事》（顺治朝卷），江苏古籍出版社1987年版，第1937页。

任绳隗从兄任绳宠,字吉士,布衣,工诗,明亡后隐居宜兴鹿堡山房,著有《翠微山房集》。任绳隗子二,长葵尊、次天远,皆能文善诗,并有才名,论者比之眉山苏轼、苏辙。任尊葵亦善文,徐元文称其文"天划神镂,往往非思力之所及,而自合于绳削"①,独具特色。

雍正年间,任氏家族出理学大家任启运。任启运,字翼圣,号钓台,世称钓台先生,雍正十一年进士,官至宗人府府丞,有《清芬楼遗稿》传世,另《四库全书》中收《周易洗心》九卷、《礼记章句》十卷、《孝经章句》一卷等经学专著。

任启运裔孙任道镕,字砺甫,别字篠沅,晚号寄鸥,又号寄翁,有诗集《寄鸥游草》传世,其自序曰:"仆宦游三十年矣。每转一阶必调一省,坐言起行,多不尽记忆。但举足迹所经之地,记事编年,感怀赋物,于舟车行路时,追述大略,信口而成。往往经年累月治一事、止叙一二语者,亦有累篇叠句。尚言不尽意者,不足言诗,更无暇论诗。既不自知其琐杂,故属词之工拙,亦所弗计,聊志泥爪云尔。"② 任道镕诗有纪实性风格,近于先祖任绳隗。"篠沅通籍后,举宦迹所历,略举大概,藉诗以存之,无待于谱。而刀剑袴襦之歌、堤防疏沦之政、雪理纠察之智、迁擢知遇之来、舆夫伟器箐人之待,析剖而彰者,悉见诸诗,故其诗沉郁劲拔之作居多。……余尝读青际封翁《直木斋诗集》,精深古茂,规矩在前,宜乎根柢有自来哉?"③

5. 史氏

宜兴史氏,以史孟麟为祖的玉池公派文化成就最为突出,经史文学皆有所长。史孟麟子史汤诰,字纪商,"公弱冠游庠,屡踬琐闱,补太学生,性闲淡,厌城市喧嚣,于南郊篠岭营一小园,引流叠石,环植花果,率诸子课诵其中,自号为祇园"④,性情恬静,追求风雅之趣。

汤诰子史惟圆,字云臣,号蝶庵,清初词坛名家,与陈维崧、徐喈

① (清)徐元文:《植木斋集序》,(清)任绳隗:《植木斋集》,清光绪刻本。

② (清)任道镕:《寄鸥游草自序》,《寄鸥游草》,清光绪十三年刻本。

③ (清)黄倬:《寄鸥游草序》,(清)任道镕:《寄鸥游草》,清光绪十三年刻本。

④ (清)储欣:《祇园公既储孺人传》,史之藩等纂修:《义庄史氏宗谱》卷二十一,民国二年木活字本。

凤、任绳隗等多有唱和，有《蝶庵词》。史惟圆从兄史纪夏，字大音，以制艺擅场，授经著，所著有《尚书翼注》《论孟臆解》等，后学多游其门。性嗜酒，每饮酣兴发狂，歌时曲，诙谐玩世，或以晋人风流目之。

史孟麟冡孙史泓，字善长，以孝而著，家居谨守先业，吟诗作文无间寒暑，以训子孙为务。史泓子史陆舆，字亦右，号警庵，又号舫庵，康熙十八年进士，授翰林院庶吉士。自幼嗜学，读书目数行下，终身不忘，为文援笔立就，洒洒数千言。其诗文淳茂恬雅，有《舫斋诗集》。史陆舆从弟史逢年，字荆溆，以诗见长，风格明丽，兼擅樊川、玉溪之胜，有《滆湖诗草》，储在文为之作序。史陆舆孙史曾期，字沂少，雍正元年顺天经魁授内阁中书，少精敏，角艺之余尤工吟咏，兼善晋唐楷法。史逢年孙史元颍，字映川，自号奕园，工诗善文，训子弟勤学砥行，以敦睦为务，一时学者宗之，咸称为奕园先生，有《秋树轩诗集》。

乾隆时期著名词人“宜兴二史”史承谦、史承豫系史泓裔孙。史承谦，字位存，号兰浦，著有《秋琴集》《小眠斋词》《青豆轩诗话》等。史承豫，字衍存，号蒙溪，著有《苍雪斋词》《苍雪斋诗文集》《蒙溪诗话》《碧云亭杂录》等，并辑有《荆南风雅》《国朝词隽》。兄弟二人才思清隽，穷年不废吟咏，诗格清丽，并擅诗词之名，《宜兴县志》对其兄弟之间诗词唱和的情形略有描述，“每伯仲唱和，谐谑风生，见者以为晋宋人复出”①。史承谦、史承豫父史凤辉，《宜兴县志》有传：“史凤辉，字南如，夙慧能文章，补郡庠，援例入太学，雍正七年举京兆，授内阁中书。丁外艰归服阙，转内阁典籍寻，擢湖北武昌府同知兼摄剧县事。时汉川岁饥，民几变，凤辉委曲申谕，立时解散详情补赈，众心悦服，移摄黄梅。有积案百余，数日内断决略尽，无不平允。署施南府，苗民刁犷难治，辉镇之，以静柈鼓不惊。署浙江杭州东海防同知，两充同考官，所取多名士。甲戌奉旨以知府衔管武昌府同知事，戊寅春告归。卒年八十。著有《楚中纪行诗》《藕庄文钞》行世。”②又据《清人诗文总目提要》载，

<hr/>

① （清）阮升基修，宁楷纂：《宜兴县志》卷三《人物志·文苑》，清光绪八年重刻清嘉庆年本。

② （清）阮升基修，宁楷纂：《宜兴县志》卷三《人物志·治绩》，清光绪八年重刻清嘉庆年本。

史凤辉所撰《藕庄文钞》不分卷，乾隆二十年胡鸣僖刻，有佚名批语，但《楚中纪行诗》未见有书传世。

6. 吴氏

吴氏乃江左名族，世以文行著。宜兴吴氏人脉旺盛，支派较多，其中吴达可支和吴达德支比较发达。吴达可，字叔行，有《诸儒语要目省编》《安节奏疏遗稿》《荆南漫稿》诸书。达可子吴正志，字子矩，幼承家训，讲学东林，有《泉上语录》《云起楼诗文集》。正志子三，洪亮，字允执；洪昌，字亦如；洪裕，字向卿、号枫隐。《宜兴县旧志》载吴达可一支科甲蝉联五世的盛况："吴达可，万历五年进士；……子吴正志，万历十七年进士；……孙洪亮、洪裕举人，洪昌进士；曾孙贞吉举人，贞庆进士；元孙元臣进士。人以为德业之报。"①

吴达德支的子孙多以诗文著称。吴达德，字叔懋，号西云，少擅才名。长子吴正己，字舆则，号雪石，万历乙卯举人，博学好施，与孙慎行、高攀龙、文震孟、张纳陛等曾讲学东林书院，有《开美堂文集》。次子吴正心，字诚先，号鹭山，明崇祯庚午举人，有《滇中诗集》十卷。吴正己子三，吴邃、吴洪化、吴春枝，明崇祯丙子乡试三人同登榜，盛传于一时。吴洪化，字以蕃，号贰公，著有《屑云词》。吴洪化有二子。长子吴本嵩，原名玉麟，字天石，诸生，有《都梁词》。次子吴梅鼎，原名雯，字天篆，清康熙二十七年（1688）序贡，有《醉墨山房文稿》。

明清之际，较有名望的吴氏族人还有：吴炳，字可先，生而文秀，天赋逸才，所著有《说易》一卷、《乐府五种》及《绝命诗一百首》行世。吴湛，字又邺，吴洪裕族孙，明崇祯丙子中副榜，鼎革后弃之，以诗酒自废，有《匣吟草》《粤东纪游》诸书，与任元祥、陈维崧论交最深。吴士贞，字元滋，有《冰心斋集》《三草斋集》。士贞子吴固本，字白涵，有《狎鸥矶诗词稿》。

7. 徐氏

徐啫凤，字鸣歧，幼贫，习农之时，常窃听塾师讲论，遂通大义。勤

---

① （清）李先荣等原本，阮升基增修，宁楷等增纂：《重刊宜兴县旧志》卷八《人物志·忠义》，清光绪八年重刻清嘉庆年本。

奋好学，有《滇游诗草》《愿息斋诗文》《绿荫轩词》《读史随笔》等。弟徐翙凤，字声歧，天资敏异，经史百家无不贯通，工诗词，同邑许旻凡、黄珍百、陈其年咸推其才气奇崛，视兄喈凤殆有过之，年近强仕，绝意进取，乃筑我园、馌亭以自娱，自号馌亭老农，著有诗词行世。

徐喈凤子徐瑶，字天璧，又作天碧，号瑞斋，又号离骚墨人，康熙贡生，家学深厚，诗赋古文，无不擅绝，经史子集，靡不研极间奥，为众多名家所推重。有《学古堂稿》，亦名《桂子楼稿》，分骈体、古文、词集三类，又有《爱古堂俪体》四卷、《续集》四卷，其《双溪泛月词》（又名《桂子楼词》）被录入《百名家词钞》。徐翙凤子徐玑，字天玉，别字畏山，少承家学，工诗文，与从兄瑶齐名一时，有《湖山词》亦入《百名家词钞》。徐瑶子徐洪钧，沉毅好学，绩学工诗，有《栗亭集》。

8. 蒋氏

蒋如奇，字盘初，善书法，与董其昌齐名，有《净云枝帖六种》行世。好登临，每遇佳山水，辄有吟咏，诗格清苍古秀，能自称家，有《咏风堂漫记》。弟蒋如纮，字叔度，好以诗抒写性情自适，亦善书，尤工行，得兄之笔法，有《草韵墨海》。蒋如奇侄蒋永修，字纪友，与陈维崧友善，有《怀堂集》《蒋慎斋集》。蒋永修弟蒋永俶，字采臣，生平所著制艺及诗歌甚多，然不自收拾，随即散失，未得存世。蒋永修子蒋景祁，字京少，生而颖异，质貌魁杰。少长，诵经史如夙授，行文洒洒数千言。立就，为诗词，与陈维崧等人相酬唱。有《东舍集》五卷、《梧月词》二卷、《春秋指掌》、《九代说史》诸书。

9. 潘氏（一）

清代居于阳羡的潘氏有两支。其一为潘守正家族。潘守正，字子贞，明万历己丑进士。守正长子潘绍谟，字懋嘉，清初名誉阳羡的文学高才。守正次子潘绍显，字景纯，有《余清园集》。绍显有二子，潘廷瑜、潘廷选。廷瑜，字君钦，有《西园集》。廷选，字均范，号晓山，早年潜心理学，于《西铭》《太极》诸书颇有悟道；后亦喜诗，有《斗映楼文集》《双桂轩诗集》。潘廷选曾与同乡好友周启隽、陈维崧、任绳隗、徐喈凤等人联吟。廷选子潘宗洛，字书原，号巢云，康熙戊辰进士，有《潘中丞集》四卷。《四库全书总目》称宗洛之"诗文多台阁之作。奏疏、序、记、家训等篇，明白质直，视其文颇为胜之"①。潘宗洛较为擅长古体，少时曾拜任源祥为师，学习古文。后转入储欣门下，为储在陆之名弟子，与同邑吴芥亭、陈枋、储右文并称英隽。

10. 潘氏（二）

阳羡潘氏另有潘瀛选、潘眉、潘祖义、潘履一族。潘瀛选，字仙客，清顺治已丑进士，《大清一统志》载其政绩曰："知河间府，营兵以饷不时给，夜革炮，声四震。瀛选升堂，召其弁，约束之，诸弁服。瀛选立为解散，质明而饷亦办，人服其应变才。"② 潘瀛选子潘眉，字元白，号芎庵，长于古文词，曾与陈维崧定《今词选》，有《樗年集》。潘眉三子，本仁、行廉、秉礼，皆受业储在陆，以工制义名邑中。行廉，名祖义，性喜为诗，尤善填词，得南宋诸家之长。祖义子潘履，廪生，文学有名。

11. 路氏

宜兴路氏以路云龙一支最为显盛。路云龙，字伯际，忠信沈潜，为万氏理学家万士和弟子，有《毛诗讲义》《牧政译编》《思石十议》《祀乡贤》。路云龙子路文范，字先卿，明崇祯戊辰年（1628）入进士之榜。路文范子路进，字修期，与父同时登第，被传为儒林佳话。路进有《天香阁遗集》。路进弟路迪，字惠期，号海来道人，擅长戏曲，有传奇《鸳鸯绦》。据《重刊宜兴县旧志》载，路迪善骑射舞槊，能万人敌。明末流寇纷扰，曾欲倾结天下奇士为君父排忧。明亡后隐居不出，散家客而去，居于玉潭罨画间四十余年。路迪二子，路培、路坚，皆承父志，勤读父书。路迪孙路觐，字莱北，有经济之才，雍正九年以麟经中乡试，联隽南宫，历任江浙州县，多惠政。学问淹贯，兼工丹青。路进同辈路迈，字子就，与弟路遴，字子将，互为师友，先后登榜，为路氏家族之盛事。路迈有《望古斋集》《种玉楼诗》，路遴有《明心录》《梦余诗草》。

12. 曹氏

宜兴琅玕曹氏中曹湖、曹亮武、曹臣襄等较有闻名，是清代阳羡家族文人雅集互动的主要骨干。曹氏祖先皆为明末名宦，曹臣襄六世祖曹司烈，任

---

① （清）永瑢等撰：《四库全书总目》卷一八三，中华书局1965年版，第1664页。

② （清）和珅等奉敕撰：《大清一统志》卷六十一，顾廷龙主编：《续修四库全书》第613册，上海古籍出版社2002年版。

云南左布政使；五世祖曹福孙，任太常寺主簿；曾祖曹三旸，任工部尚书。曹湖，字二隐，有《奈香亭词》，又名《青山草堂词》。曹亮武，曹湖弟，字渭公，别字南耕，有《南耕草堂诗稿》三卷、《南耕词》六卷、《岁寒词》一卷。曹亮武嗣父曹茂勤，字日文，聪颖擅文，岳丈陈于廷曾命其为文，三试三得，陈于廷称善，惜过世较早。曹亮武子曹臣襄，字思赞，号秋坪，后改名在丰，字湛斯，有《月舫词》。储大文《湛斯曹子传》称："琅玕曹子在丰，字湛斯，五世祖明南京工部尚书曹三旸；高祖福建布政司使司烈；曾祖太常寺典薄福孙；祖高才生茂勤，朝宗侯氏所铭曹秀才者也；父国朝贡举竣铨司训亮武，其年陈氏曾昕夕骈吟，而文友董氏遗书，极论文史仪象者也。湛斯少沉默，不逐嬉游，日坐呆亭作行草，……湛斯书独嗜森瘦，端劲，蕲上，宗汉扶风，……近世曹氏纯儒，湛斯实克敦行之。"①

第二节 清代阳羡文化家族的联姻及其影响

探寻一家之家风与文学的特点，一般遵循按世系铺衍、顺时而下的思路；对特定地域内家族群体的综合观照，则应采用共时性与历时性结合的双线视角，尤其要特别注意共时性内家族间通过怎样的方式与途径结为共同体，促进彼此的融洽与稳定。对于清代阳羡文化家族而言，他们主要通过彼此联姻来实现提升社会地位、增进人际情谊的目的。以联姻为纽带，家族内部的"文化链"，与家族之间的"文化丛"相依相生，联姻网中的不同血脉的阳羡文人，共同担当了传承地域文化、繁荣地域文明的历史重任。

一 阳羡文化家族的共同特点

通过以上文献梳理稽考，清代阳羡文化家族的规模性、密集度隐然可见。通过对清代阳羡各家世系流变的文字性概述，不难发现，这些家族往往呈现出家族生命力旺盛、家族人才辈出的发展态势，如前文所列陈氏、

---

① （清）储大文：《湛斯曹子传》，《存砚楼文集》卷十三，（清）纪昀等编纂：《四库全书》第1327册，上海古籍出版社1987年版。

潘氏、徐氏、路氏等，一门风雅，至少保持三代，而储氏、万氏、吴氏等，甚至要延续五代以上。且各家均有其秉持的家风祖训，各有其所擅长的家学特色，家族人才的文化建树与家族生命承衍相并相行，家族文化成就随着时间推演，渐积丰厚，愈显优势。基于此，我们将阳羡陈氏、储氏、万氏、任氏等家族称为文化家族。

总体而言，清代阳羡家族最为突出的文化共性，是各家都传承了崇文尚儒的家风与家教。从宗谱、家乘的记载来看，以上所列阳羡家族大都是宋元之际迁居到此地。前文曾提及，阳羡地理位置偏僻，少富商巨舶之往来，相对较为封闭，传统文化根基可在此地深植，自宋以后，诗书传家的民风习俗确实在阳羡极为盛行。受此熏染，迁居阳羡的陈氏、储氏、吴氏、万氏等家族，在其发展过程中，大都以学文读书为上，以科第望其家。这由县志、府志等各类方志中屡被称颂的清代阳羡文化家族便可知，如《宜兴县旧志》载吴氏家族"科甲蝉联五世"，其中吴达可，万历五年进士；……子吴正志，万历十七年进士；……孙洪亮、洪裕举人，洪昌进士；曾孙贞吉举人，贞庆进士；元孙元臣进士，人以为"德业之报"①。储氏家族"三凤家声"，即康熙五年，储方庆、与兄储善庆、堂侄储振登同榜进士；雍正十年，储晋观、储传泰、储鼎泰同中举人，名震一时②；同时"五凤齐飞"，储方庆五子右文、大文、在文、雄文、郁文同登进士榜③，成艺林佳话。又据《万氏宗谱》《陈氏家乘》《储氏族谱》等谱牒文献，万氏家族因明代中期万士和、万士亨兄弟同时登第而名列望族。陈氏家族于晚明因陈于廷、陈一教、陈于泰、陈于鼎等人先后登第、同朝为官而称望于乡邑。储氏家族因晚明储昌祚、储国祚、储显祚等先后登进士榜被视为名士之族。由此可见，阳羡文化家族以追求科场成功作为家族发展的重要途径。

科考的现实目的，是获取仕进资格，保证家族声望延续、扩大，一门

---

　　① （清）李先荣等原本，阮升基增修，宁楷等增纂：《重刊宜兴县旧志》卷八《人物志·忠义》，清光绪八年重刻清嘉庆年本。

　　② （清）李先荣等原本，阮升基增修，宁楷等增纂：《重刊宜兴县旧志》卷八《人物志·文苑》，清光绪八年重刻清嘉庆年本。

　　③ 同上。

之中高中科举、出仕为官者的数量规模，往往又体现了家族人才的团聚性。纵览前文所列清代阳羡家族，科举越发达，人才丛聚现象越突出。这样的家族发展规律，并不仅见于清代阳羡。就阳羡所属的常州府而言，"武进庄氏明清两代有进士 40 人，其中庄存与是乾隆十年（1745）榜眼，存与弟培因为乾隆十九年状元，所谓兄弟鼎甲之家；又如武进吕氏，其在清代一朝，举人即有 24 人，进士亦有 9 人，科第亦可谓盛矣；又如锡山秦氏科第亦盛，在清代，秦松龄为顺治十二年进士，松龄子道然为康熙四十八年（1709）进士，道然子蕙田为乾隆元年进士，是祖孙三代进士之家"①。

家族人才的培养，离不开家族的文化教育。如清代阳羡的科举望族储氏，教育与科举并举，储氏族人储懋时、储福畴、储欣、储芝、储大文等集中族内弟子，讲学传文，训导族中后学，族人以勤奋刻苦的精神读书修业，如储大文"行车坐褥中，手不释卷。每书贾至，有未尝见书，亟置案头，穷日夜纵览"②，读书勤勉；储振"丙午临场，昼夜振读，饥渴少充，辄朗诵达旦"③，认真备考，通宵达旦。

阳羡家族文人在读书课业的同时，注重积累一定的学术优势或文学优势，逐渐形成明确的目标，并经几代人的不断努力，在此领域积累大量成果，形成家族文化成绩，并以此作为家族文化精神的重要内核。随着家族生命的承衍，延续于血脉之中的某种学术文化优势，最终融会为独特的家学传统。如储氏家族尤擅古文，陈氏家族则以词鸣，吴氏家族以诗文而著称，万氏家族专攻经学。这不断凝聚于家族血脉中的学术或文学成就，是成就其为文化家族的重要内因。从地域层面综而观之，虽然各个家族的文化素养及其各自擅长有所不同，但是在特定的时空，稳定发展的文化家族，依托于家族婚姻圈的建立，则容易产生家族学术、文学"叠加"关系，形成特有的地缘文化现象。

---

① 路海洋：《社会　地域　家族：清代常州古文与骈文研究》，凤凰出版社 2014 年版，第 53 页。

② （清）李先荣等原本，阮升基增修，宁楷等增纂：《重刊宜兴县旧志》卷八《人物志·文苑》，清光绪八年重刻清嘉庆年本。

③ 同上。

二　清代阳羡文化家族联姻观念与模式

清代阳羡文化家族间具有与生俱来的地缘性，以此为基础而展开社会交往，易形成趋同的社会观念，从而产生密切联系。这种以地缘关系为基础的家族间的一般性交往，积累到一定程度后，必然要引发质变，而在重视宗族血缘关系的中国传统社会中，"合二姓之好"的联姻，无疑成为建立超越地缘交往关系的最佳方式。阳羡文化家族正是"利用联姻策略来实现自己的社会和政治目的"，"借助联姻形式强化自身的组织性"①，形成以血缘和亲缘为纽带的家族联盟，使彼此更为稳固，并以此来影响一时一地的政治、经济、文化的发展。

阳羡文化家族联姻，是以某一姓氏为中心，通过婚姻与他姓望族不断进行社会交往的过程，在这一过程中起决定作用的是双方家族的文化素养，这是家族文化积累沉淀的结果。以陈维崧家族的婚姻为例，维崧祖父陈于廷有四子，长子陈贞贻配本邑路氏女，乃路云龙的孙女；次子陈贞裕娶同郡进士吴道行女；三子陈贞达娶配常州进士郑振先女；四子陈贞慧娶同郡进士汤兆京女。陈于廷的两个侄儿陈贞元、陈贞禧分别娶万炯女和万震祈之女。陈于廷的三个女儿分别适举人吴洪裕、庠生曹懋勤、进士吴简思。陈于廷养女杜氏适进士吴正心。陈于廷弟陈于明的女儿，长适太学生万诚，次适明戊辰进士路进，三适壬午解元癸未进士卢象观。陈于廷弟陈于宬的女儿，分别嫁太学生储懋学，庠生徐苏。显然，陈氏家族在其择婚过程中，非常重视对方的文化背景和功名成就。陈维崧家族本身就具有深厚的文化积累，以诗书传家，而与陈氏有嫁娶关系的吴氏、曹氏、万氏、卢氏等，亦世以风雅为胜，文化层次较高，体现了重视文化门第的择婚观。反观之，吴氏、曹氏、万氏、卢氏等选择陈氏，也同样是以陈氏文化声誉作为一个重要标准。

以上阳羡文化家族的联姻，说明了清代阳羡文化家族坚定的文化取向和处于共同社会层次的内在要求，而正是这种"取向"和"要求"的不

---

① ［美］艾尔曼：《经学、政治和宗族：中国帝国晚期常州今文学派研究》，赵刚译，江苏人民出版社 2005 年版，第 41 页。

断实现，使得其联姻行为具有规模效应，这主要在反映家族联姻模式上，具有世代连续和连环共存的特点。

清代阳羡文化家族联姻，往往并不满足于单一的嫁娶关系，而追求世代缔结"秦晋之好"。以清初阳羡吴氏与陈氏的联姻为例，缔结了四代婚姻，纵向历时长、辈分衔接紧。首先是吴洪裕娶陈维崧姑母，其次是吴洪裕之子吴本嵩娶陈维崧堂姐，再次是吴洪裕孙女嫁陈维崧弟陈维岳，最后是吴洪裕曾孙女嫁陈维崧子陈履端。阳羡文化家族的世代联姻，形成了亲戚关系的累复叠加，如储氏与陈氏的婚姻，储懋学娶陈维崧堂姑，储懋学之女又嫁陈维崧，陈之堂姑又是他的岳母。此后，陈维崧孙陈克猷又娶储懋学曾孙女。又如万氏与陈氏的婚姻，万复古娶陈维崧表妹，万复古子万峰娶陈维崧女，陈维崧女的表姑同时兼为她的婆母。再如吴逢原娶储欣妹，吴逢原侄孙吴来燕娶储欣女。阳羡文化家族间的世代婆嫁，可能会出现暂时性中断，但很快就会因文化门第对等而"再续姻缘"，如储氏与史氏，明末储昌祚女适史汤诰，因储昌祚与史汤诰"同登万历壬午贤书，契甚，因此以次女为公配"①，储氏女与史汤诰之子即著名词人史惟圆。在这一桩史、储联姻之前，史汤诰的曾祖母也是储家女。清代中期，储、史之间又出现了较大规模的联姻，储在文之女嫁史惟圆侄孙史镕英，储在文侄孙储嗣会娶史承谦之女，另一侄孙储成璋娶史承谦的侄女。史氏与徐氏也是如此，在清初缔结婚姻后，于康熙末年再续"前缘"，乾隆初期"宜兴二史"史承谦、史承豫的母亲即著名词人徐瑶之女。

从以上家族间嫁娶关系的梳理中不难发现，吴、储、陈、万、史等以各自家族为中心，形成各自的婚姻圈，而每个家族的婚姻圈又呈现交集，在共时性内，形成某一家族为原点，向四周辐射、缩结的态势。如以陈氏为中心，吴氏、储氏、万氏聚合为姻亲族群，以储氏为中心，陈氏、史氏、徐氏又形成了一个关系紧密的姻娅家族联盟。虽然，因为家族文献材料散缺，我们尚不能全景式地展现清代阳羡文化家族间繁复错杂的姻亲图谱，但就以上陈氏、储氏、万氏、吴氏、史氏等阳羡文化家

---

① （清）储欣：《祗园公暨储孺人传》，史之潘等纂修：《义庄史氏宗谱》卷二十一，民国二年木活字本。

族迭错的联姻形态，已俨然形成了一张姻娅网络，联结着来自不同家族的阳羡文人。由此不难看出，清代阳羡文人不仅具有地缘关系，而且还保持着深厚的血缘、亲缘关系。正是基于这种姻亲关系，阳羡家族文学力量因联姻而得以凝聚，因创作活动而得以发挥，最终成就了清代阳羡文学的辉煌。

三 联姻对家族的文化影响

英国人类学家雷蒙德·弗思认为，亲属关系是因血统和婚姻而产生的联系，或更确切地说，是指根据世系关系建立的社会联系体系，也就是由合法的两性结合及后代的繁衍所产生的结果。① 既然，联姻被视为一种"文化关系的创造"，门第对等的联姻家族因"婚"而结盟，实现其共同处于同一社会结构的文化追求，反映了家族生存的一体化趋向和强烈的类聚性特征，这是家族间根据自身要求所进行的文化选择。家族间如此相攀互联，持续得越久，所历世代越多，则越有利于家族的繁衍、家风与家学的培育，家族文化则越积越醇厚。

清代阳羡家族联姻网络所联结的是数量、规模可观的家族文人，这无疑有利于促发家族文人群体性的文学兴趣与创作取向。清代阳羡文化家族都具有一门风雅、词人辈出的文学特征。陈氏家族有陈维崧、陈维嵋、陈维岳、陈宗石、陈维岱、陈履端、陈枋等，储氏家族有储福宗、储欣、储贞庆、储方庆、储国钧、储秘书等，万氏家族有万树、万锦雯、万廷仕、万松龄等、徐氏有徐苏、徐喈凤、徐翙凤、徐瑶、徐玑、徐洪钧等。同时，这些家族间姻亲关系错综，如万廷仕与陈维崧为表亲，与万锦雯为从叔侄，又与万树为堂亲；徐苏既是徐喈凤兄弟的叔父，又是陈维崧的表姑夫。然而，正是陈氏、储氏、万氏、徐氏、史氏词人共同吟酬创作，才促成了清代阳羡兴盛的局面。清代阳羡文学创作氛围浓厚，正是在家族间所形成的联姻关系中勃然兴发的。这种家族姻娅联盟，就是一片丰沃的词学土壤。

我们不妨转换一下视角，以储氏家族联姻脉络为路径，从时间流程上

---

① 转引自朱炳祥《社会人类学》，武汉大学出版社 2004 年版，第 85 页。

进一步纵向观照阳羡词文学氛围的流变。由此可以发现，顺康之际储贞庆、储福宗、储欣等与史惟圆、陈维崧等多有唱和，文学交往密切，雍乾之际储氏后人储国钧、储秘书叔侄与史氏后辈史承谦、史承豫则过往甚密，时相吟咏酬和，以储氏、史氏为核心，又形成了阳羡家族姻娅圈中另一个值得重视的词人集群。而不同时期储氏、史氏词人的递相汇聚，足以说明联姻所形成的文学环境具有多么深厚的影响。显然，雍乾之际以史承谦为首的阳羡词人群，是联姻所构造的文学环境对家族文学力量的再聚合。而这一群体的核心人物史承谦，亦是姻亲延绵与文化渗透所胚育的重要词家。据严迪昌先生考证，史承谦系史惟圆从侄曾孙，徐瑶之外孙，史惟圆与徐瑶父徐喈凤皆为清初阳羡派名家，徐瑶亦有《双溪泛月词》，与史承谦祖父史陆舆为同辈姻亲①，史承谦所置身的词文化氛围由此可察。

联姻还有助于家族间在道义上彼此扶持，在政治、文化上共同发展，激发并增强集体忧患意识。这种精神一旦凝结为地域人文传统，必然会成为家族文人自觉的精神选择。自晚明以来，阳羡联姻家族间就积淀着崇尚气节的清流之风，陈于廷、汤兆京、史孟麟等，既为姻亲，又同为东林党中的刚介之士，抗争阉党尤为坚决。这些人物皆以节操品德为本，人物气节名扬天下，其忠义之行为、清流之教养深深影响了后辈心理。清兵南下之际，阳羡卢氏、陈氏、潘氏、万氏、储氏等联姻家族同仇敌忾，自发组织抗清义军，抵御侵略，以"忠"与"勇"的抗清行为回应和再现祖辈、父辈的品行气节。诸族中都有大量遇害或牺牲的士人，陈氏家族的陈贞达、陈贞禧，储氏家族的储京祚，万氏家族的万濯，任氏家族的任源邃，蒋氏家族的蒋永儒、蒋永俨，潘氏家族的潘承祚、潘廷璜等，都不约而同地选择了坚持忠义之勇，临大节而不苟活。

卢氏是阳羡抗清斗争中最为惨烈的氏族之一。卢象升为国事舍命捐躯，是首屈一指的忠烈偶像，陈维崧、史惟圆、储欣等均有咏其事迹、缅怀其精神之作。卢象升之弟卢象观一介书生，勇于担当兴亡之责，散尽家

---

① 严迪昌：《论史承谦及其〈小眠斋词〉——兼说清词流派之分野》，《严迪昌论文自选集》，中国书店 2005 年版，第 231 页。

财，募兵起义，可谓是阳羡忧患意识的继承与体现。在卢氏兄弟的影响下，象升从父卢国云、卢国奏、卢国弘，从弟卢象坤、卢象祯如等皆随之喋血沙场。卢象升弟卢象晋继承了其兄的品性与心志，象升战死后，象晋续其兄遗志，伏阙请死，未遂，携母隐居深山，束发不剃，歌哭山林，并称"我先朝遗老，兄弟俱死，吾头可断，吾发不可薙"①。这种耿介直言的精神无疑与阳羡家族"清流"教养有深远联系。

陈、任、潘、万、储、卢等皆是近支姻亲，关系重叠又密切。卢象观是陈维崧的姑父，陈贞达、陈贞禧是陈维崧的伯父，万濯是万树的父亲，任源邃是任绳隗的叔父，储京祚为陈维崧外家储懋学族中亲长，蒋永儒、蒋永俨为词人蒋景祁从叔辈。亲人因国难而丧命已经令人伤痛不已，兵火战乱同时又给阳羡带来一片阴霾，各个望族均遭受经济重创，如丰义出储氏"政堂毁焉，家馨掠无剩物"②，"诸丁撤屋材焚燎达旦……自巨创后，门巷萧条"③。如此遭遇无疑更增加了互有联姻的家族的心灵创痛。家族亲朋因忧患意识、家国之恨而更加紧密地聚集在一起。词人陈维岱悲父陈贞达因国难而亡，终身不仕新朝，贞达、维岱父子的忠耿心理，因血亲力量而隔空契合。

阳羡联姻家族共持的集体性忧患意识、忠义精神，随着联姻网络的铺衍，渗透到阳羡家族文化血脉之中，影响着阳羡家族文人的创作心态。清代阳羡词学素有"直面现实"的创作传统。阳羡词人是清词史上尤擅拈大题目出大意义者。特别是清初的阳羡词人，对明清易代历史现实的反思，"显得醒豁明朗，主题宏大而集中"④。陈维崧《夏临初本意，癸丑三月十九日用明杨孟载韵》，以词体写作"甲申"三十年祭，表达故国之思，最为典型。值得注意的是，这种心态，并非独陈氏一人所有，而是清初阳羡文化家族的集体情绪。陈维崧和他的姻亲史惟圆、曹亮武、蒋景祁等人，还有题咏"虎丘五人之墓"词，吟咏"题《钟山梅花图》"词等，都是群

---

　　①　（清）李先荣等原本，阮升基增修，宁楷等增纂：《重刊宜兴县旧志》卷八《人物志·忠义》，清光绪八年重刻清嘉庆年本。

　　②　（清）储欣：《观大兄传》，《在陆草堂文集》卷四，清雍正元年储掌文刻本。

　　③　（清）储欣：《二式传》，《在陆草堂文集》卷四，清雍正元年储掌文刻本。

　　④　严迪昌：《阳羡词派研究》，齐鲁书社 1993 年版，第 125 页。

体性悼家国沦丧、寄托故国哀思的重要作品，是阳羡联姻家族的忧患意识
的艺术再现。阳羡词人擅拈大题目出大意义还在于，具有敢于表现清初社
会民生的现实主义精神，汤恩孝《念奴娇·江南奇旱，时抚臣奏欲告籴湖
广而楚中荒疏复至》、史惟圆《沁园春·十月初五纪鬼声之异》、陈维崧
《贺新郎·纤夫词》等都是哀民生艰辛、世事艰难的优秀词篇。雍乾之际
的阳羡词人，虽无大题目可拈，但仍能坚持"直面现实"的创作传统。史
承谦《采桑子》（郁轮袍曲当时谱）、储国钧《梦横塘·晓行》、储秘书
《风入松·芜城秋感》、任曾贻《甘州》等作，在感怀、羁旅中直视自我
境遇，抒写才人失路、仕途潦倒的失意之情，反映了为盛世所弃的寂寞寒
士的真实心态，具有一定的现实色彩。其题材虽未可称重大，也不以悲慨
激荡见长，但置之于难有萧骚凄怨之音的雍乾词坛，亦可视为蕴含现实意
义之作。

　　新生的姻缘联系叠加固有的地缘关系，使阳羡文化家族间建立起超越
地缘交往的更为稳固亲密的结盟关系，联姻网络中核心文学人物的影响力
也更为直接而深刻。曹亮武由诗转词的创作转型最为典型。曹亮武曾与表
兄陈维崧一起受业于侯方域，初涉文坛时以诗文创作为主，并不喜词。陈
维崧曾言："南耕与余少同学，长以诗文相切劘，余好为长短句，数以咻
南耕，南耕颇薄之，弗肯为。"① 然而，当陈维崧宗法辛苏，大力实践以
诗为词，以词存史之后，曹亮武也受之影响，由诗转词，尝试作纪游及他
词数十篇。初学词者，往往从仿婉约情韵起步，而曹亮武作词之始，就自
觉以诗为词，陈维崧读其词，不仅诧异于其作横绝之态，更惊叹于其有奇
绝之处，故而大赞曹氏之词"有宋人所不及者"②。曹亮武曾作《贺新郎》
叠韵三十首，"南耕之为叠韵，在辛酉、壬戌之交，迦陵兄时以史职留京
师，读之不胜击节而为之序，有云飞扬跋扈，沉郁旁行"③，词语言健举
洒脱，词情沉郁，绝少柔媚之态，显然是受陈维崧词的艺术启发。康熙初
年方步入词坛参与填词的徐喈凤，也是早年素不读词，亦不作词。其创作

---

　　① （清）陈维崧：《南耕词跋》，（清）曹亮武：《南耕词》卷末，顾廷龙主编：《续修四库
全书》第 1725 册，上海古籍出版社 2002 年版。

　　② 同上。

　　③ 同上。

兴趣的萌发，亦是受到陈维崧的影响。徐氏与陈氏亦为姻亲，陈维崧的堂姑适徐氏家族徐荪，乃徐喈凤的叔父。荪字湘生，又字南高，有《峡溪词》。徐喈凤视陈维崧词以艺术典范，填词之始，就拒绝柔辞曼声，不入前人窠臼，从聂先"荆溪其年昆仲，独倡声教，而先生（徐喈凤）鼓吹之功实多"[1] 之评即可见得。

再来看陈维崧的词友任绳隗。据陈维崧《任植斋词序》，任绳隗早在顺治七八年时就与之以词唱和，"忆在庚寅辛卯间……方是时，天下填词家尚少……在吾邑中，相与唱和则植斋及余耳"[2]。他们早年擅长旖旎之作，王士禛《倚声初集》中将二人誉为"阳羡双绝"。任绳隗以香奁韵事为主题的"十索词"，一派花间风格，隽永曲致，自顺治十八年（1661）奏销案罢罪后，逐弃艳靡风情，主动学习迦陵词之纵横悲慨，格调渐为苍凉。如与陈维崧同作的《白苎·隔墙闻弦索声》，任氏词下阕云："堪惜。家人敛黛，才子搔头，横吹一曲，拨尽琵琶残拍。频呼酒，按不住青衫湿。檐前落响，隔墙偏有，宋玉悲秋客。莫是游仙，梦奏霓裳，去天才尺。席散歌阑，江上三峰日。"[3] 大笔书写才人失路的凄凉痛苦之感，令人悲风满耳，慨气填膺。

在联姻所构造的新的人文空间里，阳羡词人形成了融通无间、共同交流、知音相赏的状态。清初阳羡词家中隐逸色彩浓重的史惟圆，既是陈维崧的姻亲，又与之有三十年文字深交。据陈维崧《蝶庵词序》载，史惟圆与陈维崧曾探讨彼此的词风个性："及观吾子之词，湫乎氲乎，非阡非陌乎，何其似两山之束，峭壑窘蠢，阨塞数起，而莫知所自拔乎。抑众水之赴夔门乎，漩涡湍激或蹙之，而转轮或矶之而溅沫乎。譬之'子'，子学《庄》，余学屈焉，譬之'诗'，子师杜，余师李焉。"[4] 由此可以推想，

① （清）聂先评"荫绿轩词"，（清）聂先、曾王孙：《百名家词钞·荫绿轩词》，顾廷龙主编：《续修四库全书》第 1721 册，上海古籍出版社 2002 年版。
② （清）陈维崧：《任植斋词序》，《陈迦陵文集》卷二，张元济纂辑：《四部丛刊》初编第 281 册，上海书店 1989 年版。
③ （清）任绳隗：《白苎·隔墙闻弦索声》，程千帆主编：《全清词》（顺康卷），中华书局 2002 年版，第 2929 页。
④ （清）陈维崧：《蝶庵词序》，《陈迦陵文集》卷二，张元济纂辑：《四部丛刊》初编第 281 册，上海书店 1989 年版。

两人之间必数次深入交流，最终各取所长，形成交相赏契的审美氛围。这也就不难理解，陈维崧为史惟圆《蝶庵词》作《鹊桥仙·蒙城舟中读云臣蝶庵词》，"读完半卷蝶庵词，吹铁笛、洒然而去"。陈维崧《乌丝词》刊刻行世不久，史惟圆《沁园春·题其年乌丝词》便随之问世："将古人诗，比似君诗，惟髯绝伦。更倚声写句，镂冰雕玉，风樯牛马，牛鬼蛇神。年事蹉跎，交游零落，短褐赢僮逐路尘。愁凝处，纵才如云锦，不疗饥贫。"《鹊桥仙·蒙城舟中读云臣蝶庵词》《沁园春·题其年乌丝词》成为阳羡家族姻娅圈中词人共享而激活创作的典型作品。史惟圆又有《沁园春·为雪持题像》，为追和储贞庆《沁园春·自题画像》而作，其中"共钓徒词客，相对婆娑"之语流露出知音之赏，亦可视为阳羡家族姻娅圈中词人交流创作的重要表现。而随着时代的远去，词集的散佚，以上文字亦成为了解阳羡词人创作现场化特征的文学史料，弥足珍贵。

　　对于清代阳羡文化家族而言，联姻已不仅仅是"上以事宗庙、下以继后世"的社会行为，还演化为一种积极的文化行为。这种联姻，所稳固的不仅是双方的地位、利益，还增强了家族间的文化联系和力量，是家族依照自己的文化需要所构建的独特的交往关系，这必然会对彼此的家族文学创作，乃至地域文学的发展产生深刻影响。正如潘光旦先生所言："大率一姓之中，一门之内，不出人物则已，出则往往二三人以上，甚至或至数十人，……而当门第婚姻盛行之时代，往往有积十数世而不败者；盖优越之血统与优越之血统遇，层层相因，累积愈久，蕴蓄愈深，非社会情势有大更变、大变动，有若朝代之兴替。不足以摧毁也。"① 事实上，文化家族联姻，并不仅见于清代阳羡，而是普遍存在于当时整个江南地区，如吴江沈氏、叶氏的联姻，阳湖庄氏、刘氏、钱氏的婚姻，苏州潘氏与汪氏、陆氏的姻娅关系，都曾深刻影响了清代江南文学的发展。

　　更进一步说，文化家族联姻对于形成地域文学发展优良生态具有重要意义。最显而易见的是，文化家族联姻有利于衍生、培育优秀文学人才，

---

① 潘光旦：《江苏通志增辑望族志议》，《潘光旦文集》第 8 卷，北京大学出版社 2000 年版，第 265 页。

形成地域性人才渊薮。联姻对家族文学、地域文学发展的内在的影响则是，使各自为政的家族内部的文学创作兴趣在新的环境中得到激发，文学活动自身的组织能力由此得以增强，刺激或改变着文学创作生态，催生出富于鲜明家族文学特色的创作成果。

第三章

清代阳羡文化家族联姻与文学群体生成

联姻，本是家族繁衍子嗣、延续家族生命力的重要方式。对于互有联姻的文化家族而言，联姻则是形成地域人才渊薮的内在机制。随着亲缘和人文的渗透，姻娅网络成为一个意味独特的人文空间和共同体，以及家族文人群体进行文化交游的平台。家族文人借助联姻关系，在这一特殊场域中自为集群，逐渐生发共同的文学兴趣与创作取向，并通过群体性文学互动的整合与促进，形成较为明确的、具有一定声誉的文学群体或文学流派。

第一节　清初阳羡姻戚曲家群

中国古典戏曲发展至明末清初，进入骚雅沸腾的繁荣期，特别是"大江以南，尤标赤帜"①。明末清初江南曲文化的兴盛，具有显著的家族性特征，出现了许多戏曲世家，如吴江沈氏、叶氏、华亭宋氏等。目前，学界对明末清初曲学世家个案的探讨较多，却很少注意到联姻家族与地域曲学发展的内在关联性。明末清初阳羡（今称宜兴）姻戚曲家群体即为这样一个尚需细致发掘梳理的重要样本，"宜兴诸多文化世家往往互为姻娅，其中还有不少长于曲者，并形成了较有规模的曲家群体"②，"若不是四海

---

① （明）祁彪佳：《远山堂曲品》，中国戏剧研究院编：《中国古典戏曲论著集成》（六），中国戏剧出版社 1959 年版，第 2 页。

② 殷亚林：《明清江南家族性曲家群体》，《古典文学知识》2010 年第 1 期。

板荡、社稷倾垮，阳羡曲苑原本足与吴门一派并驾齐驱的"①。那么，可和吴门并驱的阳羡曲群是如何迅速形成的，阳羡曲群共同的传奇创作风格体现在哪些方面，阳羡戏曲家班活动对姻戚家族文人产生了怎样的文学影响？本节拟从家族角度，探究阳羡联姻家族对明末清初曲文化兴盛的积极影响。

一　明清之际阳羡曲家群的形成

以联姻关系为纽带，清初江南曲苑中出现了阳羡姻亲群体共存、积极创作的兴盛状态。明末清初阳羡曲家群，主要包括：吴氏的吴炳，万氏的万树，路氏的路迪，陈氏的陈于鼎、陈贞贻、陈贞禧、陈维崧，储氏的储懋学，等等。

陈氏子弟陈贞贻，号淡慧居士，有传奇《凤求凰》，娶路氏女；陈贞贻一堂妹适储氏子弟储懋学，储懋学女又适陈贞贻堂侄陈维崧。陈维崧，字其年，号迦陵，清初词坛三大家之一。陈氏与储氏、路氏、万氏皆有联姻。储氏于明末清初亦是曲家林立，储氏群从或为曲家，或为词人，储懋端，字孔规，号象岩，明末清初储氏较为有影响的曲家之一，"非风雨必出，一仆自随，代执筇杖、遇剧必观……自制词曲工丽，音律分刌得绝传"②。陈贞贻又一堂妹适路氏子弟路进，路进之弟路迪，字惠期，号海来道人，有传奇《鸳鸯绦》。陈贞贻堂弟陈贞禧，字寿先，有传奇《梅花梦》，娶万氏女；陈贞贻又一堂弟陈贞元妻万氏女，又一堂妹适万氏子弟万诚。万诚的堂弟万树，字红友，康熙二十年入两广总督吴兴祚幕府，闲暇时自制新曲，《重刊宜兴县旧志》称其所填传奇、杂剧凡二十余种。今存传奇三种：《风流棒》《空青石》《念八翻》，合刻为《拥双艳三种曲》。万氏与吴氏又有联姻，万树母亲即吴氏女。万树的舅父吴炳，字可先，号石渠，别号粲花主人，才情绮丽，擅填词作曲，艺林称之，今存《粲花斋五种曲》，包括传奇《西园记》《绿牡丹》《疗妒羹》《画中人》《情邮记》。吴氏与陈氏、万氏亦有姻戚之谊。可见，错综叠加的家族联姻关系

---

① 严迪昌：《阳羡词派研究》，齐鲁书社 1993 年版，第 13 页。
② （清）储欣：《伯父传》，《在陆草堂文集》卷四，清雍正元年储掌文刻本。

与曲家姻戚群体形成相依相生。

反观这种相依相生关系的生成背景，阳羡陈氏、吴氏、万氏诸族都是家风优良的科第世家，族中弟子敏而好文，家族间互结姻娅，体现了彼此重视文化素养，以达到处于共同社会层次的深刻要求。这样的联姻，比一般的社会人际交往更具有凝合力，极有利于诸族文人互相激发兴味，迅速形成相对稳定的创作圈。阳羡家族文人在以联姻为纽带的家族共生的环境中，联袂热衷曲学，形成一定规模的曲家群体。阳羡联姻家族或各尽一二人之力投身曲学，如吴氏的吴炳、万氏的万树、路氏的路迪等，或一门之内，曲家辈出，将曲学发展成为家学。陈氏家族最为典型。

陈氏曲群的领军人物是陈于鼎。陈于鼎，字尔新，号实庵，是清初著名词人陈维崧的叔祖。这是一位长期以来为戏曲史所忽略的戏曲行家，有杂剧《半臂寒》《长公妹》《中郎女》《京兆眉》《翠钿缘》等。谈迁《京口尝陪陈编修实庵今邮词五种寄谢》诗云"彩笔生花梦乍酣""满苑莺声歌玉树"等，都说明陈于鼎在当时曲坛享有一定声誉。陈于鼎曾对《北西厢》古本作过批点，日本传田章氏所著《明刊元杂剧西厢记目录》中，将陈实庵本定为第五十九种。①毛先舒对陈氏点评十分赞赏："《北西厢》古本，陈实庵点定者为佳。别本多所改窜，如《董西厢》'我甚恰才见水月观音现'，语颇妙，而实甫仍之。俗本改'现'作'院'，与上'家'字耦，必欲为村塾联对耶？又如易'东阁玳筵开'为'开烟'者，亦复类此。又如易'马儿迤逦行'为'逆逆行'，穿凿可笑。此类正多。至于平去入三声，虽有阴阳，而作者笔墨所至，亦不尽拘，亦欲歌者神明其际，乃悉用纤微绳之，因以窜易古本，诞哉！"②依毛氏所言，陈于鼎《北西厢》评点本的独到之处在于，不拘泥于用四声阴阳逐句逐字反复推敲，没有随意窜改古本《西厢记》之中的戏文，保持了其文采生动的原貌。陈于鼎兄陈于泰亦热衷戏曲活动，"于弱冠时即治园亭、畜声伎"③。

① 蒋星煜：《西厢记的文献学研究》，上海古籍出版社1997年版，第473页。
② （清）毛先舒：《诗辩坻》，朱崇才编纂《词话丛编续编》，人民文学出版社2010年版。
③ （清）吴伟业：《翰林院修撰陈公墓志铭》，《亳里陈氏家乘》卷十一，民国二十九年开元堂藏本。

于泰、于鼎兄弟之后，他们的从侄陈贞贻亦为明末曲坛名家之一。陈贞贻与吴江派沈璟的弟子汪廷讷相交善，传世剧作中成就最高的是传奇《凤求凰》。此外，陈贞贻还有传奇《当垆记》《度世》《桃花》《诗谜》等。陈贞贻的四弟，即陈维崧父陈贞慧，曾为其兄刊刻戏曲作品集。祁彪佳《远山堂曲品·逸品》录有陈贞贻《当垆记》，祁彪佳评曰"笔性遒上……爽爽有一种风气"①。陈贞贻堂弟陈贞禧亦是当时曲苑名家，姚燮《今乐考证》《曲考》《重订曲海总目》，王国维《曲录》中均录有其剧目。陈贞贻、陈贞禧的从侄陈维嵋，字半雪，陈贞慧次子，陈维崧二弟，受家族文化传统熏陶，亦是日耽于曲，曾编《亦山草堂南曲》，陈维崧有《亦山草堂南曲序》为证。事实上，陈维崧虽以词鸣，但也曾评点《西厢记》，有《才子西厢醉心篇》。《迦陵词全集》中有大量吟咏观剧词作，如《满庭芳·清明前一日同云臣溪干观剧》《洞仙歌·从楞伽上方塔后觅径下坡过前村观剧》《绮罗香·初夏连夜于许茹庸仲修席上看诸郎演〈牡丹亭〉有作》《满江红·过邯郸道上吕仙祠示曼殊，曼殊工演〈邯郸梦〉剧》《沁园春·桐川杨竹如刺史招饮，剧演〈党人碑〉，即席有作》等，说明了陈维崧戏曲交游的丰富性，也反映出明末清初阳羡陈氏与戏曲的因缘。陈维崧的外家储氏，亦有擅曲者。虽因文献稀缺，极难觅得阳羡储氏曲家行迹，但储氏诸子与陈氏交游密切，储氏"颇豪华，蓄女乐二部，堂中匏竹、丝管、歌舞之声不绝"②的盛况，也因陈维崧的回忆、转述可略窥一二。

明末清初阳羡曲家群体，规模虽不大，但形成特点却值得关注。明末清初的阳羡曲家，是在姻娅家族联袂共进的人文空间之中，共同展开戏曲活动的。陈氏、储氏、万氏、吴氏等阳羡望族，追求文化门第对等的联姻，这种联姻，不仅有利于家族缔结新的社会关系，促进家族稳定发展，而且加强了家族间文人的联系与交往，无形之中也成为文学发展的重要维系力量。这一现象，从家族视角反映出明清之际曲文化繁盛的

---

① （明）祁彪佳：《远山堂曲品》，中国戏曲研究院编：《中国古典戏曲论著集成》（六），中国戏剧出版社 1959 年版。

② （清）魏象枢：《储方庆墓志铭》，（清）储方庆：《遯庵文集》附录，清康熙四十年储右文等刻本。

基层动力。

二　阳羡曲家群的创作风格

清初的阳羡曲家，在姻娅家族联袂共进的人文空间中，共同展开戏曲活动。他们以群力积极尝试写作剧本，以大致相近的传奇创作精神，形成特色鲜明的创作取向与群体风格。陈贞贻、路迪、吴炳、万树等人的传奇作品，在题材主旨、审美趣味、艺术追求等方面都表现出一定的趋同性。

借才子佳人的悲欢离合表现至情，是他们所追求的共同主旨。现存阳羡曲家的剧作中，陈贞贻的《凤求凰》取材于历史，谱写司马相如与卓文君的爱情故事，再现情的力量。吴炳的《西园记》《绿牡丹》《疗妒羹》《画中人》《情邮记》，取材于现实，借男女爱情、婚姻问题歌颂至情。路迪的《鸳鸯绦》写晚明战乱动荡中杨直方与张淑儿贞于感情彼此不弃之事，表现青年男女不顾乱世艰险、坚守爱情的情感历程。万树的《风流棒》《空青石》《念八翻》，纯粹都是一才子配二佳人的风情剧，故合称《拥双艳三种曲》。

清初阳羡曲家对情主题的理解，以满足文人道德需求为根本目的，重视才华横溢、放浪超迈、才貌兼美、痴情忠贞等精神性的情趣之美，强调情、才、貌三者的结合。因此，阳羡曲家所塑造的男主人公往往是才华横溢、真情如痴。如《鸳鸯绦》中的杨直方，一直钟情于张淑儿，历经几番离合不改初衷。《情邮记》中的刘乾初，虽屡遭权势打压，甚至落魄到银子被窃，靠典当衣服度日，仍坚持爱情理想，强调"情实难已"。阳羡曲家所塑造的女主人公大都是美貌、才情兼具，渴望爱情自由。如《鸳鸯绦》中的张淑儿，灵慧勤谨，随军出征，负责军中文移。《绿牡丹》中的车静芳，通晓百家经史，精通诗词歌赋，渴望凭借才学自择佳偶。《疗妒羹》中的乔小青，亦是才貌双全，却被迫为人妾，并常受大妇折磨，夜读《牡丹亭》时，仿杜丽娘自祭肖像，端坐待死，以生命祭奠此生"无情"，后因"有情"而复活，与爱人终成眷属。阳羡曲家颂"至情"的观念，具有鲜明的时代性。明代中期以后剧坛"名人才子，踵《琵琶》《拜月》之武，竞以传奇鸣"。虽然，明末清初表现男女风情的传奇作品层出不穷，但是，阳羡曲家仍积极努力，推陈出新，在传统题材中注入自身的现实感受与审美趣味。

借风情感时愤世，以传奇戏曲惩恶补世，在悲欢离合之中一吐忧国的愤世之声，是阳羡曲家共同的创作精神。路迪的《鸳鸯绦》最为典型，该剧本事出自冯梦龙《醒世恒言》，叙扬州秀才杨直方在动荡、战乱之中始终痴情于张淑儿之事，路迪有意在二人的悲欢离合中穿插夷虏犯边、朝廷御虏之事，既赞颂真情，又隐寓忧国之心。吴炳的《情邮记》，在刘乾初与王慧娘的爱情故事中穿插批判官僚的腐败、官场的黑暗，以权臣枢密使阿乃颜、势利小人何金吾和王仁为代表。《绿牡丹》借柳希潜和车本高两个反面形象，嘲讽科举考试的弊病与丑态，车静芳隔帘面试不学无术的柳希潜，使其丑态百出的情节，意在针砭晚明现实。清初万树的《拥双艳三种曲》，虽都是一才子配二佳人的风情剧，然穿插朝廷风波、忠奸斗争，亦延续阳羡曲苑既重风月又重现实的创作传统，如《空青石》虽写钟青与公主之女步珊然、忠臣之女鞠书仙结缘的风情之事，但却从钟家所藏治眼良药"空青石"引起的纠纷展开，以忠奸斗争为背景，既突出男女爱情的悲欢离合，赞颂挚诚之情，又隐寓万树对社会现实的关注和思考。

崇尚"雅丽"，亦是清初阳羡曲家共通的艺术理念。主要体现在两个方面，其一是精美的戏剧结构。阳羡曲家特别注重情节安排和关目设置。路迪的《鸳鸯绦》写乱世爱情，情节跌宕，丝丝入扣，巧于布局。剧本先单线叙述杨直方之事，特意设置杨直方与奚有贤、胡平相识情节，为杨直文、张淑儿的离散与聚合暗作铺垫；再借鉴古典小说"花开两朵，各表一枝"之法，双线交替叙述杨直方应试之行，及张淑儿随胡平出征抵御清兵入侵；接而转叙奚友贤进京向胡平举荐探花杨直方，剧情由双线复变为单线，全剧情节发展水到渠成。吴炳的《绿牡丹》以"绿牡丹"诗为贯串，在三场文会中展开才子谢英、顾粲，才女车静芳、沈婉娥及白丁柳希潜、车本高的矛盾冲突，推进谢英与车静芳的曲折爱情，谢与车以才相感，生发爱情，全剧浑然一体，自然而不牵强。万树的《风流棒》《空青石》《念八翻》，重视关目安排，仅列富于戏剧性的关目，而杂事则用说明文字带过，"红友关目，于极细极碎处皆能穿插照应，一字不肯虚下，有匣剑帷灯之妙也"①，这样既避免传奇的拖沓迂缓，又可集中展示男女风情的趣味性。其二是注重锤炼语言。吴炳的《西园记》《绿牡丹》《疗妒羹》等，语言雅而不巧，腴而不艳，"字字从性灵中发，遂能于研炼中别开生面"②，就连不受重视的净、丑的曲词，也都有创格之笔，体现文人才情。万树的《风流棒》《空青石》《念八翻》，以清雅秀美见长。路迪的《鸳鸯绦》，语言雅丽，尤其是述相思之情，多借古代诗词的神韵。如张淑儿言思念杨直方，"恼乱柔肠，香罢宵薰，花孤昼赏，愁看月浸帘钩上"，温婉含蓄，清丽工整。"花孤昼赏"化用"帘卷西风，人比黄花瘦"的意境，言自己灯下独自赏花，婉曲地表达出相思愁苦的忧伤之态。

　　清初阳羡家族联姻网中的姻戚曲家，以精美典雅的传奇艺术形式演绎才子佳人的遇合之事，在明清之际戏曲为文人所重、蓬勃兴盛的大背景之中，具体而微地呈现了明清之际阳羡传奇创作的基本风貌，为我们进一步深入探知这一时期曲坛具体状况，提供了重要样本。阳羡姻戚曲家的传奇创作，淡化自然情感与封建伦理的对立与矛盾，着重展示情、才、貌三者结合的爱情理想，讲究结构，曲辞工丽，隐喻现实，折射出明末清初阳羡联姻家族共同的文化心态和忧患意识，推崇至情，崇尚风雅，感时愤世，既符合时代潮流，又独具文人雅趣，已经明显有别于同时期重视昆腔格律体系的吴江派，及追求现实主义精神的苏州派，具有独特价值，不可忽视。

　　更为重要的是，阳羡姻戚曲家传奇创作的活跃，从家族视角而言，反映了明清之际戏曲文学多样化发展过程中阳羡联姻家族所做的积极努力，以及家族联姻与曲文化兴盛的紧密关联及相互影响。联姻，不仅是明末清初阳羡曲家群体形成的重要维系力量，而且还成为一种意味特殊的创作环境，姻戚曲家相互影响，形成共同的审美趣味和艺术追求，大力支持了明清之际戏曲的繁盛。

---

① （清）梁廷枏：《曲话》卷二，中国戏曲研究院编：《中国古典戏曲论著集成》（八），中国戏剧出版社 1959 年版，第 272 页。

② 北京图书馆善本组：《吴梅戏曲题跋》（下），《文献》1982 年第 2 期。

三　阳羡联姻家族的家班活动

阳羡联姻家族热衷于曲，与身处浓厚的戏曲艺术氛围有一定关系。阳羡戏曲传统自明初就已经形成，先后诞生过邵璨、吴鹏、季世儒等曲坛名家，及《香囊记》《金鱼记》《奇梦记》等剧作。发展至明末清初，参与戏曲活动，已经成为阳羡联姻家族共同的文化追求。阳羡姻戚曲家不仅擅长创作曲剧，而且还大兴家班，将案头之作再现于舞台，通过艺术实践促进明末清初曲文化的繁盛。

蓄养家班是晚明戏曲文人化过程中文人士大夫普遍喜好的文化活动之一，很多名士都在家中设立家班，观赏家伶的戏曲表演，以享受闲适之趣。阳羡曲家参与家班活动，以娱乐移情为主，但有时不仅是戏曲表演的欣赏者，而且还是家班演出的指导者，身负训练家班之重任。以吴炳及其家班的关系为例，吴炳不仅擅长案头之作，对场上之曲亦有一定研究，他喜好调教家伶，辅导其表演艺术。他曾"教诸童子于五桥石亭之间"，"其所教诸童子，耳提口授者几三百"[1]。"几三百"或为浮夸之词，但由此推想吴炳所教授的童子数量应颇为可观，亦可显示出他勤于案头之作外，对场上表演艺术也进行了相应的积极探索。

此外，阳羡曲家积极致力于组建角色完备的家班团体，以追求精美细致的戏曲表演。如清初徐懋曙所置的徐氏家班，"太守讳懋曙，……性晓音律，喜宾客，家居蓄女伎一部，姿首明丽。正末湖月，旦泥凝香、花想，色艺尤为动人。数邀余，焚香顾曲，歌丝鬓影，辄萦人心臆间"。徐懋曙，字复生，号映薇，一作暎薇，自署且朴斋主人，本为崇祯四年进士，鼎革之后，他拒不仕新朝，转而焚香顾曲，集三四小鬟，教以按拍，积极从事戏曲活动。显然，徐懋曙设置的家班，演员数量多，角色设置也比较齐整、完备。徐懋曙不仅精心设置完备的家班角色，还在诗文中记述徐氏家班的基本情况，同时邀请友人观看家班表演，并为其赠诗。又据徐懋曙友人叶奕苞《赠徐氏歌姬六首》诗序所载，"宜兴徐太守映薇，蓄歌

---

① （清）万树：《宝鼎现·闻歌〈疗妒羹〉曲有感》，程千帆主编：《全清词》（顺康卷），中华书局 2002 年版，第 5637 页。

姬如梨园色目，无不辈列，皆妙龄雅伎也。姬之演生者曰湖月，旦曰凝香，小旦曰花想，若贞玉、寻秋、云菰、来红、慧兰、润玉、拾缘，则杂色也"。徐懋曙的七绝组诗《戏为家姬集唐句》更为精确地记载了徐氏家班中除了湖月、凝香和花想以外，其他家伎所扮演的角色：贞玉，老旦；云菰，外；寻秋，末；来红，大净；慧兰，中净；润玉，小丑；补色，拾缘。① 徐氏家班如此完备的角色设置，在明末清初阳羡曲苑中可谓别具一格。从今现存的戏曲资料来看，像徐懋曙家班这样角色清楚详备的并不多见，只有晚明钱岱家班，清初李明睿家班和程镳家班可与之相媲美。

阳羡家族姻戚间还进行家班艺术交流活动，以增强家族间的文化交往。吴炳的女婿邹武韩亦置有家班。明亡之后，吴炳供职于南明，即将觐见朝廷，邹武韩携其家伎归之，两部合奏。翁婿家班合班演出，堂上极欢，笙歌鼎沸。合班同演不仅有利于渲染家宴氛围，而且不同家班的伶人可有机会互相鉴赏学习，交流戏曲表演艺术经验，这次翁婿合班必然在当时阳羡曲苑产生过重要影响，以至于数十年后，万树再次听到《疗妒羹》中的曲子时，感慨万千，写下一阕《宝鼎现·闻歌〈疗妒羹〉曲有感》。因为清初时吴炳家班已历经时代沧桑变故，呈现衰落之态，"惜乱后去留者半，旋复晨星。当具茨（吴炳的儿子）兄之存，剧已不复备，犹得二三曲"②。

家班活动是明末清初阳羡姻戚曲家群体戏曲活动的又一重要形式，与创作活动相辅相成。家班是检验家族文人曲剧艺术、激发其创作兴趣的重要场所。吴炳才学出众，热衷曲学，本"拍新撰以娱老"，但在其亲自调教艺伶的过程中，家班也成为实践其剧作的最佳舞台。他所制的传奇都曾被经他亲自指导的家伶搬上舞台，创演自成体系。在创作活动中，吴炳以"情"贯之，着力表现男女至情并力求构思新颖。在曲艺表现上，吴炳厌听寻常宫角，自觉追求创新。家族文人借家班实践自身创作成果，家族内部随之形成创演一体化过程，成为阳羡家族戏曲活动的基本模式。家族文人不仅自谱新曲、新调，而且严格要求曲调合律，甚至亲自教授家伶，借

---

① 转引自杨惠玲《戏曲班社研究：明清家班》，厦门大学出版社 2006 年版，第 293 页。

② （清）万树：《宝鼎现·闻歌〈疗妒羹〉曲有感》，程千帆主编：《全清词》（顺康卷），中华书局 2002 年版，第 5637 页。

家班演艺活动检验自身曲剧的场上特征与艺术效果。这样的艺术活动，又进一步激发家族文人的创作兴趣，使其不断积极创作，调教家伶，设置家班，戏曲文学由此在家族环境中逐渐兴盛。

　　明末清初，阳羡姻戚曲家共同参与家班活动，对文学发展具有积极影响。家班所营造的曲文化氛围，有利于培养姻亲文人的戏曲兴趣，为保持曲文化繁盛提供重要支持。吴炳对万树的影响最为典型。吴炳家班极盛时，"斑斓外，动两行弦馆"，令当时年幼的万树印象深刻，"香山家乐，四十年事，追怀如昨。记谢墅、儿时曾见，五马归来琴伴鹤"。万树曾言，"余自学语时，从先宜人归宁，即得饫闻，不觉成诵"①，明确说明自己的戏曲兴趣，源于童年时耳濡目染吴氏家班演出盛况。这段童年经验，不仅促使万树继承舅氏曲学，继续剧本创作，成为清初剧坛的名家之一，而且间接影响了岭南吴兴祚家班的繁荣壮大。据《重刊宜兴县旧志》载："吴大司马兴祚总督两广，爱其（万树）才，延至幕，……暇则制曲。为新声，甫脱稿，大司马即令家伶捧笙璈，按拍高歌以侑觞。"万树在吴氏幕府中，还鼓励、指导吴棠桢（字伯憩，号雪舫，吴兴祚弟）、吴秉钧（字淡青，吴兴祚子）、吕洪烈（字清卿，号药庵）等人创作剧本，以供吴兴祚家班演出。

　　阳羡姻戚曲家共享家班之趣，使家班演出也成为一类特殊题材，在阳羡姻戚文人的诗文作品中屡屡出现，丰富了阳羡家族文学，且成为观照明末清初阳羡姻戚曲家参与家班活动的重要路径。如万树《宝鼎现·闻歌〈疗妒羹〉曲有感》词序曾记述吴氏家班演出盛况。徐懋曙不仅以诗自述家班基本情况，还有诗《贺家岳得新姬》《为家岳谢任字赠姬》等，记其岳丈任名臣蓄歌姬之事，反映任氏之曲趣。再如储氏"当江东承平，家门荣盛，颇以园亭声伎，自娱女乐两部，宾友隐隐闻后堂丝竹声"②。陈氏与储氏为密戚至交，陈维崧与外家储氏诸子常共为曲室之谈，陈维崧曾有幸目睹储氏家班表演，在为储贞庆所作的《储雪持文集序》中，对储氏家班演出有所描述："光延大宅，正蓄歌钟，金谷名园，方盈盛鬋。属有阳阿之妙伎，能为上蔡之新声。紫箫红笛，谱出龟兹；渌酒银灯，舞成回

---

① （清）万树：《宝鼎现·闻歌〈疗妒羹〉曲有感》，程千帆主编：《全清词》（顺康卷），中华书局 2002 年版，第 5637 页。

② （清）储欣：《伯父传》，《在陆草堂文集》卷四，清雍正元年储掌文刻本。

纻。碧绫夜委，偏留休沐之宾；绛蜡晨燃，不报当关之客。"① 寥寥数语，勾勒出储氏家族家班的热闹场景。由这段文字，也可略知陈、储联姻家族间的戏曲交游。

来自阳羡文化家族的陈贞贻、路迪、吴炳、万树等姻戚曲家，集结在家族联姻网中，联袂积极创作，联姻加强了阳羡曲家间的联系，进一步激发其创作热情。陈贞贻、路迪、吴炳、万树等曲家，继承阳羡曲文化传统，在联姻所打造的独特人文空间中，借传奇剧本书写阳羡联姻家族共同的文化心态及忧患意识，通过家班表演共享创作成果，将案头之作转化为场上之曲，积极营造曲文化氛围，培养姻亲文人的戏曲兴趣，揄扬曲学，反映了阳羡家族文人参与戏曲活动的热情及其相互的影响。阳羡姻戚曲家的联翩群从，说明在明清曲学发展过程中，除曲学世家内部代际传承现象之外，还存在着联姻家族共同推进曲学兴盛的状态，折射出清初家族戏曲活动的广泛性和其发展状态的多样性，以及曲学与家族关系模式的多元化。

第二节　清代阳羡家族联姻网中的词人集群

自南宋蒋捷之后，直至清代，阳羡词方蔚然成观。从部分大型的清人选清词所收录的阳羡籍词人数量所呈现的规模来看，《瑶华集》收阳羡词人 51 位，《国朝词综》《国朝词综补》共收阳羡词人 44 位，《国朝常州词录》收阳羡词人 66 位，《全清词钞》收阳羡词人 82 位，将这些人数相加，除去重复入选者，以上选本所录阳羡词家共记百位左右。

在清代江南词学版图中，阳羡尤是一个词人集中、唱和频繁的地方。清代阳羡词人多有别集传世，至今仍有籍可寻的有陈维崧《迦陵词全集》、史惟圆《蝶庵词》、史鉴宗《青堂词》、任绳隗《直木斋词》、徐喈凤《荫绿轩词》、曹亮武《南耕词》、万树《香胆词选》、董儒龙《柳堂词稿》、蒋景祁《罨画溪词》、徐瑶《双溪泛月词》、徐玑《湖山词》、路传经《旷观楼词》、史承谦《小眠斋词》、储国钧《抱碧斋词》、储秘书《花屿词》、蒋蓴《醉园

---

① （清）陈维崧：《储雪持文集序》，《陈迦陵俪体文集》卷六，张元济纂辑：《四部丛刊》初编第 281 册，上海书店 1989 年版。

韭臼词》、蒋彬若《替竹盦词》、储慧《哦月楼词》。吴本嵩、吴梅鼎、万锦雯、万仕廷、任曾贻等词人的词集虽不存，但可从存世的词选中觅得吉光片羽，亦有绘染清代阳羡词学繁盛图景之功。继清初阳羡派拉开清词复兴的帷幕之后，清代阳羡词人的唱和与创作活动一直持续到晚清民国。

文化家族是清代阳羡词学兴盛的重要支持力量。从清初至民国，"户习倚声，家精协律"① 的文学传统，在阳羡文化家族中一直持续不断，对清代词文学发展产生了重要影响。阳羡陈维崧家族、万树家族、史惟圆家族、储方庆家族等，词人辈出，是形成阳羡"词人薮"的重要依托。这些家族间彼此联姻，使清代阳羡词人因姻亲之缘而结为特殊的家族文学共同体，积极建构地域词学传统。一方面，家族内部有纵向的师承渊源，如父子、祖孙皆擅词，一门之内风雅联唱；另一方面，特定时空内，家族间的亲友往来带动文学互动，如数人汇集共享和韵之趣。清代阳羡词人，虽源自不同姓氏，却又共处于家族联姻所构造的同一人文空间，其群体性的词文学活动，不仅充实了阳羡地域文化传统，而且也成为清代词学复兴重要的地域投影。因此，清代阳羡词的演进，始终以联姻家族为主导力量，以创作集群为表现形态。

清初阳羡派的诞生，是阳羡文化家族以联姻关系为纽带聚合的最为典型的例证。阳羡成派的过程中，除了文学史发展的内在要求，以及时代风云际会与地域文化传统等影响因素之外，更为直接的、关键的原因在于众多联姻家族的积极支持和参与。陈维崧"僦居里门近十载专攻填词"后，陈维崧弟陈维嵋、陈维岳、嗣子陈履端、从侄陈枋，陈维崧表姐夫史惟圆、表弟曹亮武，以及陈氏的姻亲吴本嵩、吴梅鼎、万树、万锦雯、万大士、储贞庆、储福宗、董儒龙等，加之任、万二氏的姻亲任绳隗、史鉴宗等，纷纷积极响应，共同酬和创作，晨夕往还。他们访梅以词束之，观牡丹以词邀之，赴约不成以词示歉，怀念朋友以词表意，离别亲人以词感怀，借物抒情以词明志，于是出现了"东溪修禊"、"石亭访梅"、"荫绿轩观牡丹"、"钟山梅花图题咏"等诸多寄情抒怀的同题唱吟活动，形成

---

① （清）陈维崧：《蒋京少梧月词序》，《陈迦陵俪体文集》卷七，张元济纂辑：《四部丛刊》初编第281册，上海书店1989年版。

"或一姓而联唱骚坛，或同声而搴芳莲社，一时作者俱为天际朱霞"的局面。阳羡众家主承苏辛词风，被誉为清初的"豪放派"，他们的词作或慷慨激昂，或悲愤苍凉，或寄托深微，不同于云间派词作的精致、妩媚，为清初词坛吹来了强劲之风，颇具震撼力，新天下耳目。据稽考，从康熙元年至康熙二十年，阳羡联姻家族词人群体性的唱和活动计有四十余次，以至于"人各有集，家各有集，即素非擅长，而偶焉寄兴，单辞只调，亦无不如吉光片羽，啧啧可传"①。阳羡词人对此颇有自觉体认，如徐喈凤称，"自蒋竹山以词名于宋，四百年竟无嗣音者。近日词人蔚起，人秦柳户辛刘，可谓彬彬极盛"②。这一现象也得到了其他词评家的认可，如《百名家词钞》中录有"近时倚声一席，独推阳羡"③的赞语。

康熙初年的阳羡词人对词体性质的体认，要比云间词派更为深刻。他们倡导以真情充实词境，将词情范围从风月幽怀扩大到展示社会人生。同时，他们认为词是性情的载体，词风因性情各异而呈现不同状态，既可婉丽亦可豪宕，表现出兼容并蓄的宽容气度。就阳羡派的创作实践而言，他们比较偏重抒写悲壮之情。清初阳羡姻戚词人词群，在实践和理论两个领域都有所开拓，对清代文学的演进发展具有一定的影响。如果说，与明词保持着千丝万缕关系的云间词人，传递了清词转变的最初信息的话，那么真正拉开清词中兴的历史帷幕的则是具有独立批判意识的顺康阳羡词人。

顺康之际的阳羡词群还积极致力于文献整理与品评。康熙三十年之前，阳羡先后产生了《今词苑》《荆溪词初集》《瑶华集》等词选，另外《灵芬馆词话》中曾提及陈维崧有《妇人集》，曹亮武《南耕集》载陈维嵋曾编《古今词选》，以及蒋景祁独立选编的《名媛词选》等。

陈维崧的《妇人集》专选清初闺阁女子的词作，如徐灿、周络隐、王朗等。《灵芬馆词话》有选摘："陈迦陵《妇人集》，未见刊本，传者甚少。孙君华海抄一册见饷，国初以来宫闺皆在其中。闺秀词句可喜者尤

---

① （清）蒋景祁：《荆溪词初集序》，（清）曹亮武、蒋景祁、潘眉等纂：《荆溪词初集》，清康熙刻本。

② （清）徐喈凤：《词证》，《荫绿轩词》附录，清康熙刻本。

③ （清）徐褒侯评"旷观楼词"，（清）聂先、曹王孙：《百名家词钞·旷观楼词》，顾廷龙主编：《续修四库全书》第1721册，上海古籍出版社2002年版。

多，爱摘录以广其传。徐湘苹灿水龙吟感旧云：'合欢花下流连，当时曾向君家道。悲欢转眼，花还如梦，那能长好。真个而今，台空花尽，乱烟荒草。算一番风月，一番花柳，各自斗，春风巧。　　休叹花神去杳。有题花、锦笺香稿红英舒卷，绿荫浓淡，对人犹笑。把酒微吟，譬如旧侣，梦中重到。请从今、秉烛看花，切莫待，花枝老。'徐为海宁陈相国之遴贤配，著拙政园诗余，所咏花当是山茶也。浦湘青映绿题周络隐，坐月浣花图满江红云：'彼美人兮，婉相对、姗姗欲下。恰此夜、月华如洗，花枝低桠。盼到圆时仍未满，看当开半还愁谢。与花神月姊细商量，归来罢。　　怜嫩蕊，银瓶泻。回清影，晶帘挂，奈晚粧犹怯，镜台初架。二十余年芳草恨，两三更后长吁态。几时将、络秀旧心情，呼儿话。'络隐者，汉阳李云田妾周宝镫也。"① 蒋景祁的《名媛词选》，今已不得其貌，但从其名来看，也当是闺阁词人的选本。

这些词选突出鲜明的"当代"意识，体现了存词存史的实录精神，为后人探求清初阳羡词坛风貌、追寻词风嬗变提供了重要参考。阳羡词人对当下词坛各家各派积极搜集与整理，作有序言，附有评论，表达了他们独特的词学观。陈维崧的《今词选序》即为一篇著名的词学理论纲领，蒋景祁《瑶华集》中对于编选情况的描述及其中的评论，反映了康熙十七年后词坛的风尚与转变，如浙西派的逐渐兴起、咏物词的日益盛行等。清初阳羡词选还注意到了女性作为一个特殊文学群体的文学价值与文学意义。

这一词选系列在清词史上产生了重要影响。《今词选》刻成之后，会稽词人方炳曾作《金缕曲·书陈其年〈今词选〉后，用刘须溪韵》给予高度评价，其词曰："笔墨真难说。自一泄、图书巧凿，已非怀葛。妇女歌谣和景，半入烟云风雪。屈正则、行吟披发，留下楚辞多哀愁，怨灵修、空对他乡月。不见处，鼓湘瑟。　　词家裔派从来别。看《草堂》、《花间》各选，微多不合。譬彼美人如飞燕，固属温柔无骨。亦妒婢子肥痴绝。莫道直臣无妩媚，闻仙人，吹笛皆吹铁。声一动，绛河裂。"蒋景祁以一人之力所刻的《瑶华集》也受到肯定和好评。丁绍仪《听秋声馆

---

① （清）郭麐：《灵芬馆词话》卷一，唐圭璋编：《词话丛编》第 2 册，中华书局 2005 年版，第 1513 页。

词话》称："诗文而加圈点，自是陋习。然词句长短不齐，不加识别，易滋讹错。宜兴蒋京少（景祁）所辑瑶华词，仅圈句读，最得体要。……京少少与宋牧仲尚书友，以乐府相切劘。虽所选珉玞糅杂，而明末国初词人姓氏，实赖以存。乃王氏词综多未录。"① 可知《瑶华集》的文献意义。

　　史惟圆、徐喈凤于康熙三十年左右相继去世②，陈维岳渐入老境，蛰居里中，闭门著述。曹亮武专心参禅，不再醉心于倚声唱和。康熙三十年后，活跃于阳羡文坛的主要是阳羡文化家族中的新生代，主要包括陈维崧之子陈履端、徐喈凤之子徐瑶、徐翙凤之子徐玑，以及路传经、路念祖昆仲和陈氏家族姻亲董儒龙、曹臣襄、潘祖义、潘宗洛等。阳羡联姻家族的第二代词人，或继续保持父辈的悲豪疏朗，以陈履端、董儒龙为代表，为阳羡派词风的后继者；或另觅词学路径，追求清疏淡逸，呈现出别样的艺术风貌，如徐瑶、徐玑与路传经、路念祖。虽然康熙三十年以后，阳羡家族词人仍有风雅集会，但此时家族词人群聚的规模及其活动之频繁远远不及康熙前期，他们之中也缺乏骋雄词坛、统领全局的中心人物，未能产生导致阳羡词坛风云变幻的影响力。故这一时期的阳羡词人的创作活动常被文学史研究忽略。然而，从家族文学活动的视角来看，这一小批词人继承发扬阳羡"户习倚声，家精协律"之风气，进一步丰富了清代阳羡家族词人基于一定联姻关系而自为集群的文学传统，对于地域文学的建构有一定重要意义。

　　阳羡联姻家族的词文学活动，在雍乾之际曾有小规模的复兴。史承谦是这一时期的词学翘楚。陈廷焯对其十分赏识，誉其为"一代词手"③，可与清初陈维崧、朱彝尊相比肩，又称"史位存词，寓纤秾于娴雅之中，流逸韵于楮墨之外。才力不逮陈、朱，而雅丽纤徐，亦陈、朱所不及。真陈、朱劲敌也"④。这一时期围绕在史承谦周围，与之多有唱和的词人包

---

① （清）丁绍仪：《听秋声馆词话》卷三，唐圭璋编：《词话丛编》第3册，中华书局2005年版，第2612页。

② 据《义庄史氏宗谱》可知，史惟圆卒于康熙三十一年（1692）。又据《宜兴上阳徐氏家乘》可知，徐喈凤卒于康熙二十八年（1689）。参见严迪昌《清词史》重版后记，江苏古籍出版社2001年版，第619—620页。

③ （清）陈廷焯：《词坛丛话》，唐圭璋编：《词话丛编》第4册，中华书局2005年版，第3737页。

④ （清）陈廷焯：《白雨斋词话》卷四，唐圭璋编：《词话丛编》第4册，中华书局2005年版，第3855页。

括史承谦弟史承豫、储氏储国钧、储秘书、任氏任曾贻等。储国钧与储秘书为嫡堂叔侄，他们的祖辈储贞庆、储福宗等人与史承谦、史承豫的曾祖叔父史惟圆于清初曾有多次文学互动。不仅如此，储、史二家还互有联姻，储国钧的堂姐（亦为储秘书的姑姑），嫁史惟圆侄孙史镕英，储秘书的一堂弟储嗣会娶史承谦之女，另一堂弟储成璋娶史承豫之女。显然，以史承谦为首的乾隆初期阳羡词群，是联姻所构造的文学环境对家族文学环境的再聚合。这些词家虽拥有深厚的家族文化血脉，但科第仕途上无大作为，属于盛世词坛的寂寞之人，在当时及后世都很少被人提及。故而雍乾之际的阳羡词群，规模与名气都不及清初阳羡派。

但是，在乾隆初年以淳雅为宗的浙西风气之中，这一群体的词学理论与创作实践却有着补救词坛、稍振词风的重要意义。史承谦及其词友对词坛主流浙西词多有不满，尤其反感过分苛求形式之美而忽视言之有物的不良倾向。他们积极疗救当时词作疏离于情的弊病，论词主张本色、自然，明确指出词坛典范当推晏几道、秦观、周邦彦、史达祖等，强调词作应守词情、词韵之正格，回归词之婉约本色。史承谦《小眠斋词》也是这一词序理念指导下的代表性创作成果。史承豫、储国钧、储秘书、任曾贻等人，词风大多和史承谦相近。

雍乾之际的阳羡词群，是继清初阳羡派之后，清代阳羡文化家族以姻亲为纽带进行集群式词创作的又一重要表征。这一群体，既非清初阳羡派的延续，并没有完全遵循家族先辈所开创的阳羡派词风，又有别于当时一唱百和的浙派，自觉与当时风行的浙派宗风呈离立之态。这一群体，虽仅三四人之力，却能自出机杼，挽时风众势之所趋，不容小觑。词宗史承谦造诣虽高，仅一人之力，难以达到自立门户、开宗立派的地步，尽管他主张坚守词之婉约本色，力求异于浙西，但又与浙西风貌有几分相近，呈现力求摆脱却又很难脱去时风影响的特征。

嘉道以后，清廷衰落，江南频起战事，阳羡文化家族经兵火摧残，日趋式微。乱世之中，独有蒋氏一族续承阳羡词学传统，并得到妻族储氏的积极支持。蒋氏一门祖孙、昆季、胞妹并善讴吟，延续并彰显了清代阳羡词学的家族特征。蒋蓴，字跗棠，自号醉园，性闲静寡，自称为竹山后裔，仿蒋捷以诗词自娱，有《醉园庯臼词》。蒋蓴取法先辈陈维崧、周济之词法，既有悲慨之语，又有柔媚之言，风格多样，"绮语如'最怕伤春容易病，又是残红满径'；其苦语如'知道今生还见否，且共片时相守'，其缠绵语如'愁丝恨绪便剪断，金刀不堪分与'；其慷慨语如'卫霍勋名，今尔尔一例，动人心魄'，擅有词家胜场，而悼亡诸阕尤凄断，于是知醉园所业致力也"①，可见《醉园奭白词》语多创获。蒋夢弟蒋彬若，字次园，有《替竹盦词》，艺术风格与其兄多有相近。蒋次园以文字陶情遣性，"其高者文质相宜，情韵兼至，有精深华妙之常而无空滑晦涩之弊，即其次犹不失为言，与律俱顺。抑更有进者，方今世运沦胥中外多，故替竹一编，义兼骚雅，穷楼玉宇之思，斜阳烟柳之感，随处触发，不胜缕举"②。蒋夢妻储慧，字啸凤，有《哦月楼词》，存词十余首，大多为闺帏内的恻艳之词，织丽有余，风韵不足。《续修四库总目提要》称："（储慧词）雕章绘句，敷藻摘文，虽亦绚烂夺目，而意境平淡，不见性灵，殊不耐玩味。惟篇什之中亦时见秀句，零金碎玉，往往亦足以惊人，是亦有其可传也已。"③ 储慧父为蒋夢之师，亦以作词雅兴，并与储慧兄及蒋夢、蒋彬若时有唱和，惜因战乱，其词集已不传。蒋夢子蒋兆兰，字香谷，亦擅倚声，曾参加寒碧词社、鸥隐词社，有《青蕤庵词》前后两集。蒋兆兰还是民国初年重要的词论家，著《词说》一卷，总结词体特征、阐述词体流变、申发各家各派的艺术风格，颇有见地。

民国九年（1920）十二月，蒋兆兰和徐致章创立白雪词社，社址设于西汊之滨，主要成员有储凤瀛、储蕴华、徐德辉、程适、储南强等。徐致章，字焕珙，光绪十四年举人，有《拙庐诗词稿》。储凤瀛，字印波，光绪二十九年举人，有《萝月轩诗词稿》。储南强，字铸农，贡生。储蕴华，字朴诚，号餐菊，光绪二十九年举人，有《餐菊词》。徐德辉，字倩仲，光绪二十八年举人，有《寄庐诗词稿》。程适，字肖琴，号蛰庵，有《蛰庵类稿》。白雪词社每月集会一次，拈题作词，咏物写景之作较多，如"冻瓜"、"咏兰"、"牡丹"、"美人蕉"、"秋海棠"、"秋虫"等。有时分拈里中古迹为题，如"蠡墅"、"计山"、"胥井"、"善卷洞"、"西施洞"

---

① （清）顾云：《醉园奭白词序》，（清）蒋夢等撰：《醉园诗存五种》，清光绪三十一年刻本。
② （清）蒋兆兰：《替竹盦词序》，（清）蒋夢等撰：《醉园诗存五种》，清光绪三十一年刻本。
③ 《续修四库全书总目提要》（稿本）第21册，齐鲁书社1996年版，第64页。

等。有时写节日活动，如"人日在双溪草堂雅集"、"重九活动"、"三月三日禊饮"、"纪念东坡先生生日"等。蒋兆兰曾将该词社同人的作品汇编成《乐府补题后集》，甲编有词147首，乙编有词157首，在1928年出版。① 储凤瀛、储南强为储国钧、储秘书的后人，蒋兆兰为蒋景祁后裔，他们皆承先辈遗韵，以结社韵酬致以雅兴，显示地域文风与家族传统的交融延续，具有超越时间的文化活力。

当然，阳羡联姻关系网中连接着数家、数辈的家族词人，于不同时期所形成的不同词集群，并非陈陈相因。他们的创作实践，随着时代风气的变化、词史演进的影响而有所改变，并投射于清代阳羡词发展演变的过程中。康熙初期的阳羡派，源于深切的时代感受，欲振起一代词风，开创了清词崇意主情的传统，重视词之立意，偏重抒泄悲情。康熙中期的徐瑶、徐玑、路传经等人，适逢战乱远去、盛世渐显，虽仍承沿阳羡派崇意主情一路，但以表现闲情为主，致力于清疏词境的营造，因此这一时期的阳羡词既不劲急也乏精湛。迨至乾隆初年，史氏、储氏取径北宋诸家，强调词情婉约缠绵，虽与清初阳羡派先贤"重情"传统暗合，但其内质已大相径庭，他们更加重视词艺的精致、情韵的悠长，与豪放悲慨的阳羡派相比，气魄殊异。晚清蒋、储二家之词乃至民国初年白雪社词人之作，虽未能形成独立的艺术风格，但亦对构建清代阳羡词学做出了积极贡献，是清代阳羡文化家族联姻所营造的词文学传统的最后回应。

总而言之，分属于不同文化家族的清代阳羡词人，借助家族联姻网而得以再聚合，分散式的"一门风雅"荟集为亲族相系的"数门联吟"，形成家族集群式的联袂创作的状态。家族文人本来就是地域文学的重要创造者，而以联姻为纽带所形成的词人集群，无疑成为引领清代阳羡词学发展的更为强劲的力量。其多个家族联袂创作的盛大局面，是何等辉煌，至今仍吸引我们回望，吸引我们对之加以深入的研究。

① 转引自朱征骅《宜兴清代词学简说》，《苏州大学学报》（哲学社会科学版）1995年第1期。

第四章

康熙年间阳羡联姻家族词文学活动

　　康熙年间阳羡联姻家族的词文学活动声势最为浩大，成就也比较突出。这一时期阳羡家族文人的文学互动还凝结为一个文学流派，即阳羡词派。阳羡词派的成派与繁荣，当属于康熙年间阳羡联姻家族的词文学活动的重要表征之一，但并非能代表其全部。因此，从家族视角切入，系统探究清康熙年间阳羡联姻家族的词文学活动，从唱酬、评论、创作等不同角度对相关文学事实进行重新审视，必然还会发现别样风景。这既是对目前成果已较为丰富的阳羡词派研究的拓展与丰富，也是从地域、家族层面，更为细致、深入地论析家族文人文学活动的形式、成果与影响所必需的。

第一节　康熙前期阳羡词群的唱和与词论

一　阳羡词群唱和活动考述

　　从阳羡词宗陈维崧与词友任绳隗于顺治"庚寅、辛卯间"① 相与唱酬开始，阳羡联姻家族词人的唱酬便逐日丰富，尤其是康熙八年暮春，陈维崧经历北游京师、中州之后返乡，居于乡里近十年，与亲朋好友酬答唱和，掀起阳羡唱和之风，以其为中心的联姻家族词人逐渐形成明确的群体意识和宗派观念。康熙十年至康熙十七年，阳羡唱酬活动达到极盛，充分

---

　　① （清）陈维崧：《任植斋词序》，《陈迦陵文集》卷二，张元济纂辑：《四部丛刊》初编第281 册，上海书店 1989 年版。

体现出清初家族文人群体文学活动的活跃程度，亦为清初唱和词复兴繁荣提供了有力支持，而这一文化现象尚未得到学界关注。

陈维崧一生填词一千八百多首，其中涉及与其他阳羡词人酬唱的作品数量极多，以此为参照，旁及参考其他词人的词作，可以发现，陈维崧与其亲友的唱和活动主要集中在三个时段。一是从康熙六年末至康熙七年初，陈维崧有《洞仙歌·戊申上元阴雨示桢百、云臣、青际》、任绳隈有《鹊桥仙·和其年七夕，时桢百招饮座上作》等为证。二是从康熙八年夏到康熙九年春，陈维崧作《念奴娇·半雪弟四十，词以赠之，即次其原寿韵》《探春令·庚戌元夜》等词，或和他人之作，或有阳羡词人和其韵。三是从康熙十年至康熙十七年，参与这一时期唱和的不仅有史惟圆、徐喈凤、任绳隈等，后起的蒋景祁、潘眉、董儒龙等，释宏伦、原诘等，流寓的史可程、史鉴宗等，归田居乡的万大士、黄桢柏等，隐于画或隐于酒的吴白涵、徐渭文等，沦于幕僚、四处糊口的万树、吴本嵩、吴梅鼎等纷纷参与其中。康熙十年至康熙十七年，是阳羡派唱酬活动的极盛期。阳羡词人这几年的唱酬赠答，具有鲜明的地域色彩和强烈的现实关怀精神，是清初地域性家族文人文学互动的典型表征，更是清初地域文化生态独特性的重要表现。

康熙十年，徐渭文去南京，陈维崧作赠序，嘱咐他访"畸人而隐于绘事者"[1]。徐自南京归，作《钟山梅花图》，陈维崧首倡为之题咏，曹亮武、史惟圆等皆有所和。

康熙十二年元夕，陈维崧作《女冠子·癸丑元夕，用宋蒋竹山韵》，史惟圆、徐喈凤有和。

康熙十二年上巳，陈维崧与任绳隈、徐喈凤、史鉴宗、潘眉、陈维岱、蒋景祁、吴梅鼎、吴本嵩等十余人修禊东溪，以词会友，共吟《浣溪沙》《蓦山溪》《永遇乐》等词。此番修禊，文学创获颇丰，成为清代阳羡人文史上的一段佳话，其盛况被绘成画卷，众家之词文骚赋等被附在画后。徐喈凤有《东溪修禊序》："盖人生宇宙，非游观无以博山水之趣，

---

① （清）陈维崧：《赠徐渭文序》，《陈迦陵文集》卷三，张元济纂辑：《四部丛刊》初编第281 册，上海书店 1989 年版。

非山水无以助笔墨之兴，非笔墨无以发性情之真而畅友朋之乐。荆溪山水不逊山阴，世家望族代生才俊。乃自汉魏迄今，竟无有如逸少其人，集群贤而觞咏者，岂有其事而未有其文乎？抑有其事有其文而邑乘而弗载乎？今日者虽积雨未晴，溪风叠浪，而山色空蒙，渔歌隔浦，烟柳连堤，莺簧睍睆，大块文章，触目都是，且列坐名彦，雄才竞爽，诗文之富，远，轶前人，信。足以畅叙幽情，与兰亭并传佳话矣。虽然俯仰之间，已为陈迹，逸少之言，感怀匪浅。风与诸子生长荆溪山水间，当春光欲暮，适逢上巳，固有禊事可修，即非上巳，亦应借修禊以为欢。上巳而禊，禊吾之身，非上巳而亦禊，禊吾之心。禊吾身，身去不祥，禊吾心，心去不祥。心去不祥则又安往而不得其祥哉！诸子以为然，遂书于卷。"① 陈维崧作《东溪修禊卷跋》："右癸丑东溪修禊图。图后有骚，有赋，有记，有序，有书，有启，有七，有赞，有辞，有曲，有古诗，有七言律，有《浣溪沙》《蓦山溪》《永遇乐》诸词，共一卷。按东晋兰亭之会，修禊事者，少长四十有一人，而诗不成者至人十有六。今东溪之会，仅仅十有六人，然而觞勺未已，纸墨烂然，长篇短制，更唱迭作，可谓盛矣。"②

　　康熙十二年春，陈维崧与史惟圆、史鉴宗买舟共游，陈维崧有《浣溪沙·春日，同史云臣、远公买舟山游，小泊祝陵纪事》。

　　康熙十二年春，陈维崧作《夏初临·本意·癸丑三月十九日，用明杨孟载韵》追哀朱明王朝倾覆三十年，阳羡众家皆有唱和。

　　康熙十二年仲春，陈维崧与史惟圆、史鉴宗寻访祝英台旧迹。史惟圆《祝英台近》词下有小序："英台贞静自守，乃为千古死情之始，与青陵台、华山畿，并美于昔，固宜歌咏其事，以光简牒。况在吾邑山水人物之奇秀，尤无比伦，而今之游者，往往忽而不存。余于绝壁断垣之下，见一碣蠹焉，亟与其年、远公披藓，排瓦石观之，几不可辨。山僧以水沃洗，始见其字无剥落，寻绎其词，乃《祝英台》一阕，明嘉靖间邑侯谷公讳兰宗所作也。调与事合，允堪吟讽，阕中有蝴蝶满园飞去之语。相顾嗟赏，

---

　　① （清）徐喈凤：《东溪修禊序》，（清）卢文弨纂，庄翊昆校补：《常郡艺文志》卷六，清光绪十六年刻本。

　　② （清）陈维崧：《东溪修禊卷跋》，《陈迦陵文集》卷六，张元济纂辑：《四部丛刊》初编第 281 册，上海书店 1989 年版。

各和一章，以继高唱，词客有灵，自应识我。时康熙癸丑仲春，荆水钓徒序。"①　陈维崧等人归后，以词示徐喈凤，徐亦有和，有《祝英台近》一阙，词题云"碧藓后有石刻'祝英台读书处'六字，数年前曾访，未遑题咏。癸丑春，云臣、远公、其年往探遗碣，得谷邑侯祝英台一词，归示和章，感而步韵"。

康熙十二年夏，陈维崧与史鉴宗、史惟圆游龙池、善权二山。三人皆有《贺新郎·登龙池山顶凭虚阁》，蒋景祁亦有追和。陈维崧与史惟圆又有《洞仙歌·善权洞》。

康熙十二年夏，史鉴宗登山以采茗之名义考察山景，归后作《洞山图》，详绘棋盘、扇面、纱帽等峰，并详列产茶胜地。适吴本嵩、潘眉将北游，陈维崧、史惟圆、任绳隗、徐喈凤、曹亮武等咏《水调歌头》题图，兼送吴本嵩、潘眉。吴本嵩亦作《燕台春·送原白入都》。

康熙十二年秋，陈维崧病卧江阴，病中追感亡友邹祗谟、董以宁，赋《贺新郎》一词，归后示众，史惟圆有《贺新郎》，词题云"癸丑暮秋，其年病卧澄江客舍，追感亡友邹程村、董文友，兼示梅园主人韩尔铉之作，携归示予，相对怆然忆旧，即次原韵"。

康熙十三年春，徐喈凤买舟约陈维崧、史惟圆访万树，途经石亭看梅。事见徐喈凤《荫绿轩词·词证》："词家胜境，惟寻花访友最有韵趣。甲寅春，余买小舠招云臣、其年访红友于南郊，因过石亭看梅，各作贺新郎一阙。越日，红友复招游石亭看落梅，各作雪梅香一阙。其年兴未尽，又作孤莺一阙，赋得石亭梅花落如雪，余与云臣、红友俱倚声和之，余兴犹未尽，更作看花回一阙。汇而观之，老梅香色，拂拂楮间，而胜友神情亦勃勃行内也。"②　又陈维崧填《应长天》记石亭看梅之事，词题云"红友约余辈重游石亭，以阴雨辞之，不允。复偕云臣、竹逸、放庵上人饮高士吴具茨墓下，落梅盈把，游情甚适，词以纪之"。

康熙十三年春，史鉴宗卒，陈维崧以《摸鱼儿·哭远公》哭之，史惟圆、徐喈凤等有和。

---

① （清）史惟圆：《祝英台近》词序，程千帆主编：《全清词》（顺康卷），中华书局 2002 年版，第 3829 页。

② （清）徐喈凤：《词证》"第 12 条"，《荫绿轩词》附录，清康熙刻本。

康熙十三年上巳，徐喈凤约陈维崧、史惟圆西溪修禊，有《蓦山溪》为证，"甲寅上巳，约云臣、其年西溪修禊，不果来，柬以词。"陈维崧作《蓦山溪·清明感旧》和之。

康熙十三年立夏，陈维崧与万树、吴本嵩过史惟圆宅看牡丹，陈维崧作《沁园春》一阕，史惟圆、万树均有和词。

康熙十三年九月三日，陈维崧与徐喈凤、史惟圆、万树、徐元琜又赴石亭看桂，徐喈凤有《蓦山溪·九月三日同云臣、其年、红友、舍弟渭文石亭看桂》。

康熙十三年十月，陈维崧客无锡，作《沁园春》记"鬼声"之异，其序曰："甲寅十月，余客梁溪。初五夜刚半，忽有声从空来，窅然长鸣，乍扬复沉，或曰此鬼声也。明日乡人远近续至，则夜中尽然。既知城中数十万户，无一家不然。嘻，亦太异矣！词以纪之。"① 史惟圆、曹亮武等皆有和词。

康熙十四年元月二十日，史可程七十，阳羡众词家以词贺寿。陈维崧有《千秋岁引·寿史蘧庵先生七十》《念奴娇·寿史蘧庵先生七十，乙卯元夕后九日》，任绳隗有《千秋岁引·寿史蘧庵先生七十》。

康熙十四年，陈维崧有《琐春寒》词柬史惟圆、徐喈凤、徐翙凤，徐喈凤有《琐窗寒·乙卯元宵，和其年韵》。

康熙十四年春，曹亮武堂前绿梅开放，时曹有疾在身，填《念奴娇病中庭梅盛开，同其年用赤壁韵》悲己渐老，陈维崧作《念奴娇·南耕堂前绿萼梅花下作，用东坡赤壁词韵》和之。

康熙十四年春，陈维崧同曹亮武、陈维岳游南岳等宜兴胜地，填《念奴娇》词纪事，史惟圆有《念奴娇·其年、纬云、南耕探梅南涧，词以问之》。

康熙十四年清明，陈维崧与任绳隗、徐喈凤等重游玉峰，作《拜星月慢》。其序曰："余不到玉峰三十余年矣。乙卯清明，与植斋、竹逸重游是间，赋词感旧。"陈维崧又有《念奴娇》一阕作于同时，其序曰："玉峰阚若韩、盛珍示、王成博、邱近夫诸子，公宴余辈于南芝堂，席上同青

① （清）陈维崧：《念奴娇》词序，《迦陵词全集》卷二十五，张元济纂辑：《四部丛刊》初编第 282 册，上海书店 1989 年版。

际、竹逸、纬云纪事，再叠前韵。"陈维崧另有《书锦堂·清明后一日，同纬云重上玉峰，积阴乍霁，春女甚盛，词以纪游》亦作于此时。

康熙十五年，曹亮武染疾，卧于南岳山房，陈维崧同储贞庆、原诘上人、南水上人过访，各填《贺新郎》一阕以示问候，曹亮武亦有回赠之作。后史惟圆以《贺新郎·南耕齿疾卧山中》讯之，曹亮武又作《贺新郎·和云臣问疾原韵》，曹亮武又有《贺新郎·余病齿南山，和蒋京少见访原韵》。

康熙十五年八月十五，陈维崧同史惟圆、储贞庆、南水上人同游虎丘，是夜宿山寺，凌晨登山，史惟圆有《贺新郎·虎丘咏月》纪事。词末注曰："丙辰中秋，与其年、雪持、南水上人偕游虎阜，宿山寺。五更后登山，落月残灯，游人绝迹，别是一番境界也。"①

康熙十五年九月八日，陈维崧迫于生活，有感而发，作《贺新郎·连朝霁色殊佳，桂丛复放，而寂寂空斋，秋寻无策，兼之溪蟹大上，手中不名一钱，俱恨事也》以自嘲，并柬史惟圆、徐喈凤，史惟圆有《贺新郎·重九前一日答其年》。

康熙十五年秋，蒋永修任江西提学副使，蒋景祁随行，陈维崧、徐喈凤、曹亮武等同填《贺新郎》词送之，后又聚于曹亮武南耕草堂、徐喈凤荫绿轩，为蒋景祁饯行，徐喈凤有《潇湘逢故人慢·南耕草堂梅花下，送蒋京少之楚》，曹亮武有《潇湘逢故人慢·同天石、天篆、京少集荫绿轩，时京少将有楚游，用宋人王和甫韵》。

康熙十五年，孙怍庭为陈维崧故友周季琬幼女议婚，陈维崧填词纪事，追忆友人，曹亮武亦有《念奴娇·周文夏御史没已十年，一幼女未字，少司马孙怍庭先生不忘同官之好，为令子议姻，予高其谊而作此词》。

康熙十六年清明，陈维崧游吴，填《多丽·清明兼上巳》，史惟圆、徐喈凤和词怀之。徐喈凤有《多丽·丁巳清明，适当上巳，病中怀其年游吴，次云臣韵》为证。

康熙十六年初夏，陈维崧与储贞庆、南水上人、原诘上人游南岳，小

---

① （清）史惟圆：《贺新郎·虎丘咏月》，程千帆主编：《全清词》（顺康卷），中华书局2002年版，第3875页。

憩枫隐寺，陈维崧作《多丽》一词纪之。

康熙十六年十月四日，陈宗石离乡返商丘，陈维崧与陈维岳、徐喈凤、史可程填词送之。

康熙十七年，陈维崧北行赴都，徐喈凤、史惟圆、曹亮武、储贞庆等以词送行。徐喈凤有《昼锦堂·送其年应征入都》《昼锦堂·通邑同人公饯其年，叠前韵》《画锦堂·送其年应征入都》，史惟圆有《喜迁莺·其年初赴恩命入都》，曹亮武有《水龙吟·迦陵应召入都》，储贞庆有《玉女摇仙佩·送其年应召入都》，徐翙凤有《阳关引·送其年应召北上》，潘眉有《贺新郎·送其年应召入都》，董儒龙有《多丽·夏杪，送陈其年先生应征北上》等。康熙十七年，曹亮武与陈维崧拟作岁寒词。徐喈凤、陈枋、吴白涵、汤思孝等人皆有咏和，这是一场不容忽视的吟事活动。今存《岁寒词》一卷附于曹亮武《南耕词》之后。

二　阳羡词群唱和活动的文学史意义

以上所列，因现存文献之限，未能包罗全部，但依时依事的考述，已可见得清初阳羡姻戚词人唱和活动之频繁，从时间维度而言，其持续时间之久亦表明了其活动规模之大。清初阳羡词人持续近十年的唱酬活动，是阳羡词人以群力进行地域文学及地域文化传统构建的过程。阳羡派唱酬活动主题宏富鲜明，既有地域特色，如大量歌咏风土乡情之作，又有强烈的现实关怀精神，如大量悼亡亲友、感慨现实、反思历史之作，不仅为清初唱和词复兴繁荣提供了重要支持，也反映出清初江南文人群体文学活动的丰富性与独特性。

首先，阳羡派集中而频繁地歌咏家乡风貌，为清初唱和词复兴注入了新的题材内容。阳羡词人持续十多年的唱酬中，有很多是以吟咏乡邑山水为题，如咏祝英台、龙池山、善权洞、南岳、石亭等，这在清初词坛并不多见。在清代之前，山水词多见于个别词家的集作中，很少有关于山水主题的群体唱酬。尤其值得重视的是，阳羡词人以"乡里人"身份自吟家乡风貌，如陈维崧与徐喈凤、史惟圆等以阳羡风土为题的联唱，《蝶恋花四月词》八首、《蝶恋花五月词》八首、《蝶恋花六月词》八首等，为唱和词注入乡土情怀，是具有创新意味的探索与尝试，扩大了唱和词的表达空间。

其次，阳羡词群怀念亡友的系列唱酬之作，情思深切，进一步强化了词的抒情功能。传统的抒情词，或写相思，或写爱恋，或写悼亡，却少有友朋间的牵挂、怀念等。阳羡派唱酬之作则在这一方面大力开拓。清初阳羡词人多为姻戚，又是挚友，且大多都是遭遇坎坷，才人多蹇，相似的命运感极易引发群体共鸣，故而阳羡词群寄友或悼友之作，以词为陶写之具，往往以彼联己，表达普遍的人生感受。如与陈维崧"孤馆六年相依偎"① 的歌僮徐紫云离世，陈维崧作《摸鱼儿·清明感旧》吊之，引发阳羡词群纷纷追和，史惟圆、徐喈凤、任绳隗、史鉴宗、潘眉、储贞庆、史可程等以词表哀情，实则悲痛自身遭际。又如康熙十三年史鉴宗病逝，阳羡词人又以"摸鱼儿"填词悼念亡友，深沉凄凉。阳羡词人大多品性高洁，他们于父执辈的师友亦有崇敬之情。陈维崧曾为陈贞慧友，隐士姜如农作《水调歌头》，词下序曰："莱阳姜如农先生，前朝以建言予杖，遣戍宣州，会遭甲申之变，不克往戍所，僦居吴门者几三十年。癸丑夏，先生疾革，遗命家人曰：必葬我敬亭之麓。其子勉仲、学在从之。闻者悲其志，重其节，私谥之曰贞毅先生。维崧填词以代迎神、送神之曲焉。"② 史惟圆、徐喈凤、曹亮武等皆有关于此事的追和之作。阳羡词群怀念亡友的系列词作，情思深切，充分发挥了词的抒情天职。

最后，清初阳羡词人是清词史上尤擅拈大题目出大意义的一个文人群体。对明清易代历史现实的反思，"显得醒豁明朗，主题宏大而集中"③。康熙十二年陈维崧首倡的《夏初临·本意》以词体写作"甲申"三十年祭，表达故国之思，最为典型。陈维崧和史惟圆、曹亮武、蒋景祁等人，还有题咏"虎丘五人之墓"词，及吟咏"题《钟山梅花图》"词等，都是群体性悼家国沦丧、寄托故国哀思的重要作品，康熙十三年阳羡词群"记鬼声"词，主题隐晦，语言闪烁，词境阴沉惨淡，似乎借阴间怨恨象征人间现实，表达对现实的愤懑之意，亦是阳羡诸家忧患意识的艺术再

　　① （清）陈维崧：《贺新郎·云郎合卺为赋此词》，《迦陵词全集》卷二十六，张元济纂辑：《四部丛刊》初编第 282 册，上海书店 1989 年版。

　　② （清）陈维崧：《水调歌头》，《迦陵词全集》卷十四，张元济纂辑：《四部丛刊》初编第 282 册，上海书店 1989 年版。

　　③ 严迪昌：《阳羡词派研究》，齐鲁书社 1993 年版，第 125 页。

现。阳羡词群直面现实、反思历史的唱酬，反映了这一群体卓尔不群的胆识张力。这些深厚警醒的唱酬主题，在清初唱和活动中独树一帜，使阳羡词群在清初词群林立的局势中脱颖而出，确立了阳羡派在清词史上的重要地位。

　　清初阳羡姻戚词人唱酬活动，历时十年之久，是清初文人群体文学活动活跃程度的客观呈现，更是清初江南文化生态独特性的重要表现，对清代江南文人群体与文学生态研究具有重要意义。从文学视角而言，阳羡派唱酬活动为清初词坛唱和之风盛行注入持久活力，是唱和词复兴过程中不可或缺的重要支撑力量。阳羡词人将乡土、现实、人生等重大内容纳入唱酬之作中，强化了唱和词的抒情功能，拓宽了唱和词的表达空间，促成了清初唱和词的繁盛。从文化视角而言，阳羡文人以词为情感寄托与生命存在方式，唱酬活动成为阳羡词人存在方式的重要表现，阳羡派唱酬活动鲜明的地域色彩与强烈的现实关怀精神，则是清初江南家族文人群体多元而复杂的文化心态的独特映射。

三　阳羡词人对词体性质的共识

　　明末清初，云间词人针对明代词坛积贫积弱的现象，倡导重续南唐五代词统，视词为诗余、小道、小技，强调词的应歌性及其婉约特质。云间之后，西陵、广陵、柳州的词人相继而起，嗣为云间余响。他们对云间词学多继承，但对何为词体的见解，又不完全服从于云间之论。西陵词人毛先舒即认为"格由代降，体鹜日新。宋元词曲，亦各一代之盛"、"夫词宜可自放……诗故难作词亦未易也"①，对词为"小技"提出了质疑。毛先舒通过论析文学与音乐的发展关系，得出"故填词本按实得名，名实恰合，何必名'诗余'哉"②的结论，为词得"诗余"之名鸣不平。柳州词

---

① （清）毛先舒：《诗辨坻》卷四，清初毛氏思古堂刻本。

② （清）毛先舒：《填词名说》："填词者，填其词也，不得名'诗余'。填词不得名'诗余'，犹曲自名'曲'，不得名'词余'。又诗有近体，不得名'古诗余'，楚骚不得名'经余'也。盖古歌皆作者随意造之，歌者寻变，入节传之，以声而歌，故乐有谱歌无谱也。后世歌法渐密，故作定例，而使作者按例以就之，平平仄仄，照调制曲，预设声节，填入辞华。盖其法自填词始，故填词本按实得名，名实恰合，何必名'诗余'哉。"（清）毛先舒：《潠书》卷四，清康熙刻思古堂十四种书本。

派曹尔堪也对"词学为雕虫小技"甚为不满："欧、苏两公,千古伟人也,其文章事业,炳耀天壤,而此地(扬州)独以两公之词传,至今读《朝中措》《西江月》诸什,如见两公之须眉生动,偕游于千载之上也。世乃目词学为雕虫小技者,抑独何欤? 以词学为小技,谓欧、苏非伟人乎?"① 以上说辩各异的事实说明,清初词学理论体系中悄然出现了不同于云间词论的"另一种声音",词体之辨是当时词论者所关注的焦点话题。大约与柳州、西陵同时的阳羡诸家,也参与了这一命题的讨论中。

　　清初阳羡词家中,较早论及词体性质的是任绳隗。康熙六年(1667)任绳隗作《学文堂诗余序》称:"宋人词选,以'草堂'颜其编。说者谓《忆秦娥》《菩萨蛮》两阕昉于太白;太白诗名《草堂集》,草堂之义盖取诸此。然余观齐梁之《月露》《风云》,陈隋二主之《望江南》《玉树后庭》,虽未如宋元之按节宫商,栉比字句,而骎骎乎词家之嚆矢矣。以为仅始于太白,或未必然。顾又谓词者,诗之余也,大雅所不道也。故六代之绮靡柔曼,几为词苑滥觞。自唐文三变,燕、许、李、杜诸君子变而愈上,遂障其澜而为诗。宋人无诗,大家如欧、苏、黄、秦,不能力追初盛,多淫哇细响,变而愈下,遂泛其流而为词。此主乎文章风会言之也。或又以永叔名冠词坛,当时谤其与女戚赠答,大为清流所薄;晏元献天圣间贤辅,乃至以作小词致讥。此较乎立德与立言轻重之异也。以余衡之,要皆竖儒之论耳。自《三百篇》未尝袭《卿云》《纠缦》之歌,《离骚》《楚辞》不必蹈《关雎》《麟趾》之什;嗣是而诵周诗者,岂见少乎'大风'、'天马'也,推汉、魏者,宁庋置乎开府、参军也? 夫诗之为骚,骚之为乐府,乐府之为长短歌、为五七言古、为律、为绝,而至于为诗余,此正补古人之所未备也,而不是谓词劣于诗也。若杜元凯、张茂先、李文饶、文信国诸人,皆出入将相,倥偬军旅,而斐然作述,于今为昭,安见为宰相者乃至废书而仰屋哉? 此余决其为竖儒之论盖无疑也。"②

　　任绳隗以"史"的眼光来审视文体流变,阐释了词在文学进程中的存

---

　　① (清)曹尔堪:《锦瑟词序》,(清)汪懋麟:《锦瑟词》,陈乃乾《清名家词》第4册,上海书店1982年版。

　　② (清)任绳隗:《学文堂诗余序》,《直木斋全集》卷十一,清光绪刻本。

在意义，"此正补古人之所未备也，而不是谓词劣于诗也"。词与诗并无优劣之分，《诗三百》《楚辞》、乐府、古近体诗皆有自成体系，以此推论，从诗歌衍化而来的词，甚至可以补诗体表现功能之不足，乃是"备古人之所未备"，其独特之处不应为"大雅所不道"。词并非天生就劣于诗，评判词作优劣的重要标准当以内质充实与否为主。任绳隗认为，文体的流变实乃不同文体互为补缺的过程，词与诗都具有抒情功能，也都难免各自的表现局限，因此只要是出于一腔真情，"倥偬军旅"的生活也可以纳入词中。

陈维崧在任绳隗"词不劣于诗"的清醒认识上，更加系统全面地阐述词的文学史意义，驳斥"今之不屑为词者"的偏执。他主要是从拓展词的言说功能的角度，肯定词体的文学价值及其独立性："客或见今才士所作文，间类徐庾俪体，辄曰'此齐、梁小儿语耳'，掷不视。是说也，予大怪之。又见世之作诗者，辄薄词不为曰'为辄致损诗格'，或强致，头目尽赤。是说也，则又大怪。夫客又何知！客亦未知开府《哀江南》一赋，仆射'在河北'诸书，奴仆庄骚，出入左国，即前此史迁、班椽诸史书未见礼先一饭；而东坡、稼轩诸长调又骎骎乎，如杜甫之歌行与西京之乐府也。盖天之生才不尽，文章之体格亦不尽。上下古今，如刘勰、阮孝绪、以暨马贵与、郑夹漈诸家，所胪载文体，庢部族其大略耳，至所以为文，不在此间。鸿文巨轴，固与造化相关，下而谰语卮言，亦以精深自命。要之穴幽出险以厉其思，海涵地负以博其气，穷神知化以观其变，竭才渺虑以会其通，为经为史，曰诗曰词，闭门造车，谅无异辙也。今之不屑为词者，固亡论，其学为词者，又复极意《花间》，学步《兰畹》，矜香弱为当家，以清真为本色；神瞽审声，斥为郑、卫。甚或爨弄俚词，闺襜冶习，音如湿鼓，色如死灰。此则嘲诙隐庾，恐为词曲之滥觞；所虑杜夔左骖，将为师涓所不道，辗转流失，长此安穷。胜国词流，即伯温、用修、元美、徵仲诸家，未离斯弊，馀可识矣。余与里中两吴子、潘子戚焉，用为是选。嗟乎！鸿都价贱，甲帐书亡，空读西晋之阳秋，莫问萧梁之文武。文章流极，巧历难推，即如词之一道，而馀分闰位。所在成编，义例凡将，阙如不作。仅效漆园马非马之谈，遑恤宣尼觚不觚之叹，非徒文事，患在人心。然则余与两吴子、潘子仅仅选词云尔乎？选词所以存词，其即所以存经存史也夫。"①

这篇惊世骇俗的《词选序》，论析词体本质与文学地位，层层深入，逻辑严密，妙语连篇。陈维崧首先列举"见世之作诗者辄薄词不为"等种种怪现象，以"东坡、稼轩诸长调又駸駸乎，如杜甫之歌行与西京之乐府也"的论断，强调了词体，尤其是豪放风格之词的文学地位及独特价值。此类词作，虽为婉约正体之变格，但陈维崧提出"天之生才不尽，文章之体格亦不尽"，强调其存在的合理性缘于词作者具有无限潜力，能以其才力幻化出不拘一格的体式。且文为我用，只要达到抒情写意之目的，确实可不拘于某一体或某一格。那么，若不拘体格论文学，那么衡量词作优秀与否的标准又是什么呢？陈维崧也有明确的一己之见。在他看来，无论是在词中书写世事造化还是借词描绘自我情绪，都应该达到"精深"的标准，既包含了深刻的思想、博大的气概，可反映文体的独特性，又具有展现作者才华的妙语。站在这样的理论高度上，陈维崧对当时词坛"极意《花间》、学步《兰畹》"的积弱风气深为不满，一针见血地指出其弊病在于"矜香弱为当家，以清真为本色"。当大多数词人都流于"香弱"世界时，词也就严重缺乏真情深意，故而"音如湿鼓，色如死灰"。对此，陈维崧提出了"为经为史，曰诗曰词"，明确表示词亦可如经史一般承载深刻而严肃的内容。这是他推尊词体的点睛之论，也是清初词坛具有冲击力的新论。

传统的文学观认为，阐经载史的重任应由诗文所任，词不过是助兴而为的诗之余，文学之小道，不得入正统诗道，大雅之堂。陈维崧摆脱了分径严明的"诗言志、词言情"的传统窠臼，从阐释概念内涵入手扩充词的文学内质，称词可言思、言气、言志、言意，将表现社会人生的内容也赋予了词，极大地拓展了词的表达空间。他要求词发挥大雅之道的社会职责，达到"厉其思"，"博其气"，"观其变"，"会其通"的文学效果，提升了词的艺术价值，重新明确了词的文学地位。借这篇序文，陈维崧将"选词所以存词，其即所以存经存史也夫"广布于天下，也暗示了这样一

---

① （清）陈维崧：《词选序》，《陈迦陵文集》卷二，张元济纂辑：《四部丛刊》初编第281册，上海书店1989年版。

条重要信息，词作完全可与诗文并驾齐驱，与"哀江南一赋""在河北诸书"一样具有典范意义，可流芳百世。

陈维崧极为重视创作主体的主观能动性，他还曾在一些词序中论析了"词穷而后工"、"性情"与"境遇"等命题："维崧曰：王先生之穷，王先生之词之所由工也。……若甲辰三月王先生之穷则何如？拘挛困苦于圜扉间，前后际俱断，彼思前日之事与后日之事，俱如乞儿过朱门，意所不期，魂梦都绝。盖已视此身兀然若枯木，而块然类异物矣。故其所遇最穷，而为词愈工。……虽然，必愁矣而后工，必愁且穷矣而后益工，然则词顾不易工，工词亦不易哉！"① 创作者与文学作品的关系，是中国古代文论中的重要命题之一，历代文人多有论断，如司马迁提出"发愤著书"，韩愈将之发扬为"物不得其平而鸣"，欧阳修则以"世所传诗者，多出于古穷人之辞也""非诗之能穷人，殆穷者而后工"等论述涵盖之。司马迁、韩愈、欧阳修等人的表达虽各有不同，但都说明人的性情才能被压抑埋没，人的遭际经历坎坷曲折之时，人生感受骤然丰富，转而宣泄抒发于作品之中，可以使作品获得足以引发后人共鸣的魅力与闪耀于文学史上的永恒价值。陈维崧认为"性情者，天之莫可限量者也，人为之也"，一语道破了创作主体无限的创造力，当然，这一能力的发挥程度和人的境遇密不可分。他论王士禄"王先生之穷，王先生之词之所由工也""必愁矣而后工，必愁且穷矣而后益工"，即为一个生动而典型的现实个案。人生种种，无法预测，但将由此而产生的不同心境寄予文字之中，却是人人可为之，此间奥妙，便是词穷而后工。既然创作主体具备如此潜能，那么词可存史存经也就不是空洞的呐喊，也就有了切实可依可行的实现基础。

陈维崧和任绳隗，在曹尔堪、毛先舒等人的基础上，深化了康熙初年关于推尊词体的各种论述。他们对词体性质、地位的各种议论，并非随意地有感偶发，也非追求标新立异，就其创作实践而言，前期的旖旎之貌与后期的悲慨之态，迥然有别。这就说明他们推尊词体，扩展词的表达空间，提出"词史"观念，乃发自内心的自觉选择。

---

① （清）陈维崧：《王西樵〈炊闻卮语〉序》，《陈迦陵文集》卷二，张元济纂辑：《四部丛刊》初编第281册，上海书店1989年版。

四　阳羡词人对词情、词律的讨论

陈维崧、任绳隗推尊词体之论，反映了这样一个事实，阳羡词人视词为抒情写意的文学工具，高度重视词的言说功能。虽然阳羡词人认为词非诗之余，诗词同质，但他们也注意到了诗词在表情达意的性质、风格等方面的差异性。如吴逢原《今词苑序》称："虽言愁之作古今不绝，而缠绵凄恻，如诉如慕，莫若诗余之言愁可以绘神绘色也。"[①] 阳羡词人并没有将诗词混为一谈，泯灭诗词的界线，他们还对词情性质、境界提出了相应的看法。

首先，他们强调词情的真实性。如徐喈凤言："从来诗词并称，余谓诗人之词真多而假少，词人之词假多而真少。如邶风《燕燕》、《日月》、《终风》等篇，实有其别离，实有其摈弃，所谓文生于情也。若词则男子而作闺音，写景也，忽发离别之悲，咏物也，全寓弃捐之恨，无其事，有其情，令读者魂绝色飞，所谓情生于文也。此亦诗词之辨。"[②] 徐氏从文与情的关系入手，说明词中寓于词人的真情实感，方能产生强烈的艺术感染力。

其次，他们对词可言之情持有包容兼蓄的态度。陈维崧《曹实庵咏物词序》云："霜凋魏帐，月中之剩瓦何多？水咽秦关，地上之残城不少。天若有情，天宁不老；石如无恨，石岂能言！铜驼毈棘，恒逢秋至以偏啼；银雁鲒沙，惯遇天阴而必出。山当雨后，易结修眉；竹到江边，都斑细眼。溯夫皇始以来，代有不平之事；千年关塞，来往精灵；万古河山，凭陵鬼物。纵复人称恨甚，事奈愁何？江淹工愀怆之辞，鲍照擅苍凉之赋。正恐世阅世以成川，年复年而作谷。捧黎阳之土，埋此何穷；积函谷之泥，封来不尽。然而剑峰尽缺，总为旁观；壶口新残，只因细故。青史则几番刘项，诚然与我何堪？黄河则满地袁曹，遄曰干卿奚事？或虾蟆陵上，暮年红袖所闲谈；或鹳雀楼前，故老白头之夜话；或武担遇客，曾看石镜于成都；或鳌屋居民，偶得铜盘于渭水。苟非目击，即属亲闻。事皆

---

① （清）吴逢原：《今词苑序》，（清）陈维崧、吴本嵩、吴逢原等：《今词苑》，清康熙十年南耕山房刻本。

② （清）徐喈凤：《词证》，《荫绿轩词》附录，清康熙刻本。

磊砢以魁奇，兴自颠狂而感激。槌床绝叫，蛟螭夭矫于胸中；距案横书，蝌蚪盘旋于腕下。谁能郁郁，长束缚于七言四韵之间；对此茫茫，姑放浪于减字偷声之下。"陈维崧跳出了云间词派为词所设定的"言情之作，必托于闺襜之际"的囹笼，将词所能容纳的感情扩展为山川风物、青史怀恨、人事变迁、抑郁愁怀，凡"磊砢魁奇"之事、"颠狂感激"之兴皆可入词。他甚至认为词这种自有的文体，无意不入，无事不言，比诗歌更能表现丰富的内容，"谁能郁郁，长束缚于七言四韵之间；对此茫茫，姑放浪于减字偷声之下"。阳羡词人为词情所做的新解，不仅要求词要表达幽婉情思，而且还要反映社会现实，寄予思想，抒发积郁，与他们"词存史存经"的本质论是一脉相通的。

词与音乐的关系十分紧密，词的韵律要求比诗歌更为复杂和严格。虽然词发展到清代，已褪脱为不再演唱的文人词，但是声律仍不失为词体的主要特征之一。阳羡词人重词之情意，但并不废弃词的声律。阳羡万树耗费十年心血著皇皇巨著《词律》，又《词学集成》载曹亮武曾撰《词韵》一书①，足可见他们对声律的重视。

词应兼备声律与情志，是阳羡词群的词学共识。万树评曹亮武词时，对不知声律只知妙语的弊病曾有批评："词至今日为极盛矣，余独曰未也。何也？以古词之所以可歌者多不讲也。词与音比，其法甚严，为词者往往拘而不能骋，宋柳耆卿、周美成辈，卓然为填词宗匠，然其意专在可歌，声律谐矣，虽或言之俚，弗恤也。此固非也。今之负才者，多假声律以工妙其语言，而人尤尚之，转相仿效，初若蚁漏，终于溃隄，而词不可问矣。"②万树所批驳的不良倾向有两个：一是当下词人专工妙语而多假声律，违背了古词可歌的文学传统，甚不可取。二是专意声律而忽视词语之雅、词情之深，即所谓"宋柳耆卿、周美成辈，卓然为填词宗匠，然其意专在可歌，声律谐矣，虽或言之俚，弗恤也"。可见，万树论词的核心要素为词律、词情、词语，要求词要应"歌"亦应"雅"还应"恤"，强调

---

① （清）江顺诒：《词学集成》卷四，唐圭璋编：《词话丛编》第 4 册，中华书局 2005 年版，第 3255 页。

② （清）万树评"南耕词"，（清）曹亮武：《南耕词》卷四，顾廷龙主编：《续修四库全书》第 1725 册，上海古籍出版社 2002 年版。

词既要谐声律合乎法，更要洞察世事民情。谐声律、言需恤的要求，体现了声律与情性达到交融统一的词学观念，这不是万树的一家之见，史惟圆也主张声律为本、兼重词之性情，与万树之论互为佐证："柳屯田'杨柳岸，晓风残月'之句，情景依依，灼然为古今绝唱，余皆曲蘖粉黛中常语也。然歌工之论，亦贵其声之要渺耳。而谈者遂薄'大江东'为非词家正格，是岂足尽倚声之极致哉？"①史惟圆所强调的"贵其声之要渺"，即要求词在重声律的基础上要运用声韵自身的特点抒情达意。

曹亮武的《荆溪词初集序》借如何确立选词标准，也表达了情韵、声律兼求的词学态度："夫词之有长短，犹诗之五七律，平仄不可以失。谱曲之有务头，宫商不可以溷用；离于音律，固有聱牙泛滥之疵，而拘于音律，又少跌宕离奇之致。故豪者易麄，腻者易弱，砌者易涩，壮者易迂，入熟语者易俚，引经文者易腐。以是而言词，以是而言选词，亹亹乎！其难之而弗容已矣，于是广为罗致。自明季迄今其得八十余家词，不下二三万，按图据谱，如梓人之引绳定墨，凡合谱而归于风雅者登之；有稍不合者，词虽佳，弗敢录也；其不遵沈，去矜韵略，滥通他韵者不录；严于韵也，新犯自度不录。严于调也，调尊原名，不别立名目，则又严于名也。"作为选本操持者，曹氏以"平仄不可以失""谱曲之有务头，宫商不可以溷用"等要求严格审查入选作品，因为他意识到，词的格律乃词体之根本，与词作风格有极为密切的关系。

第二节　康熙初年的阳羡词选

康熙八年至康熙三十年，阳羡词人或合作编选校评，或独自编纂后集群力校订，选编了几部规模宏大的词选，包括《今词苑》《荆溪词初集》《瑶华集》等，成为阳羡家族词人群体性词学活动的生动记载。《今词苑》入选作品年限在"上下一十余载"②，是第一部严格意义上的清人选清词。

---

① （清）史惟圆评"南耕词"，（清）曹亮武：《南耕词》卷四，顾廷龙主编：《续修四库全书》第 1725 册，上海古籍出版社 2002 年版。

② （清）吴本嵩：《今词苑序》，（清）陈维崧、吴本嵩、吴逢原等：《今词苑》，清康熙十年南硎山房刻本。

该集不拘于门户，不囿趣尚，所选词家不仅有阳羡词人，还包括云间词人、西陵词人、柳州词人、广陵词人等，体现了不专宗苏辛、兼容各种风格的词学观。《瑶华集》也承这一观念而操选政，视野较《今词苑》更为开阔。《瑶华集》的选词地域从江南扩展到了全国，范围极其广泛。《瑶华集》所录之词上迄清初，下至"当代"，"惟断自六七十年来词人出处在交会之际，无不甄收"①，词人数量大于《今词苑》，也超过了《倚声初集》，可谓规模宏富，荟萃清初词家之大成。与《今词苑》《瑶华集》两部鸿篇巨制相比，《荆溪词初集》专录清初集于阳羡一邑的词人，精审详定，存录了大量阳羡本邑家族词人的词作。因此，这一系列词选中，带有鲜明地域色彩的《荆溪词初集》尤其值得重视。

词选作为文学批评的特殊方式，既反映了当时词坛审美风尚，又在一定程度上引导着词坛的发展走向。从这一角度而言，选录范围仅限于明末清初阳羡词人的《荆溪词初集》，是对当时阳羡词坛的全面把握，乃顺康时期阳羡家族词群创作高潮的历史性总结，具有重要的文献与文学的双重价值。因该选本存世不多，较为罕见，现代学者多只闻其名，未见其貌。笔者有幸在上海图书馆发现了清刻本《荆溪词初集》，现对它做一番初步研究，从词选的角度审视顺康阳羡词派的审美趣味和艺术风貌。

一　选本与选者

在词为小道的传统观念的影响下，清代词选虽汗牛充栋，但真正进入主流文学视野的并不多。许多词选诞生之后，影响力和流传范围仅局限于以选者为中心的某个小圈子中，难以得到广泛传播。不少词选长期湮没无闻，际遇不幸，《荆溪词初集》即为一例。关于这部词选，清人词论中很少提及，现代学者的词选叙录虽有所著录，但语焉不详。《荆溪词初集》的版本面貌仍是清代词学研究中的一项空白。

现今藏于上海图书馆的《荆溪词初集》，版本格式 9 行 19 字，白口左右双边，为康熙刻本，刊刻单位不详。共四册七卷，各卷依体而分。卷一收小令 180 首，卷二收小令 153 首，卷三收中调 128 首，卷四收长

---

① （清）蒋景祁：《刻瑶华集述》，《瑶华集》，中华书局 1982 年版。

调 94 首，卷五收长调 91 首，卷六收长调 85 首，卷七收长调 78 首。《荆溪词初集》收调极为丰富，共计 227 调。据以上数字，该本中小令、长调之作远远大于中调，二者之间，长调又略胜小令。卷首有蒋景祁、曹亮武、潘眉的序文各一篇，吴梅鼎赋一篇，共收有 96 位阳羡词人的作品。初选姓氏 78 人，附录姓氏 18 人，其中名宦 4 人、流寓 9 人、方外 5 人。①初选的 78 人皆为阳羡人氏，且大多可以纳入前文所开列的阳羡家族联姻网络之中：

陈氏词人：陈维崧、陈维嵋、陈维岳、陈宗石、陈维岱、陈履端、陈枋

吴氏词人：吴洪化、吴湛、吴白涵、吴本嵩、吴梅鼎、吴逢原、吴元臣

潘氏词人：潘廷选、潘宗洛

徐氏词人：徐荪、徐师广、徐喈凤、徐翙凤、徐瑶

万氏词人：万锦雯、万廷仕、万树

曹氏词人：曹忱、曹湖、曹亮武、曹臣襄

路氏词人：路遴、路念祖、路有声

蒋氏词人：蒋永修、蒋景祁

储氏词人：储欣、储福宗、储贞庆、储方庆、储右文

从文献价值来看，《荆溪词初集》弥补了地方性词人词集易散佚的缺失，具有存人存词的文化功能。如以上所列出的潘氏潘廷选、潘宗洛、潘眉、潘祖义，储氏储欣、储福宗、储贞庆、储方庆、储右文等，虽以词鸣却不为后世所知，其作有赖于《荆溪词初集》而得以留存。有些词人的词集在流传过程中面目不全，因词集的选编可加以补充。如史惟圆的《喜迁莺·其年初赴恩命入都》仅见于《荆溪词初集》卷六，别集《蝶庵词》尚未录入。谢铤章《赌棋山庄词话》称："至国朝《浙西六家词》、《荆溪词》、《四明近体乐府》，则皆专撷土风勒为一编者。"②从词史研究角度而言，地域性词集展示了某个时间断层上地域性词人群体的整体面貌，对于探讨词群艺术风貌及地域词风具有重要意义。

---

① 《荆溪词初集》入选姓氏的详细名录，可参看严迪昌《阳羡词派研究》，齐鲁书社 1993 年版，第 79—83 页。

② （清）谢章铤：《赌棋山庄词话》卷四，唐圭璋编：《词话丛编》第 4 册，中华书局 2005 年版，第 3367 页。

《荆溪词初集》的主要选者是曹亮武、潘眉。二人交往甚密，潘眉《意难忘》词序曰"去年南耕绿萼花下话别，归适盛开，喜赋"①，曹亮武《浣溪沙·溪山纪游》之四后有注曰其"曾与芳庵（潘眉号）读书曼殊室中"②。他们既是选政的操持者，也是选本中的重要词家。

曹亮武有《南耕词》六卷。《四库全书总目》对其刊刻过程有简要概述："南耕词先刻五卷。其第六卷乃丧偶后所作，续刻于后，而以悼亡词十阕附之。"曹亮武与陈维崧为中表兄弟，"当时名几相埒。其缠绵婉约之处亦不减于维崧，而才气稍逊，故纵横跌宕，究不能与之匹敌也"③。曹亮武的词有矫矫不群之貌，有的作品清新可人，"烟淡淡，水濛濛。越溪黏接旧江东。吴娘一曲醒残梦，月满船头又起风"④；有的作品则挺拔有力，"江楚奔涛恶，燕赵悲风作。男儿何必以家为？错、错、错。南北东西，染成霜鬓，半生漂泊"⑤。《过秦楼·寒月》写冷淡凄清之貌："皓魄难圆，素娥常寡，费尽人间愁思。霜风凄处，霰雪凝时，万斛清辉垂地。何事惨淡无憀，纵到空庭，恼人端视。料窥帘映户，都成抛撇，纸窗深闭。　曾共尔，秋夜寻花，春宵行酒，屈指为时无天边一轮，颇似悲凉，羁臣孤子。惹双眸炯炯，长拥寒衾不寐。"此篇写空中孤月，开篇即点明主题，从"霜风凄处，霰雪凝时"的环境描绘，到"料窥帘映户，都成抛撇，纸窗深闭"的感受抒写，无不透出一股寒意，下阕抒情之语，时显悲凉。《贺新郎·月夜舟发九江，用迦陵韵》气势奔放，挥洒自如："满饮村醪罢。陡然看，江山如此，有谁能画。回首楚天千万里，直欲乘风而下。愁渺渺，谁知我者。人隔乡关风土异，听邻船、没个江南话。频泪洒，悲秋夜。　片帆一任奔涛打。正苍茫，玻璃千顷，银河欲泻。雁落芦汀花似雪，混水天都化。几明灭，渔灯舱罅。山

---

① （清）潘眉：《意难忘·去年南耕绿萼花下话别，归适盛开，喜赋》，程千帆主编：《全清词》（顺康卷），中华书局 2002 年版，第 8331 页。

② （清）曹亮武：《浣溪沙·溪山纪游》（其四），《南耕词》卷五，顾廷龙主编：《续修四库全书》第 1725 册，上海古籍出版社 2002 年版。

③ （清）永瑢等撰：《四库全书总目》卷二〇〇，中华书局 1965 年版，第 1832 页。

④ （清）曹亮武：《桂殿秋·平望夜泊》，《南耕词》卷五，顾廷龙主编：《续修四库全书》第 1725 册，上海古籍出版社 2002 年版。

⑤ （清）曹亮武：《醉春风·醉后放歌》，《南耕词》卷二，顾廷龙主编：《续修四库全书》第 1725 册，上海古籍出版社 2002 年版。

枕横施眠未稳，恐惊魂、一去招犹怕。凉月向，波心挂。"全词写江中行舟途中的羁旅心绪。愁悲之感随缓缓江行喷泻而出，"直欲乘风而下""片帆一任奔涛打""玻璃千顷，银河欲泻"等句，皆如龙跃天门，虎跳凤观。

　　曹亮武词中不乏悱恻之作。他善于把豪气与婉情糅合而刚柔相济①，《摸鱼儿》悼亡词系列颇受当时阳羡各家的推崇。吴白涵称："及读至悼亡十阕，其哀怨悱恻几不欲生，使读者亦流连反覆不能已。乃知唯至性人乃能言情，亦惟词能曲畅其情耳。"② 其一曰："忽从今、朝朝暮暮，都成肠断时候。世间多少欢娱事，料我死前无有。期皓首。谁解识、倡随只到中年后。玉摧珠溜。纵地老天荒，那能相见，鬓得两眉皱。　　浑如梦，枕上鸳鸯亲绣。双栖芳意微逗。抽书赌背声犹在，叶子棋儿曾斗。君念否。纸帐里，孤眠滋味初尝透。悼亡人瘦。怅魂去难找，悠悠长夜，何处寄红豆。"词题下小注云："亡妇自结褵以来，糟糠不厌，操作殊勤，三十余年有如一日，无愧少君孟光之风。忽焉云亡，哀痛何已。感时触序，尤难为怀，爰赋十词，亦悲歌当哭之意云尔。"可见，曹亮武与妻子感情十分深厚，思念亡妻的痛苦无以言表，只能淋漓于文字之中。全词不断回环铺叙伤感之情，缠绵悱恻，如泣如诉，其他九首风格多与之类似，时有猿啼鹃泣之音，以表哀乐之情。

　　潘眉出生于明崇祯十七年（1644），清军入关，明帝自尽即在此年。社稷剧变之时，潘眉尚在襁褓之中，与亲身经历国难的陈维崧、史惟圆、任绳隗等人相比，他所遭受的心灵重创要微弱得多，或许是受到地域家族精神的影响，潘眉有时也会沉浸于抚今伤昔的伤感中，《蓦山溪·癸丑上巳，维舟陈氏园亭》云："但逢佳节，未许闲辜负。环列有溪山，恰岁在、永和癸丑。狂朋俊侣，着屐上兰舟，花带雨，柳萦城，银榜翻红袖。几家池馆，零落都非旧。记得赏花天，微妙舞，清歌倾斗。事随人去，莺燕语阑干，追往日，动新愁，依旧春如绣。"词上阕写随友出游，比较欢快，下阕对景抒怀，起笔"几家池馆，零落都非旧"便在"狂朋俊侣，

---

　　①　严迪昌：《清词史》，江苏古籍出版社 2001 年版，第 230 页。
　　②　（清）吴白涵评"南耕词"，（清）曹亮武：《南耕词》卷六，顾廷龙主编：《续修四库全书》第 1725 册，上海古籍出版社 2002 年版。

着屐上兰舟，花带雨，柳萦城，银榜翻红袖"的欢喜愉悦中插入了今昔对比的感慨。潘眉的词不善工描，大多平白如话，文笔清新。与陈维崧、史惟圆、任绳隗等人深沉的眷故之痛相比，潘眉词中的愁与恨都点到即可，不够淋漓，这可能与他身为新朝统治下的新生代，并没有真正感受到时代引发的山崩地裂式的心灵悚动有很大关系。

然而，清朝统治者以高压政策对待汉族士人，潘眉受困其中，常常处于漂泊坎坷之中，心中多有羁缧。潘词中对"在路上"的落拓羁旅的人生状态的描述随手可摘，如"三年回首客燕京，往事总星星"①"悲亦无端，愁非有为。蓦地硬萦怀抱。闻歌轻咽，遍酒偏凄，一字人前难道"② "何事纷纷，领取白草黄尘，抛却花朝月暮。甘把韶光误"③ 等。由此也就不难理解他为何会有淡淡的今昔之痛。表达相类似情感的还如《风流子·感旧》："少年游冶处，怎经得，霜鬓又重来。纵鹤归华表，尘踪易散，花飞洞口，仙境难回。曾几日，珠栖飘梵磬，金谷卷秦灰。肠断樽前，玉钗偷挂，魂消舞罢，宝马频催。   繁华应难再，只赢得、今宵好梦徘徊。依旧山眉横黛，宫额妆梅。正寻消问息，画堂春暖，言愁诉怨，小径香偎。何事惊乌啼醒，镇日疑猜。""繁华应难再"的感伤贯穿了全词，透漏了词人幽郁难平的心迹。又如《花发沁园春·有怀》："老桂吹香，残荷坠粉，一年又逢秋半。宝马停嘶，钿车休驾，芳草而今不见。除非蝶幻。载去绕、花须柳眼。奈妩雨翠滴遥峰，似伊拭泪眉浅。   入夜云开碧落，早哀鸿叫风，禁漏催箭。月还照恨，酒不浇愁，剩有凄凉来惯。花冠频唤。偏又是，醒慵起懒。好收藏，香梦衾窝，恐惹芳魂悽断。"从这首词的行文来看，当写于作者行驿途中，乃是对自身漂泊命运的感怀。全词紧扣"秋"的主题，选用了"桂香"、"残荷"、"哀鸿"等一系列意象，将一腔愁绪表达得悲凉哀怨。

① （清）潘眉：《一丛花·郊望》，程千帆主编：《全清词》（顺康卷），中华书局2002年版，第8330页。
② （清）潘眉：《苏武慢·感怀》，程千帆主编：《全清词》（顺康卷），中华书局2002年版，第8335页。
③ （清）潘眉：《斗百花·邗沟东望》，程千帆主编：《全清词》（顺康卷），中华书局2002年版，第8331页。

二　背景与起因

地方性词选的产生常常是地域文化孕育与时代环境催化的结果，《荆溪词初集》亦不例外。从词坛背景来看，清初词学振兴的大背景成为词选编纂的动因。曹亮武在序言中即称："国家人文秀杰之气度越前古。余曾屈指近来著作有昔人所未逮者数端，词其一也。词自李供奉《忆秦娥》、《菩萨蛮》二调发源，大畅于李唐孟蜀，极盛于南北两宋，豪苏腻柳，各有专家；《兰畹》、《花间》，殊多丽制。然历览唐宋诸名家词，其佳者亦往往代不数人，人不数首，即所传残月晓风、寒鸦流水诸名句，虽极脍炙，披其他作，亦寂寂无闻焉。金元以降迄于前明，又无论矣。词之大成实在今日，其间雄章奇作鳌掣鲸呿，直欲追李杜之诗而驾谈迁之史。盖论词于今日，废温、韦，轶周、秦，璨璨余子抑不足道矣。"曹亮武"词之大成实在今日"之语，体现了他对"当下"词学背景的清醒认识。这也是阳羡词人致力于保存地方词作、展示当代词学成就的直接精神动力。

《荆溪词初集》又是阳羡地域词学繁盛的产物。康熙十七年左右，阳羡词派正处于鼎盛状态，阳羡词人对词学的理论认识已经成熟，主题鲜明的倚声联唱持续不断，他们开始自觉地对自身创作进行认真审视与总结，《荆溪词初集》应运而生。清初阳羡词创作的繁荣兴盛，为《荆溪词初集》的编纂提供了坚实的文学基础。关于这一盛况的具体形态，参与编纂的潘眉感受极为真切："屑云著集，吴孝廉如万斛秋泉；梧馆鸣弦，周御史如晴川爽籁。黄安仁如真人曳履，剑气腾空；徐司理如仙史归朝，炉烟惹袖。蝶庵如蓬莱宫阙，鸾鹤缤纷；迦陵如渤澥波涛，鱼龙变骇。绵丽则万舍人之丰腴天风，环珮铿然；组纂则史太史之离奇濯锦，明河灿若。青堂如朝霞散采，直木如琼树临风。都梁如困吾出匣，电闪长虹；南耕如天马脱羁，骄嘶八极。京少如花前美女，姿态幽妍；天篆如瑶岛仙蛾，笙璈缥缈。红友如汉宫阙舞，美影飞光；纬云如幼女新妆，拈珠摘翠。天玉如横空铁笛，哀厉弥张；越生如渌水芙蕖，清芬尽致。公瑜如秋雕荐爽，一瞬遥空；蓉仙如春卉争费，千林绕蝶。二隐如翠屏花影，影欲惊鸿；鲁望如凤管秋声，声堪落雁……其他冠族各有才人，或一姓而联隽骚坛；或同声而搴芳莲社。一时作者俱为天际朱霞，惠我邮筒，何啻云间赤凤，用登初集，敬俟新篇。"① 可见，潘眉、曹亮武操持选政，目的就是要显示当时阳羡词林"一时作者俱为天际朱霞"的繁荣景象，以体现中兴氛围中的地域词学胜景。潘眉"用登初集，敬俟新篇"之语，说明在他的意识之中，这一盛况会持续不断，佳作也将络绎不绝，初集的诞生只是阶段性成果，是一个抛砖引玉式的开始而非总结陈词式的结束。

就选坛背景而言，《荆溪词初集》的编选迎合了时代的要求。清代的词派多在地域的基础上形成，编辑地域词选是清初出现的新风气。清代之前的作家尚未表现出以词选表现地域人文风致的理性意识。而清人的地域意识十分强烈，他们自觉地选择宗奉对象，在词论中强调他们的创作中所蕴含的地域文化习俗、艺术传统等历史积淀。因此，清代词人的聚集、创作的繁盛，往往与地域文化的关系极为密切，形成了地域性文学流派。阳羡词群活动频繁的顺康之际，云间、广陵、西陵、柳州等地也聚集了一大批词人，词事唱和此起彼伏，地方性词选层出不穷，如云间词人有《幽兰草》《唱和词》《清平初选》，松陵词人有《松陵词选》，西陵词人有《西陵词选》，柳州词人有《柳州词选》。地域性词人群体因词选的汇集流传而初显气候，陈维崧敏锐地捕捉到了这一人文气侯，他将心中对时代文化的触动通过书信告知曹亮武："今之能为词遍天下，其词场卓荦者尤推吾江浙居多。如吴之云间、松陵，越之武陵、魏里皆有词选行世。而吾荆溪虽蕞尔山僻，工为词者多矣，乌可不汇为一书，以继云间、松陵、武陵、魏里之胜乎？子其搜辑里中前后诸词，吾归当与子篝灯丙夜同砚而论定之。"②

陈维崧认为，清初阳羡词林之盛绝不逊色于云间、松陵等，与之相较，更有独特之处，但却不为人所知，因此，他希望以选本的形式将阳羡词坛的整体面貌公之于世。其编选目的是为了"继云间、松陵、武陵、魏里之胜"，在词坛上留下本派浓重的一笔，彰显其在词史上的地位和影响。

---

①　（清）潘眉：《荆溪词初集序》，（清）曹亮武、蒋景祁、潘眉等纂：《荆溪词初集》，清康熙刻本。

②　（清）曹亮武：《荆溪词初集序》，（清）曹亮武、蒋景祁、潘眉等纂：《荆溪词初集》，清康熙刻本。

选者立意之高，也就使选集具有了特殊的文学史意义，成为展示阳羡词派成就的一个重要窗口。

如果说陈维崧策划选政的着眼点是阳羡在当时词坛也应有立足之地的话，曹亮武则认为，通过选本，可以反映地域历史文化的脉络足迹。他在《荆溪词初集序》中以历史的眼光看待阳羡词学兴盛的过程，认为有"风气"、"地势"两脉交融，词学方兴盛于此地，凸显了其选本独特的词学底蕴："夫吾邑在铜官两溪之间，山水颇秀丽，今诸君之词各有可观，词之自擅于荆溪乎？抑荆溪之发而为词乎？吾不知其所从来矣。又尝考南宋时有蒋胜欲（蒋捷字）者，工为词，与姜白石、史梅溪齐名，所著《竹山词》一卷最有声。于后，荆溪之工为词宁仅在今日哉。且四方侨居于兹者亦多善倚声，风日妍美，烟景淡沲，争挟红牙金缕，与里中数子相唱和，自东坡屯田阳羡之后，此间客卿无不以文章自喜，执铁绰板高唱大江东，非徙风气哉，亦地势使然。"① 在曹氏看来，清初阳羡词学之盛，并非追随一时风气，仿云间、松陵等地突然兴起，而有其固有的内在历史渊源，即以苏东坡、蒋捷为鼻祖的词学传统，东坡独立旷达的心性、蒋捷萧瑟冲淡的词风沉潜于阳羡地域文脉之中，深深影响着阳羡家族文人。

蒋景祁那篇被屡屡引用的序文将这一问题说得更为具体、系统："吾荆溪之人文之盛也。……以词名者，则自宋末竹山始也。竹山先生恬澹寡营，居滆湖之滨，日以吟咏自乐，故其词冲夷萧远，有隐君子之风。然其时慕效之者甚少，以观今日填词家，自一二士大夫而下以至执经之士隐沦散佚，人各有作，家各有集，即素非擅长，而偶焉寄兴，单辞双调，亦无不吉光片羽，啧啧可传。其故何也？凡物莫不聚于所好，而人乐得其性之所近，聚于所好，故习之者多，性之所近，故工焉者众。荆溪故僻地，无冠盖文秀为往来之冲也，无富商大舶移耳目之诱也。农民服田力穑，终岁勤动，子弟稍俊爽者，皆欲令之通诗书，以不文为耻，其文人率多斗智角艺，闭户著书，盖其所好然也。好之专，故其气常聚而山川秀杰之致。面挹铜峰之翠，胸涤双溪之流，宜其赋质淳逊，尘滓消融也。故曰：其性之

① （清）曹亮武：《荆溪词初集序》，（清）曹亮武、蒋景祁、潘眉等纂：《荆溪词初集》，清康熙刻本。

近也。……古之作者大抵皆忧伤怨悱，不得志于时，则讬为倚声，顿节其无聊不平之意。今生际盛代读书好古之儒，方当锐意向荣，出其怀抱作为雅颂，以黼黻治平。则吾荆溪之人文不更可传矣乎?"①

在内在的催化与外在的推动共同作用下，《荆溪词初集》宣告诞生，选者将之视为展示清初阳羡家族群体词学成就的重要文本。故而以认真严肃的态度对待之。曹亮武"与京少、元白共其事，又数月，大抵殚终岁之劳卒，始告成焉"②。编选过程中，曹亮武坚持艺术质量的选词原则，考虑其声律协曲与否方入选，从他最初"得八十余家，词不下二三万（首）"到付梓之时"选八百余首"之语，可见其审词之严格，态度之严谨。这部词集的问世，使得顺康时期阳羡词群的创作风貌得以完整保存。《荆溪词初集》的编选，是在词学振兴的宏观背景之下，阳羡词人以选本形式展示地域文学魅力所做的积极努力。

三 词选与词风

《荆溪词初集》是一部地域性的清词选本，因入选者大多与陈维崧有过唱和，这部词选具有总结性意义，可视为清初阳羡联姻家族文学活动中，家族词人创作收获的自我巡阅。这部宣言式的选本，体现了阳羡词群共同的创作取向及审美趣味，预示着清初阳羡词风格的定型与发扬。

从阳羡词人所赞许的词坛前贤来看，阳羡词人推崇的主导风格是豪放风格。陈维崧即言"识得词仙否? 起从前，欧、苏、辛、陆。为先生寿。不是花颠和酒恼，豪气轩然独有。要老笔万花齐绣。掷碎琵琶今破面，好香词污汝诸伶寿。笑余子，徒雕镂"③。不仅陈维崧本人，而且众多与之唱和的阳羡词人都喜用适宜表现豪放词风的词牌，这一事实从《荆溪词初集》所选词牌的数量统计中即有所体现。《荆溪词初集》中长调所占比例很大，所录长调之中，位居前列的分别为:《贺新郎》47 首，《沁园春》

---

① （清）蒋景祁:《荆溪词初集序》，（清）曹亮武、蒋景祁、潘眉等纂:《荆溪词初集》，清康熙刻本。

② （清）曹亮武:《荆溪词初集序》，（清）曹亮武、蒋景祁、潘眉等纂:《荆溪词初集》，清康熙刻本。

③ （清）陈维崧:《贺新凉·奉赠蘧庵先生》，《迦陵词全集》卷二十七，张元济纂辑:《四部丛刊》初编第 282 册，上海书店 1989 年版。

36 首,《满江红》28 首。据龙榆生先生的《唐宋词格律》,《贺新郎》一百十六字,前后片各六仄韵。大抵用入声部韵者较激壮,用上、去声部韵者较凄郁,《沁园春》格局开张,宜抒壮阔豪迈情感,苏、辛一派最喜用之,《满江红》九十三字,前片四仄韵,后片五仄韵。一半例用入声韵。声情激越,宜抒豪壮情感与恢张襟抱。① 可见,《荆溪词初集》中入选量位居前列的词牌都适宜抒发豪放激越之情。从词牌使用者来看,选者也做到了兼顾平衡,一些名气不大的词人的作品也被选入,众家云集各卷之中,特别是他们选择基调高亢激昂的长调所作的唱和之作,展示了清初阳羡词人推崇豪放风格的审美取向。

就选本而言,"选择与排除的过程以及篇章之后的批评性评注使批评家将他对于文学与文学的社会地位的理解付诸实践。他的目的不仅是影响其同代与后代的人们对于文学的品位与理解,而且通过提供可资研究与效仿的过去大师的范本使他们自身的创作日臻完善"②。选本首先是对创作的总结,其目的在于凸显创作示范意义。提及阳羡词人的词学实践,论家惯用"拈大题目,显大意义"概之,凸显这一派的现实主义色彩。的确,国家社会的沧桑巨变刺激了阳羡士人的社会使命感,他们试图借词直接记录民生之苦,汤思孝《念奴娇·江南奇旱,时抚臣奏欲告籴湖广而楚中荒疏复至》、孙朝庆《满江红·黄河渡口》、陈维崧《八声甘州·客有西江近事者,感而赋此》、《贺新郎·纤夫词》等名篇皆为此类作品。然而,阳羡词人在以宏大的现实社会实况充实词境的同时,也为后人提供了一种创作范本,即秉承"入微出厚"的词学观念,选择非宏大深刻的题材,却要寄予富有时代感受的深厚情思,《荆溪词初集》中所收录的咏"废园"组词极为典型。

"废园"主题在除阳羡词人之外清初其他词人的词作中并不多见。《荆溪词初集》中标明"废园"主题的词则有数首,如万锦雯《贺新郎·过废园》、史惟圆《青门引·废园》、吴本嵩《浪淘沙·东郭废园》等。

---

① 龙榆生:《唐宋词格律》,"贺新郎"见第 144 页,"沁园春"见第 55 页,"满江红"见第 106 页,上海古籍出版社 1978 年版。

② 余宝琳:《诗歌的定位——早期中国文学的选集与经典》,引自乐黛云、陈珏编选《北美中国古典文学研究名家十年文选》,江苏人民出版社 1996 年版,第 258 页。

废园，如果我们将之理解为毁废的园林，在时空上它指向过去，就其本身而言，无人打理、已被废弃的命运，使之在历史的过程中不足以成为值得瞻仰的历史遗迹。与阳羡词人以大手笔咏现实历史，社会实况等相比较，这只是个不起眼的微细主题。但是，阳羡词人却对如此小题情有独钟，执着地打开历史尘封的记忆寻找这些微不足道的历史尘埃。试读万锦雯的《贺新郎·过废园》："四壁堆荒瓦。是当年，遗基剩址，凌云之厦。一自风流销散出，无复诗坛酒社。但景物，依然潇洒，短白长虹新刺眼，问野花，烂漫谁栽者，人不到，自开谢。　唾壶敲缺悲歌罢，叹人间，繁华能几，真如传舍。多少王侯罗第宅，尽入渔樵闲话。算只有，青山非借，我欲支颐看爽气，又日之夕矣牛羊下。空徙倚，意难写。"初读此词，我们并不知道作者吟咏的园林具体指何，主人为谁，但是荒瓦、遗基的萧瑟与诗坛酒社的风流繁华形成的强烈反差，却借词人的笔触一览无余。这种今昔对比的时空错位感，使得全词充溢着浓重的历史沧桑的悲怆之气。从下阕的追思中所透漏的感情起伏来看，作者在感叹园林废弃的遗憾与失落的同时，借园林依旧而物是人非的变迁来反思历史的本质以及自我的价值。曾经的王侯宅第最终也只是流入民间，成为人家闲话，那么在这滚滚历史洪流中的"我"又将获得怎样的命运呢？作者以"空徙倚，意难写"作结，表达了心绪难理、起伏澎湃的激动心情。词中不见缠绵婉约，亦不见凄凉悲苦，充满激越悲慨之气。

《荆溪词初集》中收有史惟圆有两首明确标为"废园"的词作。其一为《青门引·废园》："门锁垂杨下。门外晚山如画。当时风月不曾闲，断肠声里，酒尽烛花地。　今年雨作哀湍泻。瓦落空庭夜。重来唯有百舌，枝头无赖将人骂。绿窗红影灯花笑，狂梦谁惊觉，楚江烽火越江烟。织就相思万缕寄君边。　一年风雨中间过。愁闷添些箇。杨花根蒂落天涯。底事狂风猛雨不归家。"此作作于何时，已不可考，但可以肯定的是，这首词乃饱经风霜的作者对逝去时光的追忆与感伤。"当时风月不曾闲，断肠声里，酒尽烛花地"既是他对年轻时代生活的回忆，也是对那一去不返的幸福感的重新体会。在狂雨连泻的现实之中，词人黯然的心情不言而喻，他层层铺叙着浓郁的愁闷，不经意间却以"楚江烽火越江烟"之句，让我们隐约感受到文字背后跳动着的历史背景、今非昔比的现实状态、

"愁闷添些箇"的生活无奈，其实夹杂了纷繁复杂的时代因素，作者隐微的怨恨由此而显，全词凸显的还是时代命运之叹。

史惟圆另有《雨霖铃·城南蒋氏废园感旧》，《雨霖铃》乃"明皇自西昌返，东人张野狐所制"，词调极为哀怨，从柳永的名作《雨霖铃》（寒蝉凄切）即可感知。史惟圆此作即咏废园，又兼感旧，凄冷之中又有哀怨，更加诉之不尽："穷愁凄切，一池萍冷水面澄澈。园亭问是谁主，寒蝉无语，何人凝咽。砌柳千条，应送尽，残照明灭。忆当年，客散门前，诗酒风流总消歇。　如尘如梦，何堪说。只两行，怪石曾相识。琴书抛落何处，荒往里，乱鸦啼彻。明月无情，依旧飞来，天上宫阙。都不管，人世愁多，总是销魂别。"首句"穷愁凄切"营造了一个悲剧氛围，"寒蝉凝咽"化用了柳永之句。消却了柳永的绵丽柔情，增加了一份凄凉的难言，"客散门前，诗酒风流"的繁华与如今"琴书抛落何处，荒往里，乱鸦啼彻"的萧瑟形成了强烈反差，这样的冷却只有当事人才能深有体会，即使在时间的流逝中也无法忘却，结句处可谓画龙点睛，以愁而结。

与万锦雯、史惟圆等相比，吴本嵩的《浪淘沙·东郭废园》稍有高朗之气："一叶下晴川。正夕阳天。西山托雨断虹鲜。不是荷花亲指点，谁说平泉。　歌舞忆当年，肯羡神仙。繁华如箭忽离弦。乱甃残垣能几日，取次桑田。"他清醒地意识到，繁华无法永驻，好景难再，今日之"乱甃残垣"，他日也将化为沧海桑田，消融于历史洪流之中。词的结尾处所流露的乐观与豁达，比万、史的销魂语更胜一筹。

废园，在现实中的意义，只不过是尘封的历史记忆之中掩盖深远历史过程的一粒尘埃而已，但当它以文学意象进入词人的文学表达之中，便包含了丰富的内容。阳羡词人笔下的"废园"承载的是他们的历史记忆。储欣《存园记》称明末的宜兴"贵富家饰台榭为观游，鳞次栉比"[①]，可见园林之盛，乃当时阳羡社会实况，废园的前身代表了一段盛世繁华的存在。又据《宜兴县旧志》载：旅园，明时为曹尚书三旸旧第，入清后潘太守眉、蒋观察龙光都曾居之，后归之万氏，改名涉园；怀园，蒋参政如奇别墅，有楼三层，名天藜阁，后蒋大参永修居之，池荷最盛，俗称荷花

---

① （清）储欣：《存园记》，《在陆草堂文集》卷三，清雍正元年储掌文刻本。

塘，后归潘氏潘骍。宜兴的私人园林因战乱而萧瑟，几番易主，其中充满多少沧桑曲折，岂能说尽道明。显然，"废园"背后的今昔之别才是触动词人心灵阵痛的关键之处。

《荆溪词初集》中吟咏废园的出现，勾勒出这样一个被人忽略已久的词学事实，阳羡词人不仅擅以大题目表现深沉博大的现实关怀精神，也善于从小角度切入并深入其中，将人的性情抒写得淋漓尽致，造成艺术距离，实践"入而微出而厚"的美学理想。阳羡词人的"关怀"意识超越时间，扩展到了无限的历史空间。在阳羡词人笔下，现实关怀与历史关怀的角度虽有所不同，但所呈现的艺术风貌都是阳羡词派所特有的凄清苍凉的"商"音之色。阳羡词人宗奉豪放词风，追摹苏、辛，并非简单趋于其"形"，为文造情的形式模仿，而是追步其"神"，拒绝"极意花间，学步兰畹"，有意识地体现"《国风》美人、《离骚》香草"之志意，《荆溪词初集》成为他们这种创作理念的最佳代言。

虽然"丧乱之余，家国文物之感，蕴发无端，笑啼非假"① 是清初各家的普遍情绪，但显然阳羡词派众人对时代、家国及个人命运的书写欲望更为急迫，无端难言的沧桑悲慨在《荆溪词初集》中尤为密集，"废园"系列词即为一典型例证。阳羡词人大多都经历过明清易代，山河易主，清兵破城后的惨重杀戮、江南案狱迭起的残酷现实令他们心有余悸。阳羡词派作家大多际遇坎坷，他们中间既有明朝殉难诸臣之后，如万树、陈维岱等；又有一辈子没有功名的"诸生"，如陈维崧；还有清初各种莫须有案狱的受害者，如徐喈凤、任绳隗等。他们亲眼看见了特殊时代家族的意外变故，亲身感受过科举无望、有志难酬的悲痛，很难轻松地吟唱淳雅清幽的情韵，故而以抒发忧伤怨悱，鸣不平之意为主。面对时代风暴的袭击，现实政治的压迫，他们只想"做个春秋怨鸟。春去秋来，更番迭唱"②，倾诉昔盛今衰、飘零落拓的悲慨情思，表达以悲慨、哀怨、迷茫和苍凉为主的集体情绪。因此，阳羡词人的词篇是时代风云汇变之时一代文人心灵震动的歌唱。阳羡词人在现实中无法实现自我，只好借诗词空间展现真

---

① 叶恭绰：《广箧中词序》，《广箧中词》，民国二十四年叶氏铅印本。

② （清）任绳隗：《大江东·闻雁》，程千帆主编：《全清词》（顺康卷），中华书局2002年版，第2929页。

我，或歌哭无端，萧寥避世，或嬉笑诙谐，寄以沉痛。《荆溪词初集》收录的皆是时代风暴摧残心魂的伤痕之音。

一个选本的显晦，在文学传播领域中，往往与特定历史时期的文学思潮、文学观念相联系。同时，作为流派代言与文学批评的某种指向的选本，冥冥之中，与该流派的命运趋向休戚相关。从现今所见的清代词学批评资料来看，收罗几近完备的《荆溪词初集》并没有立即成为康熙前期词学批评界关注的焦点，其选之盛与其本之冷形成了强烈反差，在接受环节，它似乎被人遗忘了。《荆溪词初集》湮没无闻与阳羡词派衰落有无直接关系，我们无从可知，但至少可以肯定的是，康熙三十年以后，阳羡词派的悲慨豪放词风不再是词坛主流。同时，又存在这样一个文学事实，《荆溪词初集》问世后不过十年，曾经参与编撰《荆溪词初集》的蒋景祁又立即着手于《瑶华集》的选政。在词史进程之中，《瑶华集》所获得的宠爱远远大于《荆溪词初集》，"近披朱竹垞《词综》、毛驰黄《词谱》、邹程村《倚声集》、蒋京少《瑶华集》，家玑人璧，评者纷如"①。《瑶华集》旨在"萃当代之美"、"备一体之典型"，与之相较，《荆溪词初集》中的词人"大抵皆忧伤怨悱不得志于时，则托为倚声顿节，写其无聊不平之意"②，而"不得志于时"并非永久，因此，《荆溪词初集》虽萃阳羡词学之盛，却只是特定历史阶段的产物。随着时间的消逝，它最终被尘封在了遥远的历史记忆之中。

第三节　康熙前期阳羡家族词人创作略论

前文的论析，正在逐步揭开清初阳羡联姻家族文学活动的独特风貌，望族词人同声而和，互相激励，以唱和、创作、评论、选政等多种形式推动着域词学发展。本节的考察视角将有所下移，选取清初阳羡陈氏、万氏、吴氏、徐氏四家作为个案，具体而微地探究此时此地联姻网中望族词

---

① （清）沈雄：《古今词话·词品》卷下，唐圭璋主编：《词话丛编》第 1 册，中华书局 2005 年版，第 881 页。

② （清）蒋景祁：《荆溪词初集序》，（清）曹亮武、蒋景祁、潘眉等纂：《荆溪词初集》，清康熙刻本。

人的创作特征，展示清代阳羡文学创作力量的原生状态。这些词家，并非影响文学史进程的名家，若置于时序与文体所构建的文学史体系中，他们的创作特点也不具备所谓的典范意义。然而，真实的文学史生态，绝非仅有名家角逐，这些阳羡词人及其创作成果，是地域家族文学充满活力、生生不息的本源与体现。走进他们的文学世界，方能感观到接近本真的阳羡联姻家族的创作活动，不可不论。

一　陈氏词人

阳羡陈氏昆仲、子侄皆擅词，声望卓著。谢章铤《赌棋山庄词话》称："陈氏门才最盛，《乌丝》一编既推老手，而半雪有《亦山草堂词》、纬云有《红盐词》、鲁望有《石间词》，皆迦陵兄弟行，莫不含英咀商，埙篪迭奏……故不独迦陵有凤凰之誉，即群从亦半是惠莲。"[1]

陈维崧二弟陈维嵋，字半雪，有《亦山草堂词稿》。陈维嵋词大多以表达怀才不遇、生不逢时、亲人离散等内容为主，虽为常见题材，但半雪能融入一己之感受，抒写个性化的心灵痛苦，《亦山草堂词稿》因此而沾染了相当浓厚的悲剧成分，具有别样的认识价值和审美意义。

佳节团圆之际，往往是因生活所迫觅食他处的陈氏兄弟内心最为悲凉之时。"每逢佳节倍思亲"的深切体会，在陈维嵋词中尤为集中。《南乡子·己酉除夕怀纬云弟都下》《万年欢·新年怀三弟纬云、四弟子万》等都是抒写骨肉之情的词作，凄怨哀婉。如《南乡子·己酉除夕，怀纬云弟都下》："翠烛坐更栏。柏叶传觞强自宽。绕柱腾腾思阿纬，燕关。三度梅花未共看。　　何必锦衣还。竹仗荷裳好自闲。大有故园兄弟在，盘桓。雪后烟蓑雨山后。"词中包含了词人的两重遗憾。本应团聚守岁的日子，词人却独自饮酒，借酒消愁，因为三年他都未能与弟相聚，共看梅花，是为第一重遗憾；故园兄弟不能欢聚一堂，手足相盘桓，是为第二重遗憾。此恨难解，故元宵来临，陈维嵋心中又蒸腾起除夕夜的伤感："雪意萧萧，云魂漠漠，雨声滴乱箫鼓。柳回一线青时，梅破几枝白处。新春好夜，和

---

① （清）谢章铤：《赌棋山庄词话》，唐圭璋编：《词话丛编》第4册，中华书局2005年版，第3380页。

稚子、室人团聚。只弟昆、旅食天涯，梦绕故园烟树。时兄其年客宋，弟纬云客燕。　　煨榾柮、漫哦词句。倾船玉、未消丰度。少年醉玉关情，此时策召紫虑。仰天搔首，问何日，驱驰皇路。对烛光、人影相辉，不禁浩歌如许。"①虽然"新春好夜，和稚子、室人团聚"，曾享天伦之乐，但这无法弥补他对旅食天涯的故园兄弟的牵挂，情意真挚，缠绵往复。

陈氏家族因科甲而振兴，身为陈氏子孙的陈维崧也希望承祖辈荣耀，继续成就科业辉煌，但时逢乱世，江山易主，家遭巨变，陈维崧虽习举子文，却不得不尊奉父命自弃功名。生不逢时，科举无途，光宗振业，再难企及，这样的人生感伤始终伴随着陈维崧，终其一生。他在三十九岁时为自己所作的自寿词中称"堪笑频年，萧疏落拓，生活何曾计"，他对自己没有功名深感羞愧，"莫问仙桂秋攀，琼林春燕，足展平生志。富贵功名皆有命，且自随缘而已。冰簟茶瓯，莲香筼影，企脚薰风里。南山雨过，静看明月如洗"②。《洞庭春色·甲辰除夕》亦表达了相同的感受："今夕何夕，黄云旗覆，紫雾烟浮。只安仁鬓改，一丝难镊，马卿裘敝，四壁空留。明日明年添马齿，叹老大蹉跎志为酬。关心处、是椒花影里，换尽春秋。　　筵畔传柑儿女，总痴憨莫解人愁。况叔敖之后，饥寒欲死，任昉之裔，故旧如仇。此日王孙谁一饭，但辛盘对酒拍千瓯。还起舞，问舌犹存否，仗取封侯。"感叹岁月蹉跎，而自己却壮志未酬，这首词激越跳荡，力度浑厚，是半雪词中不可多得的长调佳作。陈维崧自我已不如意，再加之家益贫，地角天涯兄弟隔，故词中多"昔年愁"③"蓼莪吟罢堪伤"④的感叹之语，低沉哀怨，风格不同于前者。《丑奴儿令·夜坐有感》道愁语怨声最为悲沉："夜深往事思量遍，人也无声。花也无声。剔罢银釭睡不成。　　铜壶银箭催将急，雨滴残更。泪滴残更。一领青衫误半生。"深

①　（清）陈维崧：《东风第一枝·乙酉元宵》，程千帆主编：《全清词》（顺康卷），中华书局 2002 年版，第 5475 页。

②　（清）陈维崧：《念奴娇·六月十四，予三十九初度。时避暑蒋丈园斋，戏填一词自寿》，程千帆主编：《全清词》（顺康卷），中华书局 2002 年版，第 5476 页。

③　（清）陈维崧：《苏幕遮·寒食》，程千帆主编：《全清词》（顺康卷），中华书局 2002 年版，第 5471 页。

④　（清）陈维崧：《临江仙·书怀》，程千帆主编：《全清词》（顺康卷），中华书局 2002 年版，第 5471 页。

夜难眠，寂静之中，词人感怀人生，不免心酸，"一领青衫误半生"包含了多少辛酸与无奈！虽然，他也能认识到"富贵功名真过眼"①，钦慕陶渊明"高旷可怀，义熙以上，风流堪仰，甲子之晨"，向往归隐生活"看稚儿觅栗，无妨仕进，山妻偕隐，正好躬耕"，但是他在感情上却做不到脱俗自立，只能感叹"愧我一衫牵绊，犹累浮名"②。这种自我无奈愁怨成为陈维崧词中的主要基调，他如"中年人到，揽潘鬓吴霜，丝丝难剪。吮着霜毫，写清凉曲怨"③、"记年少佳兴，攀折心肠。无奈韶华似箭，年年算，唐举飞扬。桂花应笑，成名不早，花也徒伤"④、"梧桐点点摇疏雨，暗思量、寂寞无言。怪新来、白帝将秋，掺入愁边"⑤ 等，皆叹时序惊心，愁苦缭绕。

　　难解的人生愁怨，难承的现实重压，使陈维崧或在抚昔伤今的伤痛中追忆少年时光，或直接躲避到酒中，以求暂时忘却现实烦恼。《贺圣朝影·上巳前一日》即表达了这样的心绪。词人虽意识到出游盛日上巳节即将到来，当"修禊醉斜晖"，却由此回想起了年幼时的美好时光，不禁流露出感伤情绪，"髫岁虎丘良宴会，景依稀。如今惆怅掩荆扉。倍凄其"⑥。此愁难消，此怨难平，唯有借酒开怀，陈维崧自称"只几盃浊酒，吾之长策"⑦，"开樽也，浅斟低唱，好将愁撒"⑧。陈氏昆仲五人，四人俱不善饮酒，独陈维崧饮酒，"酒肠亦不大，独好酒耳。从早至晚数饮，饮

　　① （清）陈维崧：《满江红·咏雪，分题袁宅》，程千帆主编：《全清词》（顺康卷），中华书局2002年版，第5473页。
　　② （清）陈维崧：《风流子·题陶靖节集》，程千帆主编：《全清词》（顺康卷），中华书局2002年版，第5479页。
　　③ （清）陈维崧：《齐天乐·秋日感怀》，程千帆主编：《全清词》（顺康卷），中华书局2002年版，第5477页。
　　④ （清）陈维崧：《金菊对芙蓉·早桂》，程千帆主编：《全清词》（顺康卷），中华书局2002年版，第5474页。
　　⑤ （清）陈维崧：《高阳台·秋闺》，程千帆主编：《全清词》（顺康卷），中华书局2002年版，第5477页。
　　⑥ （清）陈维崧：《贺圣朝影·上巳前一日》，程千帆主编：《全清词》（顺康卷），中华书局2002年版，第5469页。
　　⑦ （清）陈维崧：《满江红·对雪》，程千帆主编：《全清词》（顺康卷），中华书局2002年版，第5473页。
　　⑧ （清）陈维崧：《花心动·花朝》，程千帆主编：《全清词》（顺康卷），中华书局2002年版，第5478页。

尽一鸥夷，颓唐便醉，醉后即作诗，或骂人，以是多不谐于俗"①。范仲淹怀人词《苏幕遮》曰"酒入愁肠，化作相思泪"，而对于心中愁苦积郁不化的陈维崧，酒只会再增加一份无奈与凄苦。由于个性不同，他不能像兄长一般，将悲愤化作一声长啸，喷薄而出，而只有不断接受内心对自我的拷问，以及这严肃拷问下的煎熬，于是《亦山草堂词稿》呈现了与《湖海楼词》完全不同的风貌与风格。

维崧三弟陈维岳，字纬云，晚号苦庵。陈维岳所著的《红盐词》，早已散佚，从朱彝尊所作《陈纬云红盐词序》可略知概貌："纬云之词，原本《花间》，一洗《草堂》之习，其于京师风土人情之胜，咸载集中，而予糊口四方，多与筝人酒徒相狎，情见乎词，后之览者，且以为快意之作，而孰知短衣尘垢，栖栖北风雨雪之间，其羁愁潦倒未有甚于今日者耶。"② 陈维岳少时之作近乎"花间"，多如"黄昏缠做。梨花落处葳蕤锁。绛河斜拂朱楼左。整罢鸳衣，料理春眠妥"③ 之类艳丽之语。后期创作集中于京师，描绘京师风土人情之胜，表达羁愁潦倒之感。

京师是陈维岳词学生涯中发生质的飞跃的关键之处。他在京华八载所作之词，皆深厚有力，慷慨有气，逐渐褪去了早年的绮旎之色。这些京华词真实地反映了词人的生活状态和复杂心态。南人入北，地域不同，首先要经历一个心理接受过程，陈维岳《竹枝·燕京》四首记录了他在京城的所见所闻：

　　五侯枭鹿杀羊夸。银碗金盆户户奢。水陆珍馐等闲看，上宾先敬乳儿茶。（一）
　　侬家家住小胡同。白纸糊房色色工。间弄雪狸过永昼，葡萄一架绿荫浓。（二）
　　巷头巷尾传呼急，籐棍双牌异大兴。牙侩骑驴不相下，前边还要避柴车。（三）

---

① （清）陈维岳：《仲兄半雪传》，（清）陈维崧：《亦山草堂集》，清康熙刻本。
② （清）朱彝尊：《陈纬云红盐词序》，《曝书亭集》卷十四，张元济纂辑：《四部丛刊》初编第 278 册，上海书店 1989 年版。
③ （清）陈维岳：《一斛珠·春夜》，程千帆主编：《全清词》（顺康卷），中华书局 2002 年版，第 6596 页。

近日金吾夜禁严。酒筵那得饮厌厌。街楼挝鼓更初动，送客灯笼出画帘。（四）

其一写京城贵族的酒肉生活；其二写词人在京师所居；其三、其四写词人的京师见闻，"传呼急"是因为"牙侩骑驴不相下"，"夜禁严"与"酒筵饮"形成了强烈对比。这一系列词描写了京城的生活风俗和社会现象，凸显了现实意义。然而，以词揭示社会弊端，反映社会现实，并不是陈维岳京华词的主要内容，陈维岳更多的词作表达了一种无家可归、流浪漂泊的人生感受，而这样的感觉常常是说不清也道不明。有时他会因景伤情："他乡此日惊人日，客鬓飞蓬。簪燕钗虫。辜负年光丽景中。 故园兄弟飘零甚，回首东风。小阁賸红。春草题诗忆昔同。"① 在春日之中感叹自身及亲人的落魄。有时则仅仅感时伤己："京华四度元宵节，光景匆匆。领略春风。花月今年一倍逢。 画堂酒醒三更后，客是飘蓬。心绪忡忡。乡语关人欢阿侬。"②"飘蓬"命运令词人心绪难理。这些小词虽感情真挚丰富，但在力度的表达上还是缺少力量，没有跳跃激荡之动感，而隐隐呈现出一丝哀怨之色。

陈维岱，字鲁望，号石间，陈贞达之子，维崧、维嵋、维岳的嫡堂弟。陈维岱有《石间词》，今已不存。《荆溪词初集》中可辑得其词十三首，《瑶华集》中收有不重见的四首，加之《千秋雅调》中一首，陈维岱共计有十八首词传世。

这些词以写闺情、游记、抒怀为主。代女子言闺情是词的传统题材，陈维岱或写女子慵懒，"杨柳风眠当户绿，樱桃雨熟亚墙红。午窗残梦髻鬟松"③；或写女子相思，"王孙一去路迢遥。往事如尘还似梦，忆着魂销"④，

① （清）陈维岳：《采桑子·燕京早春词》（其一），程千帆主编：《全清词》（顺康卷），中华书局 2002 年版，第 6597 页。

② （清）陈维岳：《采桑子·燕京早春词》（其二），程千帆主编：《全清词》（顺康卷），中华书局 2002 年版，第 6597 页。

③ （清）陈维岱：《浣溪沙·倦绣》，程千帆主编：《全清词》（顺康卷），中华书局 2002 年版，第 6933 页。

④ （清）陈维岱：《浪淘沙·春闺》，程千帆主编：《全清词》（顺康卷），中华书局 2002 年版，第 6934 页。

或写女子愁绪，"忘卸却、犀簪辟尘。一梦初回，几番愁见，孤独黄昏"①，皆细腻生动，栩栩如生。但他并不是避于闺房帷幄之中的风流才子，反之，他对世间沧桑颇有清醒认识："失意一群客，把酒眄庭柯。共言当日马上，酷爱剑横磨。惆怅流光似箭，满箧雄文谁荐，对景怨蹉跎。或欲走三辅，或欲走三河。　世间事，嗟莫必，可如何。人生绝类驹隙，去日苦偏多。富贵置身不早，便出无过小草，而况处岩阿。我醉起为舞，舞罢起为歌。"② 词人也是"失意一群客"中的一员，他满腹才华，却不得赏识，也曾想四处奔走自我推荐，可最终感叹世事变幻无常，人生绝类驹隙。

　　时不待我的人生感受，有时会使陈维岱积极进取，钦慕五陵少侠，"短衣匹马驰骤，游侠遍三吴。更向长安道上，不惜黄金千镒，调笑酒家胡。兄尚平阳主，弟拜执金吾"③，表达有所为的志向。但更多的时候，却让他产生人世幻灭的愤慨之感，如《水调歌头·独酌》所言："斜日度林表，双袖倚风开。长松之下箕踞，一手独持杯。谁识酒中佳趣，只有公荣可与，烂醉习池煨。余故庸奴耳，皆不及方回。　呼阿段，扫曲径，刘蒿莱。解醒五斗，虽不得肉亦豪哉。人世盲人瞎马，否即沐猴冠者，何所见而来。我醉欲眠矣，无久恩公为。"词人独斟独酌越久，越加感到可以交心的知音真是人间罕见，于是"呼阿段，扫曲径，刘蒿莱。解醒五斗，虽不得肉亦豪哉"，悲愤之情随酒后翻滚涌动的心潮喷泻而出，"人世盲人瞎马，否即沐猴冠者"，词人借锐笔一针击中混沌虚伪、充满昏聩的人世。

　　正是如此深刻地勘破世情，词人选择了隐于乡间的生活方式。阳羡虽是一处天然化成的山水之窟，本可令人远离尘俗，安逸于山林。但词人的内心并不平静，愤慨之后，他常常感受到内心的寂寞，当他置身自然时，这种感受越强烈："移此山来，是当日，愚公夸父。还疑情，五丁力士，

---

① （清）陈维岱：《柳梢青·闺情》，程千帆主编：《全清词》（顺康卷），中华书局 2002 年版，第 6936 页。

② （清）陈维岱：《水调歌头·席上分韵》，程千帆主编：《全清词》（顺康卷），中华书局 2002 年版，第 6935 页。

③ （清）陈维岱：《水调歌头·五陵少侠》，程千帆主编：《全清词》（顺康卷），中华书局 2002 年版，第 6935 页。

凿成紫府。曲磴崎岖犹可入，悬崖偪侧真难渡。只洞中、蝙蝠共飞攀，羊肠路。　　　石洼者，形如釜。石突者，形如鼓。更左拏右攫，狰龙狞虎。仙去已无黄鹤到，人来尚忆青莺舞。渐云迷，丹龟日西斜，催归步。"① 当他面对古迹时，抒发的也是萧瑟苍凉的幽思："古庙碧溪头。断碑长卧荒丘。门前老树缚吴牛。芦湾几个渔舟。　　　缥缈灵旗天半去。蓬山杳杳珠树。深夜云軿归处。漆灯零乱如雨。"② 以上两词皆有一股凄冷的味道。《满江红·游张公洞》描写阳羡奇洞张公洞，"只洞中、蝙蝠共飞攀"的视觉场景及"仙去已无黄鹤到，人来尚忆青莺舞"的心理感觉突出了一种孤独与峭拔。《河渎神·西溪浣纱女庙》借"门前老树缚吴牛。芦湾几个渔舟"、"蓬山杳杳珠树"、"漆灯零乱如雨"等语营造了一个带有几分荒乱萧疏味道的氛围。这种"如凤管秋声，声堪落雁"③ 的悲凄是陈维岱词的普遍风格，他如"乌衣巷内重回首。只夕阳依旧。莫向故巢来，玳瑁梁空，愁绪千般有"④、"两岸西风吹不住，堪愁。落木无边做九秋"⑤、"惆怅流光似箭，满箧雄文谁荐，对景怨蹉跎"⑥ 等，都表达了孤寂的苍凉感。

陈枋，字次山，陈于泰曾孙，陈维崧从侄，出身文化名门。本家阳羡陈氏自不必说，外家乃常州邹氏，"清初词人中专心研讨而又相当早的"⑦ 邹祗谟为陈枋舅氏，故陈枋的文学渊源极为深厚。陈枋游学京师之时，众家对其文学才华都甚为称许。王士禛预言他"后日定以诗名家"；朱彝尊见陈枋所和其词《洞仙歌》诸阕，"敛衽叹服"；尤侗称其所和韩偓《香奁集》"慧心绮语，冬郎后身也，以俪语弁其端"；曹吉贞诵其《下第作》

① （清）陈维岱：《满江红·游张公洞》，程千帆主编：《全清词》（顺康卷），中华书局2002年版，第6934页。

② （清）陈维岱：《河渎神·西溪浣纱女庙》，程千帆主编：《全清词》（顺康卷），中华书局2002年版，第6934页。

③ （清）潘眉：《荆溪词初集序》，（清）曹亮武、蒋景祁、潘眉等纂：《荆溪词初集》，清康熙刻本。

④ （清）陈维岱：《醉花阴·燕》，程千帆主编：《全清词》（顺康卷），中华书局2002年版，第6933页。

⑤ （清）陈维岱：《南乡子·太白酒楼》，程千帆主编：《全清词》（顺康卷），中华书局2002年版，第6934页。

⑥ （清）陈维岱：《水调歌头·席上分韵》，程千帆主编：《全清词》（顺康卷），中华书局2002年版，第6935页。

⑦ 严迪昌：《清词史》，江苏古籍出版社2001年版，第64页。

《失志赋》，"至为泣下"。陈枋本为高才，当以才应试，为世所用，然而命运却与他开了一个残酷的玩笑。虽然他的才华得到了普遍认可，却无法施展于科考场上，几番困于屋场之中，难以挣脱下第之厄运。

陈枋有《水榭诗稿》《香草亭词》，今不传。尤侗曾为《香草亭词》作序，对其词大加赞赏，称其承迦陵、程村之衣钵，并预言陈枋"他日登峰正未可量"①。然陈枋虽得美誉，却困于科第，他曾言："功名可以宸契致，取青紫，如拾芥耳。孰意沦落抑塞，求一第而不可得？"② 然而，庚午榜发报罢，喟然叹曰"吾赋命穷薄，一至此耶"③，才士失志的悲凉之情溢于言表。《惜余春慢·上巳感怀同和叔，用宋词韵》极为准确地表达了他的真实心境："叹息何为，睡眠亦得，庭掩碧萋萋草。记省年辰，寻常巷陌，燕外游丝侵晓。那不一觞一咏，皂荚桥低，夭桃门小。数百花潭底，罗裙珠袯，今朝多少。　知念否，四载飘蓬，三番蹂柳，独自天涯烦恼。丽人行处，冷节将过，早又落梅风扫。便买征帆竟归，放溜江南，好春也老。奈丫兰在手，腾腾情思，循廊千绕。"

陈枋的词，为典型的以骚雅为正的才子之词，深沉感慨之中又见婉丽。陈枋词中少有绿窗倚谱、红牙歌板的情调，他十分着意于带有"寒"色的物象：如写寒月，"珠斗微芒，银河灭迹，穆穆金波倾泻，酿露调铅，熬霜出素，烘染参差鸳瓦，纵有玉案横阶，一片空明，虚无人话"④；咏寒蘂，"独院偏荷黯黯。冷靠遍、绮疏书槛。深黝烟霏，小红花落，人影写来都淡。风帘低撼。遮不住、青荧荧闪"⑤；听寒柝，"燕市酒徒，醉眠方罢，号寒金柝。初疑剥啄。打何处，重门人觉。又惊疑，女郎砧响，无数远村落"⑥。

---

① （清）尤侗：《香草词序》，《西堂文集·西堂杂俎三集》卷三，顾廷龙主编：《续修四库全书》第 1406 册，上海古籍出版社 2002 年版。

② （清）史凤辉：《陈次山先生传》，《亳里陈氏家乘》卷十三，民国二十九年开远堂藏本。

③ 同上。

④ （清）陈枋：《过秦楼·寒月》，程千帆主编：《全清词》（顺康卷），中华书局 2002 年版，第 8520 页。

⑤ （清）陈枋：《剔银灯·咏寒蘂》，程千帆主编：《全清词》（顺康卷），中华书局 2002 年版，第 8522 页。

⑥ （清）陈枋：《凄凉犯·寒柝》，程千帆主编：《全清词》（顺康卷），中华书局 2002 年版，第 8523 页。

　　陈枋对包容了失意落魄之意的"秋"的主题十分敏感，现存词中明确标明"秋"字的有八首，其中《声声慢·秋夜》在艺术上值得称道："秋声似雨，月晕如霜，满庭落叶飘积。古巷凄凄，捣练晚砧逾急。谁怜塞垣客在，听哀音、梦中犹识。魂欲断，向西风，立遍橙荫院黑。　也说别离能惯。奈积久沉浮，故园消息。渐老秋期，飞尽南鸿无迹。遥思小楼深处，隐纱橱，一灯夜碧。人正倚，镜槛菊疏影墨色。"词人选用了秋声、秋月、秋叶等意象以及凄凄古巷、橙荫院黑等场景层层渲染，营造了一个凄冷的秋夜背景，深夜之中，词人伤神，倚镜沉思，牵动起记忆深处的故园之情，情思悠长，却不言明，以镜中萧疏菊影烘托寒夜孤寂，令人回味无穷。即使婉约的思怀之作，虽清丽尽致，却不见缠绵，无花间遗韵，如"窥帘映柱无计。算只有、更衣起。眉语博山烟雾里。惨红袒服，娇黄妆靥，再见伤憔悴"[1]、"年年春半偏离索。一任花香扑。无端小鸟触帘钩。盼断天涯半晌倚高楼"[2] 等，总是充溢着一股淡淡的幽怨与哀愁。

　　陈枋的抚今伤昔之作直追迦陵，颇为沉痛："柳罨陂池，荠平篱落，道是春风庭院。剥啄处、唧花小鸟，都不是、旧时飞燕。算年年，芳草多情，任抛掷闲阶，夕阳为伴。有几曲屏山，两行灯穗，都付渔樵闲玩。　凝香繁华堪恋否，倀金谷铜沟，总成虚幻。笙箫歇、吹来禅板，金粉落、争寻歌钏。乍槐安梦醒移时，便月榭风廊，年光都换。只一带颓垣，廿年荒径，横在画溪南畔。"[3] 词之开端写春日春景，本清新活泼，但"剥啄处、唧花小鸟，都不是、旧时飞燕"立即转向了低沉，面对如画美景，作者感时伤情，时光如转，将一切都消散，残垣断壁间，只有对自我身世与家世的无限感叹。陈枋的此类词作，更为深沉却少喷薄欲出的悲慨，颇有迦陵遗风，但更显含蓄。《夏初临·本意》言夏日感怀，"多年旧事，好景谁家，抛书帘下，晚饭都忘。看撩鬌发，生憎十八鬟长。撮髻新妆。弄微风，瑟

　　[1]（清）陈枋：《青玉案·感旧》，程千帆主编：《全清词》（顺康卷），中华书局2002年版，第8522页。
　　[2]（清）陈枋：《虞美人·楼望》，程千帆主编：《全清词》（顺康卷），中华书局2002年版，第8522页。
　　[3]（清）陈枋：《夏云峰·故园感旧》，程千帆主编：《全清词》（顺康卷），中华书局2002年版，第8521页。

瑟疏篁。月昏黄。若亡绛绡，还怕伊凉"①，以夏日为引，实则表达怀旧之情，此情沉痛，令词人久久难以忘怀。

《瑶华集》所收陈枋词中，拟乐府体组词与销夏组词颇值得注意，体现了陈枋的艺术尝试。《寿楼春·拟乐府体》八首，以古喻今，感怀世情，悲慨豪放，乃词人羁旅行迹与心绪的完整勾勒。其一写无母孤儿"翁念倔，呱呱啼。一雏生分诸雏饥，我即此雏耶，翻飞久矣，吐哺不知谁"，表其身世以及孤独之感。其二写寂寞佳人"歌声何其哀。岂情伤窈窕，心实难灰"，承前其意，暗喻自我才高落寞。其三是对人生的反思，"噫吁嚱悲夫。声和凄以苦，歌者谁乎。类叔敖之苗裔，负薪而呼。饥欲死，其田芜，富贵兮于人何如。作相亦徒然，人何羡彼，官至执金吾"，感时伤世又视富贵为浮云。其四写羁旅生活"且驾敝车羸马，往来长安。轻薄亦，纷纷然。予宁悲歌行路难"，沧桑悲凉。其五写滞留长安之复杂感受，"食弹铗，而无鱼。驾扁舟兮归五湖"。其六论汉代司马相如、扬雄、桓谭等文士，得"惜其无禄位，书哺惊人"之论，表达了对自身困境的迷茫。其七借从军之愿"余计决，从军行、槊脚前驱三千兵"，表入仕之心。其八咏封侯之事，"君不见、留侯言。原谢王捐人间"，以入仙境、列仙班为喻，"贱士本无徒，安期海上，予盍往从焉"、"闻吹笙博矢，骑鹤乘鸾。舞奏霓裳三曲，乐名钧天"，表达了对功名声望的向往。《寿楼春·拟乐府体》组词皆是词人内心高才不得志的矛盾挣扎的真实反映。

消夏组词《疏影·柳庄，销夏之一》《黄鹂绕碧树·槐院，销夏之二》《露华·豆棚，销夏之三》《琵琶仙·荻渚，销夏之四》，风格清新，再现了生活之趣。其中"密密疏疏，整整斜斜，柴门碧色娟好"②、"一树堂阴直，轩窗落影，绿沉髹几"③、"便不雨，冥濛似雨，但叶叶、梢梢声冷"④ 等

---

① （清）陈枋：《夏初临·本意》，程千帆主编：《全清词》（顺康卷），中华书局 2002 年版，第 8524 页。

② （清）陈枋：《疏影·柳庄，销夏之一》，程千帆主编：《全清词》（顺康卷），中华书局 2002 年版，第 8528 页。

③ （清）陈枋：《黄鹂绕碧树·槐院，销夏之二》，程千帆主编：《全清词》（顺康卷），中华书局 2002 年版，第 8524 页。

④ （清）陈枋：《琵琶仙·荻渚，销夏之四》，程千帆主编：《全清词》（顺康卷），中华书局 2002 年版，第 8525 页。

语，清爽轻快，描写细微，动静之中使消夏之寂不至于单调无味。诚如尤侗所言："今读阳羡三子消夏词，时则有月有雨，地则有溪，物则有茶，花则有荷、有兰、有茉莉，虫则有萤；或弈焉，或浴焉，或睡焉，消夏之具不既多乎，而良辰、美景何处无之？所难得者，胜友三人新词十二阕耳。洞仙歌虽佳，岂能以寡敌众，更一咏之当，使庭叶翻落，如秋恨不得，花蕊夫人按檀板歌之也。"① 然而，即使这样清淡怡人的词中，仍然隐约透露着词人的寂寥失落之情，"笑忆长年旧事。马蹄忙，强行遍，是冲炎亭堠，散雾城市"②。

二　万氏词人

词才与曲才兼胜的万树即万氏子孙中词名最盛者。万树有《香胆词选》六卷。万树填词，转益多师，他曾言"独余宗眉山苏二、庐陵欧九"③，推崇欧阳修、苏轼，他还多次和韵稼轩词，常常被视为豪放词风的追随者。事实上，万树词不拘一格，或激昂，或悲凉，或艳丽，或清新，具有多样的艺术风貌。如小令《西溪子·别语》："不是强君留别，却只要问君归约。到春深，寒食后，君来否？来则尽奴杯酒，犹恐酒全倾话，谁听？"写恋人离别时的依依惜别之情，似有幽怨实为不舍，直白如话，没有任何雕琢之语，而不舍之情油然而生，纯情自然，颇具民歌风味。再如《江城子·别意》："酒阑扶上夕阳船。板桥边，短亭前。一去孤篷，鱼字断红牋。不是寻常愁易遣，千万里，两三年。　　东风吹得小梅园。杏花燃，绿柳眠。依旧春莺，啼破翠楼烟。只有侬家心事别，长则似，在秋天。"词的开篇是桥边亭前远眺江面的画面，画中人物望着远去的孤篷，若有所思，一句"不是寻常愁易遣，千万里，两三年"道出了其所思乃离别之人。虽然是绿柳莺啼的春天，但思妇却感觉仿佛在分别的秋天，词人想象奇妙，突出了情感效果，将相思之愁苦表达得委

---

① （清）尤侗：《消夏词序》，《西堂文集·西堂杂俎三集》卷三，顾廷龙主编：《续修四库全书》第 1406 册，上海古籍出版社 2002 年版。

② （清）陈枋：《黄鹂绕碧树·槐院，销夏之二》，程千帆主编：《全清词》（顺康卷），中华书局 2002 年版，第 8524 页。

③ （清）万树：《贺新郎·登徐氏悠然楼，追怀映薇先生，用稼轩悠然阁韵》，程千帆主编：《全清词》（顺康卷），中华书局 2002 年版，第 5625 页。

婉含蓄。

感怀词《木兰花慢·怀归》则直抒胸臆："问谁家浦口，肯相借，木兰舟。遍鼓枻黄河，悬帆淮水，直到扬州。瓜州。晚潮似箭，更乘风、吹到画溪头。震泽鱼肥乍网，兰陵酒美新缸。　　淹留。已倦马卿游。尚倚仲宣楼。慢暗怜瘦影，羞窥秦镜子，怕揽齐缑。悲秋自嘲自解，几人将，柳色换封侯。旅闷摇风试剪，乡心挂月还钩。"全词以赋化手法铺叙羁旅途中的思乡之情，想象借舟而行，渴望顺流归乡，害怕镜中显瘦影，感叹世人多无功忙碌，全部围绕怀乡主题展开，充满凄凉无奈的味道。

万树虽才名籍甚，却际遇坎坷，生前即遭丧女，晚年居无定所，寄两广大司马吴兴祚幕下，吴大司马"爱其才，延至幕，一切奏议，皆出其手"[①]。万树一生大多时间都离乡背井，寄人篱下，故多有愁孤语，"夜夜夜深愁永夜，年年年节惜年华。可堪身滞海南天"[②]、"自作孤鸿，怕底是，逢他新岁。长则是，辞家旅食，一身萍寄"[③]。万树虽为文坛名手，最后竟"殁于西江周次"，未能归家，令人扼腕。

关于万树词的艺术价值，各家褒贬不一。余怀称"红友锦心绣肠嵌奇琐碎，言情绘景，别出新声。俱千人所未经道，天惊石破，海立山飞，余未识其人，直欲生致太真，自拔其舌"[④]；沈雄曰"读红友词，已见细心微诣"[⑤]。丁绍仪却认为，"其所自著，亦鲜杰作。殆与考据家乍工古文相似"[⑥]，谢章铤则批评万树词"一泻千里，绝少潆洄"、"文有疏气，而无深情"[⑦]。关

①　（清）李先荣原本，阮升基增修，宁楷等增纂：《重刊宜兴县旧志》卷八《人物志·文苑》，清光绪八年重刻清嘉庆年本。

②　（清）万树：《浣溪沙·新年夜坐》，程千帆主编：《全清词》（顺康卷），中华书局2002年版，第5517页。

③　（清）万树：《满江红·庚辰元旦》，程千帆主编：《全清词》（顺康卷），中华书局2002年版，第5562页。

④　（清）余怀评"香胆词选"，（清）聂先、曾王孙：《百名家词钞·香胆词选》，顾廷龙主编：《续修四库全书》第1721册，上海古籍出版社2002年版。

⑤　（清）沈雄：《古今词话·词评》卷下，唐圭璋编：《词话丛编》第2册，中华书局2005年版，第1049页。

⑥　（清）丁绍仪：《听秋声馆词话》卷一，唐圭璋编：《词话丛编》第3册，中华书局2005年版，第2575页。

⑦　（清）谢章铤：《棋赌山庄词话》卷八，唐圭璋编：《词话丛编》第4册，中华书局2005年版，第3424页。

于万树词艺的评价众口不一，与《香胆词选》多样化的实践形式密不可分。万树曾耗二十年心血校订词谱，尝试过大部分词牌，甚至许多僻涩之调他也有所实践。即使一些常用词牌，在他手中也被赋予了独特的形式。《贺新郎·问家僮》采用"独木桥"体，"汝到园中否。问葵花向来铺绿，今全红否。种柳树塘边应芽发，桃实墙东落否。青笋撑褪苍龙否。手植盆荷钱叶笑，已高攀，碧玉芳筒否。曾绿遍，桂丛否"，以"否"字韵贯之。《苏幕遮·离情》采用"堆絮体"，"倚秦筝，扶楚袖。有个人儿，有个人儿瘦。相约相思须应口，春暮归来，春暮归来否"，句与句之间以叠词顶针而连。这些具有创新意味的词作虽"作者见奇，读者称妙"，但究其内里而言，实际已经失去了词所应有的情韵，并非妥帖。而词论家不满于万树的疏气情淡，多因此类作品而引发。

《香胆词选》中曾数次提到的"怀蓼叔"万锦雯，也是万氏词群中的俊彦之才。万锦雯，字云绂，号怀蓼，"壮年为名进士，时文衣被天下"①，诗文词无所不长，"古文兼收南北宋诸大家之长，而于庐陵、南丰尤神似。诗宗王孟，上规汉魏。词则苏长公、姜白石及当代陈迦陵"②。《万氏宗谱》载其作有《深柳堂诗词》三卷、《二十一史类编》。

《全清词》（顺康卷）中辑有万锦雯词 21 首，数量虽少，不乏佳作。万锦雯的小令以言闺情为主，题材传统，艺术表现手法亦无太多新意。他的慢词则个性突出，以峭拔深沉之语展示了独特的幽微而悲怨的内心世界。万锦雯早年以甲科起家，清顺治十二年（1655）中进士，被授浙江于潜县知县，因顺治十八年（1661）"奏销案"而降补山西洪洞县丞，又迁河北广宗县知县等，后虽有机会擢中书舍人，但他坚决不就，选择归乡隐退。万锦雯前半生的游宦生涯并不得志，羁旅于各处但官不过县令、县丞等职，他亦自嘲"自怜萍梗，岁岁客为家"③。为生计所奔波却又怀才不遇的郁闷，构成万锦雯词中的主要情感内涵。如《兰陵王·旅恨》："月痕白。照见风尘悴色。权消遣，缠待卷帘，却怕霜花冷侵额。低头思故

---

① （清）储欣：《全史类编序》，《在陆草堂文集》卷五，清雍正元年储掌文刻本。
② 《深柳堂稿序》，《万氏宗谱》卷三六，清光绪九年木活字本。
③ （清）万锦雯：《满庭芳·九日》，程千帆主编：《全清词》（顺康卷），中华书局 2002 年版，第 2838 页。

国。何事年年在客。素屏掩，衾短夜长，淅沥寒声透窗槅。　　岁华易抛掷。怎白草黄沙，老此踪迹。倦途骞马频嘶枥。看映壁灯小，传筹人歇。僮仆无心睡正适。问谁念岑寂。　　追忆。恨堆积。值买醉无钱，空羡垆侧。半宵归梦邀难得，渐两三鸡唱，又捱今夕。计程迢递，暗屈指，尚几驿。"客游他乡，是古代士子中普遍存在的行为方式，由此也引发了无数怀乡恨旅、渴望有所作为或早日归乡的复杂情思，《兰陵王·旅恨》所要表达的正是这样的愁绪。夜已深，满脸风尘悴色的词人却难以入眠，本欲望月，却觉寒意惊心，心中顿时涌上阵阵悲凉。回想多年的漂泊生活，陪伴自己的只有困顿与孤寂，词人不禁落入了沮丧失落的情绪之中。本想借酒消愁，却因贫穷作罢，想借归乡梦获得些许慰藉，却又辗转反侧，最终只好屈指算旅途。以人物的细节动作收尾，突破了词以景语作结的传统手法，生动反映了词人丰富复杂的内心世界。

万锦雯词中诸如此类描述感时伤己的焦灼心绪及感叹年华老去、孤独寂寞之类的词句比比皆是。他如"昼长人静小庭空。暖烟浓。锁帘栊。枝上看看，新绿渐成丛。老去秾华留不住，还剩得，几多红"①、"长天望不极，秋容淡，羁客渺何依。念牢落一身，愁来影共，伶仃诸弟，别后音稀"、"年华容易去，浮生事，无奈日与心违。两鬓星星欲点，犹未知归"②，皆有一股挥之不去的悲苦之情。偶尔他也会振作，表示"光阴过隙，莫负晴天"，但细细想来，"浮生事，自觉尘牢久厌。还同旧日寒俭。钓船不近西溪冷，空负故乡菱芡。深自念。怕三径，归来都被蓬蒿占。年华荏苒，要插竹成荫，种桃结子，两鬓已霜染"③，陪伴自己的只有"数间茅屋，也自有，天然景物，来亲幽独。得食小鱼浮自惯，喧林众鸟啼相续。更堪怜，弱草最多情，当阶绿"④，自己终究还是孤身一人而已。

---

① （清）万锦雯：《江城子·暮春独坐》，程千帆主编：《全清词》（顺康卷），中华书局2002年版，第2837页。

② （清）万锦雯：《风流子·秋怀》，程千帆主编：《全清词》（顺康卷），中华书局2002年版，第2839页。

③ （清）万锦雯：《摸鱼儿·秋感》，程千帆主编：《全清词》（顺康卷），中华书局2002年版，第2839页。

④ （清）万锦雯：《满江红·夏日遣怀》，程千帆主编：《全清词》（顺康卷），中华书局2002年版，第2835页。

在这种心绪作用之下，万锦雯喜好勾勒清冷之貌。他写月色，勾勒云树遮月之貌，"最是六宫明月号，蓬壶缥渺如浮。虾须半卷未央楼。钟声穿玉树，花影暗金沟"，朦胧隐约；或以孤雁高飞衬托冷月如玉，"最是邮亭明月冷，茫茫云树凄迷。天高孤雁背人飞。谁家翻苦调，按拍奏梁伊"，凄凉幽寒。他写夜色，"清明已过了，余寒浅，夜色净娟娟。正焰蜡高烧，红分燕尾，绣帘低揭，香煨龙涎。阑干外，娇莺分树坐，倦蝶抱花眠。印石痕斑，苔纹浸月，舞堤影转，柳带拖烟"，格外清寂。他写秋日，"正凄凉，又逢晚秋，青青是处消艳，荒集寥落无人问，惟有衰杨风飏。门半掩。但只见，黄昏几阵归鸦点。愁如酒酽。更唧唧虫声，荧荧灯影，相伴一书剑"，衰杨、昏鸦、虫声、灯影，一片萧瑟冷清。《西江月·味窗前红叶》是少有的色彩浓重之作："鹃血层层染瓣，猩红点点凝芽。窥香蛱蝶疑花。远偏曲阑欲下。　　晓起最怜着露，晚来尤爱笼霞。挽将春色到山家。不怕西风吹谢。"然而，作者择杜鹃花、晚霞等喻红叶的视觉效果，不免带有萧瑟之味，色虽浓而情却悲。

万锦雯还偏重描写孤独寂寞的形象："梦到孤山下。正依稀，清臞标格，逋仙流亚。纸帐素屏无览处，辜负广平骚雅。空怅望，荒台寒树。岂是春风欺北地，想缁尘，难枉高人驾。甘寂寞，在茅舍。　　如今腊尽应开也。逞精神，珠离玉缀，霜天雪夜。驿使不将消息寄，纵有幽怀莫写。几时得，重携杯斝。只恐梅花还似旧，待归来，白发堪盈把。谁为我，语同社。"这首咏物词，以忆梅为主线，重点是以物喻人，写词人的孤寂情怀。词的起句便言"梦到孤山下"，借林逋喜梅的典故，点明梅花的"清臞标格"。词中字里行间直接吟咏梅花绽放之态的语句极少，仅有"珠离玉缀，霜天雪夜"数语，因此作者所要表达的主要是梅开之际却不得赏的郁闷，以此映衬自己的寂寞幽怀。记忆中的梅花怒放的情景与现实中"春风欺北地，想缁尘，难枉高人驾。甘寂寞，在茅舍"形成了强烈对比，结尾处"只恐梅花还似旧，待归来，白发堪盈把"，化用唐诗"年年岁岁花相似，岁岁年年人不同"的意蕴，表达了人生悲叹。

万廷仕，字大士，万树的堂兄，万锦雯的从侄，万氏词群中的佼佼者之一。万廷仕母乃陈维崧的堂姑，陈维崧与大士为中表之亲，陈维崧有《满庭芳·赠表兄万大士旧临漳令》等词作。万廷仕由拔贡生擢临漳县知县，年未四十即解组归，放浪于善卷、罨画间，纵情歌唱，主要致力于倚声之学。他是陈维崧主持的数次诗文雅集中的骨干力量之一，《重刊宜兴县旧志》中有"执词坛牛耳终其身"① 之说。

万廷仕有《余庵集》，今不得见其全貌，他的词篇仅存八首而已。这八首词写梦中愁绪、春日社燕、山寺夜话、郊外纳凉、羁旅咏怀，各有特色。总体而言，万廷仕的词以轻柔明丽见长，如《祝英台近·西郊纳凉溪山楼》："拂轻飔，吹薄袖，朝爽快徒侣。野色青葱。一幅水云谱。流阴娇转黄鹂，绿畴天阔，渐郭外，鸡声亭午。　翠微路。鸧鹒鸂鶒纵横，山容靓林坞。溪面波平，渔网镜中举。忽听空际殷雷，云蒸硐户，管领取、一楼风雨。"全词重在描绘郊外的清凉氛围，丛林青翠，黄鹂宛转，溪水清澈，清新可人，结尾处以雷雨的出现更增添了一丝凉爽之气。

万廷仕对"雨"的描写比较传神，如写七夕雨，"下界初钟雨过时。恰逢天汉趁佳期。催妆诗就凭谁寄，莫讶云軿雾毂迟"②，将雨丝想象为牛郎织女之间的信使，充满趣味。再如写秋日闷雨，"几阵凉风，萧萧瑟瑟，酿成秋雨。无情无绪，看不了窗前树。溜茅檐，满地浮沤，伤心往事难为据"、"雨丝细飔，离墨铜官何所。且支吾，拭目摊书，午天如暮迷烟雾。想桂花，阴勒空山，目断青枫路"③，借雨营造水雾迷蒙的景色，映衬出词人的孤寂与苦闷。万廷仕也有激越悲昂的深沉之作，如《沁园春·大风雪中过周孝侯墓》："十里春城，千秋古墓，老树峥嵘。正悲风四起，枭呼木末，浮云低度，厓挂冰冷。屐齿迷离，帽檐欹侧，扑面飞花煞有情。方凝伫，恍灵旗高飐，长剑空横。　他时间眺闲凭。奈此际、峻嶒冰雪撑。似剡溪乘兴，便教舟放，灞桥冲冻，赢得诗成。何处玉龙，霎时战败，一片抛鳞卸甲声。还追忆，忆杀场星陨，遗恨难平。"周孝侯即周处，这位以"除三害"而闻名于史的宜兴先贤又是西晋时期驰骋沙场的武

① （清）李先荣等原本，阮升基增修，宁楷等增纂：《重刊宜兴县旧志》卷八《人物志·文苑》，清光绪八年重刻清嘉庆年本。

② （清）万仕廷：《鹧鸪天·七夕雨》，程千帆主编：《全清词》（顺康卷），中华书局2002年版，第3812页。

③ （清）万仕廷：《琐窗寒·姑苏闷雨》，程千帆主编：《全清词》（顺康卷），中华书局2002年版，第3813页。

将之一，故万廷仕有"恍灵旗高飏，长剑空横""还追忆，忆杀场星陨，遗恨难平"之语。全词借风雪之中风起树动、云飘花飞的景象，以对铠甲交错的战场的想象传达了悲慨激昂的英雄气概。

三　徐氏词人

徐氏徐喈凤、徐翙凤兄弟及徐喈凤子徐瑶、徐翙凤子徐玑，乃清初阳羡家族词人群唱和的主力干将之一，均有词作传世。徐氏与陈氏有姻亲关系。

徐喈凤的人生以"壬寅冬自滇南归"[①]为界，分为先"入"后"出"两个阶段。其有文字自言，"吾少也贱，耕钓廿年；吾仕也遥，舟车万里。始以饥寒炼性情，继而艰险劳身。故知命不由人，窃幸天方爱我。戴星出入，职事弗隳；拂袖归来，体肤无恙。倚闾白发，喜呼负米之儿；报爨缟衣，笑接篝灯之侣。遂思小隐，非敢为盛世巢由；任意狂吟，聊欲学散人皮陆"[②]。徐喈凤曾官云南，故自称"吾仕也遥，舟车万里"。顺治十八年，辞官回乡。此番退归，并非功成身退，而是受清初奏销案牵连，被无故降职，愤感于现实所做的人生选择。退隐之后的徐喈凤，专心著述，有《荆南墨农全集》。《四库全书总目》有录："是编首曰《滇游诗集》，官永昌府时所作；次曰《愿息斋诗文集》，里居后所作；又附《荫绿轩词》初集、续集及《秋泛诗余》、《两游诗余》四种，而以《荆南墨农集》为总名。'荆南墨农'，喈凤晚年自号也。"[③]

徐喈凤的词人生涯始于其返乡之后。当时，他正是"奏销"案打击之下的失意落魄之人，在邹程村处受《倚声初集》的启发，跃然动填词之兴，日以鼓吹风雅为事。他曾对胞弟徐翙凤言，"一冬无事只填词"，"雪月助清思。夜寒拥被探奇句，天方晓，呵笔书之。荫绿轩前松影集，云阁上梅枝"[④]。徐喈凤终日坐卧荫绿轩，"斗室藏身天地阔，绿云长罩小檐

---

① ·（清）徐喈凤：《词证》"第15条"，《荫绿轩词》附录，清康熙刻本。
② （清）徐喈凤：《莺啼序》词序，程千帆主编：《全清词》（顺康卷），中华书局2002年版，第3078页。
③ （清）永瑢等撰：《四库全书总目》卷一八二，中华书局1965年版，第1649页。
④ （清）徐喈凤：《风入松·示竹虚弟》，程千帆主编：《全清词》（顺康卷），中华书局2002年版，第3062页。

头"，他称自己"心落落，兴悠悠"①，与清茶、美文相伴，悠哉闲逸。徐秉义对此曾有"翰墨之乐，何必沾沾于碧鸡金马间也"②的感叹。可是，徐喈凤的内心并非真的如此清静，《渔家傲·生日自寿，用苏子由韵》（二首）可以让我们读到其心灵深处的另一个自我："久向邯郸寻好梦。梦中富贵人争奉。今日梦醒心转痛。身莫动。半生名利无多重。　　曾趁壮年为世用。放归泉石成狂纵。岂学半风逃布缝。谁可共。羊求黄绮相迎送。"（其一）"五十生涯还在梦。诗词深愧宾朋奉。身世自思知痒痛。篱菊动。秋花能傲秋霜重。　　山月溪风凭我用。兴来握笔才情纵。坐看文鱼穿石缝。花鸟共。四时寒暑频相送。"（其二）闲居乡间，看似是徐喈凤的自觉选择，其实背后隐藏着一丝不甘与无奈。这位有志于天下事的才干之士因"奏销"案而降调，遂对积极入仕的人生道路灰心失意，他的隐退并非其自身原因所致，追逐世用与名利的邯郸美梦一直都隐藏在他的心中。当时代因素迫使他不得不放弃梦想时，他方觉此梦虚幻，遂转入山林之中希望求得精神解脱。归居田园十余年后，他作《塞翁吟·客有劝余赴都补官者，词以谢之》，坚定地表达了自己的人生选择："客听吾言者，吾性本爱林泉。悔误被，利名牵。一去几多年。滇云万里归来后，留恋草舍花田。十二载，啸吟风月，放浪溪山。　　闲闲。有松竹、禽鱼做伴，临古帖，钟王褚颜。任世态、炎凉百出，遂初服，处困而亨，乐在中焉。周颙再任，捷径终南，吾岂其然。壬寅至甲寅，林居十二载矣。"词中"有松竹、禽鱼作伴，临古帖，钟王褚颜"，描写了词人啸吟风月、放浪溪山所获得的生活乐趣，以此证明了自己"性本爱林泉"的初衷。

在这种人生态度的影响下，徐喈凤的词主要包括两个主题。一是表现居乡之乐、花草之趣，或描写山林景色、田园生活。《隔浦莲近·夏日村居》写夏日田园生活，"柴门临水种柳。柳蘸清波皱。隔水云连树，清荫坐，呼棋友。棋倦杯茗后。缘溪走，买个鱼盛缶"，清闲悠哉，情趣自生。《生查子·秋晚溪行》写秋日山溪之景，"溪尾接山根，落照洄风漱。几

---

① （清）徐喈凤：《捣练子·荫绿轩》，程千帆主编：《全清词》（顺康卷），中华书局2002年版，第3048页。

② （清）徐秉义评"荫绿轩词"，（清）聂先、曾王孙：《百名家词钞·荫绿轩词》，顾廷龙主编：《续修四库全书》第1721册，上海古籍出版社2002年版。

个小渔舟，欸乃声相续"，有声有色，动静结合，和谐统一。徐喈凤好花，荫绿轩的牡丹、芍药、蔷薇等曾吸引众多阳羡词家的题咏，而徐喈凤所作的咏花词篇也达二十首之多，占《荫绿轩词》的三分之一。同时，探梅、赏菊等风雅活动，也成为徐喈凤词的主要内容之一。二是重在抒写其内心痛定思痛的挣扎与反思。《青玉案·惊悟》最为典型："人生得失无凭据。看富贵，浮云度。使尽机心空自误。花开还谢，月圆还缺，总是天然数。　范韩事业曾相慕。不道蹉跎竟迟暮。且向溪头垂钓去。梦中名利，醉中声色，直到而今悟。"他如《貂裘换酒·辛酉除夕》言"仰看星斗当帘挂。问天公、谁为刍狗，谁为龙马。自古贤愚同归尽，何必强分高下。呼老幼、团圆同把。馈岁夜深灯仍焰，看瞳瞳，旭日桃符射。应蜡屐，春游也"、《西河》言"可怜溪水日夜逝。叹滔滔、何异人事。历劫又逢斯世。愿颓阳，且少住西溪尾。照我蜻蛉凌波戏"，都是发反思人生后的种种感慨，意理为胜。

徐喈凤称自己"语多轻率，不能为柔辞曼声"，无"花间"之色正是《荫绿轩词》的主要特征之一。徐喈凤出于词可"移情"、"舒闷"、"鼓气荡胸"的目的开始填词，故语言清新自然，很少有精心雕琢的痕迹，以本色见长。徐喈凤词语言虽较为平易，其中的意蕴却非常深厚："雨洗榴红，风熏葵紫，撩人景物鲜华。小院芭蕉弄影，绿满窗纱。恼乱诗肠双语燕，唤回午梦两啼鸦。池边坐，喂饱朱鱼，呼童汲水煎茶。　堪夸。披锦帙，焚沉水，闲斋受用颇奢。以自滇南归后，癖爱烟霞。紫袍黄绶无心问，荷衣撑帽不须嗟。牵怀处，只是故人千里，怅望天涯。"① 词人欲以词表内心思绪，却首先从外在榴红绿纱的初夏午日写起，以"池边坐，喂饱朱鱼，呼童汲水煎茶"的悠闲之举作为转关之处，暗含自己的抒怀乃随意而起并非有意而为之意。下阕以"披锦帙，焚沉水"作为过渡，暗合随意心绪，自然流畅。"自滇南归后，癖爱烟霞。紫袍黄绶无心问，荷衣撑帽不须嗟"，缓缓道出，仿佛历经沧桑之人以置身事外之态诉说人生感悟，意犹未尽时，作者笔锋一转，"牵怀处，只是故人千里，怅望天涯"。通读

① （清）徐喈凤：《书锦堂·述怀，寄友人》，程千帆主编：《全清词》（顺康卷），中华书局 2002 年版，第 3078 页。

全词，其脱离仕途羁绊、获山林之趣的心志一目了然，全篇看似清闲，实为深沉，有"堂奥不落前人窠臼，看其起结联络，处处别开生面"① 之妙。史可程称："竹逸之词触绪停云，涤怀秋水，清澈如水壶濯魄，奔腾如天马行空。"②《临江仙·西湖晓渡》即"触绪停云"之篇："小树荫低，新桐影俏。藤萝疏处晴光照。闲来倚石唱清平，拈花斜插花奴帽。乐此忘疲，欣然独笑。幽怀肯向旁人道。有时客到醉苔茵，题红赋紫诗词闹。"全词随意平淡地描绘了渡湖之乐，生动真挚。《卜算子·客窗夜坐》则清澈真诚，下阕云"拭目检陈笺，燃纸温余酒。忽忆当年度曲人，欲睡沉吟久"，以几个细微的动作传神地表达出怀念友人之意，清淡真切。

　　聂先称："荆溪其年昆仲独倡声教，而先生鼓吹之功实多。"③ 徐喈凤的"鼓吹之功"，不仅在于他奋笔不休二十余年，积极配合陈维崧昆仲致力于填词之事；而且他还辑《词证》，以感悟性随笔探讨倚声之学，助陈维崧词论一臂之力。《荫绿轩词·词证》并非系统化的词论，但所收 15 条评论大多都是围绕辨词体、觅词统而阐发，反映了清初以反思和重构为主要特征的词学思潮。开篇第一条即曰："词名诗余，以其近于诗也。然去雅颂远甚，拟于国风庶几近之。然二南之诗，虽多属闺幨，其词正、其音和，又非词家所及。盖诗余之作，其变风之遗乎？惟作者变而不失其正斯为上乘。"认为词是国风之变，要求词不失雅正。他又注意到了诗词之间的交融影响，第十三条曰："余观诗词风气正自相循，贞观上元之诗，多尚澹远，大历元和后温李韦杜渐入香奁，遂启词端，金荃兰畹之词，概崇芳艳。南唐北宋后辛陆姜刘，渐脱香奁，仍存诗意，元则曲胜而诗词俱掩，明则诗胜于词，今则诗词并胜。将来风气，有词胜于诗之势。盖诗贵庄而词不嫌佻，诗贵厚而词不嫌薄，诗贵含蓄而词不嫌流露，今日风气与词相近，余是以知其必胜也。"除了对于词的文体特征的关注之外，徐喈

---

　　① （清）聂先评"荫绿轩词"，（清）聂先、曾王孙：《百名家词钞·荫绿轩词》，顾廷龙主编：《续修四库全书》第 1721 册，上海古籍出版社 2002 年版。

　　② （清）史可程：《荫绿轩序》，（清）徐喈凤：《荫绿轩词》，清康熙刻本。

　　③ （清）聂先评"荫绿轩词"，（清）聂先、曾王孙：《百名家词钞·荫绿轩词》，顾廷龙主编：《续修四库全书》第 1721 册，上海古籍出版社 2002 年版。

凤明确提出主张风格兼容的词学态度，乃《词证》的亮点之一，其第三条、第五条曰："魏塘曹学士作《峡流词序》云：'词之为体如美人，而诗则壮士也；如春华，而诗则秋实也；如夭桃繁杏，而诗则劲松贞柏也。'""罕譬最为明快。然词中亦有壮士，辛苏也；亦有秋实，黄陆也；亦有劲松贞柏，岳鹏举、文文山也。选词者兼收并采，斯为大观。若专尚柔媚绮靡，岂劲松贞柏反不如夭桃繁杏乎？""词虽'小道'，亦各见其性情。性情豪放者强作婉约语，毕竟豪气未除。性情婉约者强作豪放语，不觉婉态自露。故婉约固是本色，豪放亦未尝非本色也。后山评东坡词如教坊雷大使舞，虽极天下之工，要非本色，此离乎性情以为言，岂是平论。"他以曹尔堪明快易解的设喻为引，明确表示了"诗庄词媚"的传统观念的不满，认为只重词之"柔媚绮靡"有失偏颇。徐喈凤认为，词的领域也存在婉约、豪放、苍凉、刚健等不同的风格，婉约、豪放只是词的不同性情，没有高下优劣之分。

徐喈凤胞弟徐翙凤，字声歧，又字竹虚，号馌亭老农，是一位年近强仕，却绝意进取，甘愿藏于乡间，不用于世的奇才怪人。据县志载，徐翙凤天资敏异，经史百家无不通贯，精工诗词文赋，同邑文士许岂凡、黄珍伯、陈其年咸推其才。但他却与兄同志，选择了居乡生活。徐翙凤在荆溪构馌亭、筑我园，"于徐塘上筑梅花草堂，外编篱开径褥植花竹子，名曰我园。……兹建两亭以馌名，志重农也"①，过着自娱自乐的田园生活，"心与树花池水静，境随雨霁雪晴移"②。

徐翙凤的词至今仅存十首，《临江仙·自题我园》述其心境合一的闲适之态："百里清流流更远，一湾紧束双溪。道人不着眼前棋，结茅移白石，斗酒听黄鹂。　柳外池塘鸂鶒睡，竹桥斜渡花堤。无题诗句颇相宜。草堂明月上，稚子读书归。"词中对田园风光的描绘，颇为安乐祥和，清新飘逸，读之令人精神气爽。《清平乐·画溪》描写阳羡风光，也具有清逸的韵味："画溪新涨。好汎闲游舫。雨过千山红锦漾。

---

① （清）徐喈凤：《馌亭记》，（清）卢文弨纂，庄翊昆校补：《常郡艺文志》卷四，清光绪十六年刻本。

② （清）徐喈凤：《望江南·题竹虚弟卧园》，程千帆主编：《全清词》（顺康卷），中华书局 2002 年版，第 3050 页。

疑是桃花源上。　　掠波燕子衔归。和泥筑作香堆。惆怅春光欲去，残英浪打风吹。"画溪之美不禁令人心神向往，流连忘返。从这些词作中，我们看到的似乎是一个内心平静在乡野之中的离世而居的隐逸之士，但这并不是徐翙凤全部的内心世界。他抛弃了与自身不合的现实，却走入更为深刻的历史中追问人生价值："窗纸风鸣镴。猛挑灯，愁看汉史，韩彭成鲊。读至李陵出塞事，空有英雄气射。何不死，单于台下。上负君恩并负己，只身名、再辱男儿怕。妻与母，漫牵挂。　　子长意气偏潇洒。浪投章、希为排难，终成虚话。借问而今声气客，可似云泥风马。叹世事、谁真谁假。汉代诸臣功与罪，有几人、不是含悲者。且掩卷，蒲团藉。"①这首词表面以激愤的笔触写读史之感悟，词心却直接指向对人的生存的疑问。如果说徐喈凤是借词舒闷，表达对现实的悲凉与迷茫，徐翙凤则是在词中反思历史，追问人的生存本质，"叹世事、谁真谁假。汉代诸臣功与罪，有几人，不是含悲者"的沉郁感慨中，作者发现在当下现实中应该以"且掩卷，蒲团籍"的态度对待人生，因此他坚决不问仕途、选择了隐于乡里的生活方式。

　　徐喈凤子徐瑶、徐翙凤子徐玑亦皆擅词。徐玑有《湖山词》一卷，内容丰富，才调近于其父，或写生活之趣，或表悼亡之悲，或描春景秋色，或绘失落情绪，皆为词句精工、艳逸瑰奇之篇什。《虞美人·荆南游春词》（六首）写春日闲情，清秀明丽，《水调歌头·江上吊古》则直追其父咏史词之风范："雉堞吞吴会，山川压楚宫。叹息子胥父子，忠直少从容。一厌城狐之口，一饱江鱼之腹，颠倒仕途中。创霸男儿志，终愧渡头翁。　　攀峰顶，寻旧事，眺江东。如此茫茫天堑，兴废古今同。缠说荆吴齐越，转眼孙刘曹马，杀气变长虹。影落寒涛里，奔沸起蛟龙。"作者面对滔滔江水，叹人物命运、历史兴衰，但最终不再是深究何为历史，抒发一己之见，而是感叹其变幻莫测，感情力度明显不及其前辈，徐宾称其"摆落近世习气，敛情约兴，因狭出奇"②，概指这种不

　　① （清）徐翙凤：《贺新郎·读李陵传》，程千帆主编：《全清词》（顺康卷），中华书局2002年版，第3112页。

　　② （清）徐宾评"湖山词"，（清）聂先、曾王孙：《百名家词钞·湖山词》，顾廷龙主编：《续修四库全书》第1721册，上海古籍出版社2002年版。

同于父辈激昂悲愤的平和之态。徐氏一门瑜亮，父子、兄弟纷吟迭唱，旗鼓相当，吟誉一时，称雄于铜峰玉女之间。

四　吴氏词人

清初宜兴吴氏词人包括吴本嵩、吴梅鼎、吴贞度、吴逢原、吴元臣等，其中吴本嵩、吴梅鼎词名最盛。吴本嵩曾与陈维崧、潘眉选《今词选》，并为之作序。吴梅鼎曾校订《荆溪词初集》，并为之作赋。他们都曾参与阳羡词选系列的编纂，是词选得以问世的重要协助者之一，在阳羡词史上不容忽视。

明末清初突如其来的时代风暴，造成了极大的社会动荡。地处江南的宜兴在这一历史转折中所遭受的打击尤为猛烈。曾经显赫一时的文化家族吴氏在沉重打击的面前潦倒不堪，"求仙惟煮石，作佛且抟沙"①，吴本嵩与吴梅鼎兄弟正是在如此艰难的岁月中走入了词坛。

吴本嵩的《都梁词》，今已不存，《全清词》（顺康卷）中辑得其词三十八首。吴本嵩词明显分为前后两期。早期词承云间余绪，多写闺情、愁绪，颇有南唐遗风。"新来识得腰身瘦。颦恨久。欲笑无时候。偷人千拜世尊前。无言。心香谁与传"②、"早离家。悔离家。个人何事懒堆鸦。玉搔留付他"③、"折将离恨成方胜，寄也谁人，看也谁人。深院谁人悄断魂"④ 等句，写思妇内心的愁怨，语言轻俏，清新活泼。后期词作，内容广泛，艺术功力更胜一筹。

首先，随着词人生活阅历的丰富，他的词中增添了越来越多的深沉感受，如对生活的感慨，对人生的感叹，借咏物、怀古表达心志等。或写生计潦倒，为糊口而漂泊天涯，"相看都老大，还漂泊，一砚作生涯。叹我

①　（清）吴本嵩：《风流子·天篆之广陵，倚声为别，和韵送之》，程千帆主编：《全清词》（顺康卷），中华书局 2002 年版，第 6446 页。

②　（清）吴本嵩：《河传·闺怨》，程千帆主编：《全清词》（顺康卷），中华书局 2002 年版，第 6439 页。

③　（清）吴本嵩：《长相思·见楼头晓妆者》，程千帆主编：《全清词》（顺康卷），中华书局 2002 年版，第 6439 页。

④　（清）吴本嵩：《丑奴儿令·偶成》，程千帆主编：《全清词》（顺康卷），中华书局 2002 年版，第 6440 页。

客缠归，燕鸿兄弟，君归又客，蓬梗人家"①。或写独饮之后，今朝有酒今朝醉的悲愤苦闷心境，"耳掩莺声琐碎，眼遮花影妖娆。何况尘寰颠倒事，万千块垒齐浇。谁许更提明日，只需长似今朝"②。羁留长安之时，他言"风雪渡江，荏苒长安，春又徂秋。看桃花春发，洞迷孔水，桑乾秋涨，桥断庐沟。马上驱驰，人前俯仰，土偶还沉木偶浮"③，展示京城内人世沉浮的千姿百态。见到放生池鱼，又言"一息余生，任泥浊、水深埋却。叹侯鲭、牙盘高举，瓠犀轻嚼。玉七金虀筵上做，锦鳞翠鬣砧前躍。想枯鱼、河畔泣传书，今朝乐"④，是怜惜鱼的境遇，更是感叹自身的状态。

　　其次，吴本嵩后期的词在艺术倾向上抛弃了前期的轻巧清丽，逐渐走向了浑厚悲旷。怀古词《南乡子·泾川烟雨亭怀古》比较典型："烟雨净春江。细草新花满碧窗。社燕未来寒食近，凄凉。上巳无人被不祥。帝子去何方。无语空山对夕阳。多少废兴浑在眼，风光。江北江南总断肠。"怀古这一题材本来具有沧桑味道，容易激发词人心中的悲情。吴本嵩在上阕写景中有意营造了孤寂苍凉的氛围，为下阕的抒情奠定了情感基调，默默面对空山与夕阳，才觉兴废已经无数，晚唐的宣宗与晚明的崇祯，曾经多么的相似，最后留给世人的徒有伤情。这首词哀而不怨，充满深远空旷的悲情。这样的豁达与明朗，正是吴本嵩的独特之处。《燕台春·送原白入都》亦是佳作，吴本嵩、潘眉等，皆为同道中人，生活状态相似，为生计而劳碌，奔走四方，终年不得空闲，亦不能享受荣华富贵，故其词虽为送行，更是在表达一种人生感悟："箭射流光，鞭敲白日，人生那得长闲。泉石烟霞，只应分付痴顽。紫骝嘶向燕山。望春云宫阙，春风禁苑，蓬莱仙杖，闾阖仙班。　　未能免俗，亦复为之，定惊尘世，须

　　① （清）吴本嵩：《风流子·天篆之广陵，倚声为别，和韵送之》，程千帆主编：《全清词》（顺康卷），中华书局2002年版，第6446页。

　　② （清）吴本嵩：《河满子·独醉》，程千帆主编：《全清词》（顺康卷），中华书局2002年版，第6441页。

　　③ （清）吴本嵩：《沁园春·长安旅思》，程千帆主编：《全清词》（顺康卷），中华书局2002年版，第6443页。

　　④ （清）吴本嵩：《满江红·放生池鱼》，程千帆主编：《全清词》（顺康卷），中华书局2002年版，第6442页。

动天颜。丈夫活计，原非岫幌云关。去去如何，猿惊鹤怨松间。漫追攀。便教丛桂发，休看刀环。"向往"蓬莱仙杖"希望列入"阆阖仙班"，对权欲和地位的渴望，本来就是尘世之中难以摆脱的普遍存在的想法，然而真的身在其中，才会发现此中艰辛，"岫幌云关"绝非容易之事。词人在结尾处以"猿惊鹤怨松间"暗喻人世险恶，既是对朋友潘眉的叮嘱与祝福，也是对当下现实的清醒认识与精辟解读。

吴本嵩词构思独特，常取他人未想之处。如《归国遥·秋寻失路谢指津人》："秋似沐，树飘新绛人随逐。误入武陵溪曲。蓦逢人似玉。　　间映一帘湘竹。眼前归路瞩。低回转溪北。只余秋水渌。"古人写秋景往往以凸显其疏乱与悲意，而吴本嵩写来却适意舒畅，在秋景中融入春景中常见的绿色，可谓独特。绿竹与绿水显示了生命勃兴与词人的生活情趣，使秋意不再萧瑟。他非常善于捕捉描写对象的细微之处，隐约其中的细腻之感被他传递得惟妙惟肖，如写南硐杜鹃花："与客重游，系马停车，花事依然。自昨来苦忆，三更孤枕，今朝延伫，半日春天。图画楼台，管弦山水，并作花枝十倍妍。空亭里，似含羞被酒，娇晕当筵。　　伤心不待秦川。叹帝子、魂归又一年。倩石家锦幛，遮伊行处，鄂君绣被，拥汝尊前。击碎珊瑚，抛残红豆，只有春光剧可怜。青山晚，恐落红如血，又化啼鹃。"该词先以山水为背景渲染杜鹃花的娇艳，又以亭中观杜鹃的角度静写花色浓丽，隐约其中的春光无限美好之感随之而透出，于是下阕抒情之中作者才会发出"只有春光剧可怜"的感叹。吴本嵩好以清疏之笔写景，如《玉蝴蝶·偶见》描写山村景色，"山郭静，水村恬。一枝斜倚帘。着肉柳风尖。点衣花雨黏"，闲淡自然；《解佩令·墙外闻歌》描写暮春光影浮动，"溪光千顷。山光千顷。暮春光、麦浪千顷。麦浪西边湾，翠竹袅，女墙斜整"，由远及近，由面及点，构思巧妙；《传言玉女·咏茉莉》写茉莉之冰清玉洁，"月色如银，到花枝、总是白。冰肌粉面，又如何分别"，形象生动。

吴梅鼎的词今存二十八首。他那些写闺情的小令，不同于吴本嵩的清新灵动，而呈婉转轻柔之色，如"山外断云入梦，帘前新月慢窥愁"①、

---

① （清）吴梅鼎：《望江南·晚思》，程千帆主编：《全清词》（顺康卷），中华书局2002年版，第9913页。

"楼外莫载杨柳树，看他离别最伤心"①、"絮扑游丝不肯非，燕巢花满落香泥。无人春冷教添衣"② 等。他的中调、长调或写其生活状态，或表思怀之情，内容广泛，感情深厚。

吴梅鼎善于运用想象与夸张的手法，其词充满趣味。如写冰，开篇便言"冯夷卷铁，把三湘七泽，中边结就。怪道墨池敲玉屑，彻夜未传莲漏"，融入古代神话中水神冯夷这一形象，想象奇特，接着连用三个比喻写冰晶，"树缀明珠，檐垂晶笋，潮叠银山厚"③，贴切生动。又如写虎啸之声，"三更虎啸，顷刻雷轰电掣。振响枫飞松沸，月寒星碧"④，以枫、松、月、星等衬托虎啸之高亢遥远，夸张有力。再如写酒中泼墨的《多丽·炙砚》："买香醪，端溪一砚先浇。怪宾朋，寒来疏懒，只伊常伴昏朝。弄隃麋、云生肤存，濡兔颖、花落秋涛。瓦说雀台，石称龙尾，文河蝌蚪欲随潮。忽报道、霜飞地裂，墨海冻苍蛟。诗成处，玄珠欲滴，正复含毫。　未能抛，拨将炉火，定教尘虑冰消。总输他、金台注汁，应由我，兽炭融膏。一气呵来，千言立就。长吟短咏十分豪。还须避、松煤点涴，宿沈玷琼瑶。温柔者、妖娆捧出，手衬红绡。"醉中挥毫，酣畅淋漓，"弄隃麋、云生肤存"、"濡兔颖、花落秋涛"、"文河蝌蚪欲随潮" 等语，以动物的动态比拟人的情态，奇特而生动。"一气呵来，千言立就"、"长吟短咏十分豪"，将词人的潇洒表现得淋漓尽致。

吴梅鼎的词，常常直抒胸臆，毫无矫揉造作之态，具有纪实风格。《醉春风·旅中栉发，闺人倾奁而出》《祝英台近·糊窗》诸篇写生活的窘迫不堪，几乎没有婉约隐幽的韵味，他常常以词直接表达内心的愁苦，"问有谁愁，愁难自说。杜鹃彻夜空啼血。不如归去怎生归，寒衾又照三

---

① （清）吴梅鼎：《杨枝》，程千帆主编：《全清词》（顺康卷），中华书局2002年版，第9913 页。

② （清）吴梅鼎：《浣溪沙·春闺》，程千帆主编：《全清词》（顺康卷），中华书局2002年版，第9913 页。

③ （清）吴梅鼎：《念奴娇·冰》，程千帆主编：《全清词》（顺康卷），中华书局2002年版，第9917 页。

④ （清）吴梅鼎：《华胥引·同南耕宿南山闻虎啸》，程千帆主编：《全清词》（顺康卷），中华书局2002年版，第9916 页。

更月"①。《念奴娇·冰》想象天寒地冻中的塞北从军，"裂肤坠指，正合溏沱候。积雪满肩膀披白铠，冻滑马蹄难骤。唇齿相黏，须眉欲脱，皷死天俱瘦"，结尾处"阳回大地，东风为我吹透"的愿望，透露出作者的忧患之意。《风流子·将之芜城，留别诸同人及伯兄天石》抒写自我的生活状态，辛酸悲凉："仰天长太息，归旬日，鼓棹又天涯。记去岁冬寒，披裘出户，今年春雨，蜡屐辞家。空阅尽、孤鸿低远岸，新燕掠平沙。北固山前，帆飞似蝶，广陵城下，缆系如麻。　　黯然离别意，骊歌罢，便随春涨浮槎。蓦地低头不语，顾影咨嗟。叹满目泥涂，青青芳草，关情故国，片片梅花。况是鹓鸰飞处，羡杀栖鸦。"吴梅鼎以幕僚为生，奔波各处，勉强糊口，故园也成驿站，只待匆匆数日便又要出行。他曾言"尝过别离滋味。醉到困人天气。侬作客，燕偏归，听处有些难睡"②，亦是表达黯然的酸楚。

对自由的渴望亦是吴梅鼎词旨的重要内容之一。如《玉女剔银灯·听风有感》："吾不如风，来去倏然无迹。摩天撼地，八极凭挥斥。潮卷苍江，涛翻瀚海，号怒崩山推石。千夫辟易，但声在，空中博激。　　我不如风，匪关梁能限隔。封姨行处，便排窗破壁。帐底梅花，楼心杨柳，偏又温柔无力。阳回紫极，透出九重春色。"及《玩秋灯·看云》："我不如云，去住无方，来往江天空阔。碍日吞星，还向广寒笼月。凝成五彩，偏不受尘寰缁涅。一任阆风飘扬，天上无寒热。　　时共秋高春淡，夏作峰峦奇绝。便到隆冬，原有谷中生活。天孙裁剪，为雉尾凤毛披拂。飞处直从龙种，护帝城双阙。"风、云都是自然界的自由之物，来去倏然，不受拘束，无迹无踪，任性而游。词人渴望如风一般，似风呼啸往来，无拘无束，如怒风翻涛，充满力量，又如微风拂柳，弱时则弱。词人感叹自己没有云般自在潇洒，不惧日、月、星以及寒热之苦，这些看似奇特的想法恰恰直接表达了吴梅鼎内心的诸多羁绊与无奈。

---

① （清）吴梅鼎：《踏莎行·旅思》，程千帆主编：《全清词》（顺康卷），中华书局 2002 年版，第 9914 页。

② （清）吴梅鼎：《醉乡春·广陵闻燕》，程千帆主编：《全清词》（顺康卷），中华书局 2002 年版，第 9914 页。

第四节　康熙中期阳羡词风之衍变

康熙十七年夏，陈维崧应诏北上。唱和频繁，作品甚丰的阳羡词群开始出现"离散"的征兆。与陈维崧同辈的词人渐入晚景，搁笔而休，阳羡联姻家族新生代词人崭露头角，互有酬唱。主要成员包括董儒龙、陈履端、路念祖、路传经、徐瑶、潘祖义、潘宗洛、吴元臣等。词史研究者往往将这一小众群体视为阳羡词派之末流，简而言之，并没有真正深入论及其存在的意义。事实上，这些新生代词人的创作活动，既有对父辈词学风格的继承，也出现了一些新变迹象，某些大胆的尝试意味着阳羡地域词风开始出现衍化，内涵趋于丰富多元化。

一　词风萧骚的董儒龙

董儒龙，字蓉仙，号神庵，生于清顺治五年（1648），卒年约在康熙五十七年（1718）之后。董儒龙父董绍邦，顺治十二年进士，官福建永安知县，因奏销案而降，左迁梧州幕曹，摄篆藤邑而殁，卒于岭南。后以考职官贵州湄潭知县，署平远知州，以与上司不合告归。董儒龙与陈氏有姻亲之谊，陈维崧的堂兄陈宗大（陈贞贻之子）与董绍邦系儿女亲家，按行辈，董儒龙与陈履端、陈枋同序。董儒龙有《柳堂词稿》传世，存词 305 首。

董儒龙弱冠即擅文誉，与陈维崧、史惟圆、曹亮武、潘眉、吴本嵩、万树等为诗文至契，"居同里社，共先生觞咏，平分风月"，"玉振兰摇，金锵桂缛，晨夕相劘切"①。如康熙十五年丙辰（1677）七月二十六日，董儒龙偕友人饮锡山侯氏西郊玉照堂，与万树等人分赋，时为睢阳王诞辰，有盛大的祀生活动，董儒龙作《水龙吟》兼以志感。康熙十六年丁巳仲春，董儒龙作《齐天乐》，送潘眉北行，康熙十七年戊午清明，潘眉斋中谯集，与诸同人分韵，董儒龙作《蝶恋花》。

---

① （清）董儒龙：《念奴娇·追和陈检讨中秋词韵》，程千帆主编：《全清词》（顺康卷），中华书局 2002 年版，第 8569 页。

康熙二十年后阳羡词群的风雅集会在董儒龙词中也可窥见一斑。康熙二十二年癸亥（1683）试灯夕，董儒龙偕史惟圆、曹亮武、吴本嵩宴徐喈凤荫绿轩，董氏有《东风第一枝》记之。又《暗香》词序云"六月四日，同人周陶甄、蒋颖仙、路耐庵、若瞻、机粲、蒋周条，约各携尊，过路岁星涉园看闽兰"①，可知词所记乃阳羡家族词人的又一次风雅盛会。曹亮武、史惟圆等人渐退阳羡人文圈之后，董儒龙与徐瑶、路传经等多有唱和，《满江红·题路岁星涉园》《齐天乐·送徐天碧赴北闱》等词为证。

董儒龙的词融会了康熙前期阳羡各家之长，又以萧骚而胜。《摸鱼儿·渡荆江有感》忆三国争雄，叹江水滔滔，有凛凛悲风穿耳："忽惊看，江流潺潺，噫嚱古战争处。荆州一片伤心地，多少英雄割据，君莫数。说不尽，孙曹刘项残编语。前年目睹。有百万王师，其间征讨，贼垒压江浒。　　悲风吼，仿佛新增战鬼，洪涛怒浪中住。沉戈锈镞夜生磷，战舰空滩泣雨。揿柂去。忆卫玠、茫茫对此愁如许。凭今吊古。须丈八琵琶，金尊铁板，高唱大江句。"词上片怀古写意，下阕对景抒情，首句起笔凌厉，尽发时空交错之感。此番渡荆之行已非首次，故作者曰"荆州一片伤心地，多少英雄割据，君莫数。说不尽，孙曹刘项残编语。前年目睹"。下片写景，极写江水之涛汹浪涌，此番情景只有"丈八琵琶，金尊铁板"才能一吐为尽，结尾处隐约闪现着慷慨激昂的迦陵风影。《贺新郎·泊舟洞庭湖君山下》写景开阔："水与天难判。望湖中、空蒙窅渺，眼光缭乱。独有白旗能舞浪湖中有物如江豚，楚人称为白棋子，云是洞庭君部将，每见则风浪将起。约略蛟龙尽偃。便禽鸟，欲飞还转。无翔集处也。谁作长桥迎我渡，唤垂虹、接着东西岸。犹恐是，楚天远。　　壮怀空抱何时展。算频年、往来云梦，此行尤懒。漂泊沙洲天涯恨，喔喔邻舟鸡唤。浸波底，斜阳红浅。笃恳湘灵休鼓瑟，愿薰风，一奏愁怀遣。将怒浪，更吹散。"这首词气势磅礴，处处凸显勃郁之情。起笔便言水天相连，怒涛翻卷，以江豚舞浪、禽鸟转向的夸张映衬了江面的宽广无际。景象空间

---

① （清）董儒龙：《暗香》，程千帆主编：《全清词》（顺康卷），中华书局 2002 年版，第8586 页。

的扩展，引发了作者的乡情，欲唤垂虹桥又恐楚天远。由此作者发出"壮怀空抱何时展"的慨叹，不断喷发内心的愁情，结尾处反用湘灵鼓瑟的典故，希望一腔愁绪随风而散。《浪淘沙·韩城道中》表悲怆之意："此地尚中原。宛似秦山。峰峦破碎险难攀。得得蹄声冰雪里，硐道余寒。　何事厌征鞍。历魏过韩。不须怀古泪方弹。一阵霜风来扑鼻，便带些酸。"全篇构思较有新意，不直言悲凉之情，而以萧瑟之景衬之，"不须怀古泪方弹"语虽平淡，感情深厚，以鼻酸作结，悲情更深。

《柳堂词稿》有《临江仙》四首绘黔贵风光，题材新鲜。黔贵属荒远之地，与江南旖旎风光有所不同，多萧瑟之景：

> 万叠千寻难计数，嶙岑岑峰离奇。天生地险隔东西。谁教通道，赚杀利名儿。磊磊山头新塚出，半留客死碑题。鹧鸪空向墓前啼。一棺白骨，那得有行期。——《临江仙·黔山》
>
> 瘴雾凄迷横绝域，山高月上还迟。乌乌芦管学乘吹。僰僮苗女，也说解情痴。放眼广寒宫阙近，愁心欲寄相思。可堪六载夜郎西。星星点鬓，独夜对清辉。——《临江仙·黔月》
>
> 风拥云霾岚失翠，一年强半霏微。更于午夜有阵雷。几声霹雳，惊破梦魂归。待到酿寒偏作凌，羊肠渐筑冰堤。崎岖已自苦攀跻。况悲泥滑，官路尽危机。——《临江仙·黔雨》
>
> 野烧回春青遍染，万山一片迷离。果蔬虽瘠药苗肥。更饶野蕨，天与疗凶饥。故国池塘芜没也，碧丝狼藉香泥。王孙何事滞天涯。翠楼颙望，惹恨是萋萋。——《临江仙·黔草》

这四首词分别写黔贵的山险、月冷、雨悲、草凄，充满了萧瑟的味道，景中寓深情，尤见功力。"一棺白骨，那得有行期"意味深厚，隐含了明亡逃亡的史事，"放眼广寒宫阙近，愁心欲寄相思"，写个人情怀，直抒胸臆，"崎岖已自苦攀跻。况悲泥滑，官路尽危机"语势凌厉，似有讽意，"王孙何事滞天涯。翠楼颙望，惹恨是萋萋"化用北宋李重元《忆王孙》，格调却与之大有不同，更为萧瑟苍凉。

董家与万树为近邻，董儒龙与万树有忘年之交，《柳堂词稿》中有《东风第一枝·惠山踏青，与万红友、吕栢庭、侯瞕若分赋》《贺新郎·壬子七夕都门，和万红友暨同人韵》《多丽·乙卯七夕，万红友招饮，倚韵奉酬》《多丽·酬红友，再和前韵索和》等，可见二人唱酬之频。董儒龙曾效仿万红友叠句体作《苏幕遮·春》《苏幕遮·秋》。而立之后的董儒龙，投身仕宦，游历奔波于各处，常有"三十年见，韶华过半，大都愁里安排"①、"因心处境，把美景、埋没千愁堆里"②、"愁不能驱，穷无由送，病又谁知"③ 的感慨，与晚年居无定所、与羁旅为伴的万树也多有相似。行驿途中的愁穷心境也是他词中大力描写的主旨之一："蓼滩葭渚。听篷背参差，疏疏豆雨。鹭泣寒塘，鸿哀泽国，夹带几声虫语。已苦愁心聒碎，何处还敲砧杵。添夜水，纵友生相对，难忘羁旅。　犹豫。况路近，乳洞蛮溪，毒气常蒸雾。底事皇皇，身如社燕，惯趁春来秋去。绿鬓吴盐易点，丹药韶颜难驻。待过后，再秉烛追叹，恐伤迟暮。"④ 这首词可谓是董儒龙内心情感的自我表白，"苦愁心"、"伤迟暮"都是董儒龙词中频频出现的字眼，悲意深沉。

董儒龙的节序词比较有特色，是词人以诗为词的积极尝试。首先，董氏节序词大多有小序，说明所作时间及所处地点，充分体现了纪实性。从董儒龙所注明的时间推算，期间跨度约三十年，这些词序还标明了董儒龙所涉足的地方，如荆门、武陵、华容、平越、襄阳等。因此，依据他的节序词，我们可按图索骥，大致勾勒出董儒龙从康熙十九年到康熙五十年在外漂泊游宦的足迹。其次，董氏节序词表达了他或在任上，或于行役之中，奔忙于世所引发的感慨，既没有北宋节序词所呈现的浓厚的民俗文化色彩，也缺乏南宋遗民词人节序词重在表达意蕴深远的家国之思。如康熙五十年，词人已入老境，却仍难归家，《夏临初·辛卯重五》言"归计难

① （清）董儒龙：《满庭芳·戊午元旦》，程千帆主编：《全清词》（顺康卷），中华书局 2002 年版，第 8586 页。
② （清）董儒龙：《念奴娇·自慨》，程千帆主编：《全清词》（顺康卷），中华书局 2002 年版，第 8593 页。
③ （清）董儒龙：《沁园春·述怀》，程千帆主编：《全清词》（顺康卷），中华书局 2002 年版，第 8610 页。
④ （清）董儒龙：《喜迁莺·雨舟》，程千帆主编：《全清词》（顺康卷），中华书局 2002 年版，第 8603 页。

成，家书九断，轻抛待尽光年。自也憎嫌，转喉触处皆妨。况居岭外潮阳。暑薰蒸、午地搜凉。宵勤案牍，博虹不停，白汗翻浆"，借词充分表达了词人佳节之时复杂难言的心绪。

董儒龙词大多直抒胸臆，浅显平白，很少运用典故，具有朴实的味道。不过，由于笔触过于疏散，《柳堂词稿》中也有一些粗糙之作，精细不足，感情表达比较直露而不含蓄。如《望江南》云"行装累，猴子最夭斜。倒庋倾筐残食器，画墁毁瓦走邻家。沽酒倩人拿"，如叙事散文，完全没有词含韵幽怨的韵味，缺乏艺术美感。

二　淡化迦陵悲音的陈履端

陈履端，字求夏，一字晚耕，陈贞慧冢孙，陈维嵋长子，后立嗣于陈维崧，"检讨迦陵公没于京邸，无子。诸大老共立公（陈履端）为迦陵嗣"①。履端少擅俊才，为文赡丽，性情豪爽，以诗酒会友，行治又颇有祖风，"秉铎山阳督课，嘉士并庆汇征。奉委修葺黉宫，查赈邻邑，复井然有条，士民憾悦，南安太守香泉先生书匾额以美之。在任二十四年，清慎著操，始终一节。凡乡里之过其署者，诗酒流连，没而弥永，各得其意以去"②。履端好学，能继承家学，工诗词兼善俪体，有《爨余词》、《晚耕诗文集》，然今已不传。

陈履端现存词仅九首，未能全面展示其创作特色，曹亮武有《念奴娇·题求夏爨余词》一阕，可寻得一点蛛丝马迹，"读罢爨余词一卷，绝似迦陵才气。念旧情深，追欢兴剧，如饮醇醪味。知君壮志，红牙檀板聊寄……秦柳风流，苏辛豪宕，大有相兼意。近来佳句，锦囊曾又盈来"③。陈履端的词，豪放与婉约并存，情味与韵味兼具。《贺新郎·感旧》延续了凝于父辈心中的那种世事如梦消散的感叹："落叶看盈砌。坏栏边，凝情侧帽，细思前事。王谢当年人共羡，一带朱门绿水。有无数、钿香钗腻。座客风流能作赋。几狂歌起击珊瑚碎。深夜饮，伴花睡。　　　而今忽坠花前泪。

①　（清）陈行山：《司训晚耘公传》，《亳里陈氏家乘》卷十三，民国二十九年开远堂藏本。
②　同上。
③　（清）曹亮武：《念奴娇·题求夏爨余词，用淑玉词韵》，《南耕词》卷四，顾廷龙主编：《续修四库全书》第 1725 册，上海古籍出版社 2002 年版。

怅亭台、金消粉黦，凄凉。无比。惟有楼前山似旧，相对青青如鬓。又天外、雁行成字。万斛闲愁消不尽，倚西风、一望今如此。谁会我，绕廊意。"这首词被辑入了《荆溪词初集》中，应该是陈履端早期的词作。从上阕"王谢当年人共羡，一带朱门绿水。有无数、钿香钗腻。座客风流能作赋。几狂歌起击珊瑚碎。深夜饮，伴花睡"的表述中可以明显感受到这是作者对家事的沉痛回忆，下阕，词人从梦忆中惊醒，对于今日的衰败，不禁落泪，借酒消愁愁更愁，只能让词人不断徘徊于廊亭之间，结尾所流露的情感与陈维崧郁结于心底难化难消的愁思颇有几分相似之处。《孤莺·赠次山别》充满对亲人的挂念："梅风乍歇。做嫩雨如酥，阿连欲别。赵北燕南，飘散封胡羯末。临行几番珍重，念长途，冲炎触热。屏当零星篋衍，奈柔肠欲折。　想江东烟水伫空阔。任放鸭采菱，生计非拙。更读书万卷，到秋冬射猎。倚门经年盼断，最难忘，故里风物。此去茶香焙熟，憩竹廊间啜。时次山有南归之思。"全词以"几番珍重"为词心，寄托了对堂兄陈枋的关怀之意，并强烈盼望其早日回归故里，"倚门经年盼断，故里风物。此去茶香焙熟，憩竹廊间啜"，情意深重。其韵味悠深之作，善于将视觉与听觉结合，勾勒背景，层层渲染，令人回味无穷。《点绛唇·秋夜》写山中秋景，色彩浓重，景象疏萧，"一夜西风，无端染得千林醉。乱红飘坠。只少莺声碎"、"零芰残荷，一样添憔悴。山沉翠。愁多无寐。泪滴鸳鸯被"。《花心动·燕京清明》写江南春色，清秀俏丽，"此日江南，衬桃痕、绿杨斜拂朱户。上塚人忙，裙屐香泥，碧草纸钱飘处"。《临江仙·夏景》写初夏景致，生动可人，"梅子缠黄新雨足，衫裁白苧凉生。一湾流水縠纹平。荷香浮野渚，槛外暮山横"。

无论是抒写个人情怀，还是描摹自然景象，陈履端词显然不及迦陵的浑厚以及半雪的隽永，字里行间已少有"湖海楼词"的悲凉慷慨之气："秔稻垂黄九月天。半村微雨一溪烟。枫根斜系打鱼船。　新酒正香堪买醉，闲情难遣只思眠。飘来吴语脱轻圆。"① "湘帘笑卷人微醉，回眸半躲香云腻。倦客倚篷窗。凝情对夕阳。　最怜堤上柳。又值秋深候。霜

---

① （清）陈履端：《浣溪沙·吴阊道中同思赞表弟赋》，程千帆主编：《全清词》（顺康卷），中华书局 2002 年版，第 10728 页。

落柏初红。侬情似酒浓。"① 以上词作皆平淡清新，笔力轻巧。它们的诞生，宣告了这样一个事实，融入浓郁的家国之痛、伤痛感怀等个性化情思的"有我之境"，不再是陈履端词中的焦点，陈维崧辈的悲慨苍凉在陈履端这里开始转向闲散清淡，平和真挚。

陈履端晚年，创作兴趣由词转移到了诗，主要致力于诗社活动，"年老解组，僦居少保公所遗赐逸堂，与董蓉仙、吴岕亭、（吴）玉涛、（吴）玉溪、储中子、（储）氾云诸名硕订诗社，剋期分韵，诗成即付梓，人争传赏。风韵潇洒，意致诚笃，绝远世俗龌龊态"②。

三　趋向清雅的徐瑶与路传经

康熙三十四年（1695）蒋景祁去世前后，陈维崧辈的阳羡词坛先贤们或已辞世，或参佛受礼，不再涉足词苑风雅之事，后起之秀董儒龙正在外游宦，未能主盟词坛。徐瑶、徐玑、路念祖、路传经成为当时词坛的主要活跃人物。虽然路氏兄弟与徐氏昆季日相唱和，仍以词事为胜，但与康熙前期家族词人同声而和的盛大规模相比，显然势单力薄，无法继续在大江两岸掀起声势。更为重要的是，康熙主持政局之后，实行"文治"政策，收拢人心，清廷逐渐兴盛，社会趋于安宁，阳羡望族所面临的时代背景与生存环境都发生了很大变化。较父辈词群而言，徐、路等人的审美趣味正悄然发生着转变。

徐喈凤子徐瑶，"家学既深，天才尤钜"③，喈凤殁后，徐瑶历游南北，阅历更丰，每诗文出，辄传诵海，储欣曾言其文"神奇凌厉"④。徐瑶是词坛的"多面作手"，才擅众长，不拘一格，或激昂如迦陵，或清劲如白石，或绮丽婉约如美成、少游。《双溪泛月词》因取径不同而呈现与《荫绿轩词》所不同的艺术风貌。

徐瑶早年步随迦陵风神，主要学苏辛的豪宕，多豪健之致。小令《浣

---

① （清）陈履端：《菩萨蛮·山塘即景》，程千帆主编：《全清词》（顺康卷），中华书局2002年版，第10728页。

② （清）陈行山：《司训晚耘公传》，《亳里陈氏家乘》卷十三，民国二十九年开远堂藏本。

③ （清）陈玉璂评"双溪泛月词"，（清）聂先、曾王孙：《百名家词钞·双溪泛月词》，顾廷龙主编：《续修四库全书》第1721册，上海古籍出版社2002年版。

④ （清）储欣：《徐天碧文集序》，《在陆草堂文集》卷五，清雍正元年储掌文刻本。

溪沙·冰溪》写天寒冰冻，纵笔而骋："昨夜西风吼玉鲸，排空雪浪霎成鳞。吴娘双桨且教停。　　雪鹭惊飞群玉圃，银鳌稳卧水晶城。一泓清鉴远山横。"词人选用"吼玉鲸"、"浪成鳞"、"鹭惊飞"、"银鳌卧"等意象，渲染西风怒吼、冰寒地冻之情景，明健疏朗。《满江红·题董舜民苍梧集，用迦陵韵》深沉冷峭："曾看芒鞋，竟踏遍、龙堆马邑。游倦矣，且归与高卧，兰陵城北。万里江山愁梦断，一庭松菊萦怀急。纵饿来不作曳裾人，侯门揖。　　吟啸处，乌丝辑。悲歌罢，青衫湿，看囊中句满，岂嫌羞涩。簇锦攒花天亦宝，含珠吐贝人争拾。恍萧萧，风雨人寒窗，苍梧集。""悲歌罢，青衫湿"、"恍萧萧，风雨人寒窗"形象勾勒了《苍梧词》的悲凉萧瑟。《贺新郎·寄赠石门吴孟举》感怀世事，激愤悲凉："世道堪长叹。尽纷纷、翻云覆雨，人心如面。季子由来天下士，四海交游都遍。羡慷慨，雄风独擅。名动王公争折节，更飞腾、健笔凌云汉。缠落纸，云烟幻。　　咄哉孺子长贫贱。笑年来，无端路鬼，揶揄时惯。牢落半生谁鲍子，所恨古人不见。知我者，青萍黄卷。幸矣延陵高义在，倘相逢，休怪予生晚。跂予望，意何限。"词中揭露了现实社会名利纷争、尔虞我诈的现象，笔触犀利，词人内心的失望之情也极为深厚。以上词作，奔放之处可见开阔，悲凉之处深感萧瑟，可见其学苏辛之用力。

随着浙西词派的兴起，词坛风会发生变化，徐瑶的词学好尚也有所转变。他一改前期豪健风格，以学南宋姜夔、史达祖为主，讲究锤炼字句，追求清雅素净，倾向于"似皓月投怀，熹微淡泊，明河泻影，倚约迷离"① 的审美境界，《明月棹孤舟》："冰轮涌出波纹细。浸虚空，兰桡摇曳。一点渔灯，数声山笛，人在碧云宫里。约略远峰疑翠髻。听长空，鸿鸣鹤唳。罢钓人归，抱琴客去，剩得碧天洗。"全词描绘了深秋初冬江上晚景，画面生动洁净，摇船、渔灯、山笛、渔人、雁声、夜空，和谐自然。曾王孙云："天璧于填词之道，独化神奇，故运斤置斧处，能尽扫蹊径，直露本色。"② 《过秦楼·寒月》可见其独特的艺术功力："皎可冰

---

① （清）徐瑶：《沁园春·题汪晋贤月河词》，程千帆主编：《全清词》（顺康卷），中华书局 2002 年版，第 9656 页。

② （清）曾王孙评"双溪泛月词"，（清）聂先、曾王孙：《百名家词钞·双溪泛月词》，顾廷龙主编：《续修四库全书》第 1721 册，上海古籍出版社 2002 年版。

壶，朗宜皓鑑，一片光明空阔。霜飞鸳瓦，水浸铜街，更是玉山堆雪。遥想绣幌茸茵，纵有清辉，再无人惜。问谁能还向，水晶帘外，伴伊孤洁。　　算只有、商女船边，征人马上，偏自看来亲切。长门漏滴，冷院香沉，也共素娥幽咽。此外何知，尽他猿唱乌啼，晓星明灭。且细调金缕，弹彻霜天冰月。"这首词借寒月的形象抒发词人内心的孤寂落寞之情，上阕写月色清辉，形象逼人，下阕写内心感受，真切感人，正所谓"字字出人意想外，句句如在人口头边……不雕刻以失之文，不变幻以失之野"①，充满幽婉清透的韵味。这种内敛的清幽之貌，在与徐瑶日相唱和的路传经手中更为普遍。

路传经，字岁星，少孤力学，雅好吟咏，有《旷观楼词》，聂先《百名家词钞》有节选。路传经是一位出身名门但性情淡泊、深居简出的词人，其人其词在当时并不显于世。尤侗于"徐子天璧笥中得读旷观楼词"，才知"为路子岁星所作也"②，可见其词名之寂寞。

路传经词在顺康阳羡诸家中也比较独特。就题材内容而言，路传经的词很少写漂泊天涯、奔波生计的落拓之感，也很少书写自我人生际遇，这或许与词人简单的生活经历有很大关系。路传经的词大多以写景、咏物为主，如《河传·春日山行》："晴昼。穿花竞走。山路迢迢。无名好鸟漫相招。松梢。一声娇。　　绿荫新护流泉黑。刚深尺。怒气豪吞石。者边茅屋。又谁家。沿篱朱藤落紫花。"重在表现自然之美及闲适平和的心态。就词作风格而言，路传经词比较清幽淡雅，常见于董儒龙词中的悲慨萧瑟，在路传经这里并不多见。《百字令·登天香阁有感》是路氏词中以感怀家事为题的作品，但行文中已经很少能感觉到那种借文字一吐胸中不平、直击人心的情感力量："登斯楼也，便触起、开元往事鸣咽。今古兴亡多少恨，幸得臣心如铁。一线忠贞，百般折挫，泪下都成血。吾生已晚，老奴与我闲说。　　回想六尺遗孤，而今安在，天意非人力。毁卵破巢蜃市散，极目河山凄绝。休再登临，任他闲锁，怕见蛛丝结。楸枰世

---

① （清）聂先评"双溪泛月词"，（清）聂先、曾王孙：《百名家词钞·双溪泛月词》，顾廷龙主编：《续修四库全书》第 1721 册，上海古籍出版社 2002 年版。

② （清）尤侗评"旷观楼词"，（清）聂先、曾王孙：《百名家词钞·旷观楼词》，顾廷龙主编：《续修四库全书》第 1721 册，上海古籍出版社 2002 年版。

态，大都如此盈缺。"天香阁，乃路氏老宅的阁楼，路氏祖辈路迈曾借此阁救助前明遗孤。

　　事见《桑梓见闻》所载："天香阁在白果巷，明吏部侍郎路迈故居也。国初时吏部家居，明庄烈帝第三子定王猝投之，吏部匿之阁中，寝与馈食，躬为执役，外人不知。已而王疾，延医诊视，医至床前，王忽曰：'医生赐坐。'医大惊，听其音又似北人，事遂泄。捕者麇至，吏部妻杭有才智，急登阁，以珍珠自檐端洒庭中，兵役竞拾。王遂得逸。"① 路迈因此事而被逮入狱，不知所终，路氏家族受其牵连而遭受清廷残酷打击。路传经登上此阁，家族往事又浮现于脑海之中，激情难耐，故而开篇便言"登斯楼也，便触起、开元往事呜咽。今古兴亡多少恨，幸得臣心如铁"，感慨先辈忠义之举，"一线忠贞，百般折挫，泪下都成血"，渐显感情深厚，似乎要入悲慨之境，但随之的"闲说"便将已经郁积的沉重消散，冷却了感叹往事兴衰的种种激情。结尾处"楸枰世态，大都如此盈缺"，所表现的已经是看透世事百态的平和心态。山河凄绝、兴亡之恨，在陈维崧、史惟圆等人的词作中是郁郁不平，难以消散，而在路传经的笔下，却是弃之而去，以平静的心态面对昔日的往事，而不再藏于心头隐隐而痛。

　　路传经好咏物，《百名家词钞·旷观楼词》中咏物词占近一半的数量。陈维崧咏物，是借咏物寄托情志，而路传经咏物，则重在追求艺术化效果。首先，他专注于精心描摹物态，如写芙蓉花的娇嫩："朝匀珠露，浅拂胭脂湿。潮晕处，映水娇柔谁匹。"② 再如写芦荻飘摇："叶叶摇黄，层层舞雪，萧萧冷驻江皋。"③ 其次，他精心选择物象，借此创造独特意境，《更漏子》系列尤其值得注意：

　　　　月涓涓，风细细。露气乍侵罗袂。垂翠幕，剔银灯。虫吟闹豆

---

　　① （清）刘铿：《桑梓见闻》，清光绪二十七年正谊山房木活字本。

　　② （清）路传经：《殢人娇·芙蓉》，程千帆主编：《全清词》（顺康卷），中华书局2002年版，第9667页。

　　③ （清）路传经：《渌水曲·芦荻》，程千帆主编：《全清词》（顺康卷），中华书局2002年版，第9667页。

棚。　　诉不断。声声乱。偏向愁人言怨。循药砌，遶槐庭。来由没处听。①

画堂深，红蜡焰。天际银河光闪。声嘹呖，过楼台。辽西有信来。　　黄叶树。清霜路。一片凄凉情绪。疑小玉，惯偷听。移灯照画屏。②

碧天高，凉月小。蓦地声来秋杪。堆金井，落荒铺。寒枝起夜乌。　　松阁静。湘帘冷。籁籁绝无人影。谁染就，一林枫。飘零万点红。③

海云生，霜月转。风送那家庭院。侧耳听，捣寒砧。凄凉一段心。　　夜将半。音还乱。窗下剪刀声断。当此际，最关情。梦魂都被惊。④

《更漏子》四首分别写自然界的四种声音，虫声、雁声、落叶声、捣衣声。"声"本琢磨不透，难以进行直接而具体的描摹，路传经在表现各种"声"时，注重声音所在的环境氛围的营造，以及这一环境中特殊意象的选择。当这些意象串联在一起时就形成了特定的境界，突出了"声"的效果。路传经的《锁窗寒·暗虫》、《淡黄柳·疏柳》、《月华清·凉月》等作，皆用此法，与姜夔"清空"意境极为相似，被尤侗誉为"极得南宋写生笔法，姜史之堂"⑤。

徐瑶在《沁园春·题天玉舍弟柳村词卷》中称："自古文人，不平则鸣，纷纷激张。纵耻志暗投，宁怀而泣，贞心待聘，且韫而藏。百不怜人，一无知己，路鬼揶揄笑几场。堪听处，是玉箫节短，铁笛声长。堪听

---

①（清）路传经：《更漏子·暗虫声》，程千帆主编：《全清词》（顺康卷），中华书局2002年版，第9670页。

②（清）路传经：《更漏子·新雁声》，程千帆主编：《全清词》（顺康卷），中华书局2002年版，第9670页。

③（清）路传经：《更漏子·落叶声》，程千帆主编：《全清词》（顺康卷），中华书局2002年版，第9670页。

④（清）路传经：《更漏子·捣衣声》，程千帆主编：《全清词》（顺康卷），中华书局2002年版，第9670页。

⑤（清）尤侗评：《旷观楼词》，（清）聂先、曾王孙：《百名家词钞》，顾廷龙主编：《续修四库全书》第1721册，上海古籍出版社2002年版。

处，是玉萧节短，铁笛声长。"① 主张以词鸣不平之意。但是徐、路的审美趣味与陈维崧、任绳隗、史惟圆等人有了很大的不同。虽然他们还或多或少地保持了"陈维崧式"的愁穷心境，如路念祖言秋日萧瑟，秋雁哀泣，"木落风高草欲枯。渐将霜雪付头颅。夜深更听无情雨，暗逐孤鸿下漏湖"，"倾浊酒，撚吟须。江南塞北漫踌躇。愁来愁与天俱老，不唱鹧鸪唱鹧鸪"②，徐瑶亦有"我亦天涯肠断客，惯有伤春思苦，春又暮。又多病多愁。况又离乡土"③ 的羁旅之感。总体而言，他们的词清新澹泹，却缺少一种悲而至深的内蕴。

纵观康熙年间阳羡姻戚词群的词学活动，阳羡家族词人共同的创作实践，其实质就是地方文化家族以其合力不断参与地域文学建构，推动其发展。康熙二十年以前的阳羡诸家革新清初词风之功，大可载入词史。他们所倡导的悲豪词风，虽有董儒龙、陈履端嗣为迦陵余响，但独木难成林，难以再振。徐瑶、路传经虽与董、陈同代，但他们没有完全因袭父辈词风而扬之，而是尝试从他处汲取艺术养分。尤其是路传经，背离了所谓"词穷而后工"，重在表现冷逸幽怀的词境，预示着康熙前期家族词人共同的创作倾向，开始出现了分化与转变。究其缘由，时风变迁，社会生活的稳定导致了文人心态的转变。徐瑶、路传经等生于新朝，没有经历沧桑巨变所带来的心灵戕害和沉重打击，因此，他们的词中很难再有前辈的愤慨不平与深刻反思。尤其是，康熙十九年后，朱彝尊主盟词坛，大力倡导咏物词，咏物之风逐渐弥漫词坛，心态趋于平稳的阳羡词人不免浸染其中，在词中兴寄闲情，风流放诞，心伤往事，宛转回翔，呈现出闲适文人词的风貌。

---

① （清）徐瑶：《沁园春·题天玉舍弟柳村词卷》，程千帆主编：《全清词》（顺康卷），中华书局 2002 年版，第 9657 页。

② （清）路念祖：《鹧鸪天·闻雁》，程千帆主编：《全清词》（顺康卷），中华书局 2002 年版，第 9664 页。

③ （清）徐瑶：《摸鱼儿·春夜客中听健儿弹琵琶作边声》，程千帆主编：《全清词》（顺康卷），中华书局 2002 年版，第 9659 页。

第五章

雍乾之际阳羡联姻家族词文学活动

清雍正至乾隆初年，活跃于阳羡一邑的联姻家族词人包括史承谦、史承豫、储国钧、储秘书、任曾贻、潘允喆等。他们的文学互动，掀起了清代阳羡家族群体性文学活动的第二个高潮。此时，时风人心、词坛指向与清初相较，都发生了很大变化。应时而生的以淳雅为宗的浙西词派正炽热于大江南北，"雍正乾隆间，词学奉樊榭为赤帜，家白石而户梅溪矣"①。此辈阳羡词人却对弥漫词坛的浙派风气多有不满。

然而，他们与清初阳羡词群的关系，并非直接地继承和发扬，虽然他们也强调推尊词体，试图以"究极源流，定其指归，使天下咸正其趋"②之理念纠正词坛弊病，但他们提倡以晏几道、秦观、周邦彦等为创作范本，所崇尚的显然非豪放风格。就他们的创作活动与当下词坛的联系而言，他们自觉与浙派保持离立之势，努力另觅蹊径，追求本色浑成、清婉雅致之词风。事实上，尽管他们公然表示对浙派的不满，并宣称自己并非浙派中人，但是他们的创作又或多或少沾染了浙派风貌，是地域文人群体文学活动受时风限制的典型表征。

第一节　雍乾之际阳羡词人的词论

雍正至乾隆初，活跃于阳羡一邑的家族词人颇为志同道合，史承豫曾

---

① （清）谢章铤：《赌棋山庄词话》卷十一，唐圭璋编：《词话丛编》第4册，中华书局2005年版，第3458页。

② （清）储国钧：《小眠斋词序》，（清）史承谦：《小眠斋词》，清乾隆刻本。

坦言史承谦指导自己诗词创作的经历，几十年中，二人时常一起研讨作品、剖析疑义。储国钧在《小眠斋词序》中亦云："既得交史子位存，相与上下，其议论意见悉与余合。"强调自己和史承谦的词学观点较为一致。他们存世的词论资料数量并不多，散见于一些学术笔记、词序之类的文字中，主要包括史承谦《静学斋偶志》中"论《金粟词话》"、"论《悦安轩词铨序》"两则议论，史承豫《苍雪斋诗文集》中的《与马缙贤论词书》《马缙贤橘香辞序》《任澹存矜秋阁词序》等，以及储国钧的《小眠斋词序》诸篇。就这些仅有的资料所体现的见识而言，这一群体持论，既不学步清初阳羡词坛先贤，也不盲从当时词坛主流思潮，对于词体的把握视野较为广阔，但所论又比较狭隘，有一定的理论建树，虽影响甚微，但值得考量。

史承谦《静学斋偶记》中的两篇论词短则，是对词之"本色论"或"自然论"的肯定与回应。其一曰："徐巨源《悦安轩词铨序》云：'非多情好习而才近之则不能以成王。'王次公云：'词曲家非当行本色，虽丽语、博学无用。'皆个中语。"其二曰："彭金粟词话云：'词以自然为宗，但自然不从追琢中来，便率易无味。如所云，绚烂之极乃造平淡耳。若使语意淡远者稍加刻画，镂金错秀者渐近天然，则骎骎乎绝唱矣。'本朝论词者颇多，吾以此为至当之论。"① 第一则议论中，史承谦借徐巨源及王次公之论，表达了他对词体形式的批评与见解。显然，在他所引用的"多情"、"才近"、"本色"、"丽语"、"博学"这几个概念中，所肯定的是"多情"、"本色"，这是词美之根本。倘若没有"多情"与"才近"，则难以创作出美文。同样，仅以"丽语"、"博学"装饰词作却脱离本色，也非佳作。可见，史承谦持论，一是讲究情致，二是要求浑然天成。

史承谦《小眠斋词》中有《沁园春·寄杜云川太史》词一首，虽是酬寄文字，表达崇敬仰慕前辈词人杜诏之意，但"于词中实寄有其对当世词风之褒贬以及一己之见解"②，与其讲求词须多情之论形成呼应。杜诏

---

① 转引自马大勇《史承谦词新释辑评序》，《史承谦词新释辑评》，中国书店 2007 年版。
② 严迪昌：《论史承谦及其〈小眠斋词〉——兼说清词流派之分野》，《严迪昌论文自选集》，中国书店 2005 年版，第 237 页。

（1666—1736），清江苏无锡人，字紫纶，号云川，又称丰楼先生，康熙四十四年南巡，献诗，特命供职内廷，有《云川阁诗集》《浣花词》《蓉湖渔笛谱》等。先师从顾贞观后转朱彝尊，曾充《历代诗余》《钦定词谱》之主纂人，雍正二年（1724）作《弹指词序》时畅言："夫〈弹指〉与竹垞、迦陵埒名。迦陵之词，横放杰出，大都出自辛苏，卒非词家本色；竹垞神明乎姜、史，刻削隽永，本朝作者虽多，莫有过焉者。虽然，缘情绮靡，诗体尚然，何况词乎？彼学姜史者，辄屏弃秦柳诸家，一扫绮靡之习，品则超矣，或者不足于情。若《弹指》则极情之至，出入南北两宋，而奄有众长，词之集大成者也。""缘情绮靡，诗体尚然，何况词乎"之句，可知杜诏论词亦是"主情"，史承谦尊重杜氏，希望与之"共半楼烟雨，相对论诗"可能也是这个缘故。

　　第二则议论中，史承谦所引彭金粟即彭孙遹。史承谦所赞的至当之论，是《金粟词话》开篇之语。词以自然为宗，这也是两宋词家的共识。如李清照《词论》所言"又有张子野、宋子京兄弟、沈唐、元绛、晁次膺辈继出，虽时时有妙语，而破碎何足名家"，就是强调词应讲究整体美，既要妙语珠玑，同时还须意脉流畅，李清照批评张先、宋祁等人"破碎何足名家"，就是因其苛求语句之心太重，工于炼句，而经营全篇之意不足，导致词作往往有句无篇，未能达到浑成境界。再如南宋姜夔曰："诗有四种高妙，一曰理高妙，二曰意高妙，三曰想高妙，四曰自然高妙。……非奇非怪，剥落文采，知其妙而不知其所以妙，曰自然高妙。"[1] 姜夔所论虽为诗法，但其诗法通之于词，自然之境被视为诗词风格美学的最高境界。谢章铤《赌棋山庄词话》曾节录姜夔此说，并认同"自然高妙，词家最重，所谓本色当行也"[2]。

　　彭孙遹所谓自然应从追琢中来，应是针对词创作中如何处理自然与人工的关系而言的。自然为之，并非等同于率意而作。词相对诗而言，特有要眇宜修的美学特质，如果粗糙率意为文，不重视文字雕琢，会失去言在意外的韵味，但如果过于重视雕琢，则易流于轻巧尖刻或矫揉造作，同样

　　① 转引自（清）谢章铤《赌棋山庄词话》卷十二"白石说诗"，唐圭璋编：《词话丛编》第 4 册，中华书局 2005 年版，第 3479 页。

　　② 同上。

无法真正体现词体的神韵。因此，将追琢作为达到自然的一个必经阶段，即所谓"绚烂之极乃造平淡耳"也是词论者所持有的共论，如陈子龙也认为"缕裁至巧而若出自然"，词之语言风格，相对其他文体的语言风格而言，需要修饰琢磨。《金粟词话》所云"若使语意淡远者稍加刻画，镂金错秀者渐近天然，则骎骎乎绝唱矣"，正是要求词体的字句表达应淡浓相济，绚素调和，方能近乎绝唱，形成浑然天成的艺术风格。

显然，讲究情致，以自然为宗，是史承谦极为重视、一贯严守的词体审美原则。因文献的缺乏与限制，我们暂时无法看到史承谦更多更为深入的词论，但从以上两则议论，足以说明史承谦所赞许的词创作目标，词乃主情之文体，情韵需文辞字句上的雕琢，但过分工求于此，脱离本色，反失词之韵味，史承谦所推崇的词之审美理想，是秀韵天成的语言与自然天趣情感相互融合，弱化文本的装饰性效果，突出文字所涵容的真情。

史承谦弟史承豫曾有《蒙溪诗话》，已佚。现存诗文集中的《与马缙贤论词书》，是一篇非常值得重视的词论文字。文章中有"邑中之储长源、任淡存暨亡兄位存皆可参作者之席"之语，可推知此文当作于乾隆二十年（1756）后，因史承谦卒于乾隆二十年。由此，不妨把此文视为这一时期阳羡词人文学活动的集大成式的理论总结。和史承谦相比，史承豫无疑更长于论词，这篇论词书中所涉及的词论话题、所体现的议论视野，及其论析程度，都要比史承谦的那两则议论更为丰富、开阔、深刻，更为完整地体现了此时阳羡词人的宗风。

首先，史承豫对词的起源这一根本问题，提出了自己的看法："词者，源出于诗，而体制既分，遂各判为两途。"① 史承豫认为"词者，源出于诗"，这是受明人"诗余说"的影响。如胡震亨《唐音癸签》引胡应麟所言："古乐府诗四言、五言，有一定之句，难以入歌。中间必添和声，然后可歌，如'妃乎稀'、'伊阿何'之类是也。唐初歌曲，多用五七言绝句，律诗亦间有采者，想亦有剩字剩句于其间，方成腔调。其后即以所剩者作为实字，填入曲中歌之，不复利用和声，则其法愈密，而其体不能不

---

① （清）史承豫：《与马缙贤论词书》，《苍雪斋诗文集》卷上，清乾隆刻本。

入于柔靡矣。此填词所由兴也。"① 主张词由近体诗演化而来，主要是词体形式的演化受到诗体的影响，故而同源。

其次，史承豫对宋以后词论中老生常谈的诗词之辨也有清晰之见。他虽认同诗词同源，但由此而进一步强调的则是诗词体制有殊，判为两途。诗词体制之别，究竟体现在哪些方面呢？史承豫也进行了具体的分析。他认为"诗之料广，词之料窄。诗之境无尽，词之境易穷。有诗所可言而词不可入，有诗所难言而词能达之"②，诗词题材一广一窄，诗词境界一深广一浅穷，诗词情韵不可混为一谈。以上论断对诗词体制的分别把握既清晰又到位，所要突出的正是词别是一家的本色之论。还有一点值得注意的是，史承豫所谓"有诗所可言而词不可入，有诗所难言而词能达之"，与王国维《人间词话》所论甚为相近："词之为体，要眇宜修。能言诗之所不能言，而不能尽言诗之所能言。"③ 这句关于词体性质的论断极为著名，然王国维要晚于史承豫百余年。有学者据此大胆论断，雍乾之际史承豫的词体之见对王国维的诗词之辨有一定启发意义。④ 诗词二体在题材、境界、情韵等方面各有分殊，"视之似较诗为差易，深按之实比诗为难工"⑤，因为词体长于抒情，具有细腻幽微之美的特质，这是诗歌所不具备的，而细腻幽微之美又很难用语言立即表达出来，因此词比诗难工。

再次，在史承豫看来，词境虽然比诗境狭窄，但词体更适于表达一种诗歌难于表达的感情和境界，这是对其兄所秉承的词主情致、别是一家之论的具体阐释和理论补充。正是基于对诗词之辨的清楚认识，史承豫对两宋词史上的名家名手皆有评议：

> 汴京去唐未远，犹存古意，语虽藻丽，多属浑成。如晏氏父子，及永叔、子野、方回、东坡、耆卿、少游、美成诸家，李易安以一妇人参与其间，皆名手也，而声情之妙、采色之精，美成为尤至。近人

---

① （明）胡震亨：《唐音癸签》卷十五，转引自方智范、邓乔彬、周圣伟、高建中著，施蛰存参订《中国古代词学理论史》（修订版），华东师范大学出版社 2005 年版，第 144 页。

② （清）史承豫：《与马绍贤论词书》，《苍雪斋诗文集》卷上，清乾隆刻本。

③ 王国维：《人间词话》，唐圭璋编：《词话丛编》第 5 册，中华书局 2005 年版，第 4258 页。

④ 蔡雯：《论雍乾之际宜兴词人群的词学建树和创作取向》，《文学遗产》2012 年第 2 期。

⑤ （清）史承豫：《与马绍贤论词书》，《苍雪斋诗文集》卷上，清乾隆刻本。

先迂甫比之于诗家之杜子美，非谀誉矣。迨至南渡，格调渐变，作者渐夥。自姜史以下，如竹屋、稼轩、梦窗、西麓、碧山、草窗、玉田，暨吾邑之竹山蒋氏，皆卓然名家。核其结体高超，无逾白石；言情婉丽，首数梅溪；两君声价，难以低昂。竹垞先生推白石为第一，不为无见。然论词之本色，梅溪似为尤近，当时白石亦心折之。至苏辛两公，则变格之绝调，自当另为一宗耳。今欲学北宋，当得其含蓄温和之妙，而不可失之于旧；仿南宋，当挹其清新俊雅之致，而不可仅窃其肤。①

史承豫的词史观较为通达，论词兼顾南北两宋，并不偏颇于某时某段。史氏按照时序脉络，遍览诸家，精辟而公允地评析了两宋词家各自的特色，并概括出北宋词"藻丽"、"浑成"之美，与南宋词"体高"、"婉丽"之态。史承豫论词，不贬豪放变格，主张将之视为另外一宗，亦是通达之体现。

史承豫词论观的通达还在于，主张取南北宋之长，而不拘于学某时或某家之词。关于学词当取何妙，他也提出己见，词学北宋，应学其含蓄温和，意在言外之致，但要避免流于因袭而乏创新；词学南宋，应学其清新俊雅，格调须高，言情须婉，字句须工，但又不能流于字面之雕琢。史承豫最为推崇的北宋词家是周邦彦，南宋词家则是史达祖。以"声情之妙"、"采色之精"论美成词，以"婉丽"、"本色"论梅溪词，仍是秉持了词别是一家的审美准则。

最后，史承豫《与马缙贤论词书》中，对词的创作技巧也有所探讨："盖词之章法不宜太显，然断不可竟涉模糊。至用虚字，尤须一一软帖。炼警句必要字字轻圆。"章法不宜太显，是要求词的结构章法要自然含蓄，不露痕迹。不可竟涉模糊，则是要求章法有序，意脉连贯，不可断断续续。至用虚字，尤须一一软帖以及字字轻圆之论，则是对炼字炼句所提出的具体要求，应重视文辞雕琢而不可率意而为。

储国钧持论与史氏兄弟基本一致，他亦"既得交史子位存，相与上下

---

① （清）史承豫：《与马缙贤论词书》，《苍雪斋诗文集》卷上，清乾隆刻本。

其议论，意见悉与余合"之言。储国钧的词论主要体现在《小眠斋词序》中："余少喜填词，窃谓诗歌词曲，各有体制。风流婉约，情致缠绵，此词之体制也，则小山、少游、美成诸君子其人矣。降自为南宋，虽不乏名家，要以梅溪为最。既得交史子位存，相与上下其议论，意见悉与余合。夫自《花间》《草堂》之集盛行，而词之弊已极，明三百年直谓之无词可也。我朝诸前辈起而振兴之，真面目始出。顾或者恐后生复蹈故辙，于是标白石为第一。以刻削峭洁为贵，不善学之，竟为涩题，务安难字。卒之抄撮堆砌，其音节顿挫之妙荡然，欲洗花草陋习，反坠浙西成派，谓非矫枉之过欤？"①储国钧所谓"风流婉约，情致缠绵，此词之体制也"，是对史承豫所言诗词"体制既分，遂各判为两途"的具体阐释，其中体现的还是词别是一家，不同于诗的本色理念。所以，储国钧推崇的词坛先贤都是北宋婉约名家晏几道、秦观、周邦彦。如果说，史承豫是历时性地审视两宋词坛，从而树立词之美学典范，储国钧则是直接从关注当下入手，重点批评了"一人唱之，三四人和之，浸淫遍及大江南北"的浙西之词。他认为浙西词人的主要弊病在于，虽"标白石为第一"，却专取"刻削峭洁"，不善学其精要，反而只得其皮毛，沦于"竟为涩题，务安难字"，只追求堆砌字句，雕琢粉饰之，从而失去词体特有的"音节顿挫之妙"。

史承谦、史承豫、储国钧三家论词基本同出一辙，可用"主情"、"本色"、"浑成"而概括之，所强调的是要维护词的艺术性与词的传统风格。讲究情致与浑成，这是继北宋晚期李清照的词别是一家之论而来，重视词体的独特性质，不将词与诗混为一谈，还词体自身的本色之美。尽管雍乾之际阳羡词人的词论完全不同于康熙初年的阳羡词群，但他们对先贤祖辈所倡导的豪放之风颇有宽容之态，将其归为另外一宗。关于雍乾之际阳羡词人词论的文学史意义，笔者颇认同南开大学蔡雯博士所论，"宜兴词人的词学理论上启李清照《词论》，在深化词别是一家的著名论断的基础上，对后世的词学理论如况周颐的'艳骨'说、王国维的诗词之辨等都有一定的启发意义"②。不过，这批属寒士身份的阳羡词人，虽对词体性

---

① （清）储国钧：《小眠斋词序》，（清）史承谦：《小眠斋词》，清乾隆刻本。
② 蔡雯：《论雍乾之际宜兴词人群的词学建树和创作取向》，《文学遗产》2012 年第 2 期。

质有准确把握，具有一定的理论视野，兼采前代诸家之长，但其追求词之婉约本色，"韵味长矣，而气魄不大"①，加之人微言轻的缘故，终究影响力有限。

第二节　《小眠斋词》与《蝶庵词》的比较

史惟圆曾与陈维崧论交三十年，是清顺康时期阳羡词派的主力干将之一，被曹贞吉称为"平分髯客（陈维崧）旗鼓……偷换羽声凄楚"②，有《蝶庵词》两卷传世。史惟圆曾孙辈史承谦，是乾隆初阳羡词坛的领军人物，其《小眠斋词》雅丽缠绵，被誉为是"阳羡词风的界内新变"③。两人都是清代阳羡词发展演进中的关键人物，《蝶庵词》与《小眠斋词》的差异，必然显示出清代阳羡词演变的某些特征。但是，二者的差异具体表现在哪些方面，这些差异是如何产生的，反映了清代阳羡词怎样的变化过程？这些问题在目前清词研究中还未能详尽。本书将对这些问题将作深入的探究，以更为客观全面地把握清代阳羡史氏词人的创作特征，以及影响清代阳羡词发展演变的社会因素。

一　《小眠斋词》产生的时代背景

对于文本的解读，首先要对其所处的文化背景有所把握。史承谦生于康熙四十六年（1707），卒于乾隆二十一年（1756）④，《小眠斋词》中的作品主要作于雍正至乾隆前期，这段时间恰是被史家所艳称的康乾盛世最为鼎盛之时。

然而，这一时期的词坛并没有乘盛世之风扶摇而上。顾贞观《与秋田论词书》（又名《顾梁汾先生书》）、查嗣瑮《万青阁诗余序》等词论所流

---

① （清）陈廷焯：《白雨斋词话》（卷四），唐圭璋编：《词话丛编》第4册，中华书局2005年版，第3859页。

② 曹贞吉：《摸鱼儿·寄赠史云臣》，程千帆主编：《全清词》（顺康卷），中华书局2002年版，第4050页。

③ 严迪昌：《清词史》，浙江古籍出版社2001年版，第407页。

④ （清）万之蔚：《兰浦蒙溪两先生传》，史之藩等纂修：《义庄史氏宗谱》卷十八，民国二年木活字本。

露的担忧情绪①，揭示了康熙末年词风由初前的极盛转向衰落的趋势。虽然顾贞观感叹"凉燠之态浸淫而入于风雅"是由于无"大有力者起而倡之"所致，但实际上，康熙四十六年（1707）《御定历代诗余》一百二十卷、康熙五十四年（1715）《钦定词谱》四十卷的相继问世，正是康熙皇帝这一"大有力者"钦命推促而成，而词坛"造化之力穷"的衰弱趋势并没有因此得到扭转。康熙帝亲力主持的《御定历代诗余》、《钦定词谱》这两部词学典籍，网罗宏富，尤极精详，似乎有积极整理和总结前代文献之功，但其实质则是从"意"的指归和"谱"的规范上对词加以制约②，词的抒情功能必然受此限制。清初诸公借长短句以吐其胸垒，各家逞雄、竞相争秀的局面从此再难重现词坛。康熙五十六年举人田同之曾曰："又虑斯道渊微，虽云小技，自邹、彭、王、宋、曹、陈、丁、徐，以及浙西六家后，为者寥寥，论者亦寡。行见倚声一道，讹谬相沿，渐紊而渐熄矣。"③ 道出了清词发展由兴盛落入低潮的事实。虽然雍乾时期仍有少数词人继续蹈扬苏辛词风，心仪迦陵，如江苏兴化的郑燮、武进的黄景仁、江西铅山的蒋士铨等，但时过境迁，以"意"驱词难逞天下。相反，唯美的淳雅之风成为词坛主流，讲究"清幽"格调的浙派中期词人相继于杭嘉湖、苏州、扬州三地崛起，尽管他们的创作丰富了词的表现艺术，提升了词的审美价值，但到了后期末流，独抒性灵之作少之又少，词中的情感内涵十分浅薄。此番情景之下，史承谦和他的词友们，虽复以填词重振阳羡之名，但审美趣味已经发生很大转变。

对词学的统管整饬，其实质是清朝统治者对思想文化控制的加强。借《御制历代诗余》和《御制钦定词谱》来规整词体，不过是其控制手段之一，另一影响更为严重的手段则是文字狱。严密文网、钳制思想、禁锢人心的杀伤力极大。史承谦卒于乾隆二十一年（1756），而康熙五十年（1711）戴名世"《南山集》案"发，至乾隆二十年（1755）胡中藻"《坚磨生诗》

---

① 有关顾贞观与查嗣瑮的详细论述，可参见严迪昌《清词史》，江苏古籍出版社 2001 年版，第 334 页。

② 严迪昌：《清词史》，江苏古籍出版社 2001 年版，第 335 页。

③ （清）田同之：《西圃词说自序》，唐圭璋编：《词话丛编》第 2 册，中华书局 2005 年版，第 1443 页。

案"前后，为爱新觉罗氏王朝乃至整个封建统治历史上文狱最称酷厉之时期。① 雍正在位仅十三年，却有近二十起文字狱，几乎一半又频频发生在江浙，可谓文网专张于东南之地。且看：雍正三年有浙江钱塘人汪景祺《西征随笔》案；雍正四年有浙江海宁人查嗣庭试题、日记案；雍正六年，因湖南曾静投书策动川陕总督岳钟琪，牵出了浙江桐乡人吕留良案；雍正十年，朝廷以谋反大逆罪断决此案，株连范围广，被祸者众。② 史承谦的几位好友皆受此案牵连：

王豫，字立甫，亦作立夫，又字敬所，号孔堂，浙江长兴人，诸生。王豫为姚世钰姐夫，与杭世骏、全祖望等交善。雍正七年（1729）因其师严鸿逵与吕留良党恶共济、诬捏妖言，牵连入刑部狱四载。归后漫游四方，又五年卒。有《孔堂初集》。

朱蔚，字霞山，浙江桐乡人，副贡生。有《春明吟稿》。朱蔚弟朱荃，字子年，又字芷年，号香南，有《香南诗钞》。朱氏兄弟少从严鸿逵学，卷入吕留良"逆案"，雍正十年（1732）得旨无罪开释。

虽然雍乾时期的阳羡太平安定，史承谦等人皆远离案狱之连累，但友人遭祸，他们岂能无感，难免对现实体制的惊恐、对自身价值的迷惑，无怪乎史承谦会发出"书生莫问兴亡事，冷笑兰成赋。只当年，璧月琼枝，竟归何处"③ 的感叹。面对强权统治与高压文化政策，一介书生只显得柔弱无助，苍白无力。再如《好事近》言"关河寒近落微霜，归计尚难卜。客梦总然无据，笑几回蕉鹿"，《八声甘州》言"太息平生事，回首辛酸"，语气皆冷峻，其中所包含的凄怆与悲凉，感人心肺。虽没有文字罹祸，虽疏离于现实政治，但史承谦并没有优游闲适于世外。正如马大勇所言，他其实并没有"远离"，而恰恰是在这个时代里漂泊、挣扎着的"这

---

① 严迪昌：《往事惊心叫断鸿——扬州马氏小玲珑山馆与雍乾之际广陵文学集群》，《文学遗产》2002 年第 4 期。

② 关于康熙五十年至乾隆二十年盛世之下的文学生态，可参考以下诸文：严迪昌《往事惊心叫断鸿——扬州马氏小玲珑山馆与雍乾之际广陵文学集群》，《文学遗产》2002 年第 4 期；田晓春《清代"盛世"布衣诗群文化性格论》，《苏州大学学报》（哲学社会科学版）1999 年第 4 期；田晓春《乾坤著意穷吾党——雍乾之际广陵文学集群》，《南阳师范学院学报》（哲学社会科学版）2004 年第 8 期。

③ （清）史承谦：《探芳讯》（冶城暮见），马大勇：《小眠斋词新释辑评》，中国书店 2007 年版，第 143 页。

一个"。他的落寞与凄悲，映照出了一个盛世之下怀才不遇的失意者形象，"为我们提供着那一时期下层文人很丰富的生态和心态样本"①。

经过屡次文字狱之后，人人都有戒心一面，吟弄风月，游戏文字，是高压政策之下词坛的主流趋势，追求淳雅，实乃时代风气使之然也，乃词坛之不得不变，词的鲜活生命力随之而枯萎。以上所论似乎有些绕开主题，但实则为后文论述史承谦《小眠斋词》以及史承谦词与史惟圆词之间的多重差异提供了参考背景。

"小眠斋"出自《南齐书·豫章文献王》："北第旧邸，本自甚华，臣改修正而已，小小制置，已自仰简。往岁收合得少杂材，并蒙赐故板，启荣内许作小眠斋，始欲成就。"② 史承谦以此命词集，概有自珍自怜，简约清丽之意。《小眠斋词》最初由史承谦自定其稿，分为二卷，储国钧、张梁为之作序，存词一百二十首。另有《小眠斋词》四卷本③，除储、张二序外，又有史承谦弟史承豫乾隆七年壬辰（1772）序、万之蘅乾隆五十二年丁未（1787）序，前二卷即用二卷本原版，后二卷一百篇，应为史承豫、万之蘅等搜集遗作补辑而成。

二　史惟圆、史承谦词创作的家族背景

清代阳羡史氏，有同宗不同族三支，其中自明代中叶由溧阳迁入，经史孟麟而称望的玉池公派文化成就最为突出。史孟麟，字际明，号玉池，明万历十一年（1583）进士，东林名宿，以不畏权势、直言敢谏而著称。史孟麟有五子，皆为太学生。长子史尧典，史尧典子名史泓，史泓子名史陆舆，号舫斋，康熙十八年进士，授翰林院庶吉士，有《舫斋诗集》，风格恬雅。史陆舆子史凤辉，字南如，雍正七年举京兆，授内阁中书，擢湖北武昌知府，有《楚中纪行诗》《藕庄文钞》。史凤辉有二子，即史承谦和史承豫。史孟麟四子史汤诰，字纪商，为史惟圆之父，世习儒业，并有

---

① 马大勇：《史承谦词新释辑评》，"前言"部分，中国书店 2007 年版，第 3 页。
② （梁）萧子显：《南齐书》卷二二，中华书局 1972 年版。
③ 笔者所经眼的《小眠斋词》是四卷本的残本，仅存前两卷，卷首有储、张、史、万四篇序，上海图书馆藏。关于《小眠斋词》各类版本介绍，可参见马大勇编著《史承谦词新释辑评》"前言"部分，中国书店 2007 年版。

淡逸之趣。史惟圆为史承谦之曾祖叔。

史惟圆是清初阳羡词家中，隐逸色彩最浓重的狂狷之士，据徐喈凤《蝶庵词序》所述，明末曾以文章名躁江左，鼎革后被革除诸生功名，遂筑"蝶庵"别墅，以隐逸终老，专嗣填词。这源自史惟圆家族文化精神的内在熏染。史惟圆的祖父史孟麟，乃不与时俗合污的清流之派，具有不向权势妥协的风节，这种耿介之气，无疑对史惟圆的人生态度有潜移默化的影响。史惟圆被清廷革除功名之后，决意与清廷疏离，建"蝶庵"以明志，正是这种耿介之气的继承和发扬。史惟圆在蝶庵之中，借抒写断肠句来建构自我的精神世界，则是受益于父辈精神的指引。史惟圆父史汤诰性好闲淡，厌恶城市喧嚣，曾"与南郊篠岭营一小园，引流叠石，环植花果，率诸子课诵其中，自号为祗园"。明末世家子弟奢侈成风，多构园亭侈游，而史汤诰偏选僻静之处，因其素不随时俗。史惟圆放弃功名后，隐逸于乡里，仿其父营建蝶庵，吟咏游赏，专事倚声填词。《蝶庵词》的写作环境，也充满浓厚的闲隐之趣："蝶庵者，史子云臣读书处也。……庵不十笏，明窗交网，绮疏栏楯备（備）。中列乌皮几一、竹榻一、茗碗、炉薰、酒枪。手抄《花间》暨唐宋人诗词，杂置及上。榻则笙、阮、筝、琴间设焉，以俟能者。庵之外，亦不十笏，甃石为砌，莳牡丹数本。史子居之，栩栩然适也。"①

在家族文化精神的影响下，史惟圆选择了"做芒鞋闲客"的人生道路，从早年"粗豪意气，忆当年，蚁视中原人物"退而为"雨棹烟帆，酒旗戏鼓"，在蝶庵中自筑精神世界，彰显人生志趣，形成了"离仕而自赏"的填词心态。《蝶庵词》以抒写其隐逸生活与隐逸情趣为主，词作或吟四季时序，或赞荆溪风俗，或题画咏物，或感旧杂忆，或游仙游梦等，以清逸恢奇见长，只有《喜迁莺·听苏昆生度曲》《沁园春·十月初五纪鬼声之异》《贺新郎·虎丘五人之墓》等少数作品，直面现实政治或家国民生，折射出明末清初艰难时世的光影。

史氏家族以文艺为重，读书课业是族中弟子的基本生活方式之一，史

---

　　① （清）陈维崧：《蝶庵词序》，《陈迦陵文集》卷二，张元济纂辑：《四部丛刊》初编第281册，上海书店1989年版。

惟圆父史汤诰率诸子读书于祇园即可见知。而通过读书课业完成科举，也是家族文人必须面对的现实，只有以此才能成为统治阶级体制内官宦，才能真正维持家族声誉，门楣光宠。史承谦正是有这样的"现实"焦虑，其祖父史陆舆乃康熙十八年进士，授翰林院庶吉士，其父史凤辉雍正七年举京兆，授内阁中书。而史承谦虽"怀郭景纯隽上之才，具张思曼风流之度"，却屡踬省门而不遇，出游京洛亦未能谋得职位，中年后复侍父史凤辉宦游楚中，最后卒于武昌官舍，以诸生终老。史承谦一生都受困于"以儒为业、盛其家世"的理想与才不合时的现实所形成的矛盾之中。因此，《小眠斋词》的重要主题之一，就是绘盛世之下才人失路的寂寞心境。如雍正七年（1728）秋，史承谦去南京应"南闱"乡试却名落孙山，还乡途中作《百字令·令桥晓发》，"满袖霜华，一船烟月，不禁羁旅重"，充满失意之情；雍正九年（1731）春，史承谦动身北上京师，行役途中作《玉连环》又叹"倦倚轻鞍，漂泊谁共"；再如乾隆初作《沁园春·题青螺阁》感叹"壮心潦倒，谁复题车"，《摸鱼儿·怀长源》亦称"鬓丝十载添多少，世事浮云苍狗"，仍以抒写落魄幽怀为重，这些都充分反映出史承谦"入仕而无门"的填词心态。

史惟圆与史承谦填词心态的不同，决定了《蝶庵词》和《小眠斋词》的主题取向的不同。《蝶庵词》的题旨包括：表现享受自然泉林的逸趣，如《小重山·张公洞》《祝英台近·本意》《洞仙歌·善权洞》《贺新郎·登龙池绝顶凭虚阁》等，借自然之境表现脱俗情怀。表达今不同昔的人生伤感，如《舒锦堂·述怀》《霜叶飞·雨夜感旧》《江城子·闻雁》等，借咏物、抒怀表达梦断无寻处的隐逸寂苦之心。抒发伤春悲秋之感，如《相见欢·送别》《忆王孙·春夜》《昭君怨·初春忆花》等，具有"花间"格调，数量不多，以令词为主，应为早年作品。史承谦《小眠斋词》题材多样，包括恋情词、闺情词、节序词、风物词、怀古词、纪游词、羁旅词、咏怀词、咏物词等，其主题则集中在两个方面：一诉儿女柔情，二叹才人失路。史承谦的爱情词，大多有本事可依，是对自身情感经历的真实写照。史承谦对才不遇时的慨叹，主要围绕失志之悲、迟暮之忧、飘零之愁展开。

三 《蝶庵词》与《小眠斋词》的艺术差异

《蝶庵词》的艺术风格以奇逸为主。一些表现其隐逸生活的词篇呈现闲逸之态，而另一些表现词人欲摆脱烦郁、畅想自由的词篇，则以比兴之法写奇幻之境，用意隐晦，难以捉摸，以《浣溪沙·游仙》组词及《河渎神》组词为代表。《浣溪沙·游仙》共三十二首词，内容连贯，笔法飘逸，以词人神游仙境为线索，从想象跨虹桥入瑶宫写起，先是游历瑶宫胜景，继而去往海上仙山，再转向天宫，构思离奇，借助想象，在上天入地的驰骋中一吐"即拟相随天上住，疏狂无分作仙官"的失意，以及渴望"往来骑鹤驻名山"的夙愿。《河渎神》组词共十首，取材唐传奇《柳毅传》，浪漫气息浓郁，描述了龙女冲破束缚获得自由和爱情的种种情态，曲折含蓄地表达词人渴望无拘无束的心志。虽然游仙并不是清词开创的新题材，但史惟圆这样以组词规模，大肆表现奇幻意蕴的游仙词，在词史上并不多见，具有独特的审美内涵。

《蝶庵词》的艺术手法，以"赋笔直陈"为主，即将内心情意及相关情境直接陈述出来，不以状物摹象作为抒情的中介。如《忆旧游·本意》："记桃溪雨过，柳岸风来，烟色初收。晴陌追游骑，正红儿留客，锦缆停舟。晚山衔尽残照，人倚夕阳楼。渐银烛光中，玉箫声里，花艳惊眸。　　悠悠。向天外，作断梗浮萍，飘去何州。依旧春光好，恐梨花落尽，庭苑成秋。醉眠欲藉芳草，红玉四肢柔。羡沙鸟无情，相呼稳趁春水流。"全词以叙述的口吻抒发"作断梗浮萍，飘去何州"的寂寥心情，词人直抒胸臆，分别于上下片叙写昔日桃溪柳岸的自然美和人情美，以及今日恋春却无法留春的愁情，结尾处借酒消愁与沙鸟无情形成强烈对比，深化了词心。

史承谦《小眠斋词》则具有"精巧"与"雅丽"的艺术特征。首先，《小眠斋词》题旨精巧，言情为主，如《清平乐》（绿荫如许）、《醉公子》（别是愁滋味）、《鹊踏枝》（乳燕初飞春已去）诸篇，纯写相思爱恋，工致芊婉，字字有味。更多的词篇则把身世之感打入相思情的抒怀中，慨叹负才落拓的身世遭际。

其次，《小眠斋词》语言精巧，吴衡照曾言："《小眠斋词》警句如《虞美人》云'留得一丝情在总成愁'，《鹊踏枝》云'夜合花时芳讯阻，有情明月无情雨'，《点绛唇》云'笑拈茉莉，一枕新秋意'，《玉烛新》云'半生欢分翻输却，梦里缠绵多少'，《南楼令》云'只隔珠帘同听雨，辜负煞、夜凉多'……皆生新独造，不适陈郎牙后慧者。"[1] 语言精致清淡，是史承谦词的独特之处，史惟圆有所不及。

最后，《小眠斋词》感情至深，力求脱去文饰，以情感本身的力量去打动人心。雅丽是《小眠斋词》的主导风格。《小眠斋词》之雅，是一种刚柔并济的和雅，非讲求文采的文雅，也非强调寄托的骚雅，更非用世型的儒雅以及出世型的清雅。如《台城路》："槐花忽送潇潇雨，轻装又来长道。水咽青溪，苔荒露井，故国最伤怀抱。登临倦了，全一点愁心，尚留芳草。斗酒新丰，而今惭愧说年少。　　何应重过小驻，看红阑碧浪，眉影如扫。潘鬓经秋，沈腰非故，应笑吟情渐杳。柔丝细袅，是几度西风，几番残照。司马金城，剧怜憔悴早。"这首词写时序惊心的伤痛怀抱，所咏之物，槐花、秋雨、荒苔、露井、红阑、碧浪等，皆浅显在目，但经"又来"、"最伤"二词的点染，以及马周"斗酒新丰"的典故的运用，传递出"而今惭愧说年少"沉痛与无奈。轻柔的物象与深沉的情感融为一体，产生"深婉可讽"[2] 的艺术效果。

史承谦以忠厚之意言情，不同于史惟圆的隐晦与奇幻。如《一萼红·桃花夫人庙》："楚江边，旧苔痕玉座，陵迹自何年？香冷虚坛，尘生宝靥，千秋难释烦冤。指芳丛，飘残清泪，为一生、颜色误婵娟。恩怨前期，兴亡闲梦，回首凄然。　　似此伤心能几？叹诗人一例，轻薄流传。雨飒云昏，无言有恨，凭栏罢鼓神弦。更休题、章台何处，伴湘波，花木暗啼鹃。惆怅明珰翠玉，断础荒烟。"桃花夫人即春秋时陈国国君之女妫氏，后为息国国君夫人，因貌美若桃花，被称为"桃花夫人"。唐代诗人王维、杜牧等都有以之为题的诗歌，叹红颜祸国。史承谦词从桃花夫人庙的衰飒景象写起，由景及情，"千秋难释烦冤"表达了对桃花夫人的深切同情，"指芳丛，飘残清泪，为一生、颜色误婵娟"情景交融，以落红喻

---

① （清）吴衡照：《莲子居词话》，唐圭璋编：《词话丛编》第 2 册，中华书局 2005 年版，第 2451 页。

② （清）陈廷焯：《白雨斋词话》卷四，唐圭璋编：《词话丛编》第 4 册，中华书局 2005 年版，第 3855 页。

人，异常凄艳。"恩怨"三句由实入虚，感慨历史兴亡如闲梦一场，更添伤感。词人以一片至诚体会桃花夫人痛楚，感慨于"叹诗人一例，轻薄流传"，对杜牧"至竟息亡缘底事，可怜金谷坠楼人"，讥讽息夫人失贞，深感不平。千百年来少有像词人这样真正地体会她的伤心，为其掬一把同情之泪，"无言有恨"不仅是史承谦对息夫人将凄苦抑制于心底的形象化表达，更是对其才高而不遇于时的至情宣泄，借红颜薄命的历史情境抒发自身的伤心与苦闷，可谓用心深婉。

在艺术手法上，史承谦变史惟圆的"赋笔直陈"的叙述性而为以言情为主，直接抒写抽象的情感意绪，以情感本身的力量打动人心。《采桑子》最为典型："郁轮袍曲当时谱，沦落天涯。侍酒随车，谁问行吟到日斜。　　从教年少伤迟暮，怨入悲笳。泪滴寒花，渐渐逢人说鬓华。"全词有感于早年一举成名与今日沦落天涯的人生遭际，而以内心独白式的语调叙写失落与苦闷的心情，并没有具体的物象，却以坦诚的态度状写悲凉心境。史承谦赋笔的言情性，还表现在直接描述触动情思的情境，如《虞美人》："已凉天气寒犹未，生怕西风起。桂花香到几分秋，又向水晶帘下看梳头。无端梦醒成轻悔，往事空如水。红笺题遍倩谁酬，留得一丝情在总成愁。"这首词写一种因往事如水而引发的焦虑、悔恨的复杂心态，从"生怕西风起"到"无端梦醒成轻悔"再到"一丝情在总成愁"，刻画出抒情主人公心绪的细微变化，而"红笺题遍倩谁酬"的感叹，使词中女子多情无奈的形象跃然于读者面前。显然，词人的笔调以叙写情感活动为主，意在表现抒情主人公心绪的变化。史承谦虽没有如史惟圆一般，叙述性地直言自我的潦倒与自持，但在以词倾诉"相思愁绪"、"晓窗残梦"的人生情绪中，却并没有迷失自己，表现出一种坚韧的性情。如《满江红·玉函招饮即席和原韵》："天香在，谁先折；流光去，空堪惜。叹浮云苍狗，幻成奇绝。清兴不须残客共，狂言每为诸公发。算多情，只有画阑边，初弦月。"再如《沁园春》："休教更听歌钟，怕已作、花前鹤发翁。凭匆匆过耳，无情鶪蟀；劳劳阅世，百感鸡虫。我欲临风，横吹长笛，喷出胸头恨万重。谁能识，看菰芦光怪，有气如虹。"都是叙写时光流转所引发的迟暮之感，激愤悲沉，在史承谦词中极为少见。"狂言每为诸公发"、"看菰芦光怪，有气如虹"激荡愤懑之气，反映出史承谦身处逆境但不甘沉沦、不愿任人摆布的孤傲，这和史惟圆借游仙词一吐心中抑郁有异曲同工之妙。

四　《蝶庵词》与《小眠斋词》所体现的词风流变特征

清代阳羡词坛除了史氏家族史惟圆、史承谦之外，还有陈维崧及其诸弟陈维嵋、陈维岳、其子陈履端、其孙陈克猷，徐喈凤及其弟徐翙凤、其子徐瑶、其侄徐玑、其孙徐洪钧，潘眉及其子潘祖义、其孙潘履，储贞庆及其侄孙储国钧、曾孙储秘书等多条家族词创作链，成为推进阳羡词发展演变的主导力量。因此，清代阳羡词的发展演变与阳羡文化家族的积极支持密不可分。而史承谦《小眠斋词》对史惟圆《蝶庵词》的继承与变革，正是清代阳羡词创作在家族视阈下的别样展现。

《蝶庵词》中那些曼声小令，体现了清初阳羡词追求清隽幽艳的审美情趣。写作绮才艳骨的小令词，是清初阳羡词人中普遍存在的现象。如史惟圆的词友任绳隗，因作艳词而被王士禛称为"风情大似杜紫薇，词品亦其年季孟，阳羡同时，有此双绝"。而与史惟圆交往甚久的陈维崧，早期词风冶艳，"不无声华裙屐之好，多为旖旎语"[①]，后学词转向"云间"，由轻艳转向典丽，但因其尚奇好僻，又近于幽艳。清初阳羡词坛宗主的早期词作尚呈现如此风貌，其他词家也应追随其路了。清初阳羡词坛这种尚"花间"、"云间"的审美倾向，历时较短，集中于顺治初至顺治十年这段时间。

清代顺治十年后，阳羡词的审美情趣迅速发生转变，从典丽而变悲慨，《蝶庵词》中表现史惟圆凄苦心态的长调之作即为典型。顺治末至康熙前二十年左右，是清代阳羡词的极盛期，并形成了一个文学流派——阳羡派，以至于"近时倚声一席，独推阳羡"[②]。阳羡词人之所以能迅速地掀起一个词学风潮，首先源于清初政治现实对阳羡词人的直接打击。阳羡词人大都因清初各种案狱而备受打击，如史惟圆就是奏销案的受害者之一。其友任绳隗也是因被革去功名而走上以词抒怀的道路，还有徐喈凤也

---

① （清）陈宗石：《迦陵词全集跋》，（清）陈维崧：《迦陵词全集》，张元济纂辑：《四部丛刊》初编第282册，上海书店1989年版。

② （清）徐褒侯评"旷观楼词"，（清）聂先、曾王孙：《百名家词钞·旷观楼词》，顾廷龙主编：《续修四库全书》第1721册，上海古籍出版社2002年版。

是被罢官返乡后开始填词。清初阳羡词人大都落魄一生，一辈子没有功名，际遇坎坷，生活窘困，他们在词创作中或歌哭无端，或萧寥避世，很难吟发淳雅清真的情韵，因而纷纷呈现出悲慨苍凉之貌。阳羡词人以血缘和亲缘关系为基础，在文学上彼此支持，形成了浓厚的创作风气，明确了艺术取向。

清乾隆前期，史承谦与词友储国钧等人，积极倡导"自出杼轴而又得体裁之正"，力挽词坛颓波，试图获得"使天下咸正其趋"的词坛格局，阳羡词坛的审美趣味再次发生转变。史承谦《小眠斋词》在审美情趣、风格技巧上力求新变，表现出词之"风流婉约，情致缠绵"的文体特质。成为阳羡词人于雍乾之际维系词道的重要实践，"雍乾以降，词学少衰，拾阳羡之余沈，储、史同盟"，"当浙派横流之时，而有振衣独立之概"①。《小眠斋词》真诚的情感力量，纯正温厚的抒情品格，都预示着主张"意内而言外"的常派词即将兴起，显示出阳羡词在清词发展中的重要意义。

阳羡史氏词人，都具有力求新变的创作意识，这也说明清代阳羡词的发展演变，始终贯穿着推尊词体，恢复其抒情特质的美学追求。如史惟圆主张词以"志意"为主，入微而出厚，"夫作者非有《国风》美人、《离骚》香草之志意，以优柔而涵濡之，则其入也不微而其出也不厚。人或者以淫亵之音乱之，以佻巧之习沿之，非俚则诬"②。同时不废词之情韵，强调词应"情"、"意"兼容，"柳屯田'杨柳岸，晓风残月'之句，情景依依，灼然为古今绝唱，余皆曲蘖粉黛中常语也。然歌工之论，亦贵其声之要眇耳。而谈着遂薄《大江东》为非词家正格，是岂足尽倚声之极致哉"③。这是清初阳羡词坛的理论共识，陈维崧就曾强调词的功能可同经史相提并论。徐喈凤也认为："词虽'小道'，亦各见性情。性情豪放者强作婉约语，毕竟豪气未除。性情婉约者强作豪放语，不觉婉态自露。故婉约固是本色，豪放亦未尝非本色也。"史承谦则认为"诗歌词曲，各有

---

① （清）储国钧：《小眠斋词序》，（清）史承谦：《小眠斋词》，清乾隆刻本。

② （清）陈维崧：《蝶庵词序》，（清）陈维崧：《陈迦陵文集》卷二，张元济纂辑：《四部丛刊》初编第 281 册，上海书店 1989 年版。

③ （清）史惟圆评"南耕词"，（清）曹亮武：《南耕词》（卷四），顾廷龙主编：《续修四库全书》第 1725 册，上海古籍出版社 2002 年版。

体制。风流婉约，情致缠绵，此词之体制也"，词应以自然为宗，但自然要从追琢中来，这反映出从清初到清中期阳羡词的审美理想，从强调词之情、意兼容，以意为主，转为更加重视词之情韵。这一变化，虽无创新之处，但若置于雍乾时期以醇雅为宗的浙派风气之中，有补救词情之真切的启示意义。清初史惟圆以"入微出厚"之论拓展词之"意格"，清中期史承谦以异量美的视野积极挽救词道"情"不足的弊病，守词情、词韵、词品之"正格"，显示出清代阳羡词尊体意识的自觉性。

事实上，清代阳羡史氏的这两位词手，生活的时代虽不同，但都是失意萧瑟之高才，人生遭遇多有几分相近。史承谦生活的雍乾盛世，文网严密，文字狱不仅频繁而且残酷惊心，加之康熙帝钦定《词谱》与《历代诗余》为词创作整饬规范，史承谦很难以狂狷之态行事作词，故而只能将个人性情包容在柔婉词境中。因此，在词格的内在建构上，史承谦与史惟圆又是一脉相承，在史承谦收敛词意、走向雅丽的"离"态背后，在词之内在性情上，二者又不谋而合，走向了激荡个性的同途。

史承谦《小眠斋词》与史惟圆《蝶庵词》，丰富了史氏家族的文学创作，反映了清代阳羡词艺术风貌的发展历程，大致可分为三个阶段：第一阶段是以游戏之笔书写的清艳之词，词情璀艳。第二阶段是以诗笔书写的悲慨激扬、凄丽萧瑟之词，词情深沉，表现出特定年代进退出处维艰的汉族文人的精神面貌。第三阶段是以至深之情书写的雅丽之词。由两者的主题取向可知，清代阳羡词从传统的伤春悲秋，拓展为与诗同体、表现家国人生，继而收敛为咏叹儿女柔情与身世之感。其风格构成，则经历了从清隽到悲凉再到雅丽的嬗变。这种变化的产生，既是家族词人审美差个性之不同所致，同时也受到家族环境及时代风气的影响。

第三节　乾隆前期阳羡词人创作略论

活跃于雍乾之际的阳羡词人，除了史承谦之外，尚有储氏家族储国钧、储秘书，任氏家族任曾贻及潘氏家族潘允喆等。这班才士，是联姻所构造的文学环境对家族文学环境的再聚合，他们在科第仕途上均无作为，属于寒士阶层，比康熙初年的阳羡家族词人更为沉寂，名没于当时词坛，因而也很少受到后世词学研究者的关注。虽然他们的词事唱和活动较为零散，创作数量及影响不及康熙时期阳羡姻戚词人群，但是他们积极致力于追求不同于先辈的独特创作风格，呈现出别样的艺术风貌。对于这批词坛寂寞者的关注，可以使我们全面深入地了解清代阳羡联姻家族文学活动的全貌，并由此探知清代阳羡家族间的联姻对清代阳羡词文学的影响。

一　储国钧《抱碧斋词》

储国钧，字长源，《国朝常州词录》载其《倚楼笛谱词》二卷，今未得见。另，储国钧《抱碧斋诗》中有词一卷，存词四十首。储国钧自称，曾立志矫正词坛弊病，"思与位存（史承谦）殚精毕虑，究极源流，定其指归，使天下咸正其趋"①，但他文学兴趣多样，中年以后主要肆力于诗，以至于荒废倚声，晚年虽复精词律，但作品大多散佚，故存世不多。

储国钧对两宋词坛以婉约为宗的名家都甚为推崇，"风流婉约，情致缠绵，此词之体制也，则小山、少游、美成诸君子其人矣。降自南宋，虽不乏名家，要以梅溪为最"②。他的词步武晏几道、史达祖，以"叹美人迟暮"为词心，呈现秀婉清丽之态，又有一种孤寂韵味萦绕其中。

储国钧词题材广泛，纪游、怀友、题画、节序、咏物等，无不包容。咏物诸作，语致清新，形象灵动。《百字令·南涧玉兰》写玉兰盛开之景，"几番风信，乍香生万壑，光摇层巘。才见含苞如进笋，木末高花开遍。缟袂相逢，霓裳试舞，恍在瑶台畔。排空杰阁，盈盈遮近窗扇"，通过环境渲染风中花枝颤动的情态，极力表现玉兰灿烂绽放。《孤雁儿·东溪枫叶》写深秋红叶，"东篱蝶散、秋容净。乍染出霜枫靓。翠微中断塔棱斜，似一簇秋花交映。夕阳红敛，落霞犹在，未觉鱼天暝"，尽态极妍地雕琢枫叶。《尾犯·石亭梅》亦是佳制："冻损万花魂，双语翠禽，何处调舌。漏泄春风，有南枝偷发。寝香粉、一涴淡水，浣愁痕、几堆薄雪。约携节去，竹尾松阴，暗认伊标格。　　孤山遗韵在，剪薛荔、古屋重结。疏影黄昏，弄横斜清绝。怕沾惹、深宫娥绿，好安排、何郎赋笔。相思难寄，

---

① （清）储国钧：《小眠斋词序》，（清）史承谦：《小眠斋词》，清乾隆刻本。
② 同上。

故人远、迢迢烟驿。"下阕"疏影黄昏，弄横斜清绝"之句化用林逋"疏影横斜水清浅"，在萧疏的基础上更显清冷，接诉"怕沾惹、深宫娥绿"，凸显寒梅孤俏。

纪游词《临江仙·维扬即事》感扬州旧事："淮左风华谁管领，杜郎俊赏偏饶。十年一梦几魂消。春风吟豆蔻，明月听琼箫。　谁复怜才如节度，青衫漂泊江皋。平山堂上暂凭高。烟消京口树，雪卷海门潮。"词人途径扬州，感叹杜牧"十年一梦几魂消"的遭遇，由此联想到自己更为贫寒沦落，以漂泊为伴，但登高望远之后，词人以"烟消京口树，雪卷海门潮"作结，略显高朗。题画词《多丽·仇英临清明上河图》，借题咏画作，表达了繁华逝去、今不如昔的沧桑之感："恣嬉游，韶光最好，依然不改生平，孟家蝉、宫妆竞雪，天水碧，讥语先成。千古繁华，百年佳丽，可怜将不去青城。空回首，故宫何处，斜日冷鹃声。生绡在、秦淮花月，一例伤情。"储国钧的恋情词多仿小山词笔法，注重刻画人物心理，《倦寻芳》写妇人痛惜春逝的落寞情绪，"念别后、双蛾谁画，隐约遥峰，长恁愁聚。泪揾鲛绡还忆。向分携路，柔柳阴阴歇粉蝶，绿波渺渺空南浦。怎知人、盼归艎，立残风絮"，《阮郎归》述相思之情，"昔年犹记寺门前，歌台隔柳烟。几丝香雨湿繁弦，催人归画船"等等，情意绵绵，温婉而诉，追求情致缠绵的韵味。恋情词中佳人落寞的寂寥情绪，何尝不是词人自身的感受。

储国钧是以史承谦为中心的人文唱和圈中的中坚力量，与圈中文士史承谦、任曾贻、储秘书等皆情深意厚，柬词、和词、悼词也非常多。如《甘州·海陵秋日有怀任淡存》："尽楼台、四百倚斜阳，又指海陵仓。叹欢鬓丝飘雪，一身落拓，三径荒凉。客里消愁无地，秋影淡吟窗。纵有葡萄酒，谁劝飞觞。　旧雨几回轻别，剪离情不断、耿耿难忘。想烟霞万壑，人在辋川庄。蹑云根、划然长啸，满西风、都是桂花香。归来晚，甚时招隐，同辑荷裳。"这首词感情真挚，"剪离情不断、耿耿难忘"。这已经不是他们的第一次分别，"一身落拓"应该是这般寒士词人生活状态的普遍写照，如此境况之下，唯有借酒消愁，但是友人尚离乡在外，无人做伴，苦闷难遣。"归来晚，甚时招隐，同辑荷裳"表达了企盼与友共归山林的志趣。《锁窗寒》悼词友史承谦，缠绵哀婉，词前序云："史子位存，三十年旧好，爱酒能诗，尤娴于梨章。丙子楚游，殁于汉上，赋此以当招魂知己。寥寥雅音谁继，不禁清泪泛滥也。"可见二人情谊之重，其悼词也令人心酸："瘦竹门间，丛兰砌冷，故人何处。离情万缕，梦绕汉阳芳树，甚经年，信音辽邈，鲤鱼不溯寒江。叹文园病久，浦襟风月，顿成千古。难诉天涯，苦剩梁燕，空归镜鸾。羞舞凄凉，如许算，都被才华轻误。黯蘅皋，无限碧云，而今唱杳江南句，最可怜泪洒黄垆，醉乡无伴侣。"既有"离情万缕，梦绕汉阳芳树，甚经年，信音辽邈，鲤鱼不溯寒江"的生离之念，又有"羞舞凄凉，如许算，都被才华轻误"的死痛之别，哀凄悲婉。

储国钧与史承谦是论词知音，"既得交史子位存，相与上下其议论，意见悉与余合"①，词风却不尽相同。他保持了史承谦的婉转之貌，"粉消芍药，红沁樱桃，流光难驻。薄袂犹寒，薰透水沈烟楼"②、"何处最关情，一朵秋花，画出人儿瘦"、"对帘波，依旧独吟人"③、"兰灯明灭，独眠滋味"④ 等句落入《小眠斋词》中，难以分辨。但他却没有史承谦的低沉之韵，而以平淡见长，《黄金缕·圩上莲》写农家生活，清新自然："一带濛濛云水绿。圩上人家，久住依藤竹。莲叶东西香乱扑，谁听旧雨翻新曲。　　尽日凌波看不足，白鹭潜来，相对红衣浴。豆荚瓜瓢都未熟，儿童早已餐湖目。"以白描手法写圩上人家，隽永流畅，藤竹、莲叶、水塘、白鹭、豆荚、瓜瓢等，构成了一幅农家图，富有生活气息，"豆荚瓜瓢都未熟，儿童早已餐湖目"，以稚儿的调皮形象为全词增添了一丝活力。又《渡江云》叹友朋离别："柳风梳杏雨，沾衣欲湿，逦迤过偕川。水云深处隐，小约吟朋，欵语共流连。吴棉未御，倩翠櫩、低护春寒。喜此夜，楚江归客，同在一灯前。　　航船。十分交劝，百罚难辞，正依依堪恋。何事向、官河解缆，古戍摇鞭。无能只安丘壑，甚白头、翻乞人怜。催别也，一声花外啼鹃。"词下有序曰："乙巳清明后二日，聚饮任淡存斋中。时史衎存新自楚归而余又将赴远游，信良会之时，常叹美人迟暮，因填此解。"点明了词的主旨。"美人迟暮"也是这些词人的共同感

---

① （清）储国钧：《小眠斋词序》，（清）史承谦：《小眠斋词》，清乾隆刻本。
② （清）储国钧：《醉花阴》，《抱碧斋诗》卷五，清乾隆木活字本。
③ （清）储国钧：《木兰花慢》，《抱碧斋诗》卷五，清乾隆木活字本。
④ （清）储国钧：《秦月楼》，《抱碧斋诗》卷五，清乾隆木活字本。

受，不过，他们已不如顺康先辈一般的强烈悲愤，而多是无奈的叹喟，"无能只安丘壑，甚白头、翻乞人怜"即可知。

二　储秘书《花屿词》

储国钧的从侄储秘书，也是乾隆初年阳羡词坛名家之一。储秘书，字玉函，有《花屿词》一卷，大抵为乾隆二十年（1755）之前所作。[①]谢章铤《赌棋山庄词话》称："玉函与史位存兄弟，投分甚深，故词格亦颇相似，沉着则不及耳。"[②]《花屿词》原本今已极为罕见，王昶辑集的《琴画楼词钞》中有选录。

《琴画楼词钞·花屿词》的风貌与《小眠斋词》《抱碧斋词》皆有不同。首先，咏物诸作，鲜活充实。入清以后，咏物风气日渐浓厚。顺康时期陈维崧、史惟圆等，有大量的咏物之作，寄托了深厚感情。后朱彝尊倡《乐府补题》，又作《茶烟阁体物集》开一代宗风，咏物泛滥，末流常至于连篇累牍，堆砌意象，造语生硬，令人琢磨不透。储秘书的咏物词，更多继承了早期阳羡词人咏物寄托之法，与浙西后期"问之何语，卒不能明"的同类作品相比，幽婉生动，感情真挚。

储秘书咏物，以白描手法为主，借环境烘托物象，用词造语，皆通俗易懂。他写绿荫习习，"乳燕交飞，流莺渐杳，绿荫门巷如许。邻墙竹翠新添，曲栏茶烟欲聚。疏帘清簟，又听过几番梅雨。剩海榴数点红鲜，开向悄悄深处"[③]，动静结合，色彩搭配，突出绿荫的清凉自在。他写白莲摇曳，"容易菱歌唱晚，更珠历泪湿，碧云深隐。几许清芬，一片冰心，付与沙鸥消领。四风拂，拂吹残月。仿佛见，玉容初醒，最怜他，有恨无言，空对冷波千顷"[④]，形象逼真，"深隐"、"清芬"、"冰心"等词表现白莲的整洁恰到好处，"有恨无言，空对冷波千顷"则又以拟人化的手法反映了白莲孤傲的形象。咏物虽小，别有寄托，斯为最善。储秘书咏物，

---

① 严迪昌：《清词史》，江苏古籍出版社 2001 年版，第 412 页。

② （清）谢章铤：《赌棋山庄词话续编》卷三，唐圭璋编：《词话丛编》第 4 册，中华书局 2005 年版，第 3534 页。

③ （清）储秘书：《东风第一枝·绿荫》，（清）王昶辑：《琴画楼词钞·花屿词》，清乾隆刻本。

④ （清）储秘书：《疏影·白莲》，（清）王昶辑：《琴画楼词钞·花屿词》，清乾隆刻本。

融情于物，借物象的某种特定神态传递幽微心绪，故而深沉。《绮罗香》咏落叶最为传神："霜落千林，寒生万木。斜日空山起舞。极望亭皋，一片纷飞秋暮。初飘坠，旅雁来时，渐惊断、露虫吟处。最怜他吹到长安，竟传千载断肠句。　　天涯摇落如许，惆怅青青未几，总归尘土。不住秋声，谁向风前细数。助离人、泪眼凄凉，称孤客，闭门情绪。任萧萧覆满苍苔，夜深和暗雨。"词的上阕，起笔便一片清冷，落叶飞舞，鸿雁哀鸣，为寒秋更增添了一分凄清，"一片纷飞秋暮。初飘坠，旅雁来时，渐惊断、露虫吟处"，写时间变化之中的落叶，真切生动。下阕以落叶喻人，借之表达羁旅漂泊之感。"惆怅青青未几，总归尘土"，感叹命运之渺小无助，"不住秋声，谁向风前细数。助离人、泪眼凄凉，称孤客，闭门情绪。任萧萧覆满苍苔，夜深和暗雨"，写风雨飘摇之中的无助落叶，极具深情，落叶无心，旅人有意，落叶寂寞飘落，更似词人孤身漂泊，从而引发了词人的情思。

《一枝春》咏秋海棠则直抒胸臆："几日轻阴，傍墙根、一片冷光摇曳。柔丝不定，幽韵天然无比。疏疏小雨，更添与、洗妆清泪。最无奈、满眼娇态，弹向乱虫声里。　　南国桂香残。爱穿阶映石，独自旖旎。怜他弱质，记起个人情味。天寒袖薄，想一样、断肠如此。有谁见，淡月疏风，画栏静倚。"词的上阕重在描写秋海棠的孤冷之态，尽管生于墙根处，不引人注意，但却自有风韵，天然幽香，雨后更是娇态百媚，如此美妙之花却只能与乱虫声做伴，没有得到更多人的赏识。下阕借花抒情，词人自身何尝不是这样失落，因此最爱秋海棠"独自旖旎"之美，看着柔弱的花儿，不禁想起了正在家中等候他归来的爱人，一样孤寂。"断肠如此"，既叹海棠，又叹自身，还叹思妇，将花的形象与人的感受融为一体，独具匠心。花的柔弱也暗示了词人无奈又无助的命运之感。

储秘书的感怀词笔力挺拔，如"登临当此际。清江赤壁，眼底纵横。怅天涯南北，欢事难并。阅遍凤城佳丽，总输他、烟水多情。今宵梦，又随征雁，飞近楚山青"[1]，写景抒怀，开阔深厚。《台城路·位存招饮南

---

① （清）储秘书：《满庭芳·寄怀位存、衍存武昌》，（清）王昶辑：《琴画楼词钞·花屿词》，清乾隆刻本。

楼》则疏朗沉郁："秋光看到丹枫候，登临成诗意。露白霜红，山浓水澹，画出小春天气。流连未已，有斗酒双螯，故园风味。砚北开尊，陶然共人醉乡里。　　当年偕隐有约悔，风尘浪迹，误了生计长。铗缠归，轻装又去，终岁为欢能几？危栏倦倚，剩一片清愁，苍茫无际。歌罢新词，月华烟外起。"词的上阕写景，"丹枫"、"露白"、"霜红"，色彩鲜明，形象贴切。下阕感慨人生欢愁，感情起伏较大，先言曾相约隐居，又言风尘浪迹之生活，再言心中愁思茫茫。"误了生计长。铗缠归，轻装又去，终岁为欢能几"，表达了历经沧桑的落魄的心态，"剩一片清愁，苍茫无际"，抒发了词人的悲慨与无奈。《风入松·榕城春感》抒述离情的同时又寄予身世之感："荔枝楼畔听啼鹃，客思坠愁旁。眼看春色匆匆去，奈东风，不送归船。江路鱼书迢遁，天涯蝶梦飞悬。　　闲窗随意擘蛮笺，寂寞度华年。墙头何处飘歌板，唤吟魂，小立花前。多少瞢腾心事，一庭澹月疏烟。"春光将逝，引发了词人对时间的敏感，归家未成的焦虑、寂寞度华年的无奈，构成了他内心的重重失落，欲言难尽，"多少瞢腾心事，一庭澹月疏烟"，唯有以清冷的夜景衬心中的愁情。

储秘书词述羁旅漂泊，情思深沉，悲凉清瑟，不同于史承谦的低吟幽婉与储国钧的平淡秀婉。储秘书"平生踪迹纵飘零"①，他四十三岁才中进士，从此仕宦各处。大多岁月都忙于奔波，百态人生被他一一寄予词中："浅深红树隔江晴，秋色淡芜城。青衫恰似隋堤柳，著新寒、容易飘零。何处箫声明月，青楼好梦无凭。　　繁华过眼客心惊，难忘故园情。归期曾约黄花候，惜花人，空护金铃。趁扁舟一叶，岁阑柏酒同倾。"②词中"青衫恰似隋堤柳，著新寒、容易飘零"、"繁华过眼客心惊，难忘故园情"、"归期曾约黄花候，惜花人、空护金铃"等句，皆有悲沉之味，细细品之，可寻得阳羡遗韵。《渡江云》亦有阳羡词派清萧之色："关山寒色回，树头叶尽，流水澹无波。貂裘容易脆，也共愁颜色，客里暗消磨。旗亭唤酒，任冲风、踏遍铜驼。空凝想、江天如画，何处看渔蓑。

① （清）储秘书：《虞美人·过位存斋中题笔》，（清）王昶辑：《琴画楼词钞·花屿词》，清乾隆刻本。

② （清）储秘书：《风入松·芜城秋感》，（清）王昶辑：《琴画楼词钞·花屿词》，清乾隆刻本。

蹉跎，一番好景，都付华胥。向风尘闲过。生恋著、单衾小暖，晓梦偏多。玉梅花下帘垂地。念有人怯画双蛾。梅瘦也，知伊瘦更如何。"这首词以清商之音为基调，关山、枯树、寒水，一派瑟飒之景，为词人抒发内心种种愁意做了充分铺垫。漂泊、落拓、思乡等感情，在词中不断被铺衍。岁月蹉跎，有家难归，结尾处词人以相思之语作结，更显内心失意。

储秘书词中的情感表达比史承谦等人更为直白。《琴画楼词钞·花屿词》中直言"愁"情的句子甚多，如"酒冷香残愁不浅。小窗倦拥秋衾"①、"匆匆灯夕愁中过，月浸帘衣"②、"纵有闲愁万斛，深灯畔、诉与谁听"③ 等。这些愁情，或是因"鱼牋递到香闺信，锦字亲题，不说相思，只说梅花盼我归"④ 的飘零离别所引发，或是由牵挂身在异乡的友人而联系到伤感自身命运，主要关注自我的存在状态，而非渗透历史、社会等重大背景的沧桑巨叹，是比较"细节化"的悲情。回味顺康时期阳羡词派那些落魄文人融家国之念与身世之叹为一体所引发的悲慨之风，储秘书似有其遗韵，却不及其悲凉奔放、力度深厚。

三　任曾贻《矜秋阁词》

任曾贻，字淡存，亦为乾隆初年阳羡词坛名手。任曾贻曾受业古文家兼经学家储大文，为画山先生之高足，史承谦谓之"何郎风度翩翩。少小才名。"⑤ 缪荃孙《国朝常州词录》称其性高澹，长于风雅。

任曾贻年齿幼于史承谦、储国钧等，弱冠即偕史氏兄弟与储氏叔侄等结社赋诗，花晨月夕、剪烛分题，"分笺共题句。酒酿杯深，肯便背花去。尽教画槛频移，银灯再剪。休更问，咚咚漏鼓"⑥，为一时盛事。他们之间的唱和之词至今存世的有：任曾贻的《月底修箫谱·同储长源、史位

①　（清）储秘书：《临江仙》，（清）王昶辑：《琴画楼词钞·花屿词》，清乾隆刻本。

②　（清）储秘书：《采桑子》，（清）王昶辑：《琴画楼词钞·花屿词》，清乾隆刻本。

③　（清）储秘书：《满庭芳·寄怀位存、衍存武昌》，（清）王昶辑：《琴画楼词钞·花屿词》，清乾隆刻本。

④　（清）储秘书：《采桑子》，（清）王昶辑：《琴画楼词钞·花屿词》，清乾隆刻本。

⑤　（清）史承谦：《高阳台·淡存五十》，马大勇：《史承谦词新释辑评》，中国书店2007年版，第346页。

⑥　（清）任曾贻：《月底修箫谱·同储长源、史位存、衍存饮愿息斋》，（清）缪荃孙：《国朝常州词录》卷十，清光绪二十二年刻本。

存、衍存饮愿息斋》《台城路·同史位存、储玉函、徐思令饮南楼》等，史承谦的《百字令·同漏津、淡存集长源斋中》《八声甘州·雪后同淡存作》等，储国钧的《买陂塘·忆兰庄旧游柬任淡存》《渡江云·己巳清明后二日，聚饮任淡存斋中》《甘州·海陵秋日，有怀任淡存》等。

任曾贻有《矜秋阁词》一卷，储大文为之作序。《国朝常州词录》存其词三十首。任曾贻的词以情韵胜，与位存词的轻幽多有几分相似，"偷声减字从头按，把湘毫慢拢，写出婵娟。翠羽明珠，洛妃愁坐芝田。花枝拂面，销魂久到，而今玉麈谈元。尚依然，双鬟青青，轻飐茶烟。"①史承谦对其词也甚为欣赏，曾作《凤凰台上忆吹箫·题淡存白下词卷》评曰："莺唤清游，蝶萦新梦，秦淮春事堪怜。恰江东才子，初驻吟鞯。剩有南朝芳草，斜阳外、依旧芊芊。伤心处，临春结绮，都付荒烟。　嫣然。搓酥滴粉，把双声叠犯，谱向尊前。算休推兰畹，那让屯田。只我年来憔悴，新词句、不上银笺。应输与、风流任昉，孤韵么弦。"从史氏的评价可知，淡存词忆莺蝶之事，念秦淮旧情，感春光易逝，叹岁华老去，追崇婉约。

任曾贻以诸生终老，才华未得赏识，孤芳自赏的他对落寞美人情有独钟，塑造了众多柔弱美丽的女性形象，她们或是寂寞的，"何处觅红妆。花鬟几簇黄。傍雕阑、无限思量，欲摘双莲凭寄与。又却怕，有空房"②；或是孤独的，"佳约等闲休。翠梧庭院静，似深秋。画阑十二小红楼。人何处，无语泪空流"③；或是苦闷的，"无端睡醒春窗梦。怅云疏雨隔，踪迹飘零。花影阑干，难忘翠袖双凭。伤心红楼书谁寄，燕呢喃、空满江城。黯消凝。目断天涯，长短邮亭"④。深闺之中，她们难觅知音，只有独自郁闷，这也是词人自身形象的真实写照："征鸿飞尽月初生，风欺罗

① （清）史承谦：《高阳台·淡存五十》，马大勇：《史承谦词新释辑评》，中国书店2007年版，第346页。

② （清）任曾贻：《南楼令·荷花谢后有寄》，（清）缪荃孙：《国朝常州词录》卷十，清光绪二十二年刻本。

③ （清）任曾贻：《小重山·次金粟词韵》，（清）缪荃孙：《国朝常州词录》卷十，清光绪二十二年刻本。

④ （清）任曾贻：《高阳台》（稚柳搓黄），（清）缪荃孙：《国朝常州词录》卷十，清光绪二十二年刻本。

袖轻。一曾帘卷小中庭，摇摇烛影清。　　银漏促，翠樽停，欲归归未成。芭蕉几叶隔窗听，凄凉无数声。"① 这首词作于词人借宿山房时，风轻袖动，银漏催时，让独自在外的他更加感觉无助，凄凉暗生。《三姝媚》写孤寂中的怀旧："蟾痕生树杪。望长空无云，碧天孤峤。趁月敲扉，记谢娘庭院，旧游曾到。翠幕层层，倩六曲、屏山萦绕。擘锦诗成，细把重吟，夜阑人杳。　　别后离惊多少，怅峡雨难寻，楚峰缥缈。旅泊频年，胜断纨零素，搅人怀抱。赋茗风流，知甚日、罗帏双笑。只有当时皓魄，依然相照。"《三姝媚》是南宋史达祖创制的词牌，在阳羡词人手中比较少见。任曾贻这首词，借对感情往事的回忆，叙述一种难遣的郁闷之情。词的上阕回忆曾经的安逸与舒适，"翠幕层层，倩六曲、屏山萦绕"，下阕则言从分离之后，惆怅多于欢笑，漂泊多于安逸，"擘锦诗成"也成了"胜断纨零素"，"只有当时皓魄，依然相照"，流露了词人的一丝焦虑。

《甘州》借访友未遇抒其胸臆："笑疏狂踪迹客殊乡，两载石城游。对荻花枫叶，山浓水淡，情满汀洲。回收风烟一壑，迢遥书邮。衮衮年华逝，底事淹留。　　着旧江东谁健，有风流京兆，名重南州。把吟笺赋笔，佳句日冥搜。忆凉秋、分襟折柳，怅重来、空盼四宜楼。知何日，西窗烛剪，一话羁愁。"这首怀友词叹朋友未能会面、以诗酒尽兴的遗憾，多少反映了词人自身的情况。"把吟笺赋笔，佳句日冥搜"应该是他日常生活的一部分，而与友吟诗词，所表达的却是一腔羁旅之愁，因为他常常"笑疏狂踪迹客殊乡"，可见词人的生活状况不甚理想。《台城路·同史位存、储玉函、徐思令饮南楼》铺衍羁愁："溪光只在阑干角，帘开便忺人意。疏柳萧萧，斜阳淡淡，酿就沉寥天气。登临未已。算落拓狂踪，也余风味。数点愁峰，参差都如暮烟里。　　相逢莫悲穷约。笑鸡虫得失，肯萦心计。绿酒分曹，紫虫新荐，良会如今有几。楼高漫倚，伫目尽孤鸿，碧云无际。一笛临风，又催诗思起。"这是任曾贻词中少有的疏放之作，纵笔言他与词友"相逢莫悲穷约"的命运之叹，结尾处"楼高漫倚，伫目尽孤鸿，碧云无际。一笛临风，又催诗思起"苍茫有力，气度不凡。

---

① （清）任曾贻：《阮郎归·宿秋水山房》，（清）缪荃孙：《国朝常州词录》卷十，清光绪二十二年刻本。

"落拓狂踪"的自嘲之语充满了无奈与辛酸，因此，任曾贻词中也特多感叹年华易逝之句，如"感年华，开过樱桃，又到梨花"①、"客里流光，匆匆又过清明"②、"余叹年华荏苒，客鬓萧疏。纵有花枝照眼，寻芳懒、不似当初"③、"流光似箭，恰乍见秋水来，又过秋半"④ 等。

　　任曾贻词大多也都是搓酥滴粉之作，与史承谦《小眠斋词》前两卷多有相近，深得宋人神髓。《西妆子》言情韵味隽永："絮影帘栊，莺声门径，相逢记得清明近。画阑红袖许双凭，东风也解撩人鬓。捣麝成尘，分莲作寸，春光已尽情难尽。待将惆怅詫宾鸿，书成又怕无凭据。"词的上阕触景生忆，想起了与恋人欢聚的景象，下阕笔锋转到现实中，写人物的心理活动，表达其内心千丝万缕的牵挂，取法晏几道张扬尽致的笔法。《买陂塘·落花》有秦少游婉约情致："听声声、子规啼罢，春光已是迟暮。花开常怕春归早，那更几经烟雨。惆怅处，数廿四番，风去也何匆匆剧。阑干漫拊。看飞絮池塘，斜阳巷陌，一片乱红飞舞。　闲凝伫，谁遣芳时易误，秾华毕竟辜负。香魂万点招难到，金谷又成尘土，愁几许，算蝶趁，蜂狂总被东君妒。　帘燕户，只碎锦零红，残香胜粉，吩咐断肠句。"春将逝，花已落，一片乱红飞舞，此番情景引发了词人的种种感伤，"谁遣芳时易误，秾华毕竟辜负"，叹落花寂寥；"香魂万点招难到，金谷又成尘土"，叹沧桑变幻。任曾贻词用语精当，讲究锤炼。《临江仙·暨阳道中》云"断雁西风古驿，暮烟落日荒城"，名词与名词对仗工整，精练地概括了秋日景象。《高阳台》写春寒之感，"薄雨催晴，轻阴弄晚，峭寒未觉春赊"，表达形象。《一枝横》言心中愁闷，不直接诉之，而言"多事东风，不知人恨，还送卖花声"，以对物的感受烘托人的心情，俏皮可爱。

　　徐珂《近词丛话》称："至宜兴史承谦、荆溪任曾贻，自出杼轴，独抒性灵，于宋人吸其神髓，不沾沾其面貌，一语之工，令人寻味无穷，而

---

　　① （清）任曾贻：《高阳台》，（清）缪荃孙：《国朝常州词录》卷十，清光绪二十二年刻本。
　　② 同上。
　　③ （清）任曾贻：《满庭芳·磊蜂有怀张校书之作，邀余同赋》，（清）缪荃孙：《国朝常州词录》卷十，清光绪二十二年刻本。
　　④ （清）任曾贻：《桂枝香·同李慎斋、张乐义饮桂花下作》，（清）缪荃孙：《国朝常州词录》卷十，清光绪二十二年刻本。

又不失体裁之正，则亦词家之作手也。"① 虽然史、任二人都承宋婉约词之神韵，措辞精妙，灵秀工整，但还是各有其别致之处。史承谦擅长写幽沉情态，能将人微妙的内心世界刻画得惟妙惟肖。任曾贻词则清幽可人，以神韵胜，陈廷焯有"位存之亚"② 之誉。他取史承谦之丽而去其腻，更为清透，如出水芙蓉，摇曳生姿，但是，就词情内涵而言，任曾贻不及史承谦、储秘书等深厚，其内在意蕴更为浅显。如果说，史承谦、储秘书与康熙前期阳羡词坛先贤的慷慨苍凉还有一丝神似的话，任曾贻则距之愈加遥远。

除以上诸位才士之外，阳羡词坛行辈略晚的还有：蒋炎光，字驭日，自号醉吟居士，有《蛟溪诗集》十卷；任映垣，字明翰，有《晴楼词》；任安上，字李唐，有《花鸟词》《双溪小乐府》；潘允喆，字迁云，有《长溪草堂词钞》。

储、任、史等都是文学高才，吴梅《词学通论》称："宜兴多彦，二史储任，皆负清才，承红友之律，而能以研丽语出之。"③ 他们的词，或言情，或咏物，或感怀，都赋予个人性情于其中。词因有情而引人共鸣，这一脉络与他们的前辈是相通的。但总体而言，他们又力求回归应歌、婉约的词之本体，追求缠绵婉约的风调。尽管他们偶尔也会有羁旅失意、漂泊落拓之悲感，但有别于前辈词人的深沉浓重。慷慨悲凉的阳羡词风在徐瑶、路传经那里已逐渐呈现闲缓之态，几十载以后，在史、任、储等人手中更加衰微不振。究其原因，与时代风会影响下个人心绪的转变以及审美倾向的转变有很大关系。自康熙后，政治稳定，经济繁荣，大一统的盛世之下难有大篇的萧骚凄怨之音，词之"意"随之而弱。史承谦辈虽造诣很高，主"情"而守词之正格情韵，变前辈苍凉郁勃之调为幽凄之曲，抒情方式也由外张转向了内敛，已是另辟门径。

透过雍乾之际二史储任词的情感境界，我们可以发现，此时此地的文

---

① （清）徐珂：《近词丛话》，唐圭璋编：《词话丛编》第 5 册，中华书局 2005 年版，第 4223 页。

② （清）陈廷焯：《白雨斋词话》卷四，唐圭璋编：《词话丛编》第 4 册，中华书局 2005 年版，第 3857 页。

③ 吴梅：《词学通论》，复旦大学出版社 2005 年版，第 129 页。

人皆怀才不遇，遭际沦落，大多境况不佳，常有"应怜我，冷吟闲醉，怅卧柴关"的失落之叹，属埋没于社会下底层的寒士。虽然他们还保持了"羡新诗似锦，风怀不减，愁绪都删"、"且贯城南酒，同醉家山"的风雅之乐，但"谁道尊前数语，又匆匆分手，不待春阑"①的漂泊觅食生涯使得他们聚散匆匆，无暇如前辈一般石亭探梅、南硐赏杜鹃、东溪修禊等，题咏联唱。他们之间的词艺切磋也不如康熙时期阳羡词群积极深刻。显然，清初阳羡人文鼎盛之势头发展到乾隆时期已趋衰微。乾隆以后的阳羡，词事风雅虽存，词艺、词境却趋于一般。史、储、任等人的唱和与创作，成为清代阳羡以家族为主体的地域性文学活动高潮将去时的反思与总结。

---

① （清）储秘书：《甘州·送淡存之新安，时予初从岭南归》，（清）王昶辑：《琴画楼词钞·花屿词》，清乾隆刻本。

第六章

阳羡陈氏家族的文学活动

当家族视角被纳入文学研究的视野之后，我们往往首先关注家族成员如何接受家族文化熏染而形成的一致或相近的审美倾向，如何以其共同的兴趣爱好，参与文学活动，共同铸造家族文学辉煌。然而，身负维系家声重任的文士，总是密切关注与之休戚相关的家族命运，并将这一幽微心路历程不自觉地寄托于文字之中。特别于特殊历史时期，家族成员遭遇现实重创，家族生存面临困境，族人内心极易被引起重重涟漪。因此，本章所要重点探讨的问题，不在于家族作为文人的客观背景与身份特征对其潜移默化的影响，而是重点关注，家族姻娅对家族成员的现实影响，以及家族现实困境作为影响文学的因素之一，如何渗透于文学作品之中。在这一层次上，还希望进一步关注这样一个问题：就政治与家族、家族与文人而言，政治风云变化所导致的家族实体的分崩瓦解与家族文化脉络的终结是否平行一致？

在清代具有联姻关系的阳羡家族中，我们选择陈氏作为个案，考察家族联姻与家族政治命运、家族文人文学活动与生存环境的内在关联性。与阳羡其他家族相较，陈氏的独特之处在于，家族文化上的兴盛伴随着政治高压下家族衰微出现。这一以儒为业的文化世家，在晚明一度兴盛，极富影响力，因而明清易代之际又被时代风暴摧残得奄奄一息。陈氏家族与晚明政坛紧密相连，受到清廷打击也特别沉重，其子孙后辈的人生选择与文学创作受其影响也极为深刻。陈维崧、陈维嵋、陈维岳、陈维岱等虽命运

不济，流离四方，却以其出色的文学才华，赢得了"莫不含宫咀商，壎篪
迭奏……不独迦陵有凤凰之誉，即群从亦半是惠连"① 的赞誉，他们虽身
陷生计落魄的现实困境，却联手造就了陈氏文学的辉煌鼎盛。因此，对阳
羡陈氏文学创作及陈维崧昆仲唱和活动的考察，是从微观领域进一步探求
影响清代阳羡文学发展的家族因素。

第一节　清初政治态势对陈氏家族的影响

以科举而称望于明代中后期的阳羡陈氏，本是一个与晚明政坛息息
相关的政治家族，清初以陈维崧为首的陈氏昆仲、父子、叔侄等家族文
人团聚现象的产生，标志着其转型为文学家族。与历史上很多文学家族
人旺家兴、文学由此而盛的情况所不同的是，陈氏家族文学创作活动之
频繁，生发于家族受到不同政治势力严重打击、家族成员四散于各处常
常面临生存困境之时。阳羡陈氏在清初政治环境中的极度衰微，一方面
是陈氏族人秉承家风、坚守耿介之性所致，另一方面又受其家族姻娅的
牵连。

一　陈氏家族精神的文献还原：以《家风赋》为中心

陈氏在阳羡早有望名，"陈氏夙称吾宜华望，与东海延陵诸巨室相颉
颃"②。陈氏在乡邑得以称望首先缘于该家族世代传承的道德教养、价值
准则。陈维岳曾作《家风赋》对此详细叙之：

> 吾家自宋南渡，世袭亲军指挥使。元初由浙江徙居江南宜兴县，
> 盖十六世矣。荷国宠荣，本望族华胄也。遭乱流离，中运颓落。昔陆
> 机、潘岳并有文辞以述扬先德，小子何敢忘焉，延为家风赋。其辞
> 曰：……迄有宋之中衰兮，从播迁于南土。肇止斋之理学兮，列名臣

---

① （清）谢章铤：《赌棋山庄词话》卷四，唐圭璋主编：《词话丛编》第 4 册，中华书局
2005 年版，第 3380 页。

② （清）储掌文：《新修亳村陈氏宗谱序》，《云溪文集》卷五，清乾隆三十六年在陆草堂
刻本。

之豆俎。负豪迈以不羁兮，湛磊砢乎同甫。伊皇明其浚源兮，号仓四
黟始祖。由永嘉以卜筑兮，买田宅于阳羡。谓此地之孔乐兮，傍铜官
与善卷。山窈窕以苍蒨兮，水蕴藉而浏夷。斩长蛟而射虎兮，乃孝侯
之风期。登钓台而周览兮，循水树而怀思。景芳轨其可作兮，将溯洄
而遇之。越四世惟卫辉兮，徙湖南而居亳，四世祖卫辉公从宜兴之湖南徙居
亳村云。面南山以寄胜兮，背滆湖以为泽。觇蓬匕之云气兮，日爰止而
爰托。既高风之耕隐兮，图乐耕以尚羊，余七世祖号耕隐，绘《乐耕图》，文
待诏有《题乐耕图诗》。更廉丞之美政兮，存遗爱于桐乡，余六世祖名邦，号思
堂，为桐庐县丞。高祖维古愚兮，嗟不禄而早世，余高祖名宪章，号古愚……
鞠孝洁以成立兮，名五经之铿匕，予曾祖名一经，谥孝洁。秉天资之纯粹
兮，昉古哲之德音。俨戕匕之衣冠兮，宛蔼匕于琴瑟。洵乡党之响慕
兮，雅荐绅之悦钦……丕笃生我显祖兮，予祖少保公讳于廷，字孟谔，幼卓荦
而俊雄……长射策而登甲榜兮，乘凫舄于浙中。轶卓鲁而考绩兮，乌
府而骤青骢……缵厥志于吾父兮，金曰贤于季子。早束发而爱书兮，
爵英多而特起。缔缟带于出门兮，历九州而高视。悯皇舆之多故兮，悲
越石之暮齿。首大难而击奸兮，驰檄书于都邑先君讳贞慧，字定生，与贵池吴
应箕、梁溪顾杲布留都防乱攻阮大铖。聚太学之清流兮，咸顾厨与俊及。……
铁骑蔽江而下兮，举半壁而全掷。信天命之莫挽兮，徒结乎枕戈。愿
塞海而无力兮，欲移山其奈何。极侘傺而靡聊兮，发悲愤于浩歌，采
芙蓉于秋岸兮，摘丛菊于山阿。①

阳羡陈氏自称其支脉系出南宋大儒永嘉陈傅良之后，"迄有宋之中衰
兮，从播迁于南土。肇止斋之理学兮，列名臣之豆俎"。止斋先生裔孙承
先公"爱宜兴山水，卜居滆湖南白塔里"，"（承先公）生宋德祐元年乙
亥，又七年而宋亡。其迁宜当在元初"②。从《家风赋》的叙述可知，陈
氏家族迁入宜兴后，曾有过迁徙分流。承先公子官四，字达之，生于元大
德五年，"来宜方二世，而克振家声……其才器闻望必有大过人者，惜事

---

① （清）陈维岳：《家风赋》，《亳里陈氏家乘》卷十八，民国二十九年开远堂藏本。
② （清）陈行山：《始祖宋亲军指挥使承先公小传》，《亳里陈氏家乘》卷十一，民国二十
九年开远堂藏本。

迹无考"①。官四子三，亨一居叶塘，亨二守祖居，亨三居武进。亨二子云衢公，初任河南卫辉府同知，有惠政，"陞任广东南雄府尹致仕，配亳村吴太四女，因徙居焉"②，陈氏遂从宜兴涌湖之南迁到了亳村。云衢公即亳村始祖。云衢公生三子，遂为亳村陈氏分支所自始，其中伯敬公一支植基深厚，人丁兴旺。伯敬公，讳以恭，字伯敬。"科名舄奕、云礽蕃衍"的耕隐、隐樵两支皆为伯敬公后裔。耕隐公陈远澈"为人豁达有大度，慷慨赴义，能缓急人"③，在乡邑以才干著称。耕隐公生思堂公陈邦，思堂公生古愚公陈宪章，古愚公生怀古公陈一经，怀古公生少保公陈于廷，少保公生定生公陈贞慧。贞慧五子，长陈维崧，次陈维嵋，三陈维岳，四陈宗石，幼陈维岗。耕隐公之后的陈氏家族世系基本情况，已有多位学者进行过初步的梳理与论析④，兹不赘述。

陈维岳对家族历史的回忆，是一个"荷国宠荣，本望族华胄"⑤的还原过程。陈氏先人重视自身的德行修养，多以名德重于时。"慷慨赴义"的耕隐公又以"性笃"而著称。耕隐公本为廷璧公冢子，后出继同高祖之介轩公，"念本生父母，择良壤以葬，至今奕世光显"，文征明尝作《乐耕图》赠之，并赋诗"旧说子真矜谷口，今输元亮傲柴桑"⑥。耕隐公孙怀古公陈一经"耳鞠孝洁以成立兮"，乃耕隐公笃良品性的后继者。陈一经，字伯常，别号怀古，怀其父古愚公之义。"公在襁褓，古愚翁先朝露，公无貌于心，延里戚长老曾耳而目之者，偏问其象，以其象属画史谨仪之，悬之壁，公不能仰视，澜然而涕下，至忌日悬而哭曰：此吾终身之丧也"，"公伤不及事父，故事母独挚"⑦，其性淳孝跃然于眼前。陈一经不

①　（清）陈行山：《二世祖元仪宾达之公传》，《亳里陈氏家乘》卷十一，民国二十九年开远堂藏本。

②　（明）陈于廷：《府尹云衢公小传》，《亳里陈氏家乘》卷十一，民国二十九年开远堂藏本。

③　（明）陈一教：《耕隐公小传》，《亳里陈氏家乘》卷十一，民国二十九年开远堂藏本。

④　陈维崧家世考述，可参见严迪昌《阳羡词派研究》第一章，齐鲁书社1993年版。陆勇强《陈维崧家世考述》，《暨南学报》（哲学社会科学版）2002年第1期。魏淑芬《湖海楼词研究》第一章，台北里仁书局2005年版。

⑤　（清）陈维岳：《家风赋》，《亳里陈氏家乘》卷十八，民国二十九年开远堂藏本。

⑥　（清）陈维崧：《敕赠征侍郎翰林院检讨先府君行略》，《陈迦陵文集》卷五，张元济纂辑：《四部丛刊》初编第281册，上海书店1989年版。

⑦　（明）郭子章：《陈孝洁先生传》，《亳里陈氏家乘》卷十一，民国二十九年开远堂藏本。

仅事亲以孝为先，而且立身以洁为尊，故里中称为孝洁先生。陈一经从弟陈一教幼孤，一经视如己出，将其抚养长大并亲自教授，培养成才，一经"受经于富室，必携公（陈一教）与其子于廷"①。

陈氏先辈以仕宦为重，表现出强烈的济世精神。陈维崧昆仲七世祖耕隐公陈远澂慷慨豁达，"里中有大徭役，率推为长卒治办，盖其才周也"，曾祖怀古公陈一经"设义塾，置义田"②，其曾祖叔父云硐公陈一教以仁为政，"公初任户曹典京仓，首请出红朽，赡贫户岁饥，辇下无饥人"③，皆是济世求实精神的体现，追求实行实干、实功实利。陈维崧昆仲的祖父陈于廷，乃东林党人中真正具有高亮风节的中坚人物，曾因抗击魏忠贤阉党以及直言上疏而两次落职。《东林列传》载其详细事迹：

　　魏党羽翼既成，天下无敢难魏珰者。杨涟、左光斗至以身殉之，而一时正人驱除尽矣。初，南星谴去，于廷代视事，魏广徵欲以私人代南星，于廷面拒之，而会推乔允升、冯从吾、汪应蛟。忠贤大怒，叱曰："是三人者，庸愈于南星乎？于廷乃渠党，不可不急逐之。"于廷既罢，与杨、左同日出国门，忠贤命骑四侦之，于廷行李萧然而止。后又遣缇校逮之，会熹宗崩，乃免。愍皇帝立，更政举遗老。起南京右都御史，掌南察。时逆党虽诛，而奸党犹在位，乃与署察事户部尚书郑三俊等合疏言曰：臣子致身，惟奉一君，以为大朝廷行法，凡怀二心者必诛……一时邪党俱尽，舆论快焉。又三年，升北京都察院左都御史。具疏辞，不许拜阙，谢恩毕退，而告人曰："于廷平生好言天下事。官御史时，则其职也。熹宗拱默，中人有窃国者，于廷即去言路，亦当言。今天子英明，尝疑臣下好名沽直接，更多言徒滋疑。天子惟有勉修职业，仰报万一耳。"明年八月，御史祝徵、毕佐周以笞卫弁，失上旨，下都察院，于廷乃抗言曰："陛下赫然

____

① （清）钱谦益：《中大夫参政陈公墓志铭》，《亳里陈氏家乘》卷十一，民国二十九年开远堂藏本。

② （明）郭子章：《陈孝洁先生传》，《亳里陈氏家乘》卷十一，民国二十九年开远堂藏本。

③ （清）钱谦益：《中大夫参政陈公墓志铭》，《亳里陈氏家乘》卷十一，民国二十九年开远堂藏本。

留意武功，欲激励诸甲胄，臣即薄谴两御史未为过。然天下将骄卒
悍，纪纲不立，尾大之势已见萌芽。又摧挫法吏，以长其焰，恐益
溃废，不可收拾，将贻圣明之忧方大。今日倘避激聒，不一渎言为
失职。失职且负国，老臣不敢。"是时，天子意有所向，于廷持之益
坚……而辅臣周延儒素不悦于廷，又从中挤之，遂再削籍归。于廷事
四主，立朝四十年，不为锲急而见义必为，有直无曲，以敢言再削
籍，故海内翕然仰之。①

　　陈于廷的正直与刚介得到士林同辈及后学的广泛赞誉，《亳里陈氏家
乘》中收有云间许誉卿、同里张玮、金沙周镳、桐山方文、雪苑侯方域、
豫章张自烈、吴邑钱禧、宛陵沓质、西昌邓履中、华亭陈子龙等为陈于廷
所作的《中湛陈公像赞》。张玮赞之为"邑之鸾、殿之虎、众正之弁而百
僚之黼"②，方文称"公起亚相，表率百僚，自南而北，德音弥劭"③，侯
方域曰"维公之哲俟河之清如玉，斯韫于沁于衡"④。在众家赞誉之中，
黄宗羲论陈于廷耿耿品节最为公允："天启间，逆阉窃国，是时有《百官
图》、《邪党录》、《天鉴录》、《同志录》、《点将录》，依之以尽杀朝廷之
史，所谓东林党人也。其间侍从之杨（涟）、左（光斗）以外，宜兴少保
陈公为之魁。"⑤

　　陈于廷又是陈氏科甲的振兴人物。耕隐公至古愚翁，陈氏始以文德
显。古愚翁子陈一经，虽应试"大有声黉序，出境受徒，履满户外，陈氏
子弟就学讲业"⑥，但尚不足以支撑陈氏之望。明万历二十三年，陈于廷
高中进士，步入仕途，成为陈氏家族荣誉的重要象征。此后不久，于廷从
叔陈一教、从弟陈于泰、陈于鼎先后登第，出现了叔侄、父子、兄弟同朝

---

①　（清）陈鼎：《东林列传》卷十六，（清）纪昀等编纂：《四库全书》第458册，上海古
籍出版社1987年版。
②　（清）张玮：《中湛陈公像赞》，《亳里陈氏家乘》卷十五，民国二十九年开远堂藏本。
③　（清）方文：《中湛陈公像赞》，《亳里陈氏家乘》卷十五，民国二十九年开远堂藏本。
④　（清）侯方域：《中湛陈公像赞》，《亳里陈氏家乘》卷十五，民国二十九年开远堂藏本。
⑤　（清）黄宗羲：《陈定生先生墓志铭》，《南雷集·吾悔集》卷一，张元济纂辑：《四部丛
刊》初编第266册，上海书店1989年版。
⑥　（明）郭子章：《陈孝洁先生传》，《亳里陈氏家乘》卷十一，民国二十九年开远堂藏本。

为官的盛况，一时传为儒林佳话，陈氏声名大振。陈于廷被视为开创陈氏科第繁盛局面、影响家族文化精神的重要人物，陈于廷的思想、人格和作为，则成为时刻影响陈氏子孙人生道路的重要家法家规。

陈于廷与杨涟等人志节相共，"公与杨、左一日同罢。马空台上，狐鸣輂下。杨、左蹈义，公危"①，但陈于廷却置之不顾，与之称生死至交。他于杨涟惨死后藏"杨忠烈公"遗像于家，命只有十岁的陈维崧代作《杨忠烈像赞》："呜呼忠烈！秉国之纲，英风毅骨。千载芬芳……呜呼忠烈！……衣冠之祸，剧于娆圣。六月霜飞，白虹贯井。呜呼忠烈！涿鹿之滨，萧萧策塞。维予三人，应山桐城……"②　这一言传身教对于年幼的维崧而言，无疑是最为深刻的思想启蒙，深入其髓。三十年后，陈维崧在如皋遇杨涟之孙杨竹如，一泻而出《沁园春》，"屈指憨孙，惟我与君，今日相逢。叹家世膺滂，破巢剩垒，丹青褒鄂，硬箭强弓。忠烈公遗像存余家三十年矣，今始奉还。磊块谁浇，飞扬不禁，愿学当年曹景宗。银灯底，恰情歌宛转，妙伎玲珑"。结尾处"歌且止，思两家旧事，此曲难终"所表达的跌宕深沉的悲慨之情，激越不已，殊不知这是在童年时代就已有的心理积淀。

陈氏祖辈的品德修养，精神气质，是该家族作为文化望族保泰持盈的重要资源，关乎陈氏的荣辱兴衰，对陈氏子孙的心理有重大影响。陈维崧等陈氏后辈担负着光大祖先德业的重任，当现实环境使他们愈加远离家族理想时，他们便会陷入深深的怀念与追忆之中，陈维岳的《家风赋》表达的正是这样的含义："荷国宠荣，本望族华胄也。遭乱流离，中运颓落。昔陆机、潘岳并有文辞以述扬先德，小子何敢忘焉。"③

二　家族姻娅对清初陈氏家族的政治影响

1644 年，是中国历史上的多事之秋。是年农历三月十八日，李自成率起义军攻破北京，建立大顺政权，崇祯帝自缢于景山，朱明王朝顿时倾

---

① （清）方文：《中湛陈公像赞》，《亳里陈氏家乘》卷十五，民国二十九年开远堂藏本。
② （清）陈维崧：《杨忠烈像赞》，《陈迦陵文集》卷十，张元济纂辑：《四部丛刊》初编第281 册，上海书店 1989 年版。
③ （清）陈维岳：《家风赋》，《亳里陈氏家乘》卷十八，民国二十九年开远堂藏本。

垮；是年农历五月初三，清军的铁骑踏入京城，结束了李氏政权的短暂命运；是年农历八月二十六日，六岁的爱新觉罗福临在京登基，揭开了清朝统治中原的大幕。明清易代之际，多方政治势力互相冲突，政治风云复杂多变，与晚明政坛休戚相关的陈氏家族也因此受到影响。

　　首先，因镇江周镳被捕杀事件牵连，与周氏有儿女姻亲的陈贞慧身陷牢狱。陈贞慧，字定生，陈于廷季子，是父辈耿介精神的重要传承者。这位与桐城方以智、如皋冒襄、商丘侯方域合称"明末四公子"的杰秀人物，一生以义为重，行迹光明磊落，堪称晚明"清流"之殿军。崇祯十一年（1638）参与组织讨伐阮大铖的《留都防乱公揭》（又名《留都防乱公檄》）之举震烁天下："崇祯末，阮大铖作《蝗蝻录》，谓是东林后劲，依之以尽杀天下之清流，其间贞慧为之魁。然贞慧虽为布衣，而持尚名节，与金沙周镳、贵池吴应箕、无锡顾杲等善激扬名声，互相题拂，衡量公卿，讥刺执政，如后汉党人。会崇祯十一年，阮大铖谋起用，贞慧与诸人具揭发其事。初，魏忠贤伏诛。阮大铖以逆党禁锢，日夜谋于故相周延儒，思起用，延儒已许之矣，而周镳不从。会宣城人沈寿民保举入京，首劾杨嗣昌，并及大铖，大铖始沮丧。而贞慧等之揭又继之，于是大铖恨次骨。会延儒再相，大铖遣私人迓于虎丘，贿以金爵，延儒返爵曰：'息壤犹在南都，清议亦可畏，……贞慧应试南都，每酒后与诸人沸诟大铖，以为笑乐。'"[1] 此事在当时影响极大，黄宗羲《陈定生墓志铭》称"一时胜流咸列其姓名，大铖杜门咋舌欲死"[2]，可见贞慧等人的义举影响广泛。也正是此事，为后来陈氏家族蒙难埋下了祸根。

　　南明小朝廷尚存之际，贞慧及子维崧曾被捕至镇江，陷于虎口。此事的导火索是复社成员周镳被南明捕杀，周镳乃陈贞慧挚友周镳之弟，贞慧与周镳有儿女姻亲，其仲子陈维崧娶周镳之女。由此不难推测出，陈贞慧的狱劫，实际是晚明阉党与反阉党斗争的延续。阮大铖是当时南廷主政者之一，崇祯年间，陈贞慧不仅参与起草《留都防乱公揭》讨伐之，还于酒

---

① （清）陈鼎：《东林列传》卷十六，（清）纪昀等编纂：《四库全书》第458册，上海古籍出版社1987年版。
② （清）黄宗羲：《陈定生先生墓志铭》，《南雷集·吾悔集》卷一，张元济纂辑：《四部丛刊》初编第266册，上海书店1989年版。

后垢其弊病取笑之，阮大铖岂能不恨。因此，他东山再起之际便借权术报私仇。此难虽因贞慧从容辩理及多方营救而得以缓解，但贞慧父子被释归家后，贞慧便裹足穷乡，自构土室，足迹不入城市者十余年。同里好友任元祥赞其称："先生隐蓬蒿之间，饥寒困穷，不渝其志，天下又莫不叹息。高先生之风，比先生之晋陶潜、宋谢翱也。"① "遗民故老时时犹向阳羡山中一问生死，流连痛饮"，② 贞慧之室成为清初遗民"惊离吊往"的一个集合地。

陈贞慧生平行迹对维崧兄弟的影响极为深刻。他将家族精神作为日常庭训，命维崧、维嵋、维岳等牢记在心："岁时伏腊，张少保公像于堂上，立维崧兄弟辈于阶下而语之曰：若知祖父之所来乎？读书明大义，幸无忘若祖父也。言罢泪浪浪下。"③ 陈维崧《文杏斋记》中所记述的耳提面命式的父训更加让人动容："一日，大人呼崧而命之曰：尔小子亦知斯斋之所自乎？自尔祖少保之构，此斋也三十年矣。自尔祖之弃世，而尔父之险阻艰难以处此地，又廿余年矣。念平昔踪迹所之，燕赵吴越之间，名山胜境，历历在吾目焉。然自甲申、乙酉以来，余不复出矣。"④ 言语之间，世事艰难，家国之恨，不胜言说。维崧兄弟在这样的家庭氛围之中，在祖辈、父辈的精神熏陶之下，家国之痛所引发的心灵冲撞更为强烈。

其次，陈贞慧堂兄陈贞禧参加卢象观抗清起义军，战死。卢象观，字幼哲，妻于陈维崧的堂姑，为陈贞禧、陈贞慧的堂姐夫。象观本以文名于乡邑，曾与黄羲时、吴其雷、蒋永修订秋水社，互相砥砺，文誉大起。清兵南下，"象观集邑中士大夫，于明伦堂悬明太祖、成祖二像，哭之，观者皆泣。因谋起义"，从此，"宜兴（阳羡）号义兵者也都与象观旌旗相望"⑤。

---

① （清）任元祥：《祭陈定生文》，《鸣鹤堂文集》卷八，清光绪刻本。

② （清）黄宗羲：《陈定生先生墓志铭》，《南雷集·吾悔集》卷一，张元济纂辑：《四部丛刊》初编第 266 册，上海书店 1989 年版。

③ （清）陈维崧：《敕赠征侍郎翰林院检讨先府君行略》，《陈迦陵文集》卷五，张元济纂辑：《四部丛刊》初编第 281 册，上海书店 1989 年版。

④ （清）陈维崧：《文杏斋记》，《陈迦陵文集》卷六，张元济纂辑：《四部丛刊》初编第 281 册，上海书店 1989 年版。

⑤ （清）李先荣等原本，阮升基增修，宁楷等增纂：《重刊宜兴县旧志》卷八《人物志·忠义》，清光绪八年重刻清嘉庆年本。

陈氏子孙不仅受南明朝廷打压，因参战抗清而亡，还有因反对李自成起义军而被害者。陈贞达，字则兼，陈于廷第三子，陈维崧之三伯父，"以父荫授应天府通判。崇祯己卯，补户部主事。时遣中官分理部务，公卿无不承望风旨，贞达独不为之下。珰衔之以事下诏狱，在狱中与黄阁部道周情好最密，每酒酣阁部，辄指寝室曰：此吾两人山阳垆畔也。久之得释，左迁顺天府知事。甲申三月，流贼（作者按注：李自成起义军）陷燕都，被执。瞋目骂贼，贼怒以刀斫执，流血赭体，骂愈甚，桎两足，投马枥中，渍以马矢，骂犹不绝，三日而死。"① 贞达的临危不惧，是陈贞慧之耿介与陈贞禧之忠义二重交汇之表现，也是陈氏家族精神的影响。

显然，陈贞慧的清正、陈贞禧的忠义、陈贞达的耿介，与陈氏重德行修养的家风密切相关。陈于廷的先辈多以孝为重，在家国同构的社会组织方式中，"孝"与"忠"紧密联系。以孝为重，最基本的是要承担尊老养老的职责，更深层次的则要效忠朝廷君主，以维持家族声望。忠孝观念激励着陈氏士子振兴家业，以济世为抱，而强烈的干预现实的意识也成就着陈氏族人家国同一的忠孝观念，使陈氏家族成为一个以德为先，以气节为重的文化望族。然而，国变易主，打破了陈氏家族世代传承的济世精神和忠孝观念，陈氏子孙于大义面前所做的人生选择，为家族生存带来了重重困境。

三　家族痛史与文学振兴

明末清初，陈氏家族的文化环境因仕举而不断改善，文化积累愈益丰厚，已取得了多方面的文化成就。诗、词、散文、戏曲等，陈氏族人及子孙无不涉及。陈氏曲群、陈氏词群在阳羡文化史上都留下了浓重的一笔。可是在南明党争及清廷各类案狱的双重夹击之下，阳羡亳村陈氏命运多舛，遭乱流离，家庙颓倾。这一本已显示出蓬勃势态的文学家族几遭被摧毁的命运。

被推为文坛盟主的陈贞贻困于科举，因病早逝，未能在有生之年感受

---

① （清）李先荣等原本，阮升基增修，宁楷等增纂：《重刊宜兴县旧志》卷八《人物志·忠义》，清光绪八年重刻清嘉庆年本。

到时代的动荡，但若假以天年，贞贻也会奋勇而起，将陈氏刚介忠义的家族传统发挥得淋漓尽致。著有《梅花梦》的陈贞禧于国难面前表现出大丈夫毅然决然的担当勇气，追随卢象观义军战死。陈氏曲群的领军人物陈于鼎于顺治十八年（1661）因牵涉通海案被当局杀害。这位精于戏曲又通于仕宦的人物，阅历无数，经历曲折，而立之年便中进士，供职于明翰林院，后因内阁党争，削职回家，南明弘光朝建立后，他又被启用。清兵南下江南，他随钱谦益等降清，被送到北京任弘文官编修，不久因替苏州申某作保借旗债，受累革职，便隐退镇江，与一些遗民文人结社唱和。陈于鼎流寓镇江十多年，成为当地的乡宦。清顺治十六年（1659），郑成功水师围镇江，关于是否迎郑入城，史有"（镇江守将）高谦、（镇江太守）戴可立与乡宦笪重光、杨鼎、陈于鼎、王纪等俱在城上商之"① 的记载，结果不详。但很少为人所知的是，陈于鼎年轻时曾被漳州参将郑芝龙留为家塾老师，教其子郑森，即郑成功。陈、郑二人既然曾有师生之谊，陈于鼎对郑军入城显然是支持的。又据《翰林院左庶子陈公墓表》所叙，陈于鼎"临命之顷，大声曰：明末惟李定国、郑某水陆两大战差可人意。吾得附其骥尾，死何恨哉"②，可证其心志。其"通海"之心迹甚明，死也甚惨："悲夫南徐己亥之祸何其酷也！实庵先生侨于江上，几不免。及归里门，仍为怨家所陷，死于长安之市。溽暑，无收之者，故奴李彦夜窃出，购其元，纫之，载而南，葬土穷山，人迹罕至之处。"③

陈贞慧的族叔陈于泰，字元长，一字大来，号谦茹，生于明万历二十四年，卒于清顺治六年，享年五十四岁。自少颖异，状魁偲㑥，有大志，名崇祯辛未（1631年）殿试，对策第一，得状元，授编修翰林。这是位性格直率、不拘小节之士，"在金马门多不理于口，然皆小节也，浩气磅礴，大闲不踰，间涉曼倩，诙谐平与月旦"，"甲申之变，公哭于苏之郡学，绝而复苏，撤版扉昇而归。明季巡抚霍达疏荐公可大用。时王坤在内干政，将埋宿怨，在廷，诤然。坤终畏人言，降内票，问翰林院应补授何

---

① （清）计六奇：《明季南略》卷十六，中华书局 2006 年版。
② （清）顾于咸：《翰林院左庶子陈公墓表》，《亳里陈氏家乘》卷十一，民国二十九年开远堂藏本。
③ 同上。

职。公未受任、遽上封事言：'臣不愿居内，乞授军前一衔。事济虽卑秩，何恨不济，甘与史可法同死！'因极言四镇之难制，从中不无首鼠者；将相不和；其责在相。亹亹千万言，为马、阮所切齿。"① 他对腐败的南明朝廷深感不满，但也拒绝与新朝合作，"公遂不归，披缁于白门天界寺"②。五十寿时陈于泰作《念奴娇》一阕，流露出明显的隐退之意，"种柳移松堪结侣，世上软红都隔。二乐名园，三秋命阁，半亩溪干宅。杜衡兰芷，有时散行摘"、"暇则烂醉高歌，清风明月，倚户招为客。江左夷吾应好在，那用东山复出。伯玉知非，卖臣幸贵，两者谁相易。近来陶写，老怀丝竹闲适"③。然而，此愿未成。陈于泰为避清廷地方官的推荐，躲于夹墙之中，最终因饥饿病痛离世。于泰惨苦而终，给子孙们留下了深刻创痛，陈维崧兄弟及于泰曾孙陈枋皆有大量缅怀奠祭之词，深沉悲凉。

受陈于泰、陈于鼎祸事株连的子孙皆命运凄惨。陈于泰第三子陈玉铸，字卫玉，号石湖，著作与迦陵各成一家言，有《悦山楼全集》载邑志。因父叔辈所为而被怨家陷于怨口，戍遣东北，长流宁古塔。陈于泰第四子陈玉田，出继于鼎，与其兄有同样命运，亦因"南徐己亥一案"而受牵连。陈于泰、陈于鼎兄弟虽与陈贞慧同宗不同支，且长贞慧一辈，却与贞慧年龄相仿，贞慧仅幼于陈于泰八岁，他们二代自于廷一代就视同一家，故于泰、于鼎一支的悲惨遭遇，在陈家引起的震慑和悲苦巨大而深刻。陈玉铸子陈念祖（字弓冶），曾于康熙十一年（1672）带着父亲苦戍塞外的消息归乡省亲。陈维崧在"弓冶弟万里省亲，三年旋里"这一悲喜交加的情景中，以词表心，长歌当哭："吾家难弟，古今稀有。万里寻亲逾鸭绿，险甚黄牛白狗。一路上，夔蚿作友。辛苦瘦儿携弱肉，向海天、尽处孤踪透。三年内，无干袖。"④ 陈念祖闻有损赎之诏，不惜破产，替父赎生，曹亮武曾作《贺新郎》送之。此举最终未成，陈卫玉在老无所养

① （清）吴伟业：《翰林院修撰陈公墓志铭》，《亳里陈氏家乘》卷十一，民国二十九年开远堂藏本。

② 同上。

③ （清）陈于泰：《念奴娇·五十自寿》，程千帆主编：《全清词》（顺康卷），中华书局2002年版，第46页。

④ （清）陈维崧：《贺新郎》（休把平原绣），《迦陵词全集》卷二十六，张元济纂辑：《四部丛刊》初编第282册，上海书店1989年版。

的绝境中逃归，而卫玉妻子独自流落东北十七年而殁，陈氏家乘中记有陈卫玉孙陈其复曾万里寻觅祖母遗骸的孝行。

陈氏所受的政治胁迫，来自两股本身就水火不容的政权势力。以"恢复宗庙"为旗号的南明弘光政权延续了晚明政坛权奸营私、党同伐异的逆流，不忘打击异己势力，与晚明党争紧密关联的陈氏族人不幸牵连其中。与此同时，八旗步骑南下，势不可挡，而坚持气节与忠义的陈氏又决意不事新朝，反抗情绪强烈。在气节与国难、忠于一主与华夷之变等尖锐的政治交锋中，陈氏这一门第华贵的簪缨之族家日以蹙，衰落不振。势单力薄的陈氏，如惊弓之鸟，难觅安稳的立足之地。清初的陈氏子孙可谓在夹缝中艰难求生，如履薄冰，由此也特别惊恐与敏感，那潜藏于心底的悲凄之情，诚难以言喻。陈维崧、陈维嵋、陈维岳、陈枋、陈履端等有大量追忆故园、缅怀祭奠陈氏先辈、抒发手足情深之词，原非偶然。

陈贞慧病逝后，陈维崧兄弟被乡里私仇者视为"釜中鱼、几上肉"①，为避难求生计而各散四方，陈维崧避难如皋，陈维嵋独守故园，陈维岳羁旅燕京，陈宗石带陈维岗入赘商丘。本为世宦子弟陈氏昆仲，本应在良好的文化熏陶之下继续成就家族辉煌，但却因家境的巨大变化而流落四方，奔走于饥困之间。他们虽有满腹才华，却不得用于世，甚至长期居无定所，流落漂泊。理想与现实的强烈落差给陈氏昆仲造成的心理冲撞不言而喻。残酷现实的重压之下，陈氏子孙唯有将真实的自我、将内心的情感深埋于笔端，将那难以诉尽的由家族变动、个人寄寓所引发的种种委屈与无奈、失落与辛酸寄寓文字之中，陈维崧昆仲的诗词中那挥之不去的故国之思、萦绕不绝的亲情之念、悲慨苍凉的漂泊落拓之感，成为词史绝唱。家族痛史引发了家族文学兴盛，陈氏，在家族最为衰败之际却进入了文化的鼎盛辉煌时代。

第二节　陈氏家族的诗文成就

阳羡陈氏才俊辈出，造诣多端，在清初阳羡文化家族群中非常典型。

---

① （清）陈宗石：《陈迦陵文集跋》，（清）陈维崧：《陈迦陵文集》，张元济纂辑：《四部丛刊》初编第281册，上海书店1989年版。

陈氏文学领军人物乃"江左凤凰"陈维崧，与之共撑门面的则有其弟陈维嵋、陈维岳、陈宗石、从弟陈维岱，以及从侄陈枋、子陈履端，他们于诗、词、古文、骈体无所不通，盛极一时。陈氏文学创作的多样性及其影响力，是清代阳羡家族文学研究不可回避的重要问题之一。

一　陈贞慧与陈维崧之文

身为文学家的陈贞慧，乃清初的散文名手之一，有《皇明语林》、《山阳录》、《雪岑集》、《书事七则》、《秋园杂佩》等著述。陈氏昆仲名震文坛，陈贞慧影响不容忽视，"迦陵兄弟行，莫不含宫咀商，埙篪迭奏。盖定生先生为党人魁首，名在三公子之列，文采炳蔚，贻为渊源"①。因陈贞慧文集版本罕见，其散文作品向来少为人所提及。但是，无论对明末清初特殊历史时期的士人群体而言，还是对声名显赫的陈氏家族文学来讲，陈贞慧文学创作研究都显得十分必要。

陈贞慧有《山阳录》一卷，是书叙山阳耆旧若陈继儒、文震孟、张玮、黄道周、华允诚等死难之士，五君子、四先生、十子、二子等篇，目的在于念故不忘，彰显其气节与品行。陈贞慧又有《书事七则》一卷。是书所记为明末清初三十年间所见所闻。计有会推张江陵、杨武陵先后夺情事，甲申南中迎主事，防乱公揭本末、癸未毗陵事、华吏部允诚死节事、周季子事，凡七则，后附衲米（原名薛来）评语，前有自序及衲米序。陈贞慧还有《过江七事》一卷，记过江以后事。以三字目，有计迎立、正纠参、禁辑事、获总宪、裁镇将、防左镇、持逆篆七事，与《书事七则》所叙之事不同。这两本书集多为回忆性叙事散文，内容以晚明及南明诸政治事件及政治人物为主，从其文目可知，作者具有鲜明的"史"的意识，以文存史，记其本末。

清顺治五年，陈贞慧作《秋园杂佩》一卷："荻洲鸥地，抱病来此。败甑颓铛，时煎恶草，以送日隙，则摊书涤砚，未足以消耗闲心。偶拈数条，以为寂历之助，题曰秋园杂佩。道者曰，此子无福，少却松间一日瞌

---

① （清）谢章铤：《赌棋山庄词话》卷四，唐圭璋编：《词话丛编》第4册，中华书局2005年版，第3380页。

睡也。余笑而颔之。戊子秋八月定生识于亳村之雪岑。"① 是编所记皆耳
目间物，近而小者，然念故国而伤心，故托物以见志。由侯方域所书序言
便可知："其曰庙后茶，以澹为宗，君子之交澹若也，讥附浓也。曰兰，
自喻也，众草芜秽，兰独芳也。曰庞公榛，托西方氏，志物外也。曰竹
菇，山中所在，有之食焉，言采薇也。曰南岳莼，惟南岳涧中为然，易置
他所即菱，感物生之不可移也。曰香橼，志闽粤之阻也，叹摘香于童仆
也。曰书砚，感髀肉也，思良友也。曰鹦鹉啄金杯，记先朝法物，思太平
也。曰时大彬壶，伤名有幸成，而物易丧古也。曰湘管，稽锻也，王琴
也，悼相国之先哲而贵池之忠义也。曰黄熟香，辨正也，恶夺真也。曰五
色石子，质坚也，文离离也，我心匪石也。曰折叠扇，志变制也。曰邱山
胡桃，详其始，详其废，详其复，记兴废之有自也，不独物有然也。"②
陈贞慧以文咏物，以物寄情，其词微，其旨远，从侯方域的介绍来看，陈
贞慧所咏之物虽为日间或自然中常见之物，但却各有寓意，寄予了作者的
深厚之情，表心志、思友人、念故国、叹历史。

陈贞慧所著《山阳录》、《书事七则》、《秋园杂佩》三种合称《陈
定生先生遗书三种》。这三部散文集，以记人记事为主，所录多为明清
之交的著名人物及当时的重大历史事件，流畅自然，如风轻云淡，舒卷
自如，字里行间又渗透着深沉悲情，真挚动人。前朝往事是贞慧心中的
隐痛。他笔下处处流露的故国之思，实际是以史为鉴，反思兴亡之本，
表现出拒绝与排斥新朝的态度，文为心声，陈贞慧的心旨一目了然。他
曾有"今吾辈正当讲学力行，私淑东林之绪言耳"③ 之说，乃自明心志
之言。

陈贞慧的文学影响，对于后辈子孙而言，并不在于创作技巧的探讨与
启发，也不在文学体式的继承与发展，而是其文学活动中所蕴含的精神力
量。陈维崧的体会最为深刻，"丙申，侯仲衡方岳至自睢阳，姚端初宗昌
至自吴门，沈高逸寿民至自宛陵，府君喜，则与为十日饮……醉后令维崧

　①　（清）陈贞慧：《秋园杂佩自序》，《秋园杂佩》，清康熙刻本。
　②　（清）侯方域：《秋园杂佩序》，《壮悔堂文集》卷五，顾廷龙主编：《续修四库全书》第
1406 册，上海古籍出版社 2002 年版。
　③　（清）任元祥：《陈定生行状》，《魏鸣堂文集》卷五，清光绪重刻本。

诸弟诵屈大夫《卜居》，满座为楚歌。府君闻而悲之"①。陈贞慧与侯方岳（侯方域弟）、姚宗昌、沈寿民的聚会，在江东各地潜在的反清势力秘密活动最为频繁的顺治丙申年，他在宴席间令子弟高诵《卜居》，何等悲壮慷慨。此举必令陈维崧兄弟深受感染。陈维崧以气谊为重、疏宕不羁的个性特征，陈维嵋狷介自持、独守清贫的生活状态，以及他们诗词中那随处可见的对家国残梦的悲叹、沉痛怨悱的今昔之感，盖源于其父之言传身教。

陈贞慧长子陈维崧，乃陈氏文学之巨擘，各体皆擅，除了诗词之外，既有古体《陈迦陵文集》，又有《陈迦陵俪体文集》。就文坛影响而言，陈维崧是公认的清初骈文大家。陈宗石《陈迦陵俪体文集跋》引汪琬之论云："陈处士维崧排偶之文，芊绵凄恻，几于陵徐扳庾"、"唐以前某所不知，盖自开宝以后七百余年，无此等作矣"②。其推崇之高，清初无可与比者。能被视为文坛大家者，一是必有独树一帜的艺术风格。传世的《陈迦陵俪体文集》，或抒情，或叙事，或议论，俱能发挥才情，才高气雄，佳制遂成，风格独特。二是必得承前启后之成就。陈维崧集前者之大成启后者之新变的影响，集中体现在他的骈文体式、技巧的变化性和开创性。

陈维崧为文，喜好采用对话体，如《陈迦陵文集》中的《路进士诗经稿序》、《钱磏日史论序》《词选序》等，都采用客问主答模式结构全文。主客对话形式，作为一种文章模式，在汉赋中较为常见，而陈维崧则创造性地将之借鉴移用到骈赋及骈序中。《白秋海棠赋》采用客问主答式，一问一答中完成对白秋海棠的描述。《徐昭华诗集序》开篇先虚构濑中夫子与毛颖先生，"濑中夫子，借游细柳之仓；毛颖先生，并辔长楸之馆"③，后以二人相与数友游故园，论当年人物为情境，在对话中展示徐昭华的家世，性格，文学才华，诗歌特色，前似赋后似序。

①　（清）陈维崧：《敕赠微侍郎翰林院检讨先府君行略》，《陈迦陵文集》卷五，张元济纂辑：《四部丛刊》初编第 281 册，上海书店 1989 年版。

②　（清）陈宗石：《陈迦陵俪体文集跋》，（清）陈维崧：《陈迦陵俪体文集》卷末，张元济纂辑：《四部丛刊》初编第 281 册，上海书店 1989 年版。

③　（清）陈维崧：《徐昭华诗集序》，《陈迦陵俪体文集》卷五，张元济纂辑：《四部丛刊》初编第 281 册，上海书店 1989 年版。

　　骈文是讲究技巧的美文，主要体现在如何用典与安排对偶。善于化用典故，是陈维崧诗文词中普遍存在的现象。就其俪体文而言，引征史实，化用诗句尤为频繁，几乎篇篇涉典，《滕王阁赋》等文甚至每句必典。陈维崧骈文不仅用典密集，而且精妙妥帖，达到自然浑成之境，这也成为陈维崧骈文的重要特色之一。如《与周子俶书》中的自谦之辞："无王璨依人之策，而有祢衡傲物之累；寡陆机入洛之志，而抱沈炯思乡之哀。"①反用王璨、陆机典与正用祢衡、沈炯典相结合，委婉道出自己流落异乡，无依无靠，不随时俗，眷恋故乡的身世之感。又如《余澹心鸳鸯湖传奇序》："遇龟年于剑外，无非故人红豆之悲；逢白传于江州，大有知己青衫之感"②，化用王维《红豆》及白居易《琵琶行》的诗意，形象说明传奇《鸳鸯湖》的情感性质，贴切自然。再如《吴初明雪篷词序》巧妙化用诗典："无如萧萧落叶，只打空城；滚滚长江，偏围故国"③，上下联都是先引杜甫《登高》诗句再隐括刘禹锡《石头城》诗句，以此譬喻吴雪篷词的语言特色，典语用法独特。

　　陈维崧的骈文，仍以四六格局为主，但句子与句子的组合充盈着流动之气，如"陆机去国，竟逢吴室之亡；伍员知几，预料越兵之入"④ "仿佛华林之游，依稀寿光之彦"⑤ "井公多暇，惟解投壶；彭老无愁，未尝观井"⑥ 等，读之一气呵成而并不板滞。正如陈维崧在古文中力求达到整饬的表达效果而运用四字排比句一般，在其骈文中陈维崧则灵活运用各种对句句式，打破固有的四六对、四四对、六六对，或句前置虚词增强逻辑性，或直接用散体长句，与短句搭配，或使得对句错落有致，清

---

　　① （清）陈维崧：《与周子俶书》，《陈迦陵俪体文集》卷二，张元济纂辑：《四部丛刊》初编第 281 册，上海书店 1989 年版。

　　② （清）陈维崧：《余澹心鸳鸯湖传奇序》，《陈迦陵俪体文集》卷八，张元济纂辑：《四部丛刊》初编第 281 册，上海书店 1989 年版。

　　③ （清）陈维崧：《吴初明雪篷词序》，《陈迦陵俪体文集》卷八，张元济纂辑：《四部丛刊》初编第 281 册，上海书店 1989 年版。

　　④ （清）陈维崧：《与芝麓先生书》，《陈迦陵俪体文集》卷二，张元济纂辑：《四部丛刊》初编第 281 册，上海书店 1989 年版。

　　⑤ （清）陈维崧：《与葛瑞五书》，《陈迦陵俪体文集》卷二，张元济纂辑：《四部丛刊》初编第 281 册，上海书店 1989 年版。

　　⑥ （清）陈维崧：《苍梧词序》，《陈迦陵俪体文集》卷七，张元济纂辑：《四部丛刊》初编第 281 册，上海书店 1989 年版。

晰流畅。《答冒辟疆先生书》"计孝穆欲寄李那之笺，既鱼书苦短；即赵至拟命嵇康之驾，复雁路愁赊"，上下联分别使用虚词"既"、"复"，构成递进关系，增强了句子的层次感。《征吴老年伯母六十诗文启》"盖孺人之称未亡人也，才二十六岁，其抚藐诸孤也，历三十七年"，虽整体上呈工整之态，但上下联分别使用了典型的散体句式"盖……也"、"其……也"。《公请灵机和尚住善权启》"雷书似蚪，既为三李相挐云攫雾之乡；栢偃如龙，亦属百老人沐雨栉风之地"①，四字短句与散体长句连用，长句前又用虚词"既"、"亦"，使本来呈并列关系的句子富有灵动曲折之美。

《陈迦陵文集》共五卷，收散体文八十一篇，包括序、书、传、记、跋等。陈维崧的古体序文，集中阐释了他的文学思想。如《王西樵十笏草堂辛甲集序》论及诗人经历与诗歌创作的关系；《王阮亭诗集序》、《路进士诗经稿序》论及何为诗教及其与诗歌创作、传播的关系；《和松庵稿序》、《王西樵〈炊闻卮语〉序》论及性情与境遇的关系；《许漱石诗集序》、《董文友文集序》论及了心与言的关系，此文章之所由兴也；《词选序》论析天生之才与文章之体的关系，提出"为经为史，曰诗曰词"。

陈维崧少年时，曾游学于吴应箕门下，"盖先生平日，于书无所不窥，而尤精熟于史。其教维崧也，亦必令其精熟于史"②，陈维崧由精通史著而悟得文法，其叙事、写人都颇具史笔风范。如《吴湛传》紧紧围绕"穷愁"二字叙述吴湛一生，《许肇篯传》的叙述则以"申、酉而南北之变起"为界，"变起"之前的文字极为简约，直接言明许生"其家不贫"、"弱冠以才学知名当世"的特点，"变起"之后的叙述，详尽曲折，突出许生命运之悲："许生悲，则弃其诸生而佯狂以自汙。……于是益钩贯经史，搜蕞苑部，上自日星芒角，下及钱漕茶笑兵屯监马，以及纤纬术数细碎诸书，无不纵览。醉则为诗，而自曼声以歌之。所作冬青诸七言古体，

---

① （清）陈维崧：《公请灵机和尚住善权启》，《陈迦陵俪体文集》卷四，张元济纂辑：《四部丛刊》初编第 281 册，上海书店 1989 年版。

② （清）陈维崧：《吴子班读史漫衡序》，《陈迦陵文集》卷三，张元济纂辑：《四部丛刊》初编第 281 册，上海书店 1989 年版。

情事既悲，音节复壮。歌罢，泣数行下。人或谓许生酒狂。许生曰：肇簏醒而狂，何必酒也？居无何，念隐约无穷时，则日与兰陵董以宁、同邑陈维崧而流浪于吴越间。"① 文末陈维崧"嗟乎！使肇簏而不弃其诸生，亦何至以纵博死也，且死宁尽由于博也"的感叹，与前文形成有力呼应，道出许生落拓悲狂的根本原因，曲笔影射清初科场案对汉族文人士子的迫害摧残。

陈维崧的古体序文追崇西汉文风，以人物为中心，以细节描写展示人物性格。如《俞右吉诗集序》直接叙写俞右吉的真性情，"右吉傲傥好奇，负大略，居恒意气激扬，自许管乐。然性沉毅，遇王公贵人，时或滑稽任诞，佐以排调。当其处侪辈，缔生死交，出肺腑相示，恳恳如骨肉也，诚非偶然也。"②《许九日诗集序》先叙与许九日的相识，再叙与许九日的交往，突出其怪诞个性，"庚子春，余再过娄上，思一晤许生。或有谓余曰：彼许生者，高阳酒徒耳，且生平多博徒卖浆者流，子慎勿过许生；即过许生，许生顾不在也。余过许生，许生果他出。少顷，许生从东来，揖余而入，门不容旋马。与之语，慷慨豁达，绝有国士风。余耸然心异，极知九日非常人也。"③《石汀子诗序》则在叙述自己与石汀子的相交中，突出石汀子之"奇"："庚辰，石汀子馆余家，授余仲弟书。是年余十六，骏稚好弄，间则从里儿为意钱、白打、弹棋、格五、赌跳诸杂戏。余虽未执贽师石汀。石汀顾以师自负。每见余戏，数且骂，至头颈尽赤。然余是时又已窃为小诗，石汀偶见之，又大以为工，提余所为诗，笑歌去。后五年为甲申，余粗涉世事，益日夜发愤为诗。曾与石汀一再相见石城，互读其所为诗。读已，哭既，笑曰：已矣，今世谁知我二人者！"④此类人物文字"剪影"，以史传笔法入序，栩栩如生，既形象展示了诗者

---

① （清）陈维崧：《许肇簏传》，《陈迦陵文集》卷五，张元济纂辑：《四部丛刊》初编第281 册，上海书店 1989 年版。

② （清）陈维崧：《俞右吉诗集序》，《陈迦陵文集》卷一，张元济纂辑：《四部丛刊》初编第 281 册，上海书店 1989 年版。

③ （清）陈维崧：《许九日诗集序》，《陈迦陵文集》卷一，张元济纂辑：《四部丛刊》初编第 281 册，上海书店 1989 年版。

④ （清）陈维崧：《石汀子诗序》，《陈迦陵文集》卷一，张元济纂辑：《四部丛刊》初编第281 册，上海书店 1989 年版。

的性格特征，又生动阐释了所谓"风格即人"。

陈维崧的古文，以才学和性情为本，具有气盛、言雅、情深的特点。文以气为主，《陈迦陵文集》中诸篇的气盛之态，主要体现在行文结构和语言表述两个方面。陈维崧为文，重视构思安排。如其诗序大都采用"叙事——论诗"的结构模式，或先叙述人物生平经历或家世渊源，或谈及自己与作者的文学交往，再评述其诗文艺术特色，或谈及其阅读感受，或对其示以鼓励，各篇结构虽大致如此，但彼此布局、重点又各有不同，故而没有千篇一律之感。同时，"叙事"与"论诗"暗自构成"知人论世"的因果关系，不仅意脉流畅，而且令人信服。陈维崧文不仅讲究结构，力求文气畅通，而且还重视表达，偏好采用铺张排比，在散句为主的行文中追求一种整饬感。如"松之为性也，虬枝铁鬣，干宵拂云已耳。黄山之松独不然。纵行半里，横行十里，弇者若窨，破者若窦，奔狮怒猊，绝不与沙土附，地高故也。"① "或曰燕赵多慷慨之士，韩魏多节概之夫。古之负然诺、通轻侠，往往生长西北者居多。"② 古文以质朴为宗，而陈维崧之文以才气而行，凝练典雅。究其原因，一是陈维崧喜好在散句中融入排比句式，追求整饬感；二是在错落有致的铺张排比中或运用比兴，或化用典故，表情达意。陈维崧观文，以动情与否为尺度。《答汤静文书》载："南耕复示我以哭母文。仆反复读之，见其蓼莪罔极之感，恻怆缠绵，乃大加激赏，诚不意其文笔之大进，乃遂入古大家堂奥如斯也。"③ 可知，在陈维崧看来，入古大家堂奥的秘诀在于，必须是富有真情、打动人心的文字，这也是陈维崧为文的重要原则之一。

陈维崧兼擅骈文与古文，于清代骈文、古文复兴具有重要意义。尤其是他创造性地以散入骈，变革骈文体式、句式，使得骈文具有了散体文的流动性与连贯性，开创了一个属于陈维崧的骈文时代。陈维崧沟通骈散的

① （清）陈维崧：《赠徐渭文序》，《陈迦陵文集》卷一，张元济纂辑：《四部丛刊》初编第281册，上海书店1989年版。

② （清）陈维崧：《赠蔡孟昭序》，《陈迦陵文集》卷一，张元济纂辑：《四部丛刊》初编第281册，上海书店1989年版。

③ （清）陈维崧：《答汤静文书》，《陈迦陵文集》卷四，张元济纂辑：《四部丛刊》初编第281册，上海书店1989年版。

努力，增强了骈体文的整体气势，为清代骈、散文体的互相交融、并行发展做出了重要贡献。

二　陈维崧与陈维嵋的诗歌

陈维嵋的诗，大半都是与兄其年、弟纬云、子万的赠答寄怀之作，"故园兄弟"是其《亦山草堂诗稿》最为突出的主旨。亦山，乃陈于廷晚年自号，陈维嵋以此命名草堂，志守其祖泽之意。陈贞慧去世后，阳羡陈氏落没不振，陈维崧避难如皋，陈维岳游幕京师，陈宗石入赘商丘，只有陈维嵋悒悒居家，默默守护故园，穷愁一生，以诗寄托兄弟友爱之深情。如《十四夜对月有怀三弟维云》曰："夜静息群籁，玩月立草堂……襟抱几时开，啸咏同举觞。灵魂有圆缺，哀乐固靡常。所愿当良宵，骨肉寿且康。归与对床眠，载赓窈窕章。"《甲辰五日怀其年、纬云》称："……故园兄弟他乡客，漂流十载颜常隔。我今五日思天涯，汝今五日思乡国。彩衣曾共戏芳辰，春草池塘情更亲。空渐岂有宣尼德，也作东西南北人。"《梁园吟送四弟子万之商丘兼寄侯仲衡叔岱》称："……弟行访古应嗟叹，况复离情隔乡县。侯家伯仲盛才名，相逢寄语遥相念。"《别纬云弟》曰："晤亦不成快，别还令我悲。伯兄试白下，胜否未教知。弱弟方千里，乡心绕梦思。殷勤在原谊，难忘古人诗。"这些诗歌皆随情而言，直抒胸臆，"不事雕琢，自然俊朗"①，有流畅舒展之态。与陈维崧诗相比，陈维嵋的诗歌，主题集中于家园之恋，感人肺腑，但较少涉及前朝国事。

文坛大家的文学成就是多方面的，而文学史的描述却往往是有选择的，不能顾及全面。就陈维崧而言，我们常常熟知其为清初词坛大家、骈文名家，而他的诗歌成就则很少受到关注。陈维崧的诗歌自有其独特之处，却被词名与文名所掩盖。徐乾学曾言："世所艳称者，其俪体、填辞二种。然其（陈维崧）沉思怫郁，尤一往全注于诗。"②沈德潜《国朝诗别裁集》也注意到了这一现象，他称"陈检讨四六及词，宇内称许，而诗

---

① （清）徐世昌：《晚晴簃诗汇》卷五十三，中华书局1990年版。
② （清）徐乾学：《湖海楼诗序》，（清）陈维崧：《湖海楼诗集》，张元济纂辑：《四部丛刊》初编第282册，上海书店1989年版。

品古今体皆极擅场，尤在四六与词之上"①。然而，陈维崧诗歌的艺术性
至今仍没有引起足够的重视。在清代多元化诗学的构建之中，陈维崧承担
了怎样的艺术职责，为诗坛提供了哪些艺术借鉴，这些都还是清代诗歌研
究中尚未深入涉及的问题。

陈维崧出身世家，文化熏陶浓厚。陈贞慧读书吴门时，少年维崧随
侍，贞慧与文震孟、徐汧、陈子龙、张溥、李雯、杨廷枢、黄宗羲等交游
赠答，维崧侧立聆听诸先生议论，刻意为诗，受到诸位先生赏识。吴应箕
赞少年维崧之诗曰"读罢新诗搁笔叹，人间何似景升儿"②。云间李雯见
其所做《昭君曲》，"徘徊叹赏不去口实"③，是年维崧十五岁。

陈维崧早年"学诗于云间陈黄门先生，于诗之情声，十审其六七"④，
称诗里中。他在《与宋尚书论诗》中曾详言其诗路历程及诗学理念：

> 年十四……间学为诗，忽忽不能工也。又以素乏指示，未遂咀
> 嚼。幼好玉台、西昆、长吉诸体。少年才思，缲冶上灵，惑溺既已，
> 染指遂成。面墙深沉思之，不觉自失。壬午，舒章（李雯字）来阳
> 羡，酒间极论，考究金石，出入，宫徵。时虽爱居，骤闻钟鼓，未尝
> 不私相叹赏，至于罢酒。嗣后，流浪戎马，纠缠疾病，幽忧瞀乱，无
> 所不至。又常涉历于人情世故之间，因之浸淫于性命述作之事，益知
> 诗者，先民所以致其忠厚，感君父而缴鬼神也。独是心慕手追，在云
> 间陈、李贤门昆季、娄东梅村先生数公已耳。近益与莱阳姜垓、钱塘
> 陆圻、吴县叶裹、同郡龚云起、任元祥研阐体格，简练音律，深叹
> 诗家渊源，良有定论。五言必首河梁、建安，七言必首垂拱、四
> 子，以及高、岑、李、杜，五律贵宗王、孟，七律善学维、颀，排
> 律沈、宋最擅其长，绝句王、李独臻其胜。要期深造，务协天然，

① （清）沈德潜：《国朝诗别裁集》卷十一，中华书局1975年版。
② （清）吴应箕：《定生以令子其年新诗见示因寄》，《楼山堂集》卷二十六，顾廷龙主编：《续修四库全书》第1388册，上海古籍出版社2002年版。
③ （清）陈维崧：《宋楚鸿古文诗歌序》，《陈迦陵文集》卷五，张元济纂辑：《四部丛刊》初编第281册，上海书店1989年版。
④ （清）陈维崧：《许漱石诗序》，《陈迦陵文集》卷一，张元济纂辑：《四部丛刊》初编第281册，上海书店1989年版。

而又益之以风力，极之以含蕴。礼不云乎："温柔敦厚而不愚。"则
诗之为教尽矣。

　　陈维崧认为诗歌艺术的精要在于"天然"、"风力"、"含蕴"，即诗歌
既要清新如摇曳芙蓉，还要保持鱼龙变化之巨观，同时还需体现蕴藉含蓄
的艺术魅力。以上三点合而为一，才能达到"静如玉洁，动若玑驰"① 的
艺术境界。

　　纵观陈维崧《湖海楼诗集》，诗学取向十分广泛，出入魏晋唐宋之间，
转益多师。陈维岳《湖海楼诗集跋》称："大兄诗凡三变。少而师事云间
陈大樽先生，为诗高浑鲜丽，出入于陈、杜、沈、宋、高、岑、王、孟、
参以及温、李，含英咀华，风味不坠，所谓《湖海楼少作》、《湖海楼稿》
者是也。既而客游羁旅，跌宕顿挫，浸淫于六季三唐，才情流溢，而诗一
变，所谓《射雉集》者是也。晚而与当代大家诸先生上下议论，纵横奔
放，多学少陵、昌黎、东坡、放翁，而诗又一变。大兄临终时，自云吾诗
在唐宋元明之间，不拘一格。"陈维崧坚持儒家诗教之说，要求诗歌"涵
泳乎性情，神系乎治术"②，他的诗中，流浪戎马、纠缠疾病、幽忧督乱、
人情世故、性命述作等无所不入。

　　陈维崧诗中，最为打动人心的，主要是以下三类题材。首先是悼故
明、感时事的咏史之作，《读史杂感》（二十首）最为典型，"青史伤心到
怀愍，犹记永嘉南渡日"③、"庙堂岁币如长策，杼轴东南恐不胜"④、"河
伯宫开惟娶妇，并公台好只揣蒲"⑤ 等句斥南明小廷的昏庸荒淫，表达亡
国之悲愤。《晓发中牟》记途经中牟所见，"马前残月在，人语是中牟。

---

　　① （清）陈维崧：《与宋尚木论诗书》，《陈迦陵文集》卷四，张元济纂辑：《四部丛刊》初
编第 281 册，上海书店 1989 年版。
　　② （清）陈维崧：《许九日诗集序》，《湖海楼诗集》卷一，张元济纂辑：《四部丛刊》初编
第 281 册，上海书店 1989 年版。
　　③ （清）陈维崧：《读史杂感》（其二），《湖海楼诗集》卷一，张元济纂辑：《四部丛刊》
初编第 281 册，上海书店 1989 年版。
　　④ （清）陈维崧：《读史杂感》（其四），《湖海楼诗集》卷一，张元济纂辑：《四部丛刊》
初编第 281 册，上海书店 1989 年版。
　　⑤ （清）陈维崧：《读史杂感》（其六），《湖海楼诗集》卷一，张元济纂辑：《四部丛刊》
初编第 281 册，上海书店 1989 年版。

往事空官渡，西风入郑州。角繁乡梦断，霜警客心愁。野店扉犹掩，村醪何处求"，抚今追昔，借古喻今，抒写了诗人世代兴亡的感慨。其次是讽喻现实、关心民生的现实主义诗歌。自标"新乐府"的《开河》写大旱之年河床龟，农民不得自救反而要为官舱开河，对现实社会的深度关注使诗人表达了"君不见，河干田焦冬复春，滂沱须赖皇天仁，缺钗淘得送沽酒，官莫枉却开河人"的愤慨之情。最后是感怀家世、感叹自身不济于时的作品，如《捧度石斋黄公所撰先少保神道碑赋此追忆》所云："周侯池畔树苍苍，遗碣岩峣屹此乡。哀诔南朝颜特进，碑铭东汉蔡中郎。千秋定论归青史，一夜悲风起白杨。此日踟蹰肠欲断，漳南高冢亦黄昏。时石斋先生已授命，故追忆之。"

陈维崧诗各体兼擅，藻绘瑰丽，沉郁悲慨，"近体似玉川，歌行之运笔顿挫，婉转丰缛，前少陵而后眉山，不足多也"①。各体之中，他尤其对七言诗情有独钟，他的七绝、七律、七古的数量在《湖海楼诗集》中最多。陈维崧曾选《箧衍集》也以七言为主，可视为他好七言的一个佐证。陈维崧对七言用力极深，对七言各体均有独到见解："夫诗，一贵于境地，二贵于音节。音节圆亮，七律便属长城；境地缥缈，七古乃为合作。……若夫七律，起伏安顿，承接照应。八句之中，情事互宣；七字之中，波澜莫贰。忽然而始，不知所自；猝然而止，不知所往。抑扬浓淡，反复悠长。要而论之：七律之佳者，必其可歌者也；其不可歌者，必其音节有不安也。游鱼出听，牧马仰秣，又何为哉？是以仆于七律，一忌拗韵，恐伤气也；一忌和韵，恐伤格也；一忌七言排律，恐伤篇法也。……至于拟古乐府，……近则梁园侯朝宗亦以沿习为讥。然仆以为，才情之士，不妨模范，用见倩盼耳。"②

陈维崧的七绝，用字精练，对仗工整，佳处雅近唐贤，如"弹罢金樽酒不辞，自言双鬓竟如丝"③、"断纨碎墨无多语，珍重人文一

<hr>

① （清）徐乾学：《湖海楼诗序》，（清）陈维崧：《湖海楼诗集》卷一，张元济纂辑：《四部丛刊》初编第281册，上海书店1989年版。

② （清）陈维崧：《与宋尚木论诗书》，《陈迦陵文集》卷四，张元济纂辑：《四部丛刊》初编第281册，上海书店1989年版。

③ （清）陈维崧：《过广陵福缘庵瞻礼德公遗像》，《湖海楼诗集》卷一，张元济纂辑：《四部丛刊》初编第281册，上海书店1989年版。

片心"①、"一江春水昏如梦，肠断清河送别诗"②、"正是水云寥落处，斜铺楚篁梦江南"③、"天连赵魏晴俱出，松历金元腊更高"④ 等，皆清丽隽永，朗朗可诵，足擅一家。陈维崧的七律才笔超妙，气运深厚，高华典重，《送张若水出关》为证："祖母秦州父锦州，卢家少妇又邢沟。百年骨肉抛三地，万死悲哀并九秋。欲赠愧无银络索，将离怕听细箜篌。汉庭早晚流人赦，望尔归鞭度陇头。"此诗虽以"送别"为题，实乃咏张若水之身世，感怀时事，跌宕沉郁，沈德潜评之曰："白府一家三处，乃处常之时，此当罹罪出关，剧可悲也。一起直下四语，千钧笔力。"⑤

陈维崧七言诸体之中，古体成就最高，在当时即得吴梅村"深于七古"之赞，于后世也备受称道。杨际昌《国朝诗话》："予观其集，歌行佳者似梅村……大约风华是其本色，惟骨少耳。"⑥ 徐世昌《晚清簃诗汇诗话》："其年诗纯以气胜。七言古体，开阖驰骋，出入浣花、眉山，最为擅长。"⑦ 陈维崧七言古体追摹云间，又得梅村风神，其《赠许元酬》称，"嘉隆以后论文笔，天下健者陈华亭，梅村先生住娄上，斟酌元化追精灵。忆昔我生十四五，初生黄犊健如虎，华亭叹我骨格奇，教我歌诗作乐府。二十以外出入愁，飘然竟从梅村游。先生呼我老龙子，半醉披我赤霜裘"⑧。陈维崧在吸收了云间、娄东两派精华的同时又能另辟蹊径。

首先，他十分讲究章法结构，如《得桐城方尔止先生四月二十九日书

---

①　（清）陈维崧：《惆怅词二十首别云郎》（其十七），《湖海楼诗集》卷一，张元济纂辑：《四部丛刊》初编第 281 册，上海书店 1989 年版。

②　（清）陈维崧：《赠别冒青若》，《湖海楼诗集》卷一，张元济纂辑：《四部丛刊》初编第 281 册，上海书店 1989 年版。

③　（清）陈维崧：《小秦淮曲十首》（其三），《湖海楼诗集》卷二，张元济纂辑：《四部丛刊》初编第 281 册，上海书店 1989 年版。

④　（清）陈维崧：《九月十九同贲黄理田公檠登慈仁寺毗庐阁分赋登高二韵》，《湖海楼诗集》卷八，张元济纂辑：《四部丛刊》初编第 282 册，上海书店 1989 年版。

⑤　（清）沈德潜：《国朝诗别裁集》卷十一，中华书局 1975 年版。

⑥　（清）杨际昌：《国朝诗话》，钱仲联主编：《清诗纪事》（康熙卷），江苏古籍出版社 1987 年版，第 2841 页，

⑦　（清）徐世昌：《晚清簃诗汇诗话》，钱仲联主编：《清诗纪事》（康熙卷），江苏古籍出版社 1987 年版，第 2844 页。

⑧　（清）陈维崧：《赠许元酬》，沈德潜：《国朝诗别裁集》卷十一，中华书局 1975 年版。

感赋兼怀密之先生》：

> 鲤鱼风打江潮利，五月荆州估船至。船载沙门实月师，赋得樅阳故人字。我家堲庐同鸡棲，负薪昼夜孤儿啼。开函伸纸未及半，申胡脀栗声酸嘶。书亦不能读，泪亦不能止。忆昔芳华十五时，与君同作金陵子。金陵九门门九重，白靴校尉如游龙。贱子文名杨德祖，先君风表郭林宗。三千宾客邀游遍，流兔飞英雄不羡。家伎新传张敝眉，游童暗认王珉扇。桐山诸子尽江萧，乔寓家家朱雀桥。风暖侯家春击鼓，月明戚里夜吹箫。樱桃小暗沉香火，杨柳藏乌门不锁。密约呼鹰出每迟，私邀盘马期常左。此日清流气绝尘，此时修竹弹文新。诸王已见愁籖帅，郡国还闻捕党人。阿童江上军船动，毳帐连天驰绣鞯。一载昭阳恨已经，两朝太学知何用。怜我袁家一愍孙，拾橡萧萧归墓门。君不见，孙郎战没周郎老孙郎克咸，周郎农父，龙眠前辈独君好。君家尚有始兴公，卧看祇园生白草。

全诗写桐城方氏与阳羡陈氏的世交之情，穿插时代背景与世人命运，感情纵横起伏之间自显章法。沈德潜《国朝诗别裁集》称："写两家盛时，极文酒宴游之乐。而小朝廷之荒嬉，马阮之丑正恶直，至于如此，危亡立见矣。故家零落，前辈尚存，结到密之先生，铿然而止，章法绝佳。"[1] 全诗一气贯穿，转韵跌宕，读之让人产生流转圆旋之感。

其次，他多借七言古体道胜国事，激昂悲慨。《青儿弦索行》中描写诗人在玉虬龙寺听杨青儿"鼓琵琶，杂以吴歌"[2] 之后，因曲引思，内心激越："上相越公还意气，小儿德祖最轻狂。门前横列黄金戟，市上平铺白玉堂。别馆沉沉盘马地，长街隐隐斗鸡坊。教成汉代哀蝉曲，学得孙家坠马粧。绛树移来原有种，绿珠买日不曾量。倏忽悲黄土，须臾赋白杨。铜山流妾泪，石阕断君肠。身比杨花空出户，人如荷柱不成梁。谁怜赵郡

---

① （清）沈德潜：《国朝诗别裁集》卷十一，中华书局 1975 年版。
② （清）陈维崧：《青儿弦索行》序，沈德潜：《国朝诗别裁集》卷十一，中华书局 1975 年版。

多厮养，莫说中山有故倡。拨残法部无多曲，眼见王公第几郎。"① 耳中有曲，笔下却写心，内心的家国之痛与耳中的悲凄之音交融在一起，对往昔的回忆随着音乐声阵阵涌动。

陈维崧少年学诗云间，故其早年为诗沿七子之体，但实际上他受吴伟业的影响更为深刻。尤其是他的七言古体，与梅村体多有几分神似。位舒《瓶水斋诗话》云："观其《酬许元酬》云：'二十以外出入愁，飘然竟从梅村游。'则知其诗派所由宗矣。通籍后所作多近宋体，然犹是梅都官集中上乘。"② 他的七言歌行同梅村体一样具有"指示事传辞，兴亡俱备"的诗史品格，大多表达易代之际的沧桑变幻之感，但他们的艺术路径有所不同。梅村的歌行虽"情韵双绝，绵邈绮合"，却不免"肉多于骨，词胜于意，少沉郁顿挫、鱼龙变化之巨观"③，气稍衰飒。陈维崧以才情逞，重辞藻、工对偶，崇尚华丽，声色皆壮，又从杜甫、韩愈、苏轼等先贤处汲取养分，为诗歌注入了流畅之气，感慨深沉，避免了诗中感染衰飒之色。

《钱塘浴马行》述故国之思，欲扬先抑，后激而勃发：

> 杭州八月秋风早，极目江头皆白草。凤山门前铁骑横，花马营中水泉好。阿谁黄须称奚官，白靴毳帐红罽袄。是日牵来一万匹，云锦连天色杲杲。钱塘江渚多菰蒲，晴江空翠微巷舒。嬉游尽向此间去，边凡十岁名花奴。忽闻一声吹觱篥，千群争放桃花驹。红泉驳宕自然丽，丹鬃灭没何其都？一匹娇嘶一匹啮，十匹骄矜汗流血。须臾五花浮满江，万顷寒涛蹴飞雪。龙堂少女神悄绝，雾鬣烟蹄半明灭。少焉不动齐徜徉，江流欲静江云凉。极浦湘娥鼓文瑟，中流江妾拖红裳。此时观者倾城国，中有军人泪沾臆。自言十五隶金吾，滁阳苑马亲承直。犹见先皇校猎时，金凤初到万年枝。青骢细食雕胡饭，翠拨轻笼

---

① （清）陈维崧：《青儿弦索行》，沈德潜：《国朝诗别裁集》卷十一，中华书局 1975 年版。

② （清）位舒：《瓶水斋诗话》，钱仲联主编《清诗纪事》（康熙朝），江苏古籍出版社 1987 年版，第 2843 页。

③ （清）朱庭珍：《筱园诗话》卷二，钱仲联主编《清诗纪事》（康熙朝），江苏古籍出版社 1987 年版，第 1419 页。

杨柳丝。天育忽逢沧海变，从此麒麟罢欢宴。苜蓿翻栽太液池，骅骝
直上昭阳殿。紫台青海日从征，马上琵琶塞上情。温泉十载无消息，
妊唱钱塘浴马行。

诗的开篇定格于一个特定画面，言初秋钱塘江边群马洗浴的情景，其
势之壮，"忽闻一声吹觱篥，千群争放桃花驹。红泉驺谷自然丽，丹鬃灭
没何其都"，令人惊叹。写到此处，诗人笔锋稍转，旁系江边人世风情，
自然地将笔端由景移到人，"极浦湘娥鼓文瑟，中流江妾拖红裳。此时观
者倾城国，中有军人泪沾臆"。叙写军人落泪缘由，是全诗感情重心所在，
"犹见先皇校猎时，金凤初到万年枝。青骢细食雕胡饭，翠拨轻笼杨柳丝。
天育忽逢沧海变，从此麒麟罢欢宴"，今昔对比之意，眷恋故国之情，不
言而喻。全诗融叙事、议论、抒情于一体，叙述角度的转换毫无斧凿之
痕，诗歌的情感着力点主要在后半部分，抒发盛衰兴亡所引发的无限悲
凉，最妙在结尾，"温泉十载无消息，妊唱钱塘浴马行"，紧扣诗题，如见
神龙掉尾。

三　陈宗石与《陈氏家集》

陈宗石，字子万，号寓园，陈维崧四弟。康熙三年，宗石应陈贞慧
生前之约入赘商丘宋氏，落户河南。在陈氏文苑里，子万才名不及几位
兄长，而以治行为人所称道，"江苏抚军汤公斌谓其属吏曰：'官无大
小，须要称职方可。上不负君，中不负身，下不负民，若安平陈令（陈
宗石）可称三不负矣。'"① 陈宗石是陈氏家族复兴的关键人物，储掌文
《新修亳村陈氏宗谱序》中称"陈氏入本朝来稍不振，而寓园公析支中
州，复缨鹊起，内则翰铨台谏，外则监司郡守，近萃一门父子兄弟"②。
这位以治行而不以文著称的陈氏子孙，实乃陈氏家族文化得以继绝存亡
的关键人物。

陈氏才俊的文学风貌，有赖于陈宗石的不懈努力，才得以在今日较为

---

① （清）李先荣等原本，阮升基增修，宁楷等增纂：《重刊宜兴县旧志》卷八《人物志·治
绩补遗》，清光绪八年重刻清嘉庆年本。

② （清）储掌文：《新修亳村陈氏宗谱序》，《云溪文集》卷五，清乾隆三十六年在陆草堂刻本。

完整地呈现在我们面前。陈宗石虽仅以安平知县行，俸禄微薄，却不辜负长兄遗愿，为其刊刻遗稿，"闻兄病笃时，曾屡询东海先生，计余抵京之日，盖欲一诀，尽付生平著作，为之校梓，以卒其愿也"①。迨陈维崧去世后，他自黎城来京搜集兄长遗稿，花费三年心血编次校勘，刊刻出版了《陈迦陵全集》。

此后，他又坚持将仲兄陈维嵋的《亦山草堂集》付梓刊行。亦山，乃陈于廷晚年自号，陈维嵋以此命名草堂，志守其祖泽之意。今存清康熙年间患立堂刻本《亦山草堂遗稿》即为陈宗石主持刊印的残本，仅存《亦山草堂诗稿》六卷和《亦山草堂词稿》二卷，《亦山草堂南曲》已佚。书前有陈宗石所作的序，忆兄之奋发读书，叹兄之落魄不济，悼兄之寂寞不寿，赞兄之才学潜力："……犹忆兄读书亦山草堂，其楼中茗椀罏香，琴书楚楚，心窃美焉。丙甲夏，吾先大人弃世，家遂落。予与两兄俱饥驱四方，五弟甫三岁。戊戌，先慈时太孺人殁，予携五弟侨寓商丘。仲兄心伤之，思克家乃屡不得志于有司，胸郁勃，日耽黼黻以浇魂礧。……惜著述不富，若天假之年而充以学，当与伯兄分路扬镳，机云并著矣。予尝叹昌黎无子，今之遗稿得传，庶几吾兄之有弟耳。"② 陈宗石为兄长整理刊刻文集，意义重大，其行可嘉。

此后，陈宗石又与陈维岳合作，着手整理其父陈贞慧的文集，其《秋园杂佩跋》称："先大人《山阳录》、《秋园杂佩》两书，宗石十龄时曾见镂板。丙申，遭先君大故，宗石年甫十三，四壁无存，饥驱渡江，赘雪苑侯公甥馆。孑然一身，仅守先大人所撰《皇明语林》、《雪岑集》、《山阳录》、《书事七则》、《秋园杂佩》诸稿，皆先大人手自删改者。癸亥冬，筮仕博陵。丙寅，三兄到署，始知前所梓两板已失。宗石谋共付剞劂，而《皇明语林》、《雪岑集》卷帙稍繁，盖将有待，乃先刻《山阳录》、《书事七则》置之海内。惟《秋园杂佩》细校，先外舅侯公序缺《杜鹃》、《永定海棠》二则。戊辰春，寄书三兄，搜之家乘抄稿邮，较宗石藏稿，又少《香橼》、《书砚》、《湘管》、《黄熟》四则，文亦稍有异同。呜呼！先人

① （清）陈宗石：《迦陵文集跋》，（清）陈维崧：《陈迦陵文集》，张元济纂辑：《四部丛刊》初编第281册，上海书店1989年版。

② （清）陈宗石：《亦山草堂遗稿序》，（清）陈维嵋：《亦山草堂集遗稿》，清康熙刻本。

手泽一传已多缺略，况其后焉者乎！宗石不禁泪下沾襟，动公冶箕裘之感矣。兹同三兄追逆先大人立言之旨，以意补之。"今南京图书馆有陈宗石所刻的患立堂刻本《陈氏家集》，包括《秋园杂佩》一卷、《山阳录》一卷、《书事七则》一卷、《亦山草堂遗稿》六卷、《亦山草堂遗词》二卷、《花萼唱和》一卷、《宜兴陈氏家言》一卷。《家集》成书，为我们了解陈氏族人的文学才华和陈氏家族的文化意识提供了文本。从文献的角度而言，陈宗石功莫大焉。

陈氏家族文化中最为精华的部分——《迦陵词》稿本，也因陈宗石的重视与珍爱而得以留存至今。陈维崧生前曾随身携带《迦陵词》手稿，请友人即时品评，迨他去世之际，这部手稿尚未刊刻，陈宗石为其兄整理遗稿得之后，视为珍宝，以家传的方式世代流传。现藏于南开大学图书馆的《迦陵词》稿本①，第一册与第二册卷首原书封面上题有"寓园抄校讫"、"寓园阅讫抄讫"的字样，书中大部分词作和目录词牌之上都钤有"强善堂主人对讫"之印。"强善堂"乃陈宗石安平官署之名，这说明，具有重要文献价值与文学价值的《迦陵词》手抄稿本，实有赖于陈宗石的重视与珍爱才得以在百年之后仍存其原貌。

尽管宗石仅存《念奴娇·将返梁园，和大兄韵》与《汉宫春·将归荆溪，次梁棠村先生赠别韵》两首词，所写主题不离家道中落、兄南弟北的感叹，清疏悲凉。《念奴娇》所填为："蓼莪罢咏，叹兄南弟北，顿成离别。一夜西风驱断雁，月冷后湖空阔。千里睢阳，三更梁苑，梦里思乡切。悲来欲语，口中无奈衔阙。　　幸喜故里重来，对床风雨，细把离情说。毁卵破巢多少恨，赢得孤身天末。倏忽春深，无端秋尽，看到枫成血。扁舟江上，可怜明又将发。"②《汉宫春》则为："鹢首蒲帆，看两岸萧萧，千林索索。半生怀抱，大抵哀多于乐。堭篪缠和，早又是，兄南弟朔。叹萍踪、归来何日，再到故园酬酢。　　莫问此番行橐。且狂歌起

---

① 叶嘉莹先生曾撰文《记南开大学图书馆所藏手抄稿本〈迦陵词〉——为南大图书馆八十周年馆庆作》对此稿本作过介绍。详见《南开大学图书馆建馆八十周年纪念集》，南开大学出版社1999年版，第473—480页。

② （清）陈宗石：《念奴娇·将返梁园，和大兄韵》，程千帆主编：《全清词》（顺康卷），中华书局2002年版，第3817页。

舞，不妨漂泊，辇上诸君，休哂谢家中落。富贵浮云，且还我、青山芒屦。唧杯笑、纷纷项领，何限眼中轻浮。"① 仅凭这两首词，我们尚不足以对陈宗石全部的文学才华做出明确判断，但就文化历史的角度而言，陈宗石对家族文献的保护与整理又是陈氏昆仲中最为自觉与清醒的，陈宗石实为重要的家族文化的品鉴传播者，其贡献与功劳影响深远。倘若没有陈宗石的倾注心血，陈氏这一文化家族将会以怎样的面貌呈现在今人面前；倘若没有他的认真校审，其父兄的文集或许会遭遇残缺不齐、消散于世的命运。陈宗石凝聚心血而成的《陈氏家集》永久地成为陈氏文学鼎盛时代的缩影与代言。

第三节　游历南北与迦陵词风演变

陈维崧一生"填词之富，古今无两"②，备受称誉。虽然，迦陵词的艺术价值早已得到清代词论家的认可，也被后世文学史大力书写，但是，从游历的角度，对陈维崧词风演变及其与清初阳羡词群的交融影响的考量，还有值得深入之处。笔者通过对陈维崧一生词事活动的梳理发现，陈维崧与阳羡词人几番唱和高潮的出现，都是他在外游历归来之后。清顺治年间，阳羡鲜有以词而鸣者。康熙六年，陈维崧自扬州返宜兴，与任绳隗、史惟圆、徐喈凤等多有唱和；康熙八年，陈维崧自京师转中州返回，与陈维崧唱和的阳羡词人逐渐增多，阳羡填词氛围日渐浓厚，以《今词苑》的问世为标志；康熙十一年，陈维崧归乡，"遂弃诗弗作。伤邹、董又谢世，间岁一至商丘，寻失意返，独与里中数子晨夕往还，磊砢抑塞之意，一发之于词"③，阳羡词从此进入了持续近十年的鼎盛时期。这些偶然巧合背后应隐含着某种必然性因素。

陈维崧的数次离乡外游，并非主动游学访友，而是迫于现实政治的压

---

① （清）陈宗石：《汉宫春·将归荆溪，次梁棠村先生赠别韵》，程千帆主编：《全清词》（顺康卷），中华书局 2002 年版，第 3817 页。

② （清）陈廷焯：《白雨斋词话》卷三，唐圭璋编：《词话丛编》第 4 册，中华书局 2005 年版，第 3837 页。

③ （清）蒋景祁：《陈检讨词钞序》，（清）陈维崧著，蒋景祁辑：《陈检讨词钞》，清康熙二十三年天藜阁刻本。

迫以及生存境遇的压力，不得不出行，与前文所论清初阳羡陈氏受家族姻娅牵连而遭遇的生存困境间接暗合。游历，开拓了陈维崧的视野，丰富了他的阅历，也推促迦陵词风的新变。同时迦陵词因游历空间的延展而影响于大江南北，被群聚唱酬创作的阳羡词人视为艺术范本加以借鉴。可以这样说，历史赋予了陈维崧机遇，而陈维崧也借天时、地利、人和的良机引领了阳羡词坛风骚。

一　脱离云间：广陵词坛对陈维崧的影响

陈维崧涉猎词学甚早，"在庚寅、辛卯间，与常州邹、董游也。文酒之暇，河倾月落，杯阑烛暗，两君则起而为小词。方是时，天下填词家尚少，而两君独矻矻为之，放笔不休，狼藉旗亭北里间。其在吾邑中相与唱和，则植斋及余耳"①。陈维崧与邹祗谟、董文友、任绳隗游戏文字的顺治七八年，词还没有得到文坛重视，填词还被视为小道。李渔书于康熙十七年（1678）的《笠翁余集自序》称："三十年以前，读书力学之士皆殚心制举业。作诗赋古文词者，每州郡不过一二家，多则数人而止矣，余尽埋头八股，为干禄计。"②从康熙十七年上溯三十年，正是顺治初年，可见当时词文学环境之萧条冷落。

从陈维崧自言"文酒之暇，河倾月落，杯阑烛暗"之语可知，陈维崧填词之初，是以游戏的态度对待填词，陈宗石《迦陵词全集跋》称："伯兄少年见家门烜赫。刻意读书以为谢郎捉鼻，麈尾时挥，不无声华裙屐之好"③，说明陈维崧早年只是将词视为樽前花间的浅斟低唱。陈维崧少时之作所剩极少，只有《倚声初集》中所辑的三十余首。这三十余首词后所附评语，或曰"其年少作，矜奥诡艳"④，或曰"推其年为绝唱，

---

① （清）陈维崧：《任植斋词序》，《陈迦陵文集》卷二，张元济纂辑：《四部丛刊》初编第281册，上海书店1989年版。

② （清）李渔：《笠翁余集自序》，《笠翁一家言全集》卷八，上海普益书局，民国十六年石印本。

③ （清）陈宗石：《迦陵词全集跋》，（清）陈维崧：《迦陵词全集》，张元济纂辑：《四部丛刊》初编第282册，上海书店1989年版。

④ （清）邹祗谟、王士禛：《倚声初集》卷一，顾廷龙主编：《续修四库全书》第1729册，上海古籍出版社2002年版。

每一讽咏，辄有绮才艳骨之叹"①，或曰"其年作情语，潋潋皆有倩色"②，"情语"与"艳骨"，说明陈维崧少时之作呈绮丽之貌，有南唐遗韵。王士禛曾言陈维崧的《阮郎归·咏幔》神似陈子龙词，"可谓落笔乱真"③，他在论及"云间三子"时，又认为步随三子之后入室登堂者，其年可占一席④。这些评述与我们后来看到的以慷慨悲凉为主导的迦陵词风大有不同。陈维崧于康熙八年作《词选序》，提出要纠云间之弊病，充实词的内质，表明词学取径上的转向。中年以后的陈维崧对少作甚为不赏，"顾余当日妄意词之工者，不过获数致语足矣，毋事为深湛之思也。余向所为词，今覆读之，辄头颈发赤，大悔恨不止"⑤。他在自定词集之时，将早年的靡艳之语大量删除。

　　以上事实说明，陈维崧在创作的道路上曾入云间而后又自觉脱离。陈维崧能走出云间风格的笼罩，与王士禛词学的影响及其主政的广陵词坛词事活动的熏陶密不可分。王士禛任扬州推官时，兼主盟广陵文坛，促成了多次唱酬活动。陈维崧也多次参与其中：顺治十八年，陈维崧和王士禛为《青溪遗事》画册所作《菩萨蛮》八首。王士禛又有为余韫珠所绣《神女》、《洛神》、《浣纱》诸图而作的《浣溪沙》四首，陈维崧作《水调歌头·题余氏女子绣西施浣纱图》、《高阳台·题余氏女子绣高唐神女图》、《多丽·题余氏女子绣陈思洛神图》为之和赋。王士禛还有与邹祗谟、彭孙遹同作的《海棠春·闺词》四首，陈维崧和之。康熙元年春，陈维崧与王士禛、杜濬、邱象随、朱克生、张养重、袁于令、刘梁嵩、陈允衡、蒋平阶等修禊红桥。康熙三年秋，王士禛来扬州，陈维崧伏道相迎，并邀孙枝蔚、邓汉仪、宗元鼎、雷士俊、孙金砺诸人相为狎宴，是年，陈维崧有

　　①　（清）邹祗谟、王士禛：《倚声初集》卷六，顾廷龙主编：《续修四库全书》第1729册，上海古籍出版社2002年版。

　　②　（清）邹祗谟、王士禛：《倚声初集》卷九，顾廷龙主编：《续修四库全书》第1729册，上海古籍出版社2002年版。

　　③　（清）邹祗谟、王士禛：《倚声初集》卷六，顾廷龙主编：《续修四库全书》第1729册，上海古籍出版社2002年版。

　　④　（清）邹祗谟：《远志斋词衷》，唐圭璋编：《词话丛编》第1册，中华书局2005年版，第651页。

　　⑤　（清）陈维崧：《任植斋词序》，《陈迦陵文集》卷二，张元济纂辑：《四部丛刊》初编第281册，上海书店1989年版。

《洞庭春色·甲辰除夕，怀西樵司勋阮亭主客》一词。康熙四年，中秋时用东坡韵填《念奴娇》一阕寄广陵诸旧游，十月闻王士禛被罢官，作《满江红·闻阮亭罢官之信，并寄西樵》。康熙五年三月，王士禛、孙默、王岩、雷士俊、杜濬、孙枝蔚、程邃、陈世祥、宗元鼎、陈维崧、邓汉仪、王又旦、汪懋麟、吴嘉纪、汪楫、孙金砺等人同游平山堂、红桥，并以《念奴娇》为题进行唱和，众人作品后来刻为《红桥唱和集》，也称《广陵唱和集》。

广陵游学极大地拓展了陈维崧的填词兴趣，从顺治末到康熙初，短短几年时间，陈维崧的词从专治小令写艳情扩展到题画、贺寿、感怀、怀友等对各类主题，表达了各种人生感受。蒋景祁《陈检讨词钞序》云："其年先生幼工诗歌。自济南王阮亭先生官扬州，倡倚声之学，其上有吴梅村、龚芝麓、曹秋岳诸先生主持之，先生内联同郡邹程村、董文友，始朝夕为填词。"① 广陵词坛词学宗向多元化，对陈维崧也有积极影响。盟主王渔洋词学温庭筠、李清照，其作"体骨俱秀，故入词即常语浅语，亦自娓娓动听"②。主将邹祗谟则不专尚南唐北宋，主张对不同风格兼容并收，博采众家之长。他的词不专走花间一路，也常表丈夫胸怀，《最高楼·丁亥答文友楚中寄词》、《沁园春·偶兴和阮亭韵》、《满江红·乙丑感述》等纵横意气，悲慨郁勃。王士禛、邹祗谟与陈维崧交往至深，和词甚多，迦陵取其精华，其词愈变愈工。

首先，陈维崧的小令词由学云间绘旖旎之貌，转入了以奇雄之笔写奔放气势，开拓了小令词的词境。《点绛唇·江楼醉后与程千一》、《清平乐·夜饮友人别馆，听年少弹三弦限韵三首》、《点绛唇·夜宿临洺驿》等名篇皆腾跃激扬。试读《醉太平·江口醉后作》："钟山后湖。长干夜乌。齐台宋苑模糊。剩连天绿芜。　　估船运租。江楼醉呼。西风流落丹徒。想刘家寄奴。"提笔即描画醉后所见的江山之景，开阔恢宏，从进入齐宋历史印象到以"连天绿芜"收笔，纵横千年，但作者仅用十余

① （清）蒋景祁：《陈检讨词钞序》，（清）陈维崧著，蒋景祁辑：《陈检讨词钞》，清康熙二十三年天藜阁刻本。
② （清）谢章铤：《赌棋山庄词话》卷八，唐圭璋编：《词话丛编》第4册，中华书局2005年版，第3426页。

字，显示了其语言的精悍。下阕短短数语，先点明现实中自我的流落酒醉，后直笔进入对历史空间的想象，以"想刘家寄奴"作结，亦反衬自我的落魄，也表达了渴望成就一番功业，其中所蕴藏的情感波澜令人回味。陈维崧以简练磅礴之笔在令词中描绘出了一个只能寓于长调的慷慨沉雄的境界。

其次，陈维崧从少年时写绮思丽情，转入表达渐入中年的感昔伤今的愁苦胸臆。随着词人心境的变化，迦陵词不再浮艳，而呈悲凉之貌。《摸鱼儿》最为典型："是谁家，本师绝艺，槽槽挑得如许？半弯逻迤无情物，惹我伤今吊古。君何苦？君不见，青衫已是人迟暮。江东烟树。纵不听琵琶，也应难觅，珠泪曾干处。　　凄然也，恰似桥宵掩泣，灯前一对儿女。忽然凉瓦飒然风，千岁老狐人语。浑无据！君不见，澄心结绮皆尘土。两家后主，为一两三声，也曾听得，撇却家山去。"这首词作于陈维崧寄居如皋之际，偶听南通白璧双弹琵琶曲，"宛转作陈隋数弄，顿尔至致"①，顿感悲从中来。词以听曲起，以凄厉的视觉形象描绘听觉感受，实则写悲凉心境。"伤今吊古"的历史沧桑感，"青衫已是人迟暮"的身世之感，"两家后主，为一两三声，也曾听得，撇却家山去"的故国沦亡之感，重重叠叠，随着旋律的激越幽怨，词人的情感起伏跌宕，读之令人伤怀。

陈维崧创作态度的转化与创作风格的转型，影响了与之常有文字交往的乡里好友，如任绳隗与史惟圆，为阳羡词学以独立的面貌林立于清初词坛奠定了基础。任绳隗与史惟圆年岁与陈维崧相仿，填词较早，与广陵词人邹祇谟、董以宁也都有往来。他们早年与陈维崧一样，学习云间风格，喜好轻柔曼声，任绳隗曾以"十索"艳词而名声大噪，被王士禛誉为"风情大似杜紫薇，词品亦其年季孟，阳羡同时，有此双绝"②。后来他们的词风都发生了转变，任绳隗变旖旎而为清峭，史惟圆变柔媚而为奇恢，这其中必然有与陈维崧唱和而发生的潜

---

① （清）陈维崧：《摸鱼儿》序，《迦陵词全集》卷二九，张元济纂辑：《四部丛刊》初编第 282 册，上海书店 1989 年版。

② （清）王士禛、邹祇谟：《倚声初集》卷一，顾廷龙主编：《续修四库全书》第 1729 册，上海古籍出版社 2002 年版。

移默化的影响作用。

二　词名满天下：羁旅京师与漂泊中州的意外收获

康熙七年，陈维崧带着新刻的《乌丝词》辗转抵京，谒见身为父执的龚鼎孳，本欲以此干谒京城权贵谋求糊口生计，以重振陈氏家族声望。然而，这一举动并没有改变陈维崧穷困潦倒的现实，但却意外地让他获得了名满京华的文学声誉。《乌丝词》经京城词苑领袖龚鼎孳的力推，以及遍传各家而得的赞赏，确立了迦陵词的经典地位。陈维崧一跃而为词坛大家，这为他后来领导阳羡词坛提供了有利条件。

《乌丝词》是陈维崧对走出"云间"模式、初步尝试自我独立风格的一个总结，"刻于《倚声》者，过辄弃去，间有人诵其逸句，至哕呕不欲听。因励志为《乌丝词》"①。《乌丝词》共收词138调，226首，处处体现着陈维崧探索个性化词风的自觉意识，标志着迦陵词风走向成熟。

首先，《乌丝词》中，陈维崧追和两宋诸多词人的词韵，如欧阳修、苏轼、柳永、周邦彦、李清照、辛弃疾等，试图借众家之长融合出适合自己的一款口味。同时，他又对宜抒慷慨激烈之情的《满江红》、《水调歌头》、《念奴娇》等词牌情有独钟，这些词调的作品占《乌丝词》近一半的数量，体现了陈维崧的选调原则。

其次，《乌丝词》以怀旧情绪为主调，包含了关乎家国、人生的多种感受，部分作品仍未脱尽浮艳习气，但已鲜见轻狂，情韵深沉。如《宣清·春夜闻雁》："春夜红蕤枕，怪宾鸿月底，哀鸣如昨。惹青衫，泪甚时干？引红闺、睡何曾著？记得当初，楚天烟水，碧湘楼阁。搀玉轸和金徽，自分西风冷落。　一霎年光，又逢春社，万里乡心作。忆森森萧关，茫茫沙漠。故园归欤行乐。花柳江南，尽让他莺啼燕掠。"词的开篇使用了"春夜"、"红蕤"、"红闺"等语汇，似乎是在写孤独佳人的情怨，但下阕抒情之中对于时光流逝的感叹，由空间阻隔所引发的苦闷，以及对当下境遇的茫然，都是词人自身所特有的生活感受，而非为女子代言。怀

---

① （清）蒋景祁：《陈检讨词钞序》，（清）陈维崧著，蒋景祁辑：《陈检讨词钞》，清康熙二十三年天藜阁刻本。

旧情绪虽是《乌丝词》的主调，但对"过去"的追念实乃发自对现实的慨叹，《乌丝词》中的抒怀之作，张扬奔放，悲慨激荡，情浓而力强。如《念奴娇·纬云弟三十作此词，因和其韵，同半雪赋》："醉拍阑干，叹去者苦多，光阴倏忽。知我平生悲愤事，惟有当头明月。准拟骑鲸，不然射虎，一吐胸中郁。吴钩负汝，好将衫袖频拂。　　追想红烛呼卢，青楼赌酒，往事推华阀。小季以称三十岁，何况暮年黄歇？斜阁秦筝，横摊越绝，烧尽炉中柮。凭高远望，江流一线如发。"

陈维岳比陈维崧小十岁，作此词时，陈维崧恰是屡试不应，"四十扬州"的困顿时期，心中伤痛郁积，不禁有英雄暮年的勃郁之情。词中"准拟骑鲸，不然射虎，一吐胸中郁"，最具悲愤力量。

独具风采的《乌丝词》面世京师词坛之后，诸位词家都为之倾倒。龚鼎孳称陈维崧"烟月江东，文采风流，旷代遇之"①。龚鼎孳即作《沁园春·读〈乌丝词〉》三首，赏评其词，"彼美何其，绣口檀心，娩娈清扬。怪须髯如戟，偏成妩媚，文章似海，转益苍茫"②、"朱弦发、听短歌日短，长恨情长"③ 等语揭示了迦陵写昔盛今衰、叹英雄失路的词心，又概括了其苍茫雄劲的词风。龚鼎孳对陈维崧文学才华的赞誉，使《乌丝词》得到了词坛的广泛关注，《国朝名家诗余》的编者孙默称："其年《乌丝》一集，脍炙旗亭。"④ 一时间众人竞相阅读评赏，名家纷纷品评题赠，产生了一批以品题《乌丝词》为内容的词作与和作，正所谓"乌丝题遍，群公漫许词杰"⑤。《乌丝词》获得了众家美誉，说明有别于云间词风的、以悲慨豪荡为主导的迦陵词风在接受环节得到了大众的认可。

京师数月，让陈维崧获得的不仅是文学声誉，还有词学生涯中的再

---

① （清）龚鼎孳：《沁园春·读〈乌丝词〉》，《定山堂诗余》卷三，陆费逵、高野侯等辑：《四库备要》第 90 册，中华书局 1989 年版。

② 同上。

③ 同上。

④ 南开大学图书馆藏（清）陈维崧：《迦陵词》稿本第 7 册《念奴娇》（登车一叹）词后评语。

⑤ （清）陈维崧：《念奴娇》（玉峰高宴），《迦陵词全集》卷一八，张元济纂辑：《四部丛刊》初编第 282 册，上海书店 1989 年版。

次飞跃。京师的游历开阔了他的视野，使他对词这一体裁的文学使命和抒情张力有了全新的体认。他在京城所作的一系列调寄《念奴娇》和《贺新郎》词，张扬霸悍郁怒、悲慨苍健词风，为清初词坛注入了新的力量。风格上的深化与陈维崧当时的独特境遇有很大关系。就陈维崧自身的心志而言，他出身故明显赫之族，对前朝有深深的眷恋之情，但就其资历和年辈而言，他还不能算入明遗民之中。陈维崧虽然才富五车，但屡试不应，入京干谒，《乌丝词》虽获得众家赞誉，仍不能为其换来一点衣食名禄，其内心愤懑勃郁，如波涛翻滚，一腔悲情借词而倾，《贺新郎·秋夜呈龚芝麓先生》其一曰："掷帽悲歌发！正倚幌，孤秋独眺，凤城双阙。一片玉河桥下水，宛转玲珑如雪。其上有、秦时明月。我在京华沦落久，恨吴盐，只点愁人发，家何在？在天末。　　凭高对景心俱折。关情处、燕昭乐毅，一时人物。白雁横天如箭叫，叫尽古今豪杰。都只被江山磨灭。明到无终山下去，拓弓弦，渴饮黄麛血。长杨赋，竟何益？"这首词苍凉而不见衰飒，沉痛而不见颓唐，陈维崧那高才而不得用于世的悲慨划然啸空，无限时空中沦落京华的词人却找不到一个安身之处，此情何其悲，"关情处、燕昭乐毅，一时人物。白雁横天如箭叫，叫尽古今豪杰。都只被江山磨灭"，为我们展示了一幕英雄末路的景观，人世沧桑化为勃郁遒劲的豪气涌动在字里行间。再如《念奴娇·十五夜宋蓼天太史招饮，以雨不克赴，少顷月出》："吾生万事，沈思遍、都似今宵之月。只到圆时期便左，揉得愁成乱发。此夜西园，故人东阁，迟我情偏切。冲泥无计，车轮腹转难歇。　　少顷皓魄东升，海天一碧，世界都轩豁。燕市且须谋一醉，难得铜街泼雪。丝竹癫狂，弟兄歌叱，碎拗金鞭折。知他何处，笛声缕缕凄绝。"词写由月圆晚出而引发的"人生有失"的感怀，表达了一种孤独凄凉之意，这是一种无可奈何的人生失意之感。未得圆月，词人愁绝，月出之后，海天之间一片欢腾，而他还是失落又寂寞的，"丝竹癫狂"的喧闹与他无关，数声悲笛正是他心境的写照。

京师数月后的中州游历，也是陈维崧词学生涯中的重要阶段。这一时期，他途经众多古迹，并在洛阳、开封访赵宋遗物，写下了大量咏史怀古词，浓厚的历史感在词中的沉淀，使陈维崧的词愈加深沉，他借古讽今，以如椽大笔抒写沧桑感，表达了丰富的深层心理，如《沁园春·经邯郸县丛台怀古》："匹马短衣，竟上丛台，慨以当歌，看谁家战垒，寒鸦落照，何年古戍，乱草平冈。十月疏砧，一城冷雁，不许愁人不望乡。徘徊久，只登高吊古，无限苍茫。　　当年赵武灵王。正树里、河流挂浊漳。更佳人跕屟，妆台对起，王孙祗服，舞袖相当。而我来游，几番历遍，不见邯郸侠瑟倡。何须间，便才人厮养，总付斜阳。"这首词上阕重在渲染古代战垒的萧瑟荒凉，以空间的巨大来凸显词人的渺小，回想当年无限事，沧桑巨变，时光流逝，而词人还是一事无成，悲愤之情何以堪。

经过京师、中州的游历，陈维崧的词名远播大江南北，增强了他步追苏辛、驾驭豪放之风的自信心与自觉性。这也就不难理解康熙八年经过一番游历的陈维崧返乡，并未换得锦衣玉食，却仍受到乡里同好的热烈欢迎："一自行旌发。望江天、云连海岱，星悬金阙。慷慨悲歌知有伴，愁是庐龙积雪。又道是、关山明月。汉寝唐陵凭吊出，恐狂来醉墨沾须发。对津要，说颠末。　　从燕入洛河山折。想经过、晋梁陈宋，怆然风物。须年邹阳枚乘辈，颠倒文章豪杰。几百年、姓名难灭。今日梁园谁作赋，直待君一呕心头血。归喜早，示吾益。"[1] 徐喈凤"今日梁园谁作赋，直待君一呕心头血。归喜早，示吾益"之语代表了阳羡众家的心声。陈维崧哀艳激昂的词风得到了普遍认可，从此阳羡词人纷纷追摹迦陵，群起而振稼轩风，一派宗师的领袖地位从此确立。

三　迦陵词风的艺术示范性

自陈维崧明确提出以词存经史之后，他专注填词之事，积极充实词的言说空间，扩大词的艺术表现力，致力于创作诗化之词。他的诸多尝试与探索，为阳羡词群提供了艺术范本。

首先，陈维崧以民生疾苦充实词境，引导阳羡词人尝试创作现实主义民生词。陈维崧的《江南杂咏》六首，其一写"天水沦涟"的水灾导致"万

---

[1] （清）徐喈凤：《贺新郎·喜其年归里，用龚芝麓先生韵》，程千帆主编：《全清词》（顺康卷），中华书局2002年版，第3083页。

灶炊烟都不起"；其二写瘟疫给山民造成的痛苦，"夔魖喧豗，枫根渍酒纸成灰"；其三写官府催租，"户派门摊，官催后保督前团，毁屋得缗上州府"；其四写验契券，"印响西风猩作记"，人见如见鬼，鸡狗都骚然；其五写穷困士子，"茄盖从风，旌竿十丈压桿红"；其六写米农遭官府剥利，"万艘千船，今年米价减常年"，"愁绝，不愿官家言改折"，都是残酷现实生活的真实写照。受之影响，阳羡其他词人也都写下了大量直面民生的词篇，为陷入水深火热、流离失所的劳苦民众的不幸遭遇而感叹。

其次，陈维崧以悲情深化词境，其表达今昔衰盛、变幻无常之感的词作引发了阳羡词群最为广泛的共鸣。陈维崧曾经历国破家亡，入新朝后屡试不应，未能博取功名以保持家风不坠，一生穷困潦倒，故其词中多悲音。"达则兼济天下"的志向和"穷则独善其身"的修养，被清廷残酷镇压汉民族的政策所冲淡，陈维崧将满腔无处排遣的郁闷注入了词中，词情力度随之而深厚。他曾自言其词"丈八琵琶拨不动"①，表明词情之沉郁。陈维崧的词友大多也都是时代风暴袭击之下的"伤心人"，对故明的眷恋，成为他们抚平伤痕的宣泄口之一。最为典型的便是陈维崧首倡的《钟山梅花图》连缀题咏，陈词曰："十万琼枝，矫若银虬，翩如玉鲸。正困不胜烟，香浮南内；娇偏怯雨，镜落西清。夹岸亭台，衔天歌管，十四楼中乐太平。谁争赏？有珠珰贵戚，玉佩公卿。　　如今潮打孤城。只商女船头自明。叹一夜啼乌，落花有恨，五陵石马，流水无声。寻去疑无，看来似梦，一幅生绡泪写成。携其卷，伴水天闲话，江海余生。"这首词章法有致，结构紧凑，前后呼应，气韵流畅。词中只有首句具体写图景，末句"一幅生绡泪写成"巧妙回应，中间的大部分文字都是在写赏图之感，梅花图背后所蕴含的对"十四楼中乐太平"的明末公卿们误国行径的怨慨，及"一夜啼乌，落花有恨"的哀思，"寻去疑无，看来似梦"的泪愁等，则是"怒其不争，哀其不幸"的复杂遗民心绪。这首词寄予词人百感交集之下的种种遥思，令人回味无穷，陈廷焯誉之"情词兼胜，骨韵都高"②，

---

① （清）陈维崧：《采桑子·吴门遇徐崧之问我新词，赋此以答》，《迦陵词全集》卷二，张元济辑：《四部丛刊》初编第282册，上海书店1989年版。

② （清）陈廷焯：《白雨斋词话》卷三，唐圭璋编：《词话丛编》第4册，中华书局2002年版，第3842页。

可谓别具慧眼。

迦陵词中直接以"感旧"为题的词篇甚多,如《留春令·感旧》、《踏莎行·夏夜感旧》、《风流子·感旧》等,或追忆"心头事满,斜凭木兰桡"①的少年情怀,或抒写、"算故国楼台,许多风物,当年歌管,何限韶华"②的中年怀抱,成为阳羡词人大力追和的重要主题之一。以陈维崧和史惟圆的唱和之词为例。陈维崧有《霜叶飞·夜雨感旧柬史云臣》:"西风雁压凉云破,趱成暝色如许。屏风几叠拥潇湘,正晚山碧聚。拟偷按、凄凉宫谱。小楼寒峭移筝柱。奈偏到此时,添几阵、潇潇淅淅,长夜难住。　　对此倍怅无憀,银灯细炙,犹自顾影私语。一从西北倦游归,只鬓催霜缕。总梦到、咸阳原去。也应红尽骊山树。算前情、都付与,一片青砧,三通画鼓。"这首词结构严谨,上阕写夹杂雨声的凄冷之夜,为感旧营造感情氛围。下阕追忆北游生活,突出独孤冷清的情绪,萧瑟而悲沉。这首词哀而不怨,在杳冥恣肆的迦陵词风中属于另类。史惟圆和词曰:"酒酣力战愁城破,思量往事如许。风凄雨急压重帘,任两眉凝聚。听邻笛、移声换谱。无憀独倚闲庭柱。最无端此际,恼人处。寒灯向壁,和影同住。　　堪叹无限飘零,天南地北,离思萦结无语。能禁几度可怜宵,对镜添丝缕。愿随他、塞鸿飞去。遥空望断江头树。梦回时,只落得、山寺晨钟,官街夜鼓。"③史惟圆开篇便言自己心中愁重,往事无数,难展眉头,故而全篇表达都是飘零无限恨的情绪。"听邻笛、移声换谱"、"最无端此际,恼人处。寒灯向壁,和影同住"化用陈维崧的"拟偷按、凄凉宫谱"、"奈偏到此时,添几阵、潇潇淅淅,长夜难住",皆生动形象。陈维崧等人所作的感旧类的词篇,表达了他们歌哭无端的真实心境。

最后,陈维崧词的艺术手法也成为阳羡词人手模心追的范本。他常以才气驾驭文字,在词中凸显自我形象,与传统的代言或比兴手法大相径

---

① (清)陈维崧:《少年游·感旧,和柳屯田韵》,《迦陵词全集》卷四,张元济纂辑:《四部丛刊》初编第282册,上海书店1989年版。

② (清)陈维崧:《风流子·感旧》,《迦陵词全集》卷二四,张元济纂辑:《四部丛刊》初编第282册,上海书店1989年版。

③ (清)史惟圆:《霜叶飞·雨夜感旧,和其年韵》,程千帆主编:《全清词》(顺康卷),中华书局2002年版,第3837页。

庭。他或在词中直言"我"、"吾"等，如"一听秦筝人已醉，恨月明，恰照吾衰矣"①、"倘君而尚在，定怜余也。我讵不如毛薛辈，君宁甘与愿尝亚"② 等，主观色彩浓厚。或直接从第一人称的角度抒写其情，直抒胸臆，如《书锦堂·述怀，和蘧庵先生》："我所思兮，旁无人这，长啸离墨之阳，时复读书万卷，纵博千场。悲来直携横槊舞，兴来还取索琴张。谁相识，只有当年，郭翁伯郅君章。 石梁。瀑布遄，神仙窟，中饶雁鹜余粮。我愿结庐注易，梯几焚香。身骑白鹤朝蓬苑，手斟丹液炼非光。沉吟久，此意茫茫未遂，斜日徒黄。"这首词开篇便言"我所思兮，旁无人这，长啸离墨之阳，时复读书万卷，纵博千场"，"真我"形象直接跃然于纸上。词的上阕既有对年少才华横溢的回忆，又表达了高才不遇的悲愤之情，皆直泻而出，完全没有隐约含蓄的韵味。词的下阕情感连转，先是表示对道家清淡生活有所向往，但又立即以"沉吟久，此意茫茫未遂，斜日徒黄"作结，落入了对现实的怅惘失落之中。陈维崧的这阕"述怀"也引发了阳羡众家的题咏模仿，史惟圆《书锦堂·述怀》言"草满径，花覆地，韶光春去犹妍。悔壮心未已，辜负年华"③ 的内心隐恨，任绳隈《书锦堂·述怀》叹其"一钱遗累，身世飘零"④ 的悲愤情绪，徐喈凤《书锦堂·述怀》诉"小院芭蕉弄影，绿满窗纱。恼乱诗肠双语燕，唤回午梦两啼鸦"⑤ 的闲居乐趣。皆仿迦陵词之手法，直接将"我"的形象置入词中，以诗化笔法倾诉自我心志。

陈维崧的咏物词，很少连篇用典、详拟物态，善于展示才力的他在咏物题材上却回归朴素。他继承了南宋遗民以咏物寄托哀思之表达方法，如《杏花天·咏滇茶》言"见多少、江南桃李，斜阳外、翩翩自喜。异乡花

① （清）陈维崧：《贺新郎·甲辰广陵中秋，小饮孙豹人溉堂，歌示阮亭》，《迦陵词全集》卷二六，张元济纂辑：《四部丛刊》初编第 282 册，上海书店 1989 年版。

② （清）陈维崧：《满江红·秋日经信陵君祠》，《迦陵词全集》卷一二，张元济纂辑：《四部丛刊》初编第 282 册，上海书店 1989 年版。

③ （清）史惟圆：《书锦堂·述怀》，程千帆主编：《全清词》（顺康卷），中华书局 2002 年版，第 2825 页。

④ （清）任绳隈：《书锦堂·述怀》，程千帆主编：《全清词》（顺康卷），中华书局 2002 年版，第 2927 页。

⑤ （清）徐喈凤：《书锦堂·述怀》，程千帆主编：《全清词》（顺康卷），中华书局 2002 年版，第 3078 页。

卉伤心死，目断昆明万里"①，江南桃李翩翩与昆明花卉衰谢，形成强烈对比，寄托了对南明永历帝被杀的哀悼，文字之中蕴含深情。《贺新郎·秋日竹逸约同云臣、红友、渭文石亭看桂》大笔渲染桂树与山水映衬，"正霜簪、累累金粟，参差低亚。竹色泉光幽映极，携得一樽堪把。问此乐，何如仆射。忽见高堘延野烧，似赤龙，蹑踏山都赭。矫首看，莽惊诧"②，词人并不着意桂花情态的具体描绘，而是借更为广阔的山水背景，突出大片桂花舒展的盛况。

迦陵词风在词境和词艺上的卓越造诣，引领清初阳羡家族词人进入了一个丰富生动的词文学世界。原本娱乐遣兴，以言情为主的词，经苏轼、辛弃疾的努力，跃升为以词言志，而到陈维崧手中，则以词纪事，以词议论，慷慨悲歌，激越昂扬，这是词体之幸，也是迦陵词的独到之处。

从康熙十二年至康熙十七年入京应"博学鸿词"之前，"湖海元龙"陈维崧基本弃诗不作，将全部精力投入到词中，陈维岳《迦陵词全集跋》云："先伯兄中年始学为诗余，晚年尤好之不厌，至于赠送应酬往往以词为之。或一月作几十首，或一韵迭十余阕，解衣盘薄，变化错落，几于昔人所谓嬉笑怒骂皆成文者。故多至千余，古今人为词之多未有过焉者也。"③ 在此期间，陈维崧居于乡里，主盟阳羡人文圈，频频发起主题各异的群体性词事活动，前文已详述。

纵观迦陵一生，前半生辗转四方，游于大江南北，后半生蛰居乡里，任职京师，困顿落拓之中，他将词视为记录生命历程的载体，"或孤篷夜雨，坎坷历落；或风廊月榭，酒枪茶童；或逆旅饥驱，或河梁赋别，或千里怀人，或一堂燕乐；或须髯奋张，酒旗歌板；诙谐狂啸，细泣幽吟，无不寓之于词"④。陈维崧凭借意到笔随，春风物化的精湛艺术技巧，造就

---

① （清）陈维崧：《杏花天·咏滇茶》，《迦陵词全集》卷四，张元济纂辑：《四部丛刊》初编第 282 册，上海书店 1989 年版。

② （清）陈维崧：《贺新郎·秋日竹逸约同云臣、红友、渭文石亭看桂》，《迦陵词全集》卷二七，张元济纂辑：《四部丛刊》初编第 282 册，上海书店 1989 年版。

③ （清）陈维岳：《迦陵词全集跋》，（清）陈维崧：《迦陵词全集》张元济纂辑：《四部丛刊》初编第 282 册，上海书店 1989 年版。

④ （清）陈宗石：《迦陵词全集跋》，（清）陈维崧：《迦陵词全集》，张元济纂辑：《四部丛刊》初编第 282 册，上海书店 1989 年版。

了踔厉风发、高浑悲雄的独特风格，达到了"重辟词家混沌天"① 的艺术境界。"传声写句，镂冰雕玉，风樯阵马，牛鬼蛇神"② 的迦陵词风令阳羡词人为之一振。阳羡诸家与陈维崧的互动交流，造成了阳羡词坛家族词人应声相和的盛况，阳羡词学从此进入了一个新境界。神往苏辛的"湖海豪气"，经以陈维崧为首的阳羡词人的激荡，成为康熙前期词坛的主流风潮之一。

第四节　陈氏昆仲与清初词坛唱和

陈氏兄弟因家族衰败而四散飘零，今昔迥然的人生遭遇成为他们难言的隐痛，也触发了他们的创作激情。陈维崧昆仲的诗词唱和数量众多，流露出明显的家族特色，其中词事唱和尤其值得关注。陈氏昆仲借词鼓唱故园之恋，手足亲情，体现出的题材、主题的同一和审美趋向的近似。陈氏的唱和词中始终贯穿着感伤情绪，多凄苦悲慨之气，而无柔曼清幽的花间色调，表现出与云间词大相径庭的格调与风貌，传递了清初词风嬗变的重要信号。

清初，唱和之风大炽，康熙初年曾有影响深远的江村唱和、红桥唱和与秋水轩唱和。清初，又是家族词人群蔚起的鼎盛时代，清初唱和词复兴繁荣的过程中，家族词人群亦做出了积极贡献。目前清初唱和词研究，较多关注友朋式的应声而和之作，还鲜有从家族视角切入进行探究，因此，陈氏昆仲唱和词的艺术成就，及其与清初唱和词复兴的内在关系尚不明晰。然而，从顺治末到康熙初，阳羡陈维崧、陈维嵋、陈维岳、陈宗石昆仲专力以《念奴娇》、《贺新郎》、《水龙吟》等长调进行唱和，主题集中而独特，词风悲凄慷慨，在清初词坛别具一格。丁绍仪《听秋声馆词话》称："有宋以来，兄弟工词者仅计数家。……近推陈其年太史维崧、弟鲁望维岱、半雪维嵋、纬云维岳、

---

① （清）赵吉士：《沁园春》，《万青阁诗余》卷三，顾廷龙主编：《续修四库全书》第 1724 册，上海古籍出版社 2002 年版。

② （清）史惟圆：《沁园春·题其年乌丝词》，程千帆主编：《全清词》（顺康卷），中华书局 2002 年版，第 3837 页。

子万宗石。"① 陈氏昆仲还积极参与了红桥唱和、秋水轩唱和等活动。陈维崧昆仲的唱和，拓展了清初唱和词的表达空间、创新了唱和词的表现艺术，对清初唱和词复兴具有重要意义。

一　陈维崧昆仲对清初唱和词主题的拓展

阳羡陈维崧家族是对清初词演进具有重要影响的核心家族之一。陈氏词群以天才飚发的陈维崧为领军，诸弟陈维嵋、陈维岳、陈宗石、陈维岱等为骨干。陈维嵋，字半雪，陈维崧二弟，有《亦山草堂词》。陈维岳，字纬云，陈维崧三弟，有《红盐词》。陈宗石，字子万，陈维崧四弟。晚清谢章铤曾赞叹陈家兄弟词风之盛："陈氏门才最盛，《乌丝》一编既推老手，而半雪有《亦山草堂词》、纬云有《红盐词》、鲁望有《石闾词》，皆迦陵兄弟行，莫不含英咀商，埙篪迭奏，……故不独迦陵有凤凰之誉，即群从亦半是蕙莲。"② 陈维崧昆仲的家族式词唱和，早在顺治末年就已出现，以顺治十四年陈维崧、陈维嵋、陈维岳等以《念奴娇》为调，为"送子万弟携五弟之睢阳"所进行的唱和活动为标志。

虽然，清初唱和之风并不仅见于陈氏家族之中，但陈氏昆仲的唱和对拓展清初唱和词主题内容具有重要意义。从明末清初唱和词演进的过程来看，清初词坛的唱和高潮以康熙初年江村唱和、红桥唱和。秋水轩唱和的相继出现为标志。这三次活动集聚了当时来自全国各地的重要词家，以蹈扬稼轩风为主导，影响波及大江南北。而在此之前，清初词唱和之风或集中于私宅家院，或发生于友朋诗酒集会之中，大都以传统地吟咏情愁闺怨为主，内容较为狭隘，缺乏深厚内蕴。如清顺治初年云间三子的唱和，大都以"春闺"、"秋闺"、"冬闺"、"闺词"、"春闺风雨"、"春寒闺恨"、"春雨闺思"等为题，以描写女性的词作为主，宗奉南唐北宋绮丽婉约的小令词，是具有娱乐性的唱和活动。在这样的创作环境中，唱和者们各逞才华，争奇斗巧，以至于某些同题同调之作，具有竞技性，带有游戏文字

---

① （清）丁绍仪：《听秋声馆词话》卷十六，唐圭璋编：《词话丛编》第 3 册，中华书局 2005 年版，第 2774 页。

② （清）谢章铤：《赌棋山庄词话》卷八，唐圭璋编：《词话丛编》第 4 册，中华书局 2005 年版，第 3380 页。

的意味。

　　然而，这一状况在陈维崧、陈维嵋、陈维岳等人的手中则发生了根本性的转变，吟咏闺情的柔媚被消散，取而代之的是对家族、人生、生存等重大命题的严肃思考或深沉感慨。陈维崧昆仲的唱和，大都源自现实生活感受，以对家族衰败、兄弟离散的感怀为主题，鲜明而集中，且富有现实意义和时代色彩，极大拓展了清初唱和词的表达空间。唱和词由此跃出春花秋月的虚幻空间，开始接触到现实人生。如陈维崧、陈维嵋、陈维岳等于顺治十四年以《念奴娇》为调所进行的词唱和，明确以表达兄弟亲情珍重之意为主题，具有纪实性。又如陈维嵋与陈维岳以《水龙吟》为调进行的唱和，叹才人失路、穷士困顿，亦是对自我现实困境的反思与表达。再如康熙初年陈氏昆仲以《念奴娇》为调，因"忆余家远阁"而进行唱和，意在追忆家族辉煌，悲叹落魄的现实之态，同样表现出鲜明的现实主义色彩。这些具有现实意义的唱和活动，彻底改变了云间唱和的娱乐性和斗戏性，词唱和在陈维崧昆仲这里，不再是竞技性文字游戏，而成为文人抒泄性情的重要活动，这无疑对清初唱和词的发展具有重要的启示意义。

　　陈维崧昆仲的唱和，述家族事、抒昆仲情，表达具有个性色彩的生存感受，深化了清初唱和活动的情感意蕴。以歌咏女性为主的唱和活动，虽然最容易契合词的言情本质，却容易造成词的抒情模式的单一化，以代言闺情为主，借描写女性的体态或生活表现其情感心绪。而陈维崧昆仲的唱和活动，借词记录"家族印象"及其生存感受，将代言闺情转化为文人自抒其志，包含了失落、无奈、悲伤、哀痛等种种情感，极大地丰富了清初唱和词的情感性质。

　　陈维崧昆仲的唱和，是迫于生计而四散飘零的陈门弟子，面对家族困境的深沉感叹。这与阳羡陈氏家族环境的剧变紧密关联。陈氏在晚明因陈于廷、陈于泰、陈于鼎等人相继登科而称望于江南，世代簪缨，家风与家学的积累亦随之而愈益丰厚，读书通大义，立志冠清流。然而，鼎革之变，使这一本已显示出优生态势的文化家族几遭摧毁。陈氏家族首先因南明党争而受牵连。陈维崧父陈贞慧及弟陈维嵋曾被捕至镇江，这场狱劫最终因陈贞慧从容辩理而得以化解。被释归家后，陈贞慧便裹足穷乡，隐居故里，将陈于廷等东林党人的精神作为日常庭训，命维崧、维嵋、维岳等牢记在心。陈贞慧族叔陈于泰，明崇祯辛未状元，曾授编修翰林，因对南廷腐败深感不满，同时也拒绝与新朝合作，选择遁入空门，披缁于白门天界寺，却仍逃脱不掉党争之祸。陈于泰最终为躲避新朝按抚两荐，被迫匿迹于夹墙之中，最终在饥饿病痛中离世，极为悲惨。吴伟业为其所做的墓志铭写到此处，只言"言及此陵之罪，通于天矣，搁笔"①。其次，以气节为重的陈氏与抗清活动多有牵涉。陈维崧昆仲的大伯父陈贞禧参加抗清义军战死。陈维崧昆仲的伯祖父陈于鼎（号实庵）于顺治十八年因牵涉通海抗清而被杀害。其死甚惨："悲夫南徐己亥之祸何其酷也！实庵先生侨于江上，几不免……溽暑，无收之者，故奴李彦夜窃出，购其元，纫之，载而南，葬土穷山，人迹罕至之处。"②清初陈氏难以求生的险恶形势不言而喻。

在气节与国难、忠于一主与华夷之变等尖锐的政治交锋中，陈氏这一门第华贵的簪缨之族在夹缝中艰难求生，难觅安稳的立足之地，家日以蹙，衰落不振。陈贞慧病逝后，陈维崧兄弟为避难求生而各散四方，陈维崧避难如皋，陈维嵋独守故园，陈维岳羁旅燕京，陈宗石带陈维岗入赘商丘。本应在良好的文化熏陶之下继续成就家族辉煌的陈氏昆仲，不得不因家境的巨大变化而流落四方，虽有满腹才华，却难用于世，长期奔走于饥困之间，居无定所。崇高的家族理想，与现实的人生遭际，形成强烈落差。对于陈氏昆仲而言，当祖辈的勋业成为难以企及的梦想时，以文学形式记录人生感受无可避免。

二 惠连妙笔谱新曲

自清顺治十四年陈宗石携幼弟去往河南，至康熙二十一年陈维崧于京师病逝，陈氏昆仲常年分散于不同的地方，却通过数次词事酬唱汇聚于共同的精神文化空间之中。由家族变动、个人寄寓所引发的种种委屈与无

---

① （清）吴伟业：《翰林院修撰陈公墓志铭》，《亳里陈氏家乘》卷十一，民国二十九年开远堂藏本。

② （清）顾于咸：《翰林院左庶子陈公墓表》，《亳里陈氏家乘》卷十一，民国二十九年开远堂藏本。

奈、失落与辛酸随之在回忆性的语境中得以充分抒泄。

　　因此，陈维崧昆仲的唱和词，只用悲慨长调，如《念奴娇》、《贺新郎》、《水龙吟》等，直言悲情，而绝无柔媚绮艳之语。以顺治十四年的陈氏昆仲的同题唱和《念奴娇》为例，这阕词是为"送子万弟携五弟之睢阳"而作，以便"他日一展齐纨，便成聚首也"①。是陈氏昆仲于"毁卵破巢"的艰险处境而发出的生离联唱。在这组唱和词中，陈维崧等人大都采用了借景抒情的点染之法，极力渲染悲秋之景，以此衬托"迢递他乡千里路，纵有音书辽阔"②的伤感之情。同时，又以"忆昔"为引，铺叙兄弟情，如陈维崧用"畴昔"二字、陈维嵋用"梦回水榭"、陈宗石用"梦里思乡切"之语来贯通下文。陈维崧回想往日的兄弟亲情，"让枣推梨，谢家兄弟，才气人争说"、"叹兄南弟北，顿成离别"③。陈维岳则表达了对幼弟离家千里的担忧，"最怜早岁亲亡，零丁孤苦，堪与何人说。潦倒一编予渐老，怅望同枝天末，客舍如家，家乡如客，泪也都成血"④。陈宗石则抒发了对家族败落、兄弟离散的伤痛之情，"一夜西风吹苍莽，吹散封胡遏末。兄作楚囚，弟成秦赘，枕上鹃啼血"、"毁卵破巢多少恨，赢得孤身天末"⑤。这是一组产生于顺治末年的具有纪事写实价值的"棣萼"之唱，也是词史上尤为值得重视的一组家族式唱和词，具有"存词即存史存经"的深厚意蕴。陈维崧昆仲这些悲苦的词文，真实地传递了手足生离的种种感受。

　　陈维崧昆仲的唱和词，综用铺叙、倒叙等手法，将言情与叙事结合，在今昔对比的感叹中，完成对人生、命运的思索与感慨。陈维崧昆仲将词作为载承家族痛史的书写工具，因"忆远阁"而发起的以《念奴娇》为

---

① （清）陈维崧：《念奴娇》（悲哉秋也）序，《迦陵词全集》卷十七，张元济纂辑：《四部丛刊》初编第 282 册，上海书店 1989 年版。

② （清）陈维岳：《念奴娇》（溪临毫画），附于陈维崧程《念奴娇》（悲哉秋也）之后，《迦陵词全集》卷十七，张元济纂辑：《四部丛刊》初编第 282 册，上海书店 1989 年版。

③ （清）陈维崧：《念奴娇》（悲哉秋也），《迦陵词全集》卷十七，张元济纂辑：《四部丛刊》初编第 282 册，上海书店 1989 年版。

④ （清）陈维岳：《念奴娇》（溪临毫画），附于陈维崧程《念奴娇》（悲哉秋也）之后，《迦陵词全集》卷十七，张元济纂辑：《四部丛刊》初编第 282 册，上海书店 1989 年版。

⑤ （清）陈宗石：《念奴娇·将返梁园，和大兄韵》，程千帆主编：《全清词》（顺康卷），中华书局 2002 年版，第 3817 页。

调的唱和最为典型。远阁是陈维崧兄弟的祖父陈于廷读书之处。陈于廷是陈氏科甲的振兴人物，陈于廷登第之后陈氏家族文化达到鼎盛，开创了陈氏门庭荣耀之局面。因此，当云间词人陈征题词远阁时，激起了陈维崧昆仲的强烈的怀祖意识，将“远阁”视为家族鼎盛的文学符号，糅合家族命运跌宕、家门衰落、才人失路的现实感受，投之于唱和词中。

陈维崧昆仲的这组唱和词有意在词中营造华丽的“忆”境，与衰落无奈的人生现实形成强烈反差，凸显词中所蕴含的情感力量。如陈维崧《念奴娇》一阕称昔日陈氏远阁“得怜堂后，有丹楼飞起，当年争羡。阳夏门庭能咏絮，那更溪山葱蒨。带雨房栊，和烟帘幕，零乱东湖面。碧阑干里，有人斜映琼扇”，可见其荣耀之景。可惜世事巨变，门庭今昔难再同，“可惜人去匆匆，而今楼下，秋水帆如箭”。词人年华逝去，却仍一事无成，“老我三吴好男子，绿鬓忽然衰贱。蔓草霜浓，丛祠露消，白昼鼪鼯现。舍南舍北，乱飞王谢家燕”，是对个人漂泊天涯、家族好景难再的悲痛之感。陈维嵋、陈维岳、陈宗石的同和之作，亦是相近的思路和表述。陈维嵋不同于其兄的是，在梦境中展开回忆，追述家族的旧日繁华，“高楼百尺，侭湘帘画栋，嵌空堪羡。襟带铜岚并画水，花柳晴郊妍蒨。旧日乌衣，几家罗绮，掩映春风面”，梦醒之后惊觉“光景浑如箭。纵有琴书能永日，一领青衫犹贱”，“抚景徘徊，不胜今昔之叹”，因其已有疾病缠身，言语间的愁痛之感，更为哀痛，家族胜景已成过去，而自己未能以功名再续家族辉煌，只能恨叹“一领青衫犹贱”。陈维岳《念奴娇》也是一曲悲歌：“当日少小凭栏，王郎谢妹，罗袖空中卷。往事繁华如梦过，三十光阴飞箭。雕栏蔫红，纱窗冷碧，秋水添愁怨。他年重倚，似曾相识归燕。”陈维岳此时正羁旅京城，寄人篱下，故更重抒写旧梦幻灭的凄悲之感。少年时代亲遭家族败落的陈宗石，对“家族”的眷恋与怀念更为深沉悲慨，“式微王谢，叹飘蓬感慨，悲歌欲绝。记得承欢联雁序，啸咏何时暂歇？故国江山，梁园风景，梦里增凄切。登高怅望，孤儿泪尽成”，萧瑟凄清。

家园破散、兄弟飘零的现实，让陈氏昆仲在身世之感中又融入骨肉之情，令人动容。当陈氏兄弟四散各地谋生时，陈维嵋勇敢地担当了陈氏故园的守护者，坚守清贫，把对故园兄弟的牵挂与关爱寄予一曲曲悲歌之中，《南乡子·除夕怀纬云弟》便是其中的一首深情之曲，"绕柱腾腾思阿纬，燕关，三度梅花未共看"、"大有故园兄弟在，盘桓，雪后烟蓑雨后山"。陈维嵋一生穷困潦倒，伤感于家族没落，常借酒消愁，落寞而终，陈维崧以《念奴娇》一阕表沉痛之意。这首词同样采用了"倒叙"之法，词的上下阕分别在两个时空展开，上阕是对陈维嵋诗酒生活的回忆，以及对兄弟间约定的特写："嗟乎余仲，叹诗颠酒喝，化为异物。记把一樽长忆弟，白昼吟声撼壁。每到梅开，便啼鹃雪，红了千林雪。金台可怪，是他羁绊英杰。"下阕则是在眼前之景中，抒发家族衰败、兄弟死别的伤感："梅花重发。只是题诗人去久，字迹也应磨灭。故国茱萸，残年棣萼，恨事多于发。"以物是人非的抒情模式传递出了一种伤痛与遗憾。陈维岳所唱和的《念奴娇》，延续了陈氏唱和词的悲情特色，将家世衰败不堪、与兄生死两茫茫，以及自身落拓不羁杂糅在一起，言语苍凉酸楚，"家园重到，最萧条满目，都无故物"、"老屋东头深巷闭，一带冷窗荒壁"、"可叹八载燕关，人琴增恸，豪气凭谁发"、"旧墨数行经眼泪，半夜青灯明灭"、"绕廊吟罢，忧思难掇华月"，满篇情深义重的伤痛之语。手足亲情给予词人心灵慰藉，因此生离死别的遗恨，更令人凄然欲绝。

　　陈氏昆仲的唱和词，或是在回忆性的语境中，抒发怀祖之情，强化家族记忆，同时感叹身世遭遇，或直接抒写兄弟死别悲苦之情，营造出深沉哀伤的词境，是陈氏昆仲共享生存感受的重要途径。陈维崧、陈维嵋、陈维岳等人或飘零他乡，或老病无成，或仕途艰难，有感于如此不堪的现实，故在唱和词中，往往以"倒叙"的结构以及铺叙的修辞，营造"悲"色词境，表达他们对再难续写家族辉煌的深深失落。这种今昔时空交错的表达方式，在清初唱和词创作中具有独特意义，突破了柔媚小令中抒情空间的单一性与封闭性，令清初唱和词呈现沧桑之感和悲凉之美。这也预示着清初词坛的唱和之风，不再以宗婉丽为主，而增添了悲苦之态。而后康熙年间相继出现三大唱和，即反映了这一趋势。

三　陈维崧昆仲所参与的清初唱和活动

　　除了家族内部自发的昆仲唱和活动之外，陈维崧与陈维岳还分别参与了清初词坛的红桥唱和与秋水轩唱和，与其他重要词家一起，为清初唱和词演变推波助澜。而在这两次唱和活动中，陈维崧和陈维岳都不约而同地继续坚守其家族唱和中所形成的悲慨之美，与清顺康之际蹈扬"稼轩风"的审美思潮自觉融合。

陈维崧所参与的红桥唱和，发生在康熙七年（1668）的扬州，参与者皆为当时活跃在江南词坛的大家，除陈维崧之外，还包括宋琬、曹尔堪、王士禄、陈世祥、邓汉仪、范国禄、沈泌、季公琦、谈允谦、程邃、孙枝蔚、冒襄、李以笃、孙金砺、宗元鼎、汪楫，共十七人。红桥唱和限以屋韵，陈维崧共作十二首，屋韵和自用韵各半。红桥唱和中陈维崧所作之词，大都以悲慨之调为主，抒写才人失路的无奈与愤懑，是对其家族式唱和内部所形成表达风格的延续和发扬。而经过家族内部唱和的初次尝试，以及红桥唱和的再次实践，陈维崧逐渐形成了自觉的创作观念，而就是红桥唱和后不久，他提出"存词即存史存经"，在开宗立派的道路上继续深入。因此，陈氏昆仲的唱和活动与阳羡词派的产生也具有密切联系。

陈维岳所参与的秋水轩唱和，是康熙十年（1671）北京的一次社集性质的群体酬唱活动，这次活动的参与规模比红桥唱和更为可观。由周在浚主持，曹尔堪首开其唱，龚鼎孳大力响应，而陈维岳是最早参与其中、为之推波助澜的词家之一。陈维岳在这次唱和中所作的十二首《贺新郎》"剪"字韵词，或感慨自我命运，或抒发身世之感，或张扬自我个性，或表达莫名惆怅，篇什之中，感情充沛，跌宕激越，长啸不除湖海气，读之令人满耳悲风，时感"稼轩风"的归扬，最见艺术功力。

唱和发生的康熙十年，陈维岳已只身居京数年。饱受人间沧桑的他，对人世颇有清醒认识，"浮云过眼看通显。笑长安，凌云甲第，紫泥牌扁。崎阻瑶京何必到，且见桃源鸡犬。富与贵、吾今知免。穷老文章宜跌宕，漾心情，无取追谟典。催客至，笼鹦剪"①。以上词句中所喷发的激愤之语，反映了陈维岳的复杂心绪，他既向往"凌云甲第"，但又称自己与富贵无缘。陈维岳本出身名门，为少年高才，却与时不合，不得为世所用，

---

① （清）陈维岳：《贺新郎·柬周雪客病起》，程千帆主编：《全清词》（顺康卷），中华书局2002年版，第6602页。

其内心充溢着苍凉悲慨，在所难免："笑把诗书卷。总便是，饥来捧腹，忧来谁遣。微利浮名人世上，不异草头露泫。最苦是，牛毛丝茧。左手持螯右把酒，更呜呜，叩缶浮杯浅。吾事济，两眉展。　　五侯七贵翩荣显。岂由他，曹刘肠绣，苏张舌扁。造化小儿纷簸弄，翻覆白云苍犬。被鬼物、揶揄宁免。一笠一飘随处好，有青山、不用将钱典。贪妄念，快刀剪。"① 词人逃开诗书，躲于酒中，酒不解愁，反而让他更加清醒地意识到，文士命运难以把握，不由萌发了归隐之意。但陈维岳并不能真的脱俗，他试以隐而显，却又感觉此举希望渺茫，"少微望气偏嫌显。又何妨，真人无位，山人无扁。料理向平婚嫁了，次第纳羊牵犬。只酒债，寻常岂免。我数酒悲无赖极，让建康、酒德堪型典"②。因此，维岳有时会自勉自立，"并州作牧身名显。更无何，欺他石晋，改元更扁。失路半生奚不有，何论偷鸡盗犬。受困辱、英雄不免。拉杂悲酸千古调，佇稗编，发愤宁须典。帘影畔，清歌剪"③，以古人遭遇安慰自我，深沉悲慨。虽然生不逢时的悲沉感慨，古已有之，是封建社会文人的普遍情绪，但具体到"每一个"，其表达方式又皆有不同。司马迁曾作《悲士不遇赋》，感叹怀才不遇，概因"生之不辰"而又不甘于"没世无闻"，代表了历代广大寒士相同的感受，而陈维岳则将这样的感受又与其衰败的家世紧密结合在一起，使这种感情的表达更加具有张力："裘敝蒙茸卷。独登台，苍茫百感，杜康难遣。菊蕊离离愁不尽，泪湿西风凝泫。秋蝶舞，迷濛如茧。忽忆钓陂归去好，看浪花，深碧芦花浅。堪射鸭，竹弓展。　　旧家故园推华显。到而今，乌衣门巷，堂前无扁。百六会婴文字劫，失志虎龙为犬。惟阿五、懵懵其免。万事蹉跎身世变，苦一衫，垂老温经典。吾舌在，竟须剪。"④ 陈维岳本为世家子弟，但却遭遇命运不济，其自身虽勤奋努力，

① （清）陈维岳：《贺新郎·自遣》，程千帆主编：《全清词》（顺康卷），中华书局2002年版，第6602页。

② （清）陈维岳：《贺新郎·柬檠子》，程千帆主编：《全清词》（顺康卷），中华书局2002年版，第6603页。

③ （清）陈维岳：《贺新郎·席上观演白兔记》，程千帆主编：《全清词》（顺康卷），中华书局2002年版，第6604页。

④ （清）陈宗石：《贺新郎·重九后一日怀家兄其年、半雪，用顾庵学士韵》，程千帆主编：《全清词》（顺康卷），中华书局2002年版，第6602页。

但仍无力改变寄人篱下的生活状态，故其心中充满了难以言传的郁积，反映到词中，多悲慨之言，风格遒劲。因此，陈维岳秋水轩唱和词中所喷射的感情苍茫沉郁，不再柔媚软靡，可与伯兄相埒。

　　阳羡陈氏昆仲，是清初词坛重要的家族词人群之一，优越的家族文化传统所催生的一门风雅，对清初唱和词创作产生重要影响。特定时代背景下家族兴衰之变，为陈氏昆仲的唱和词创作提供了新的素材，影响和制约着词人的创作情感，使其追求新的词格与词风。而陈维崧、陈维嵋、陈维岳等人的唱和词的新取向和新格调，亦预示着清初唱和词发展的新方向。当陈氏昆仲把现实中的辛酸失落、家族曾经的显赫鼎盛、手足间的离别思念作为共同吟咏的重要主题时，以娱乐言情为主的唱和词，开始容纳博大深沉的家族悲情与人生悲感，呈现出异于花间风格的独立面貌，为清初唱和词的发展注入新的特质。随着陈氏昆仲所参与的其他唱和活动，其唱和词中的新变逐渐与词坛主导的审美风潮自觉融合，由此掀开了清初唱和词复兴的高潮。

第七章

阳羡储氏家族的文学活动

储氏乃陈氏的姻亲之族，以科举、文章称望于清代阳羡。储氏科举的成功，源于其良好的家族文化教育。因家族文化的熏陶，储氏子弟积极撰写著作，在经学、文学方面都有专著，建树颇多。储氏家族教育名盛一时，不仅构建了家族内部独特的文化氛围，甚至影响了清代阳羡地域的文化教育与文化交流。储氏文学以古文而著称，储欣、储方庆、储大文等为储氏古文创作的中坚力量。储氏文学还受姻亲陈氏的影响，于古文传统之外，在词学领域亦有不俗表现。

第一节　科举对储氏家族的影响

科举是明清时期文化家族的人文盛事，关乎家族文化声誉的形成与保持。陈氏于晚明以科甲称望于乡邑，但是陈氏科举因清初现实环境的改变而迅速衰落。而与陈氏有姻亲之联的储氏，科举却于清代再次复兴，续接晚明储氏族人所开创的以科举世其家的文化传统，成绩较为突出，影响亦较为深远。

储氏的科举成绩远远超过了阳羡其他家族，就康熙一朝的进士数量而言，储氏八个，万氏二个，史氏一个，吴氏一个，潘氏一个。储氏甚至在整个清代也是全国范围内数一数二的科举大户。据储大文统计，储氏家族自清顺治到康熙年间，计有举人十二人，进士十三人，中江南试一人，魁礼部试者一人，中礼部试一人，魁府中丞宣使者一人，入翰林者五人，入直南书房者四人。① 储大文在其家传中言其家族"彬彬文学且克班冠",绝非虚言。又据光绪二十九年（1903）癸卯恩科江南乡试举人储凤瀛硃卷履历统计,到他中举人时,储氏家族计有进士 17 人,举人 27 人,生员上百人②,储氏族人入榜人数密集,足证人才济济,焜耀奕叶,提升着储氏之望名。

储氏科举具有相当的稳定性。储氏族人考取功名者不仅数量众多,而且呈现出父子、祖孙连绵不绝的繁荣局面。储善庆、储方庆支最为典型。储方庆与其兄储善庆皆为康熙时进士。方庆有五子,均在康熙朝登第。长子储右文,字云章,康熙十六年举人;次子储大文,字六雅,康熙六十年会元进士;三子储在文,字礼执,康熙四十八年进士;四子储郁文,字允教,康熙六十年进士;五子储雄文,字汜云,康熙六十年进士。善庆、方庆孙辈、曾孙辈亦不示弱,以绩学世其家。储晋观,字宽夫,雍正十一年进士。储麟趾,字梅夫,乾隆四年进士。储赐书,字玉衡,乾隆九年举人。储实书,字玉森,乾隆二十五年进士。储秘书,字玉函,乾隆二十六年进士。储研璘,字砚峰,乾隆三十九年举人。以上事实说明,储氏科举,世代相承,非常发达,远远胜于阳羡其他文化望族。

《江南通志》、《重刊宜兴县旧志》、《丰义储氏谱》等都记载了大量关于储氏科举事迹的科举佳话,反映了其科举之盛况。如"三凤家声",指"康熙五年,更首场用五策取士,榜发,方庆第一,其兄善庆第六,其堂侄振第八,俱大魁,名益震动一时,称为三凤"③,又如"雍正十年,储晋观与兄传泰、弟鼎泰同举于乡试"④。再如"五子四子登科",又称"五凤齐飞"或"五子登科",指"方庆生五子,长右文,次大文,次在文,次郁文,次雄文。康熙甲午,郁文与大文分隽南北。辛丑,郁文、雄文和大文同隽礼部试,大文获元,郁文列魁。先是右文康熙丁巳登贤书,在文

---

① （清）储大文:《成轩公传》,《存砚楼二集》卷二十四,清乾隆京江张氏刻十九年储球孙等补刻本。

② 彭林:《清代科举家族与经学发展述论》,北京大学出版社 2005 年版,第 422 页。

③ （清）李先荣等原本,阮升基增修,宁楷等增纂:《重刊宜兴县旧志》卷八《人物志·文苑》,清光绪八年重刻清嘉庆年本。

④ （清）阮升基修,宁楷增纂:《重刊宜兴县志》卷三《人物志·文苑》,清光绪八年重刻嘉庆年本。

戊子乙丑联隽。同产五人，并登甲乙榜，艺林传为盛事"①。储氏家声在
这样浩大的科举声势中得以长久保持，蔚为鼎族。

储氏科举事业的繁荣发达得益于良好的家族文化观念，储氏对本族子
弟的启蒙教育非常重视，视为最重要的家族事业。储氏家族以教著称者甚
多，储懋时、储福畴、储欣、储芝、储大文等皆以讲学言传身教，形成了
良好的家族教育传统。储懋时辈分较高，讲学储氏九峰楼时，储欣为其弟
子。储欣少孤，侍奉从叔懋时，受经其门下，得其训指，并继其事业，讲
学九峰楼。储欣以孜孜讲业为终身追求，他在储氏家族教育中的地位是他
人无法替代的。他曾经率两个同母弟储宿、储奇共读书，抚之若慈母，诲
之若严师。后两弟与储欣名望相当，邑中称"三苏"。族侄孙右文、大文、
在文、郁文、雄文五人联隽，也受益于他的指授。他又辟在陆草堂，不仅
招授储氏族中弟子，也吸引其他家族的年轻学子也纷纷拜其门下，在陆草
堂享誉一时。储欣子储芝，继其父事业，继续讲学在陆草堂。储欣从侄孙
储大文"偕诸兄弟读书九峰楼者积十年"②，后主持九峰楼讲学，门下士
请业者远近毕集。储懋时、储欣、储芝、储大文之间具有一定的传承性。
在一定意义上，在陆草堂与九峰楼即储氏族内私塾，成为储氏学子成才的
摇篮。储氏家族教育的严谨与认真刺激了储氏族人的读书欲望。储氏族人
或勤奋读书，储大文"每书贾至，有未尝见书，亟置案头，穷日夜纵览。
或疑其略观大意，历久问之，无一字遗忘"③；或认真备考，储振"丙午
临场，昼夜振读，饥渴少充，辄朗诵达旦"④，非常刻苦。

储氏的家族教育并不仅限于家族内部，还具有一定的开放性。因储氏
科甲之名远振乡邑，陈氏、蒋氏、潘氏、吴氏、万氏、史氏等邑中望族的
子弟都纷纷慕名而至，浸染储氏家学风气。陈枋、潘宗洛、蒋锡震等皆曾
随储欣学工制举义。吴崇，字冲扶，少从舅氏储在陆游，康熙三十五年举
人。潘旂，字鲁观，早岁擅文名，康熙三十年举人，有《语古堂文集》。

---

① （清）李先荣等原本，阮升基增修，宁楷等增纂：《重刊宜兴县旧志》卷八《人物志·文
苑》，清光绪八年重刻清嘉庆年本。

② 同上。

③ 同上。

④ 同上。

潘旂从弟潘良瑜，字毓珍，亦受业储在陆，刻苦进取，好两汉文，有《古文集》三卷、《闻见编》六卷。潘祖义，字行廉，少与兄本仁及弟秉礼皆受业储欣，俱以工制举艺名邑中。万受采，字文焕，少游储在陆门，文以简古矜贵见重于时。史逢年，善属文，为储欣高足。在陆门下其他弟子还有：叶肇虔，子圣基，游储在陆门。黄一麟，字隆吉，天资英异，受业储欣，善诗，志和音雅，储欣颇为欣赏。徐江普，字舜琴，勤敏好学，工诗文，喜藏书，游储在陆门，与储芝、储大文为文友，与水榭蒋平川、黄隆吉为诗友，有《籁阁诗存稿》十卷。储大文赞储欣"楷模后学功尤巨"①，当为公允的定论。

经储欣指授，在陆门下弟子各有造诣。吴崇"超识远趣，文非檀庄列屈司马不谈。或经岁不作文，间出一艺，沉寥夐绝"，"每日晡，辄偕储画山涉西城，俯长溪，指画洲，渚驷橧，相对静默至日隐山乃归"②，兴致如此，在陆颇惊异。吴嵒，字又葵，少好学，根柢五经，旁达庄、骚、左、国等，于秦汉大家靡不通贯，每临期角艺，以庄苏之笔发程朱之理，雄深奥衍，常得储欣赞许。在陆门杰出者十二人，而论者以嵒为称首。潘祖义性喜为诗，尤善填词，得南宋诸家之长，蒋景祁京少选刻《瑶华集》，常延之考订。黄一麟助储欣刻唐宋十家选，尽心校雠，以行于世。储门弟子还多有美誉：陈枋与吴岕亭、潘巢云、储素田齐名，号储门四隽。万受采与潘旂、吴嵒、郁峻升、蒋锡震、叶圣基、任纬仙及储掌文、储大文、储在文、储郁文、储雄文诸名士纵横角艺，号储门十二子。

其他望族子弟纷纷融入储氏家学，证明了储氏科举之望名在当时就已经具有一定的社会影响力，储氏家学得到了公众的认可。储氏科举与储氏家学之盛名广播于大江南北。储实书乾隆二十五年殿试后得旨："储实书家世通经，著以教职，即用"③，可见储氏家学的社会公信力之强。

储氏家族科举的持续成功，为其家族文化兴旺提供了重要的契机，

---

① （清）储大文：《在陆先生传》，《存砚楼二集》卷二十四，清乾隆京江张氏刻十九年储球孙等补刻本。

② （清）李先荣等原本，阮升基增修，宁楷等增纂：《重刊宜兴县旧志》卷八《人物志·文苑》，清光绪八年重刻清嘉庆年本。

③ （清）阮升基修，宁楷增纂：《宜兴县志》卷三《人物志·文苑》，清光绪八年重刻清嘉庆年本。

"储氏自在陆草堂后，群贤丕振，海内伸指言文艺，必推宜兴储氏"①。科举作为当时重要的政治——文化活动，其影响力渗透到了各个方面，就储氏而言，其族人凭借科举优势，在经学和文学领域比较突出。

储氏家族学习氛围浓厚，拥有一大批经学著作，有些是关乎讲授经学的，如储欣的《春秋指掌》、储在文的《尚书疑义》和《经畲堂稿》等；有些是与举业相关的著作，如储方庆的《解元真稿》，储大文的《会元真稿》、《九峰楼课艺》、《临场艺》，储郁文的《允教文集》，储晋观的《松隐堂文集》，储麟趾的《心鉴楼文稿》，储研璘的《偏园文集》等。《允教文集》、《心鉴楼文稿》、《偏园文集》等汇集了作者的学术成就，对族人从举业有极大的启发和指导，有利于家族文化事业的良性循环。

储氏对文艺非常重视，其文学也十分繁荣，才人辈出，人各有集。储氏家族教育的核心人物储欣即是清初闻名吴越的古文大家，有《在陆草堂集》传世，影响深远。储贞庆雅擅诗赋，与陈维崧、史惟圆、徐喈凤等多有唱和，有《雨山词》、《挹霭楼集》。储方庆诗文兼胜，尤以古文鸣，著有《遯庵文集》十二卷。方庆兄储善庆，字长能，号井陉，颖悟绝伦，年十一补郡庠，康熙丙午、丁未联捷成进士，知井陉县，文才吏治时称双绝。善庆孙储麟炳，字丽岩，少耽古籍，为文工赡，有《维桑草湖楼集》。

方庆五子皆有文采。储右文有《敬义堂集》四卷。储大文求学甚笃，上穷究天文，下考索方舆，著述甚丰，有《存砚楼文集》十六卷、《存砚楼二集》二十五卷。储在文尤功古文，以西京刘氏、东京班氏为宗，一字之成，固于金汤，有《待园集》二十卷。储郁文学问深邃，文章典雅，有《允教文集》。储雄文殚精诗律，于中晚唐及宋元尤深，有《浮青水榭集》四卷。

储方庆孙辈亦能光大家族文学传统。储国钧不仅以词见长，而且亦以诗鸣，有《抱碧斋集》四卷。储国钧为诗初颇豪放，继变秀整，纯宗唐音，《抱碧斋集》体凡数变，愈变而愈工。《续修四库全书总目提要》称："石亭著有《石亭集》、《一壑风烟集》、《偃渔集》，皆《抱碧斋集》之子目，

———————————

① （清）黄玉衡：《存砚楼二集序》，（清）储大文：《存砚楼二集》，清乾隆京江张氏刻十九年储球孙等补刻本。

亦可见石亭诗已屡变矣。今就其工整者，言之如《寄玉函侄诗》云：闻道长安不易居，比来踪迹定何如。黑貂已敝归难料，白雁纷来信转疏。梦落吴天枫橘候，酒醒燕市雪霜初。极知岁晚情怀恶，况复高堂正倚闾。又如《咏邻园诗》云：邻园只在短垣西，灌木阴阴入望迷。冒雨紫藤连夜发，遇春黄鸟尽情啼。已看竹屿通茶肆，多恐花塍变菜畦。满眼风光应解惜，玉壶盛酒几人携。并工整典切，卓然得风雅之正。《朱梅舫诗话》评其诗：谓石亭诗宗晚唐，为艤使庐雅两所重。……《心盦诗话》评其诗亦云：长源诗为时所推重……集中多近秀整一派。"①　储国钧父储雄文学诗邵长蘅，宗晚唐诗，工整雅丽，储国钧在承父学的基础上又参秀以丽，继变为清饬，自成特色。储秘书亦好吟诗，其诗浅而实腴，清而不激，如素练轻缣，雅宜并具，《赏赋红牡丹》中"绿云有意雕阑绕，朱粉天然国色妆"，工整明秀，一时传之。储秘书有《缄石斋集》八卷，存诗五百余首，古今体相埒，其中登临之作比较出色。如《桐庐道中》："山绕桐江碧四围，轻舟日日弄清晖。人家一带缘鸟柏，帆影相连入翠微。到处滩声清雨骤，等闲鱼味及秋肥。高踪输于羊裘叟，一片吟情属钓矶。"又如《九日抵广州》："搔首南天对夕晖，越王台畔卸征衣。岧峣楼观临沧海，缥缈人烟接翠微。乡信更无鸣雁达，秋风祇有鹧鸪飞。今朝忽报重阳信，何处东篱采菊归。"皆高朗隽逸，以平淡雅超见长。储麟趾《双树轩诗稿》清露俊逸，幽深俊远，《咏巫峡》可见一斑："百里天如线，双崖石作门。孤城悬落日，中峡礙浮云，神女朝为雨，长松夜听猿。千秋愁过客，瀲滪已惊魂。"诗写巫峡高峻，笔致疏瑟，具有奇险味道。

储氏以科举为依托，培养了一大批有志于文化事业的士子，为家族文化的兴盛提供了重要契机。储氏在大力倡导科举的过程中明确了自身的文化追求，形成了文学味道浓厚的家学——储氏古文。储氏古文以倡导经史文统为著，衣被海内。首开风气者为储欣，《在陆草堂文集》为其代表性著作。储氏同族子弟，以欣为师，以古文相镞砺，继守其法派，代彦才俊。储方庆在储欣之下的诸储中可称翘楚。储方庆有《遯庵文集》十二卷，当时名流都甚为推重，陈维崧、姜宸英、傅山等对储方庆文皆有评

---

① 《续修四库全书总目提要》（稿本）第 27 册，齐鲁书社 1996 年版，第 703 页。

鹗。方庆子储大文、储在文、储郁文、储欣子储芝、孙储掌文、侄孙储高文等，皆为储氏古文群从的中坚力量。储掌文为文雄迈博健，有其祖遗风，有《云溪文集》五卷，以传记之类的叙事性散文为主，《四库全书总目》称："掌文，字曰虞，一字越渔，宜兴人。康熙丁酉举人，官四川纳溪县知县。纳溪旧名云溪，故掌文以云溪自号，是集又名《云溪随笔》。自储欣以古文词有名，其家父子兄弟以此相镞厉。掌文为欣之孙，得其指授为多。今世所传欣选左国史汉及唐宋十家文，即其甄录以授掌文者也。"① 储高文，字风崇，康熙四十七年举人，手订古大家文，其评精当。高文子储燧，字敬舆，亦以文名。储氏族人对本家族的古文声望有着自觉而清醒的认识，储掌文在为族人立传时，曾多次提到"吾丰义支自副宪公以来，丁齿繁衍，颇以文章、科第世其家"②、"无家世以文章名，亦颇以科目显然"③、"吾储氏多以文名"④、"吾储氏父子兄弟间，自相师友，颇以能文章世其家"⑤ 等。

在家族良好学习风气及优越文化氛围的影响下，储氏族人积极地参与各类文化活动，宴集风雅之事名目繁多。储欣与储善庆、储方庆、叶翘、许凤、周雪、周涟等结为文社，号荆南八俊，晨夕切劘，约非圣贤之书不视，非其行勿蹂。储大文与黄一麟、蒋锡震、谢方琦等诗酒欢宴，竞相唱和，集一时风雅。储掌文与同里吴冠山、谢未堂、洪时懋辈列词坛。储氏族人参与的雅集活动，指不胜屈。储氏族人积极的文化行为进一步造就了储氏良好的文化环境，保持了其文化望族之声誉。

第二节　储氏词人对迦陵词风的接受与疏离

科第世家储氏与陈维崧家族有数代联姻。陈维崧的堂姑适储氏，陈维崧后娶储氏女为妻，其嗣孙陈克猷亦娶储氏女。这延续数代的姻娅道谊，

---

① （清）永瑢等撰：《四库全书总目》卷一八四，中华书局 1965 年版，第 1672 页。

② （清）储掌文：《司授敦夫传》，《云溪文集》卷一，清乾隆三十六年在陆草堂刻本。

③ （清）储掌文：《孝廉恒夫传》，《云溪文集》卷一，清乾隆三十六年在陆草堂刻本。

④ （清）储掌文：《从彦公传》，《云溪文集》卷一，清乾隆三十六年在陆草堂刻本。

⑤ （清）储掌文：《子将叔父子合传》，《云溪文集》卷一，清乾隆三十六年在陆草堂刻本。

必然会对家族文学产生或多或少的影响。当陈维崧居于乡里导扬豪宕悲慨词风之时，储氏族中弟子积极支持，投身词文学创作。清初储氏词人的创作，往往浸透着一股冷峻之气，情感表达趋于内敛，呈现出迦陵词同中有异、异中趋同的状态。雍乾之际以储国钧与储秘书为代表的储氏词人，又力求回归词之婉约本色，不妨视为是对迦陵词风的反驳。

一 清初储氏词人概况

储福宗，字天玉，储懋时之子，有《岳隐词草》。储福宗生于晚明，入清之后，隐于乡里，以布衣而终。其年岁与陈维崧、任绳隗、史惟圆等相仿，亦时有唱和。

因储福宗曾亲身经历山河易主，悲叹国变家衰，感慨今昔盛衰，是他词中反复吟唱的重要主题。如《沁园春·落红》以花喻人，抒写飘零无助的命运，《齐天乐·西湖感怀》不赞美景怡人，而是感慨满人入关、以清代明与导致北宋词人南渡的靖康之难何其相似。怀古词《念奴娇·北固山怀古》慷慨激昂，借三国的典故发千古兴亡的感怀，物是人非事事休，纵然有"半壁投鞭，中流击楫"的英雄，百年后仍是"烟波直下，夜潮盈耳"，接响阳羡的悲慨词风。

储福宗的怀友词蕴藉深厚，《青玉案·春暮，湖村雨中怀天篆、南耕》、《满江红·秋杪忆其年客中州》、《齐天乐·梅庐花月下送原白之燕》等皆为佳作。友情主题，是康熙初年阳羡词群创作活动中，较为常用的一个题材，可视为该词群实体紧密联系的重要表征。储福宗的友情词感情真挚，如《满江红·秋杪忆其年客中州》："漳水汤汤，想驴背，吟髯如戟。还记否，八叉狂咏，乌丝盈笈。满地军书迟羽箭，一天霜信催刀尺。更燕南赵北老悲歌，身仍客。　　谁并马，三河杰。重吊古，梁园笔。怅招携道远，鞭丝斜直。试上铜台高处望，乡心好共晨风发。正两溪，秋水浸兼葭，初肥鲫。"这首词的上阕感情转换力度较大，先是奋笔而上，写其年词名之盛，"八叉狂咏，乌丝盈笈"，继而陡转而下，述其"老悲歌"、"身仍客"的生活状态。下阕借景抒情，结尾处登高发感慨，"试上铜台高处望，乡心好共晨风发。正两溪，秋水浸兼葭，初肥鲫"，以景收情。再如《青玉案·春暮，湖村雨中怀天篆、南耕》讲究构思，上片营造以暮春小雨之景起兴，突出其凌乱、清萧，以映衬词人心绪之没落，下片以"我"的孤独瘦影来映衬对朋友的思念，"寂寞琴樽更谁伴"之语直露孤寂，虽未言怀友，怀友之意蕴含于言外。不过词人没有就此消沉，结语处，他想象着词友题遍风月的生活，哀怨的感情之中略见明朗。

储贞庆，字雪持，储福宗从侄，辈分虽小，却是储氏词群中领军人物。少颖敏聪慧，擅画精曲，雅工诗赋，有《挹霭楼集》八卷，陈其年、史子韩曾为之作序。储贞庆早年也是心向天下，颇有抱负之人，其《沁园春·自题画像》有"叹胸藏块磊，易遭按剑，世途巇崄，空指班荆"[①]之叹，说明了他的心路历程。词句中所透露的空幻人生感受，说明他的经历可能比较坎坷。他最终选择了"池岸洗肠遗石坐，与衲深参玄理"[②]的生活，与诗词曲画为伴。储贞庆与史惟圆、徐喈凤都十分投契，史氏在追和《沁园春·为雪持题像》中言"须添取，共钓徒词客，相对婆娑"[③]，说明二者惺惺相惜。储贞庆与陈维崧互为知音，曾随其年赋清明感旧词，一时海内词人推为绝调。陈维崧对之有"并鼓之簧，同功之兰"[④]的赞誉。《国朝乐府百家》录有四位阳羡词人的词集，储贞庆的《雨山词》就是其中之一。

储贞庆的词要比储福宗的词更为灵动情深。储贞庆写景抒情皆形象生动，细腻流畅。《月华清·中秋前二日，舟泊望亭，对月》描画了清疏之色："驿过龙山，程遥虎阜，暂泊水村茅舍。把酒临风，隔岸秋声檐马。散银蛇、浪影轻摇，挂玉兔、淡云都卸。心写。想生公石畔，香尘飘惹。　瞬息长风堪借。奈禁钤重关，扣舷虚话。珠斗银河，尽逐东流倾泻。听鼓吹，绿野鸣蛙，萦客梦、绮窗题帕。中夜。步沙堤四望，霜天难画。"羁旅途中，望月生思，题帕寄亲人，"散银蛇、浪影轻摇，挂玉

---

①　（清）储贞庆：《沁园春·自题画像》，程千帆主编：《全清词》（顺康卷），中华书局2002年版，第6092页。

②　（清）储贞庆：《贺新郎·南岳访南耕》，程千帆主编：《全清词》（顺康卷），中华书局2002年版，第6093页。

③　（清）史惟圆：《沁园春·为雪持题像》，程千帆主编：《全清词》（顺康卷），中华书局2002年版，第3875页。

④　（清）陈维崧：《储雪持文集序》，《陈迦陵俪体文集》卷六，张元济纂辑：《四部丛刊》初编第282册，上海书店1989年版。

兔、淡云都卸"，营造了清冷的氛围，以突出词人内心浓烈的思乡之情，结尾处"步沙堤四望，霜天难画"以景收情，又融情入景，直接表现出萦绕难去的乡愁，也隐含着词人孤独寂寞的失落情绪。

储贞庆善于以哀苦之吟叙款款深情，衷怀追思，《摸鱼儿·和其年清明悼徐郎》："怅风流，玲珑在否，广陵遗散终绝。荒山野径埋年少，恰是清明时节。风雨烈。浑不见、当筵对酒歌喉咽。云穿石裂。叹罗绮灰飞，管弦尘涴，谁谱旧歌阕。　　江南岸，有约轻桡夜渡，十年前事空说。眉山海外从游者，一样晓烟。明灭。肠寸结。还恐是，海棠血洒梨花雪。青枝早折。但转眼经年，柳郎原上，春又过寒食。"虽为和词，但却委婉哀泣，层层铺叙悼亡之悲情。他又善于舞动激昂之笔，以充满跳跃感的语言表达悲情，《沁园春》最为典型，雪持以音乐场景作为想象空间，借音符的跳动反映内心的波动，"昭君怨曲，蔡琰悲笳"表达了难言的孤愤，"栖遑者，似蜂房酿蜜，蚁窟排衙"则用语凌厉，直揭冷漠世情的本质。

储贞庆词中隐含着一个落寞孤寂的"我"的形象。康熙十七年，陈维崧被荐举入"博学鸿词"，辞别乡里亲友北上京城，众多词友都有送行词，储贞庆也有《玉女摇仙佩·送其年应名入都》，追述与陈维崧"琴樽冠盖"的唱和生活，表达对他依依不舍之情："临风对酒，唱遍阳关，落落星辰渐曙。忆昔词坛，琴樽冠盖，我辈独嗟迟暮。三十年风雨。想半谢名花，半随飞絮。只相对，须髯若戟，又恐春明，梦断无据。生幸与同时，倦客梁园，名传当宇。　　从此腾蛟啸虎，画山铜水，不负元龙声誉。翰苑风华，江东耆旧，快读上林新赋。策马金台路。浑非似簪笔，随行鹓鹭。应念我，天涯落拓，抱瓮披裘，面颜蒙雾。尘生户。神京北望瞻云树。"储贞庆与陈维崧曾同为天涯沦落人，叹美人迟暮，而今陈维崧应诏入都，"从此腾蛟啸虎，画山铜水，不负元龙声誉"，这既是储贞庆对陈维崧的钦佩与祝福，也引发了他内心的失落。"应念我，天涯落拓，抱瓮披裘，面颜蒙雾"，表面是表达对陈维崧的恋恋不舍，实际上隐含了词人自我的落魄与失落。显然，雪持词中的悲凉，来自对自身命运不济的感怀，是郁积在内心的愁情，不同于其叔辈笔下的沧桑之叹与今昔之痛。《甘州遍·春草》以"东风遍，绿野黛痕齐"的景象为背景，突

出的却是秋霜薄雾、夕阳西下、烟草迷离之中正在行路的游子形象，
"清霜薄，夕阳西。离披水郭沙岸，烟绕驿程迷。关山远，游子踏霜蹄，
想芳堤。画帘不卷，愁杀是金闺"①，清凄幽瑟，渗透着一股失落孤寂的
情绪。

　　与储福宗、储贞庆同时的储氏词人尚有储福观、储欣。储福观乃清初
奏销案受害者之一，"顺治辛丑，呈名奏销，除学籍"，此后开始四处游
学，"挟一束书浪游江淮间，渡海州，客赣榆，游山东，抵曲阜，斋三日
见于夫子之庙拜圣陵，唏嘘顾慕，自以为不获生其时"②。在这一过程中，
他还"历湖北蕲黄数郡，佐主人衡材，士论翕服。又旅谷城，讲学襄阳，
领其义馆师席者三年，始得归于淮"③。储福观是个性格耿直之人，从其
经历来看，他的词应有豪放之气，多悲慨之音，惜其散佚极多。现仅存几
首，《点绛唇·秋感》写愁情："啼倦寒虫，一襟秋思凭谁道。倚窗人杳。
长偏红心草。　　不听琵琶，已被离愁绕。西风峭。敝衣茸帽。人在天涯
老。"秋日寒虫所引发的离乡愁绪，弥漫于全身，以至于连动听的琵琶声
都听不到。寒风之中，敝衣茸帽的词人，只有继续漫漫天涯路，透出了深
沉的沧桑味道。

　　储欣的词仅存两首，《菩萨蛮·甲子闱中不寐感赋》和《满江红·悼
亡》。前一首感怀身世，表达科场失败的种种失落情绪。后一首思念亡妇，
真挚动人："一别于今，问何处，魂兮漂泊。竭曾历，浅寒深冷，天高木落。
急景人间三五变，幽房是否增萧索。痛归些。蝶梦二更寒，仍香阁。　　大
小事，都操作。冷暖话，都沉着。恨千秋彤管，惯遗贫薄。敲枕夜长憎玉
漏，总饶漏短人非昨。也几番，拟把断肠收，难忘却。"悼亡为词之传统
题材，储欣此词在艺术上无甚新意，但情致深厚，"急景人间三五变，幽
房是否增萧索"、"敲枕夜长憎玉漏，总饶漏短人非昨"、"拟把断肠收，
难忘却"之语动人心魄。

---

① （清）储贞庆：《甘州遍·春草》，程千帆主编：《全清词》（顺康卷），中华书局2002年
版，第6092页。
② （清）储欣：《观大兄传》，《在陆草堂文集》卷四，清雍正元年储掌文刻本。
③ 同上。

二　储氏词人对迦陵词的接受

储氏家族第一代词人的创作，主要倾向于羁旅、感旧、怀古等题材，总体而言，都没有超越迦陵词"沉雄俊爽"①风格的影响。储氏词人与陈维崧的共吟，主要源于相似的家族遭遇与人生境况。

储、陈二族于晚明时期就声望显赫，家族文化底蕴深厚。储氏家族的储昌祚、储国祚，陈氏家族的陈于廷、陈贞慧等，都名重士林。储、陈族人大多都有凭借才学继振家业的志向，而实际的境遇是，朝代更迭，纷繁战事毁坏家园，复杂的政治、民族关系罹祸亲人，家道日益中落。陈维崧才华横溢，却潦倒终生；储欣虽学力深厚却久困场屋，屡试不中；储福宗怀抱"伴却浮云残叶，消遣壮怀如许"的感叹长期隐居乡里；储贞庆更是自觉选择了"池岸洗肠遗石坐，与衲深参玄理"的生活。这些才学之士，因家族命运的无法逆转而多不平之气。这也就不难理解，清初储氏词人纷纷追随迦陵，将难遣的积郁注入文字之中。

首先，清初储氏词人的词都贯穿着"狂客羁旅天涯"的悲凉之气。储福宗《归自谣·雨夜》写人生焦虑："风乍冷。惊起柳眠花睡醒。空阶滴碎梧桐影。　打窗细雨兰灯烬。更儿永。十年前事从头省。"雨滴穿叶，让失意人难以入睡，夜色之中回想种种往事。词以"从头省"作结，将难以言尽的困惑迷茫表达得非常充分。储贞庆的《沁园春》以充满跳跃感的语言，宣泄悲昂之情："燕赵佳人，左舞霓裳，右按琵琶。像燕支山下，风吹蝉翼，受降城外，月冻梨花。谱我离忧，借伊妖艳，堆发垂鬟胜鬓鸦。新声奏，有昭君怨曲，蔡琰悲笳。　伤心何处天涯。待流水、鸣弦问伯牙。奈世比浮云，乘风出岫，人同塞雁，向北为家。江上青衫，堤边黄绢，星汉谁乘博望槎。栖遑者，似蜂房酿蜜，蚁窟排衙。"全篇以音乐场景为想象空间，借舞蹈的变化与音符的跳动反映波动的心境。燕赵佳人舞动的本是慷慨之乐，令人振奋，然作者体会到的则是"昭君怨曲，蔡琰悲笳"，透露着难以言明的孤愤。世事如浮云，变幻莫测，唯有"栖遑者，

---

① （清）陈廷焯：《白雨斋词话》卷三，唐圭璋编：《词话丛编》第 4 册，中华书局 2005 年版，第 3837 页。

似蜂房酿蜜，蚁窟排衙"，以凌厉之语，揭冷漠世情的本质。

其次，清初储氏词人仿陈维崧《点绛唇·夜宿临洺驿》、《喜迁莺·咏滇茶》、《夏初临·本意，癸丑三月十九日，用明杨孟载韵》等佳作，借登高怀古、游赏感怀之题，在词中寄托深意，表达故国哀思。如储福宗《齐天乐·西湖感旧》重点抒写今昔有别的无奈哀伤，尤其是上阕："苍茫一片西湖水，依然短篷来去。柳径苔荒，荷汀浪卷，添得两堤寒雨。童山几许。想旧日楼台，夕阳烟渚。指点遥峰，牧人不记六陵树。"由眼前的衰景推想曾经的繁华，并借无人知晓宋代六陵，隐托出心中对旧朝的眷恋之情。《念奴娇·过劳劳亭故址》重在表达沧桑变幻所引发的悲怆："还念十载飘零，销魂此际，徒咏青莲句。说向柳条都不管，那便是春风知汝。野店孤篷，断桥流水，梦觉浑无据。不如归也，滔滔天下谁与。"自李白作《劳劳亭》，此地便成为离别的代名词，因此作者开篇便称"断碑遗址，是离樽别泪、曾浇之处"。人间多有离别，苦恨难解，故而歌哭今犹古。词人只身一人，深感世事艰难，知音难觅，不由产生"十载飘零，销魂此际"、"野店孤篷，断桥流水，梦觉浑无据"的感叹，表达对时代的迷惘，将自我的寂寞融入了对历史沧桑的感叹之中，"不如归也，滔滔天下谁与"。《念奴娇·北固山怀古》借三国典故发千古兴亡的感怀，长江岸边纵然有"半壁投鞭，中流击楫"的英雄，百年后仍是"烟波直下，夜潮盈耳"，物是人非，接响迦陵慷慨悲慨的词风。

储氏词人的创作，无论是词情还是词韵，基本都保持了悲慨格调。不过，就情韵气势而言，陈维崧确实是一代巨手，酣畅淋漓，储氏词人则往往克制悲愤，冷静面对世情，"笑短辕襟袖，谁知己者，高轩冠盖，毋溷公为。万事沧桑，数椽卜筑，乱竹飞花扫却开。须乘兴，向辋川身处，觅个王裴"①，二者之间呈现出同中有异的创作风貌。

储氏词人用笔较为细腻，善于落笔于细节之处，有别于陈维崧的大笔勾勒、以情驱物。陈维崧《摘红英·咏落花》写落花漫天飞舞，落地被车而碾，"真珠络，仓琅玦，如尘似梦连天落，香车暝，朱阑凭。留他不住，

①　（清）储福宗：《沁园春·寄越生村居》，程千帆主编：《全清词》（顺康卷），中华书局2002年版，第7163页。

唤他不应"，笔法稀疏，充满词人的主观情绪，以我观物，物皆着我情，悲凉凄怆。储福宗《沁园春·落红》，亦是吟咏同题，表达飘零无助之感，却重在写残红柔弱，"褪去残红，碎揉花片，小径离离。想裙衩妒来，风尖欲扫，鞋弓沁入，月影频移。衬草如茵，凭栏倦绣，染就丹青讶许奇。销魂处，是石榴零乱，满地胭脂"。有别于陈维崧主观化咏物造景，储氏词人的景象描写，更多为"无我之境"。储福宗《减字木兰花·东望》写农田风光，"野航横渡。青草池塘蛙几部。黄犊拖泥。嫩草沾襄水一犁"，从广阔的视角客观描绘所见景物。储贞庆《双调望江南·西湖》："湖上水，照碧更摇青。萧鼓中流飞画鹢，楼台倚岸挂金铃。山列半边屏。"采用流动视角写江南春景，由近及远，水波涟涟，啼鸟数声，落花飘零，无不映入作者眼帘，清雅流畅。他如"青山次第出云端，携得一帆烟景向长干"、"山翠入溪明镜里，波纹绕嶂画屏前。芳草正芊芊"等句，都以物观物，精于构图。陈维崧在词中好直言"我讵不如毛薛辈"、"我携长笛，斜倚危栏"等，凸显主体意识，而储氏词人往往隐忍"我"的情感，借物象隐约传递。储福宗《青玉案·春暮，湖村雨中怀天篆、南耕》中"虚窗瘦影凄其惯。寂寞琴樽更谁伴"，并不直接言明心中所思，窗边孤影、寂寞琴樽等物象，却真切地表达了对好友的思念以及自身的失落。储贞庆作于康熙十七年的《玉女摇仙佩·送其年应名入都》，因陈维崧被荐举入"博学鸿词"、辞别亲友北上而作，储贞庆与陈维崧曾同为天涯沦落人，共叹美人迟暮，而今陈维崧应诏入都，"从此腾蛟啸虎，画山铜水，不负元龙声誉"，这既是储贞庆对陈维崧的钦佩与祝福，也引发了他内心的失落。"应念我，天涯落拓，抱甕披裘，面颜蒙雾"，表面是对陈维崧的恋恋不舍，实际上隐含了自我的落魄与失落。

储氏与陈氏在词艺上的差异，固然与个体差异有关，所谓风格即人。然而，家族文化内蕴各异，对家族词人创作也有重要影响。陈氏家族的陈于廷以耿介而著称，陈贞慧则因清正而被推崇，无形之中为陈氏文化沉淀了刚强之气。陈廷焯论及迦陵词时，就曾明确赞其气魄之大，古今无敌手。① 具体

①（清）陈廷焯：《白雨斋词话》卷三，唐圭璋编：《词话丛编》第 4 册，中华书局 2005 年版，第 3837 页。

而言，迦陵词的独特之处就在，凭借语言和修辞的气势形成一种外在张力，蹈扬湖海。储氏族人则擅长经义之学，族人或隐于乡里，或在族中执教，大多喜好平静淡泊，较为理性内敛。因家族文化内蕴不同，储氏词人在词境的构造与意象的运用上，体现出一定的独立意识，不刻意模仿陈维崧式笔法，多选择冷静含蓄的表达，不自觉地矫正了陈维崧词少蕴藉的不足。

三 储氏词人对迦陵词风的疏离

陈维崧论词时，曾提出"为史为经，曰诗曰词"、"词穷而后工"等一系列重要命题，打破词为小道的旧观念，鼓励创作主体发挥主观能动性，以深化词体内质。陈维崧还明确表示推崇苏辛，这一度成为康熙初年阳羡词人共同的美学旨趣。储氏第一代词人的创作基本遵循了这样的创作理念。

然而，发展到以储国钧为首的储氏第二代词人，对词的体性则是另一番理解。储国钧推崇"小山、少游、美成诸君子"，推史达祖为最高，"降自南宋，虽不乏名家，要以梅溪为最"，皆是婉约名家。这一理念显然与陈维崧的论调路径相别，被储国钧称许的史祖达，是南宋词坛咏物名家，善于描摹灵动物态，笔法较为质实，但境界不太深远，这与陈维崧要求词存史存经相去甚远。

储氏第二代词人确实没有像第一代词人那样以写国事人生为主，而以咏物、闺情之作居多。不过，储国钧、储秘书等充分吸收了家族词学中细腻平淡的艺术营养，咏物诸作都写得比较生动。如储国钧《黄金缕·圩上莲》以白描手法写圩上人家，借藤竹、莲叶、水塘、白鹭、豆荚、瓜瓢等日常之物构成了一幅富有生活气息的农家图，并在其中点缀一稚儿的调皮形象，"豆荚瓜瓢都未熟，儿童早已餐湖目"，为全词增添了一丝活力。储国钧《尾犯·石亭梅》"疏影黄昏，弄横斜清绝"化用林逋"疏影横斜水清浅"，在萧疏的基础上更显清冷，接诉"怕沾惹、深宫娥绿"，凸显寒梅的孤俏。再如储秘书词咏白莲，"容易菱歌唱晚，更珠历泪湿，碧云深隐。几许清芬，一片冰心，付与沙鸥消领。西风拂，拂吹残月。仿佛见，玉容初醒，最怜他，有恨无言，空对冷波千顷"，其摇曳形象生动逼真，

"深隐"、"清芬"、"冰心"等词表现白莲的整洁恰到好处，"有恨无言，空对冷波千顷"则又表现出白莲的孤傲，象征词人的心性。

储国钧明确强调词应回归婉约本色。他也确实创作了大量实践"风流婉约，情致缠绵"的作品。《倦寻芳》写妇人痛惜春逝的落寞情绪："念别后、双蛾谁画，隐约遥峰，长怰愁聚。泪揾鲛绡还忆。向分携路，柔柳阴阴歇粉蝶，绿波渺渺空南浦。怎知人、盼归舻，立残风絮。"《阮郎归》述相思之情："昔年犹记寺门前，歌台隔柳烟。几丝香雨湿繁弦，催人归画船。"这些作品多仿小山词笔法，注重刻画人物心理，温婉而诉，表现佳人落寞寂寥的情绪。

其实，储氏第二代词人也写了一些疏朗沉郁的作品。储秘书《台城路·位存招饮南楼》下阕："当年偕隐有约悔，风尘浪迹，误了生计长。铗缠归，轻装又去，终岁为欢能几？危栏倦倚，剩一片清愁，苍茫无际。歌罢新词，月华烟外起。"感慨人生欢愁，感情起伏较大，先言曾相约隐居，又言风尘浪迹之生活，再言心中愁思茫茫，表达了历经沧桑的落魄与无奈。《渡江云》以清商之音为基调，上阕构画了关山寒色、枯树萧琴、寒水铜驼等景象，为词人抒发内心愁思做好充分铺垫，下阕以"蹉跎，一番好景，都付华胥"开端，直言"向风尘闲过。生恋著、单衾小暖，晓梦偏多。玉梅花下帘垂地。念有人怯画双蛾。梅瘦也，知伊瘦更如何。"储国钧《梦横塘·晓行》写羁旅途中："窗生淡白，烛炧残花，荒鸡和梦催起。耳倦铃声，早绕过，邮亭三里。临水人家，小门犹掩，一篱红翠。盼前村不到，树色朦胧，知何处、藏烟市。　　频年境老温柔，被天公暗妒，做弄如此。斗帐笼香，都付与，晓风嘶骑。便赢得、刘郎句好。袖影鞭丝山裹。此际销魂，不如归去，伴新凉花睡。"烛未燃尽的清晨时分，作者已经独行步入途中，"盼前村不到，树色朦胧"表达了他寂寞失落的心情，由此他进一步抒发内心郁闷，"频年境老温柔，被天公暗妒，做弄如此"，只得与"斗帐笼香，都付与，晓风嘶骑"的漂泊生活为伴，隐约反映了词人际遇不佳，生活状态不尽如人意。他如"清江赤壁，眼底纵横。怅天涯南北，欢事难并"、"青衫恰似隋堤柳，著新寒、容易飘零"、"繁华过眼客心惊，难忘故园情"等句，皆有悲沉之味，透出迦陵词风的清萧之色。以上创作现象说明，储氏第二代词人并没有完全摒弃迦陵词风，他们在尝试新词风的同时，也延续了迦陵词的悲慨。不过，这些悲情因伤感自身命运而起，是作者对存在状态的感受，是比较"细节化"的慷慨之气，而非渗透历史、社会等重大背景的沧桑巨叹，故而不及迦陵词奔放深厚。

显然，在词学道路上，第二代储氏词人开始了"新"的探索，努力回归"词为小道"的传统路径。其实，这一"新探索"在第一代词人那里就已初露端倪，储福宗、储贞庆等在词艺上不自觉地改造迦陵词风，如好用细笔描摹景物、含蓄表达自我情感等。这些都说明，储氏家族在词学创作上始终保持着一定的独立意识，不随意摹画他人笔法。储国钧受此观念熏染，在创作理念上，比前辈更为深远，明确了自身的美学取向。

当下清词研究中，对阳羡词学的关注，主要集中在清初阳羡派，往往止步于康熙二十年左右。此后阳羡词的发展态势，较少深入。词派衰落并不意味着地域词学消散。从家族视角来考察储氏词人对迦陵词的接受，可以明显感受到，储氏两代词人词风、词情、词艺上存在些许的差异，储氏家族对迦陵词风，在接受中亦有独立的思考和相应的选择，无意识地补救了迦陵词的某些不足。从储氏第一代词人到第二代词人，则也是一个从接受豪放到接受婉约的过程，真实反映出从康熙初到乾隆中清词流变的轨迹。储氏第二代词人笔致的转向，应该与康熙年间浙西词派开咏物风气有很大关系。储氏家族的词文学活动，可视为清代词学复兴过程中基层创作推动力的一个剪影，正是他们或追随扭转风气的大手笔，或游离其外自辟蹊径，方绘就了清代词学繁荣图景。

第三节　储氏古文的创作特征

自储欣开辟在陆草堂，大力倡导古文，储氏族人因其兴趣相仿，自成师友，形成"一门风雅"之盛况，"清初江左号能古文者，大抵不出八家范围。宜兴储氏自在陆草堂始开风气，同族子弟继守其法，号为多才"①。

---

① 《续修四库全书总目提要》（稿本）第 10 册，齐鲁书社 1996 年版，第 200 页。

以古文为家学，也是储氏家族文化的重要表现。储欣之下，储方庆、储大文、储掌文等都是储氏古文群的中坚力量。

一　储欣《在陆草堂文集》

"古文"作为清代储氏的家学传统，是由储欣开创的。储欣对古文的喜好，主要是来自幼年的兴趣，"余成童时，读诗书春秋四传及先秦两汉之文，颇成诵。先君子因授以八大家文，名曰文抄，归安茅鹿门先生所撰次也，循序渐进至十八，骎骎遍诸家矣，口诵心维，遇所得意辄舞蹈不自制"①。储欣的《在陆草堂文集》为雍正元年储掌文刻本，共有六卷。卷一为辨、论，卷二为书、碑记，卷三为传，卷四为家传、谱，卷五为序，卷六为志铭、行状、杂著、像赞、祭文，可谓各体兼备。

储欣对作文如何学古，即立言之法，颇有心得："由晚周而来，能根六经之旨，又得古人立言之法，以自成一家者，可二三十人。此二三十人者，甚非可泛览而速取效也，必先择一人之文而专致力焉。其读之也勤，其思之也深，久之，稍得矣。又从而读之，又从而思之，然后知吾向之读之思之犹未也。如是则果有得矣。然后缓其所得者，而更择一人之文而专致力焉。需以岁月，乐此不倦，则所谓二三十家者可遍也。夫学古而有龃龉、扞格、劳苦之态，亦在其初之一二家耳。自后渐减，愈后则愈减焉。"② 这种认真严谨、勤奋刻苦的态度，让储欣在学习前人古文时受益颇多。

储欣学古道，作古文，主要追摹唐宋诸家。他尤其推崇韩愈、柳宗元，认为韩愈之文造意深远而自出机杼，柳宗元缜密严谨而又流利明朗，韩柳二人"文章之宗，尤八大家之主也"③。他尤其倾慕韩愈，称"昌黎论文以能自树立不因循者为上"④，曾反复含咀韩昌黎文不下数十百遍。

储欣文长于说理，逻辑严密，论辩清晰，与韩愈的文字有几分相似。《与蒋起潜书》从文章何以传世的角度出发，与友人讨论对待文章

---

① （清）储欣：《唐宋十大家全集录·总序》，《唐宋十大家全集录》，清康熙刻本。
② （清）储欣：《答汪尊士书》，《在陆草堂文集》卷二，清雍正元年储掌文刻本。
③ （清）储欣：《唐宋十大家全集录·总序》，《唐宋十大家全集录》，清康熙刻本。
④ （清）储欣：《答杨明扬书》，《在陆草堂文集》卷二，清雍正元年储掌文刻本。

的态度：

　　仆论文章传不传，书一通，视何如？抑又思文之传，徒以其文乎？抑重其人，因以及其文，惟恐其无传而传之也。《易》曰："君子之道，或出或处。"嗟乎，出难言矣，处何容易？古之君子，商山高蹈，爰赋采芝。梁鸿出关，五噫悼时；王符逢掖，论著潜夫；饲鹤咏梅，宋有林逋，若此之类，可胜数乎。此其人皆负才不羁，抗志绝俗，朋游鹿豕，蝉脱秽浊，延及百世。闻风兴起，而其语言文字亦遂光辉炳耀于无穷。至若严陵狂札，出自口授；叔度千顷，旁人品题，然载之史籍，诵及成童。岂非爱之重之，惟恐其无传以及此欤。而况著书立言，班班梨枣者欤。噫！今之处士，我知之矣。挟尺寸之技，轻舟车之险，冲京洛之尘，候王公之门，莫不婢仆其膝，蛇蚓其躬，炙輠其舌，婉娈其容，幸得厕食客充幕，即又胁谄逢迎，摇头顿脚，诙嘲纵诞，俳优则剧，信所谓有识旁观，代其入地，而其人意气洋洋，甚自得也。出语人曰："某贵人知我、客我，亲爱我。"噫！以若所为，士君子有遁荒谷冻饥死耳，曷忍为此悠哉。仆维扬所遇老人，谓山林之十，不过处一者。毋乃激于此辈而发哉。仆行年四十，勉构数椽，坐卧其中，一几一榻外，家无长物，泊如也。温燖经史，弋猎群书，意有所到，作为文章。前后积累共得如千篇，吾子其次第编校，定为几卷，出百十字跋于右，尤所愿也，余不及。

　　这篇文章结构严谨，说理透彻，语言精辟。作者在开篇就提出所论观点，即著书立言得以传世的关键因素是文章作者。他列举了若干"负才不羁，抗志绝俗"的隐士，说明其人个性，其文也独特，故被载入史册，家喻户晓。其实，储欣虽在论隐士之文，实际也是借梁鸿、林逋、严陵等人的例子，表达自己的文章观，即文章需要性情。他在评价友人的文集时，也称"《采山集》，先生暮年之性情也，其自方壮及未老，忧悲愉怿，感物而动，各自有其性情"①，因此，他在文中严厉批评了"当下"处士作

---

① （清）储欣：《答蒋生书》，《在陆草堂文集》卷二，清雍正元年储掌文刻本。

文的态度，称其技巧一般，却十分擅长迎奉阿谀，失去了自我个性而借助他人势力标榜自我，以古今两种不同态度的对比说明了作文与做人的道理。

储欣的叙事散文谨洁流畅，近于苏轼笔法，《新修蜀山东坡书院记》可见其宗旨。这篇文章分别选择了三个看似独立的叙述视角——蜀山、东坡、书院分而述之：

> 先生蜀人也，弱冠筮仕，嗣后出入中外，不常厥居。有以授至者、徒者，请外者、群小构祸安置者，量移者，地或善或恶，或极辽以恶，宠辱自上，趋避无由。若乃择地而处，不以宦与罪至，而意气慨然，将徜徉终老于其山水之间，独吾阳羡而已。
>
> 蜀山处邑东南，盖阳羡诸山之卑且独者。相传旧号獨山，先生以山形似蜀，为去偏，名蜀而居之。然欤否欤？吾意先生舟入荆溪，浮于东氿，三十里得是山，登巅极目，太湖如镜，东南万峰，如笏如屏，是山实山水门户。先生善选胜，即其趾悦驾焉，而非系乎蜀山之似与不似也。从此泛罨画、品玉潭，芒鞋竹杖无不到，田夫方外无不交。于是，天远夕阳之词、乱山白云之句、红友黄封之叹、与金沙寺僧剖竹调水之符，佳言韵事，日日以新，而惜乎居之不久也。……则夫阳羡人士，相与作为宫室以俎豆先生者，先生之灵，实式凭之。
>
> 蜀山故有东坡书院，废不知何时。明代弘治朝，邑沈侍郎晖，赎旧址而鼎建焉，以伟丽称，具载李文正记矣。国初，渐圮渐不支。有道士曰蒋普，引以为任，积三十年力，腐折颓败，葺治焕然，又于似蜀堂后造楼，而书院益伟丽……吾徒潘旂，世居蜀山，偕同志调护以能讫功，考于康熙之戊寅，磨石而属予以记，予喜先生书院整新，又嘉道士良且才卒就厥志也……①

细细品读全文，却能发现其中的感情主线。蜀山因东坡买田阳羡居之而得其名，后人建东坡书院以怀念这位懂得欣赏阳羡山水美景的寓居者，

---

① （清）储欣：《新修蜀山东坡书院记》，《在陆草堂文集》卷二，清雍正元年储掌文刻本。

东坡书院历久失修逐渐荒废，储欣的弟子潘旐出资才得以重修。蜀山、东坡、书院因感情主线而互相交融，可见作者构思之巧妙。该文语言朴素自然，储欣将蜀山之美娓娓道来，东坡隐逸之情隐含其中，蜀山与东坡因内在的情感而联系，于平实中见情感的力度，让人回味。再如《吴玉溪诗集序》：

> 二十年来，吾邑诗人秀出，而吴子玉溪，妙才跌宕，其间为行辈折服，数以所业示余。蓬屋之内，古调铿然，盖中声也，凡手淫声恼恼心耳。每在五降之候，惟中声优游夷愉，可以被金石而和，神人而玉溪得之，可谓难矣。玉溪名家子，工举业，嗜歌诗，少时所作勿论，十年以来，诗凡屡变，乃每变愈工，不极诸自然不止。嗟乎！自然者，道业自然之中而千变万化出焉。予又乌乎，测其所至哉。抑玉溪与其兄晋涛，伯仲相师，倡予和汝，予欲联二子之诗。颜曰：棣萼集媲美古人。讵不盛与而其群从有工楷书，娴吟咏者，亦棣萼集所必及与。然则先丈人祭酒公，文章道德之泽长矣，于是乎序。

这篇序文篇幅短小，内容充实，文字遒劲秀雅，朴实之中又显真情。文章结构也比较有特色，先说诗集的主人吴玉溪的情况，赞其诗才，然后旁及玉溪及其兄，赞其昆季唱和，最后言其父，一笔带之，简单勾勒吴氏家族两代文士，继之，作者开篇对吴玉溪的赞誉绝非虚夸，而有实在的家族文化背景根基，可见其构思巧妙。

储欣的游记散文，糅杂了唐宋诸家的特点，清丽含蓄，朴素简约。他模仿柳宗元描写山水的凝练风格，简单勾勒自然景观，"入义兴东南山行者，由间道则走高岭，自高岭以达低岭，不能一里焉。然其间苍凉荒寂为山家烟火之气所不到，且高岭斗折而上，去平地可百步，蹑层负担之徒，往往相望语喘足躩，而肩不得息，行者苦之"①，写宜兴某山之高低峻峭，寥寥数笔，即可感知。储欣还将苏轼游记中的理性反思蕴含于其游记中。《记胜》文云："出休宁南城不二里，得小山。陟山不百步，得亭焉。亭

---

① （清）储欣：《勺水庵茶亭记》，《在陆草堂文集》卷二，清雍正元年储掌文刻本。

之胜旷以丽远山苍翠，三面回合而舒其中。凡四时景物，朝暮烟云之变，毕效于斯亭焉。自亭而岩不五十步，而岩之胜穷。自岩而下，磴道数折，历百有余级以及于台，休人所谓落石台也。崖壁立八九，寻横纹缠画虚，其腹若洼焉。相传岩石落而成台。曰：非也。石平广可坐，内外夹涧，外涧通行，津乘筏者，悠然而过境，清冷不可状，即坐亦不得久坐也，台之胜幽以奇。"① 这篇小短文写作者的某次登山游玩的感受。全文按照游记路线，由山至亭，由亭至岩，由岩至台，写亭之旷丽、岩之曲险，皆寥寥数语而概之，重点则是写落石台之幽奇，其中还夹杂了作者对石台来历的判断，与苏轼《石钟山记》考石钟山名来历同出一辙。全文篇幅短小，却意趣横生。储欣的有些游记则有欧阳修文含蓄委婉的味道，叙事兼抒情，如"朝饷咸会于亭。观于岩，循磴道而下，坐于台，颇设水嬉，惊游鱼以相拊掌，复循道上，则倦而思憩者半焉。未几，而宴于亭，于是越山先生饮以名茶，食以旨酒，毅嘉核芬，侑之以丝竹，而高谈雅谑不废焉。以相乐于斯亭之内，内丹黄之枫，鲜绿之圃，高高下下之楼台宫室，山之容，涧之流，天云之卷舒，目涉心赏，以相乐于斯亭之外。"② 生动形象地描绘了朋友聚会时的清闲乐趣。

储欣集中最具有文学价值的是那些以史家笔法所写的传记文字。如《二式传》，开头便点明主旨"二式兄，孝友人也"，下文却不承之而下，言其孝其友，而是转向写其奇其勇："生富臂力，明末大乱，兄稍长，学剑槊弓矢，拔其群，矜气重诺，有古侠士风烈。顺治乙酉秋八月，郡兵屠丰义，骨相撑。执二式，缚而鞭之，佯毙。其夜一奋，缚索寸断，超屋数重，跃而下，诸丁辙屋材焚烧达旦，朋结火砦自固。复连踊之，乃免。闻者壮焉。"储欣以二式兄一段豪勇的奇事作为铺垫，曲笔写史，引发了读者兴趣的同时又展示了人物的另一番性格。然后储欣仅用"年三十七，大惠，痛自刮磨，移其才力，督农桑，劝子母。不数年，而业就赀产并饶"，寥寥数语，自然过渡，简洁流畅，言其孝友并不突兀："尝选地，河滨累石为墙，构泄凿池，筑书舍，课子侄……邀宗族亲友，举酒相赏，二允、

---

① （清）储欣：《记胜》，《在陆草堂文集》卷二，清雍正元年储掌文刻本。
② 同上。

二式及弟公三，迭起奉觞，不极欢不罢。吾村自巨创后，门巷萧条，是以复见承平世家故态，座中老人有泣下者，或曰：二式少时非直勇胜，亦智士也。"① 通过人物的变化反映人物的性格，形象生动，一个丰满的人物形象跃然于读者眼前，言其孝其友的同时连笔而言开头之事，利落干净，纵横之中，透出史笔风范。

储欣在储氏族人中于古文用力最深。他还曾辑《唐宋十大家全集录》以启后学。这部文集仿明茅坤《唐宋八大家文钞》之例，于韩愈、柳宗元、欧阳修、苏洵、苏轼、苏辙、王安石、曾巩之外，增李翱、孙樵为十家。储欣认真选文，对各家之文皆有批评，间附考注，文中标识多依茅本之旧。这个文集选本是对茅坤《唐宋八大家文钞》的修正与补充，正如储欣所言："唐宋大家之录，凡以为茅先生也，即所录加多，亦如治水者，前人导其源，后人扬其波而。"② 储欣另有《唐宋八大家类选》十四卷，仍以八家为范围，却改变体例，以文体而分之，每一种文体之下撷唐宋诸家之美文，各以类次，《续修四库全书总目提要》（稿本）著录："于每类之首各冠选旨，于奏疏则曰首奏疏尊君也。数君子学问、文章、经济，予以奏疏微窥一斑，而韩欧苏文忠所以由之纡折，亦选其佳者而后录。盖此编之旨在于分类，与前选唐宋十大家全集回乎不侔。"③ 储欣的这些古文选集以开导后学为目的，力求全备，具有一定的文献价值。

储氏刻意为古，与其专注于科举教育有密切联系。科举是明清时期维系文人命运的重要社会活动，科举中八股文的写作对当时的文学影响很深刻。然而，在某种程度上，文人对八股文的痴迷，阻碍了对八股文以外的文学修习。储欣自己早年也患科举文："某十岁属文，颇为父兄所器，谓此子可早拉青紫。今犬马之齿，四十岁余矣。童顶鬖面，困顿诸生中迥。思父兄当年语，辄潸然泪下。宾兴之试，十进十黜于有司，所以然者似有定命，实以不知有定命而致此极也。"④ 他的《菩萨蛮·甲子闱中不寐感

① （清）储欣：《二式传》，《在陆草堂文集》卷六，清雍正元年储掌文刻本。
② （清）储欣：《唐宋十大家全集录·总序》，《唐宋十大家全集录》，清康熙刻本。
③ 《续修四库全书总目提要》（稿本）第28册，齐鲁书社1996年版，第489页。
④ （清）储欣：《答杨明扬书》，《在陆草堂文集》卷二，清雍正元年储掌文刻本。

赋》，倾诉了困场屋十年的迷茫情绪："韶年怕对萧萧雨。衰年又听韶年雨。风雨叠相催。何曾怀抱开。"① 储欣在对科举时文的反思中开始精研古文，从抵制八股文对文学的侵害的角度出发，力求从古文中发现有利因素，力求文章写作重新回到钻研文学技巧和磨炼文学才能的道路上。储欣《唐宋十大家全集录》总序明确表示："窥其所用心大抵为经义计耳……所以之书一出天下，向风历二百年，至于梨枣腐败，而学者犹购读不已……是天下有攻时文志在决科之人，亦有成学治古文之人，有攻时文取科第足了一生之士，有攻时文取科第而非成学治古文亦无以自立之士。所谓取科第足了一生者，归安之士也……予破学者抱匮守残之见，适当旧刻图新于八先生文所录加倍焉。" 储欣并不反对经义之学，他本身就是一个经学大家，曾与蒋景祁合作《春秋指掌》一书。因此，储欣辑《唐宋十大家全集录》与《唐宋八大家类选》，实际是想破学者抱匮守残之见，从文章中找到一些"经义"之外的东西，以供习举子业而荒废其他文学修习的士子们，在学习过程中，不要仅仅以参加科考为目的，而应立意高远，求古近古，"储欣谓茅坤之选，便于举业而弊即在是，乃复增损之，附以李习之、孙可之为十大家。欲俾读者兴起于古，毋只为发策决科之用意"②，储欣以选本形式告诫诸位学子，要将应试之文转化为传世之文，既要阐释经义，又能发挥人的性情。

总体而言，储欣的古文"不蹈雪苑金精派而词指特镵削，因时偕上下议论，故所造尤深"③。曹鸣声《在陆草堂文集序》称："先生者，真古文中雄杰，能自监立不因循者也。今世学为古文者，或曰仿史汉，或曰仿韩柳欧，纵心慕手追，终不免邯郸学步耳。先生古文，其法则史汉韩欧之法也，其文则先生之文也。史公学左氏适成史公之文，孟坚学史公适成孟坚之文，昌黎、欧阳子亦然。古来作者皆断然自为一家之文，先生足以当之矣。" 储欣的古文在当时自成一家，深化了清初唐宋派的文风，对后来的

① （清）储欣：《菩萨蛮·甲子闱中不寐感赋》，程千帆主编：《全清词》（顺康卷），中华书局 2002 年版，第 6094 页。

② 《御选唐宋文醇序》，《御选唐宋文醇》，（清）纪昀等纂：《四库全书》第 1447 册，上海古籍出版社 1987 年版。

③ （清）储大文：《在陆先生传》，《存砚楼二集》卷二十四，清乾隆京江张氏刻十九年储球孙等补修本。

桐城派也有一定启发，姚鼐《古文辞类纂》实受储欣《唐宋八大家类选》分明体裁之发的影响。

二　储方庆《遯庵文集》

储方庆是在陆门下习古文诸储中成就比较突出的一位。他曾随储欣接受过严格系统的道学经术的训练，是当时名进士，曾被举荐应博学鸿词科。储方庆有《遯庵文集》十二卷，宋荦、邵长蘅为之序。该集第一卷至第五卷为书、序、行状、论、记、议等文，第六卷至第七卷为试策与拟策，第八卷收杂著若干篇，第九卷为赋，第十卷至第十二卷为诗。《续修四库全书总目提要》对此集有总体评价："其为文，一守唐宋，韩柳欧苏诸家轨则，虽讬体非甚高，而操之至熟，纵横如意，能曲折达其所见。论史论事及敷陈地方利弊，亦颇徵识力。应试闱卷皆入集，拟策则平具揣摩之作。唐宋以来编集者，亦往往有收入此类，非特创也。诗则非所经意，所存无多。"[1]

储方庆对储欣的文章观多有继承，他的论文也推崇韩愈、柳宗元，论及诗文关键所在，也持性情说，如他在《八股存稿序》中言：

> 文章本于性情，虽限之以对偶，范之以声律，其本于性情者自若也。性既不殊，学复相等，传世应世，其理同揆。安得分此之为不遇，而彼之为求合欤。故夫工于文者，不以遇合撄心而自屈其迈往之气，善论文者，不以遇合摄志而故违其独见之明，此古今以来有志于文章者之定论也……

储方庆在储欣的基础上，将性情与文章的关系论述得更为透彻。他认为性情是人与生俱来的，不需要专门学习或刻意模仿。储方庆在这里提到的"遇合"是得到人合于世、获得仕宦声望的意思。他称"工于文者，不以遇合撄心而自屈其迈往之气"、"善论文者，不以遇合摄志"等观点，就是要求文章写作要出于自我性情，各抒己见，而不能心无所思仅仅为迎

---

① 《续修四库全书总目提要》（稿本）第10册，齐鲁书社1996年版，第200页。

合科举考试而研究写作技巧。储方庆在论及此问题时，还提到了文章与境遇的关系：

> 文章之于遇合何如也？盖有其文而无其遇者。有其文而无其遇，则文章不足取信于天下。故天下之重文章，常不如其重遇合也。虽然，古今以文章名者，至韩柳止矣。退之之论子厚，谓其斥不久穷不极。虽有出于人，其文学辞章必不能自力，以致必传于后。此其说又何欤？解之者曰："退之之所谓文章，传世之文也。"今之所谓文章，应试之文也。传世之文不与遇合期，故有抑郁困顿以坚其志，而文章愈垂于不朽者。若应试之文志在遇合而已。志在遇合则其言必不工，而又何以取信于天下。是又不然，今人自束发受书以至应试科目，取富贵晚而思为不朽之业，垂之于无穷。①

古代科举以文取士会导致产生这样的现象，有些人有文名并因此而出仕，名播后世，有人则贫困一生仅有文传世，后人甚至只知其文而不知其人，故储方庆称"天下之重文章，常不如其重遇合"。面对这样的现实，储方庆是深表忧虑的，故而提出了"传世之文"与"应试之文"的区别，在储方庆看来，创作源于生活，若没有以现实生活为基础，而一味迎合应试追求文学技巧的文章是没有生命力，不足为信的。传世之文就是要源于生活，将人生经历中的"抑郁困顿"付诸文字，应试之文则凭借文章写作获得功名富贵，这样的态度则会导致其言不工，难以取信于天下。虽然，在这段话里储方庆没有言明他对文章内质的要求，但是，"有抑郁困顿以坚其志，而文章愈垂于不朽"、"志在遇合则其言必不工"等都说明，储方庆强调的文章本源于现实生活。他认为文章除了阐释经义、博取功名之外，还有其他丰富的表现内容。

储方庆诸类文章中，论史散文最为精彩，简约雅健，严密舒畅。储欣善于以史家笔法叙事写人，储方庆则善于以史家眼光审视兴衰之变。他对秦汉历史很感兴趣，《秦并六国论》、《豪杰灭秦论》、《高帝灭楚论》等文

---

① （清）储方庆：《八股存稿序》，《遯庵文集》卷八，清康熙四十年储右文等刻本。

论六国衰亡、秦朝短命、楚汉之争等历史事件，纵横磅礴，犀利透彻，颇得唐宋诸家之风采，与苏洵的风格最为接近。虽然储方庆史论散文所论，多属前人已有所论述的常见题材，但他持论求正，探究史实，不失偏颇，行文流畅，具有可读性。如《项羽论》：

> 吾尝悲项羽之雄杰而不能有天下也。汉高讥其有一范增不能用，以至于丧亡，信然。然其震荡一世，凌轹诸侯，以剪灭虎狼之秦，亦未可少之。方章邯围赵时，秦兵固已无诸侯矣，项羽挟必死之心，犯乘胜之敌，持三日粮，渡河九战，绝其甬道，秦之猛将劲卒，一日尽于河北。人无自固之心，然后高祖得以乘虚，恐喝，扶策而西，兵不血刃，而子婴之颈系于军前，此非宽大长者之所能致也。国兵新破于外，奸臣内乱于中，秦人处不能复振之势，而汉高乘其弊而取之。呜呼，何其幸欤。
>
> 古之取天下者，莫不驱除之，人为之芟苅大难，以开真主之先，然未有因藉其资遂成帝业。事已垂成，而身死国灭，如项羽之于汉高者。盖项羽之失，在于背关怀楚，亟归故乡，举百二之山河委之强敌，而退就彭城，东西失据，攻汉则齐梁议其后，攻齐梁则汉拊其背。虽复斩将搴旗，追奔逐北，而屡用之锋，虽锐必折，不过周旋荥阳、成皋间，而羽已疲于奔命矣。说者谓项羽优柔不断，释汉高于鸿门，以致杀身之祸。夫取人杯酒之间，诚非丈夫所为。假令项羽不归彭城，不烧秦宫室，闭汉高，王巴蜀，而以身当其冲，虽释汉高亦何害哉。惟其失天下之大势，无可守之本根，首尾制于他人，进退皆成狼狈。固不必悲歌慷慨，时而后知楚之将亡也。夫民罔常怀，惟德是与？汉高以宽大取关中，而项羽复为残灭以驱之。固宜其失天下之望矣，乃天夺之鉴而弃关中以资汉也……①

储方庆论项羽这一历史英雄，不是从历史早有的定论入手，虽然他对项羽充满了同情，"悲项羽之雄杰而不能有天下"，但他并没有试图一味的

---

① （清）储方庆：《项羽论》，《遯庵文集》卷四，清康熙四十年储右文等刻本。

为项羽翻案。作者从客观的角度出发，力求评说楚汉之争中项羽的功绩与失误，对其"亟归故乡，举百二之山河委之强敌，而退就彭城，东西失据"的失败策略多有不满，但对其鸿门宴上不在杯酒之间取人性命的丈夫行为又十分肯定。这篇文章笔力激昂健朗，行文流畅高亢，对人物或抑或扬，或恨之或惜之，感情起伏波澜，读之扣人心弦。

对人物命运的关注，是储方庆文的着力点。《书柳子厚诗后》言柳宗元一生遭贬数次，命运无常，结合自身对仕途艰险的感受，发一己感慨，"假令子厚生于今时，遭此窜斥，官不得刺史，地不止岭海，驱之以不得不去之势，迫之以不容自己之情，吾不知其悲歌慷慨所以形而见之于言者，更当何如也"①，既表达了对柳宗元受贬的同情，又对自身羁于仕途不得自由颇有感慨。作于康熙十七年的《哀征妇赋》，因"自梗阳奉命朝京止乎近郊，会南征将士殁于王事者，归葬门之外，其妇旦夕哭，临哀可知也"② 而有所感触，遂寄予文字，文中"极目墓累累"、"有美倾城既庶，且都掩泪云骈"、"俯仰魂断，盼睐心惊"③ 等句描写了战事祸及普通百姓，亡士墓碑累累、思妇哭声漫天的惨状，表达了对丧夫之妇的同情与哀怜。

储方庆文构思精巧，别具新意。《在陆草堂记》写储欣所办的学堂，从释"在陆"之名入手，继而写"地气"与"人心"的关系："考槃首章曰：考槃在涧；二章曰：考槃在阿；三章曰：考槃在陆。涧之旁有阿，阿之上有陆，陆与涧与阿，相映带故，硕人乐山水之趣，以槃桓于陆而不忍去。今周侯之墓，侧有涧、有阿、又有陆，宜其为隐君子所居，而吾叔同人之所以择地而构数椽焉，而名之曰在陆草堂也。"④ 山水清幽之处常为隐者所好，储欣择其居之，用意何在，且看储方庆继续论之："吾叔非隐者也。以吾叔之才，何遽不富贵命名而违，其实君子不取也。自吾叔少时袭曾王父余业，可谓朱门贵胄矣。乃早日刻厉读书通古今，冀旦夕登金门、上玉堂也。今虽强仕之年而屡举不第，见抑于有司先人，敝庐无复有

---

① （清）储方庆：《书柳子厚诗后》，《遯庵文集》卷八，清康熙四十年储右文等刻本。
② （清）储方庆：《哀征妇赋》，《遯庵文集》卷九，清康熙四十年储右文等刻本。
③ 同上。
④ （清）储方庆：《在陆草堂记》，《遯庵文集》卷三，清康熙四十年储右文等刻本。

存焉者。故其忧愁抑郁之气托之乎山林隐遁以自鸣，所志考槃在陆之诗，彼盖有所取尔也。"① 储方庆由对在陆草堂的释名到对草堂周边环境的描写，再转到对草堂主人心志的论述，所论始终不离主题，但是重点却在对人物心理的关注。意义转换之间，储方庆采用了先扬后抑的手法，"宜其为隐君子所居，而吾叔同人之所以择地而构数椽焉"与"吾叔非隐者也"巧妙过渡，从草堂转移到了储欣，"其忧愁抑郁之气托之乎山林隐遁以自鸣"，道出其心志。结尾处"所志考槃在陆之诗，彼盖有所取尔也"又与开头释名形成照应，全篇结构合理，重点突出，语言朴实。

三　储大文《存砚楼文集》、《存砚楼二集》

储大文是储氏古文群中以学识见长的学者型散文家。他勤奋好学，经史子集无不涉及，著述丰富，生前有《存砚楼文集》十六卷，被录入《四库全书》，身后又有黄玉衡于乾隆十九年为其整理编辑的《存砚楼二集》二十五卷。

储大文考据功力深厚，对于兵家、地舆尤有研究，堪与清初史学家阎若璩相比肩。他的《存砚楼文集》为康熙前期具有代表性的学术著作，《四库全书总目》称："大文初以制艺名。归田后，乃潜心古学，尤究心于地理。故全集十六卷，而论形势者居七卷。凡山川阻隘、边关阸塞，靡不详究。如《荆州论》至十一篇，《襄阳论》至七篇，《广陵西城》一篇，推求古今城郭异地、山川异名，援据史籍，如绘图聚米。当年进退攻守之要、成败得失之由，皆口讲而指画之。他家作史论者多约略大概以谈兵，作地志者多凭借今名而论古。国朝百有余年，惟阎若璩明于沿革，大文详于险易。顾祖禹方舆纪要，考证文史，虽极博洽，往往以两军趋战，中途相遇之地，即指为兵家所必争，不及二人之精核也。"②

储大文学文随储欣，宗旨取向却与之不同。在唐宋诸家中，储大文比较推崇曾巩，《题曾南丰集后》一文以"史"的眼光纵观曾巩在散文史上的影响力：

---

① （清）储方庆：《在陆草堂记》，《遯庵文集》卷三，清康熙四十年储右文等刻本。
② （清）永瑢等撰：《四库全书总目》卷一七三，中华书局1965年版，第1529页。

　　朱文公论南丰六公之文高矣，自孟、韩以来未有能臻此者，此为苏氏发也。南丰少受知于欧阳文忠，熙宁、元丰间与王荆公并号"六家"，而卒不能不少掩于苏氏。及至近世，而知好之者鲜矣。南丰文，初入其中，不甚可喜，然后之能言者宗之，率有师法，如宋之陈无己、明之王道思、唐应德、归熙甫，其尤著者也。道思为南丰学，应德初不然其说，既而深好之，故其文虽不如南丰之峻绝，而安雅疏宕，深有合于古作者之旨，非跳荡无制者比也。明季之文，颇宗苏氏，然不得其清美，既为无取而其变也。又以浮韵乱之，及至近日始复理，道思、熙甫之绪以折衷。曾氏善述西京而不乐成人之美者……予惧夫文之变而失其真，而道将散也。是以推文公之旨而著其源流如此……山谷、少游、文潜皆游于苏氏，然考其文不及后山之峻绝也。后山文宗南丰，故其词疏而深致……史称南丰之文斟酌于司马迁、韩愈，体固别矣，如应德、熙甫善学南丰，而其造于精微也……①

　　他认为曾巩的文章峻绝疏深，合于古作者之旨，明代以唐顺之、归有光为代表的唐宋派多以之为宗。他又在《曾子固文集序》称"唐宋诸家文竝照耀区寓，而学者独于子固为近"、"史称子固斟酌司马迁、韩愈。夫诚得子固法，而又于子固之所斟酌者，将有得焉，则承学治古文之道，思过半矣"②，极力推崇曾巩的文章。储大文好精研学问，而曾巩又是唐宋八大家之中书卷气最浓的散文家，储大文的学者气质与之比较接近。储大文对于文章的要求不以"性情"为中心，他在《舍藏窝存稿序》中言：

　　夫文章之获遇于世者，至甲科第一，号为华贯。然自宋建隆四年以来，试策流传如张横浦、王梅溪、陈龙川、文文山，大率以疏宕之气运卓荦之识，尤克焜耀简帙，而以较唐宋制举、制科诸策业，不逮远甚。至明则策稿具在，多不能荟萃经史，推极理乱，有少能窥古文

———————

　　① （清）储大文：《题曾南丰集后》，《存砚楼二集》卷十七，清乾隆京江张氏刻十九年储球孙等补修本。

　　② （清）储大文：《曾子固文集序》，《存砚楼二集》卷三，清乾隆京江张氏刻十九年储球孙等补修本。

辞窈奥，虽其人间有瑰玮绝特者，亦缩促于规制，率不能畅所欲言，而以其辞之首达于御览也……①

储大文所论虽是策论之文，但从中可以看出他为文的倾向，即要求文章荟萃经史，意义深刻，同时要逻辑严密，言意统一，比较欣赏具有深厚学识涵养的文章。

储大文于各类文体都曾有尝试，但以序文为主，《存砚楼二集》中收有序文七卷。储大文的序反映了乾隆时期阳羡人文风雅集会的盛况，如他曾为史承豫主编的《荆南诗选序》以及史子与储国钧、任曾贻合编的《秋花杂咏序》作序，这两部诗集乃史、储、任等在数次的交流探讨之后的集体结晶。他如《青山庄文宴集序》、《杲亭文宴序》、《西堂近体序》等，都是为当时阳羡文士的集会赋诗所作。储大文社会名望较高，门下弟子众多，序文中尤以时文序数量最多。这种文体本来有规定的写作套路，但储大文的序并不死板，时显灵活。如《徐亮直时文序》开篇先从史的角度言文宗之变："西汉士胥能文章，其为百代文宗者，贾谊、司马迁、相如、刘向、扬雄也。汉人论蔡邕曰'旷代逸才'，《晋书·陆机传》曰：'百代文宗一人而已。'自东汉至齐永明，其宗者班固及邕。自晋太康至唐贞元，又胥宗机也。唐之文至今宗者，韩退之，其他虽峻如伯玉，明如至之，严如持正，宏达如遐叔、敬舆，鸷激如元宾、牧之……宋之文章至今宗者欧阳永叔、苏子瞻，今世宗之正者曾子固……"② 浩浩荡荡，梳理了文章发展之脉络。《曹声喈时文序》则以作者经历开篇，"世有徐存斋，当复用第一人处之，子曩序声喈曹子制义云尔。壬辰，曹子试于礼部，复隽第六"③，直接切入主题。《王汉阶时文序》则以地域家族背景为引，"有明季年，予邑暨金沙人士列于朝者号极盛，后寖凋落，抄籍京朝，官比年来，海内士多用技进，而常、润之能言者率不工趋走……云衢家世儒

---

① （清）储大文：《舍藏窝存稿序》，《存砚楼二集》卷三，清乾隆京江张氏刻十九年储球孙等补修本。

② （清）储大文：《徐亮直时文序》，《存砚楼二集》卷八，清乾隆京江张氏刻十九年储球孙等补修本。

③ （清）储大文：《曹声喈时文序》，《存砚楼二集》卷八，清乾隆京江张氏刻十九年储球孙等补修本。

学，群从多以文振，如渊翔遵一辈，皆有声于时"①，先介绍王氏的地域家族背景，然后再对其文做评述。以上文字充分显示了储大文的学力与才力。

储氏族人的古文创作，在当时已经具有一定的影响力。曹鸣声称"余少时即闻荆溪在陆先生名，每读其文，心向往之"②。古文家姜西溟在《在陆草堂文集·在陆草堂记》后亦称："自南宋渡，此道浸绝。今君家两人焉（储欣与储方庆）。"

储氏诸人努力强调的是唐宋古文传统的回归。他们在肯定文章阐释经义的同时也非常重视文章的文学价值，不过，储氏古文家将大量的精力投身于创作实践与文献整理，一味强调文章技术层面的改进，对系统的理论建设略有忽视，这在一定程度上影响了这一群体的深入探索。

纵观清代散文发展史，清初，唐宋古文回归成为文坛共识，古文三大家——侯方域、魏禧、汪琬皆强调传承唐宋古文统绪，"国初风气还淳，一时学者始复讲唐宋以来之矩矱"③。后来，方苞在文章体格和做法上提出了细致讲求的系统化的古文理论，姚鼐、刘大櫆等接续其理论，形成了声势浩大的桐城派。而从清初古文三大家到乾隆时期桐城派的兴盛，文坛上古文创作的空白，正是由储氏族群填补的。这一点，文学史家尚未给予足够的重视。

---

① （清）储大文：《王汉阶时文序》，《存砚楼二集》卷八，清乾隆京江张氏刻十九年储球孙等补修本。

② （清）曹鸣声：《在陆草堂集序》，（清）储欣：《在陆草堂文集》，清雍正元年储掌文刻本。

③ （清）永瑢等撰：《四库全书总目》卷一七三，中华书局1965年版，第1522页。

结　语

　　地域、家族是近年来考察古代文学发展演变的重要向度之一。章培恒先生称："如果没有关于文学的深入的地域研究，就既难具体说明我国各个时期的文学的面貌，也不易说清我国文学演变的确切原因。"① 而家族作为地方精英，是书写地域文学史的主导力量，因此与地域紧密关联。近年来的地域家族文学研究，大都为某地某家的研究范式，而对特定区域家族群体的系统关注则非常缺乏，而本书所做的清代阳羡联姻家族文学活动研究，正是在地域、家族、联姻三位一体的立体视阈中，关注活跃于特定地理空间中的家族性文人群体的文学互动及其影响。

　　阳羡文化家族云集之态，在清代江南尤为典型，而其家族间互结数代联姻的发展态势，可谓别具一格。由此，清代阳羡文学的家族性与群集性特征色彩极为显著，不仅一门之内文化血脉数代传承，而且互为姻娅的家族文人同时盛集于某一文学领域，成为清代地域文学史上的独特景观。

　　阳羡文化家族大多诗礼传家，才人辈出，造诣多端。家族间的联姻，世代绵延，彼此之间互通声气。阳羡联姻家族，为清代阳羡文坛造就出一个以姻缘和血缘为纽带的人文群体，对清代地域文学的建构与清代文学的演进都做出了积极贡献。

　　阳羡联姻家族文学活动的持续不断和地域文化的熏染有着内在的密切联系。清代阳羡文化家族皆有"户习倚声，家精协律"的文化风气，他们

　　① 章培恒：《唐代三大地域文学士族研究·序》，李浩：《唐代地域文学士族研究》，中华书局 2002 年版。

秉承了阳羡人文传统中的唱和风气，以倚声为载体，不断鼓荡风雅，造成声势。特定的时空内，集结于家族联姻网的阳羡词人频繁雅集，酬唱创作，积极促进清词复兴演变。若历时性地纵向而观，康熙时期阳羡联姻家族的词文学活动，步武苏、辛，倾向于书写豪放悲慨的词风，与词坛主流云间词人所倡导的五代词风明显不同；雍乾时期阳羡联姻家族的词文学活动，则又大力支持本色婉约词，坚决反对当时牢笼大江南北的浙西词风，对其连篇累牍的饾饤雕琢，尤为不满。他们的创作成果，不仅构成了清代阳羡地域词风的多元内涵，同时也体现了阳羡文化家族所共有的自言心声、不随俗转的秉性气质，不盲目随从于主流词风，亦不随意陈陈相因，阳羡词的地域特质由此而在清词史上熠熠凸显。

回眸有清一代的江南，群体性文学活动并不仅见于阳羡。就词文学而言，与其临近的柳州、云间、梅里等地，都曾出现以地方望族为依托，词人辈出，形成地域性词派的现象。但是流派聚散于一时，柳州、云间、梅里继流派消散之后，未能再出现振其郡邑词风的家族文人群体，而家族性群体文学互动一直持续不断，并形成一定规模与影响力的，当属阳羡一地。甚至在民国初，此地仍有家族文人结社而唱，续荆南风雅，这一文学现象在整个清代文学史上都令人惊叹。

不言而喻，清代的阳羡文学，家族特征明显。家族内部的文人群与家族间的文学互动相依相生，因此，以"家族"为切入点，是探寻清代阳羡地域文学、家族性群体文学活动最为有效的研究路径，而对地域性家族群体的整体观照，也不失为对清代地域文学研究空间的深入探索与拓展。

本书在立足"家族"的基础上，还结合了"群体"的视角，既对家族性文人群体的文学活动有历时性的系统探究，同时也注意到挖掘和论析家族内部一门风雅的艺术风貌。在这一过程中，大量尚未得到重视的文人被纳入研究视野，如词人万锦雯、万仕廷、吴本嵩、吴梅鼎、徐瑶、徐玑等，古文家储欣、储方庆、储大文等。这些个案研究，细化和充实了清代阳羡文学研究，使得清代地域文学更为丰富多样。而那些已经得到文学史高度重视的作家，如陈维崧、史承谦等，则将其纳入家族和群体的视域中重新审视，也展示了一些为文学史所忽略的文学价值及其影响因素。

由于本书的论述主要以"姻娅"、"家族"为研究坐标，重在探究阳羡互为姻戚的家族文人的文学互动，而对于那些未能纳入此考察范围的阳羡作家，还没有详细涉及，这多少影响了我们对清代阳羡文学的全面把握。同时，阳羡联姻家族文学活动对外的辐射力，即其对阳羡以外其他地域的文学影响，本书也因篇幅有限，没有深入涉及。实际上，康熙八年到康熙十一年，陈维崧四次往返中州，多次寄留其姻亲侯方域家中，与河南词人多有酬唱，河南词人群成为鼓荡阳羡词风的重要支持力量。康熙二十年以后，悲慨激昂的阳羡词风逐渐衰落，词坛仍出现了陆震、郑燮、蒋士铨、黄景仁等人，积极瓣香迦陵，追摹阳羡雄风，晚清文廷式的诸多爱国豪放词篇也受到清初阳羡词风的影响。这些问题，都还具有值得深入讨论的价值。因此，阳羡联姻家族文学活动，仍是一个未尽的研究课题，有待于今后的继续开拓。

参考文献

一 古代文献

（元）脱脱等撰：《宋史》，中华书局 1977 年版。

（清）张廷玉等撰：《明史》，中华书局 1974 年版。

赵尔巽等撰：《清史稿》，中华书局 1976 年版。

（清）赵弘恩等监修，黄之隽等编纂：《江南通志》，（清）纪昀等编纂：
  《四库全书》第 507 册，上海古籍出版社 1987 年版。

（宋）李昉等撰：《太平御览》，张元济纂辑：《四部丛刊》三编第 40 册，
  上海书店 1985 年版。

（清）陈鼎：《东林列传》，（清）纪昀等编纂：《四库全书》第 458 册，上
  海古籍出版社 1987 年版。

（清）计六奇：《明季南略》卷十六，中华书局 2006 年版。

《中国地方志集成·江苏府县志辑》，江苏古籍出版社、上海书店、巴蜀书
  社 1991 年版。

（清）李先荣等原本，阮升基增修，宁楷等增纂：《重刊宜兴县旧志》，清
  光绪八年重刻清嘉庆年本。

（清）阮升基修，宁楷等增纂：《宜兴县志》，清光绪八年重刻清嘉庆年本。

（清）施惠、钱志澄修：《宜兴荆溪县新志》，清光绪八年刻本。

陈善谟、周志靖纂修：《宜荆续志》，民国十年刻本。

（清）卢文弨纂，庄朔昆校补：《常郡艺文志》，清光绪十六年刻本。

任烜：《亳里陈氏家乘》，民国二十九年开远堂藏本。

（清）储秉渊等纂修：《丰义储氏分支谱》，清光绪十一年木活字本。

《万氏宗谱》，清光绪九年木活字本。

史柏生等纂修：《义庄史氏宗谱》，民国二年木活字本。

任承弼等纂修：《宜兴篠里任氏家谱》，民国十六年木活字本。

陈乃乾：《清名家词》，上海书店 1982 年版。

程千帆主编：《全清词》（顺康卷），中华书局 2002 年版。

钱仲联主编：《清诗纪事》，江苏古籍出版社 1987 年版。

唐圭璋编：《词话丛编》，中华书局 2005 年版。

尤振钟等编著：《清词纪事会评》，黄山书社 1995 年版。

（元）马治、周砥：《荆南倡和集》，四库全书本。

（清）邹祗谟、王士禛：《倚声初集》，续修四库本。

（清）曹亮武、蒋景祁、潘眉等纂：《荆溪词初集》，清康熙刻本。

（清）陈维崧、吴本嵩、吴逢原等：《今词选》，清康熙十年南碉山房刻本。

（清）蒋景祁：《瑶华集》，中华书局 1982 年版。

（清）储欣：《唐宋十大家全集录》，清康熙刻本。

（清）聂先、曾王孙：《百名家词钞》，续修四库本。

（清）王昶：《琴画楼词钞》，清乾隆刻本。

（清）缪荃孙：《国朝常州词录》，清光绪二十二年刻本。

（晋）陆机著，郝立权注：《陆士衡诗注》，人民文学出版社 1958 年版。

（明）陈子龙：《陈子龙文集》，华东师范大学出版社 1988 年版。

（清）侯方域：《壮悔堂文集》，续修四库本。

（清）黄宗羲：《南雷文集》，四部丛刊本。

（清）尤侗：《西堂全集》，续修四库本。

（清）陈维崧：《陈迦陵文集》，四部丛刊本。

（清）陈维崧：《陈迦陵俪体文集》，四部丛刊本。

（清）陈维崧：《湖海楼诗集》，四部丛刊本。

（清）陈维崧：《迦陵词全集》，四部丛刊本。

（清）任元祥：《鸣鹤堂文集》，清光绪刻本。

（清）任绳隗：《直木斋集》，清光绪刻本。

（清）陈维嵋：《亦山草堂遗稿》，清康熙刻本。

（清）储方庆：《遯庵文集》，清康熙四十年储右文等刻本。

（清）储欣：《在陆草堂文集》，清雍正六年储掌文刻本。

（清）储大文：《存砚楼文集》，四库全书本。

（清）储大文：《存砚楼二集》，清乾隆京江张氏刻十九年储球孙等补修本。

（清）储掌文：《云溪文集》，清乾隆三十六年在陆草堂刻本。

（清）徐喈凤：《荫绿轩词》，清康熙刻本。

（清）曹亮武：《南耕词》，续修四库本。

（清）史承谦：《小眠斋词》，清乾隆刻本。

（清）任道镕：《寄鸥游草》，清光绪十三年刻本。

（清）蒋萼等：《醉园诗存五种》，清光绪三十一年排印本。

（清）万树：《词律》，上海古籍出版社 1984 年版。

二　丛书、目录类

（清）纪昀等编纂：《四库全书》，上海古籍出版社 1987 年版。

张元济纂辑：《四部丛刊》，上海书店 1989 年版。

顾廷龙主编：《续修四库全书》，上海古籍出版社 2002 年版。

（清）永瑢等撰：《四库全书总目》，中华书局 1965 年版。

《续修四库全书总目提要》（稿本），齐鲁书社 1996 年版。

李灵年、杨忠主编：《清人别集总目》，安徽教育出版社 2000 年版。

柯愈春：《清人诗文集总目提要》，北京古籍出版社 2002 年版。

吴熊和、严迪昌、林玫仪：《清词别集知见目录汇编见存书目》，台北中央
　　研究院中国文哲研究所筹备处 1997 年版。

林玫仪主编：《词学论著总目》，台北中央研究院中国文哲研究所筹备处
　　1995 年版。

三　现代论著

陈寅恪：《金明馆丛稿初编》，上海古籍出版社 1980 年版。

孟森：《明清史讲义》，中华书局 1981 年版。

孟森：《心史丛刊》，中华书局 2006 年版。

谢国桢：《明末清初的学风》，人民出版社 1982 年版。

谢国桢：《明清之际党社运动考》，上海书店 2006 年版。

李泽厚：《美学三书》，安徽文艺出版社 1999 年版。

钱仲联：《梦苕庵清代文学论集》，齐鲁书社 1983 年版。

罗时进：《明清诗文研究新视野》，台湾文史哲出版社 2004 年版。

罗时进：《地域·家族·文学：清代江南诗文研究》，上海古籍出版社
　　2010 年版。

陈水云：《明清词研究史》，武汉大学出版社 2006 年版。

朱惠国、刘明玉：《明清词研究史稿》，齐鲁书社 2006 年版。

邬国平、王镇远：《清代文学批评史》，上海古籍出版社 1995 年版。

段启明、汪龙麟：《清代文学研究》，北京出版社 2001 年版。

潘光旦：《潘光旦文集》，北京大学出版社 2000 年版。

潘光旦：《明清两代嘉兴的望族》，上海书店 1981 年版。

费孝通：《论人类学与文化自觉》，华夏出版社 2004 年版。

费孝通：《乡土中国》，北京出版社 2005 年版。

林惠祥：《文化人类学》，商务印书馆 1981 年版。

司马云杰：《文化社会学》，山东人民出版社 1987 年版。

马广海：《文化人类学》，山东大学出版社 2003 年版。

朱炳祥：《社会人类学》，武汉大学出版社 2004 年版。

王铭铭：《社会人类学与中国研究》，广西师范大学出版社 2005 年版。

樊树志：《明清江南市镇探微》，复旦大学出版社 1990 年版。

李伯重：《江南的早期工业化（1550—1850）》，社会科学文献出版社 2000
　　年版。

江庆柏：《明清苏南望族文化研究》，南京师范大学出版社 1999 年版。

吴仁安：《明清江南望族与社会经济文化》，上海人民出版社 2001 年版。

徐扬杰：《中国家族制度史》，人民出版社 1992 年版。

张杰：《清代科举家族》，社会科学文献出版社 2003 年版。

彭林：《清代科举家族与经学发展述论》，北京大学出版社 2005 年版。

吴梅：《词学通论》，复旦大学出版社 2005 年版。

龙榆生：《龙榆生词学论文集》，上海古籍出版社 1997 年版。

唐圭璋：《词学论丛》，上海古籍出版社 1986 年版。

王易：《词曲史》，江苏教育出版社 2005 年版。

施蛰存：《词籍序跋萃编》，中国社会科学出版社 1994 年版。

谢桃坊：《中国词学史》，巴蜀书社 2002 年版。

严迪昌：《清词史》，江苏古籍出版社 2001 年版。

叶嘉莹：《清词丛论》，河北教育出版社 1997 年版。

张宏生：《清代词学的建构》，江苏古籍出版社 1998 年版。

孙克强：《清代词学》，中国社会科学出版社 2004 年版。

艾治平：《清词论说》，学林出版社 1999 年版。

陈水云：《清代词学发展史论》，武汉大学出版社 2005 年版。

李康化：《明清之际江南词学思想研究》，巴蜀书社 2001 年版。

陈水云：《清代中前期词学思想研究》，武汉大学出版社 1999 年版。

杨柏岭：《晚清民初词学思想建构》，安徽大学出版社 2004 年版。

朱惠国：《中国近世词学思想研究》，上海古籍出版社 2005 年版。

韩进廉：《无奈的追寻——清代文人心理透视》，河北大学出版社 2001
　　年版。

严迪昌：《阳羡词派研究》，齐鲁书社 1993 年版。

金一平：《柳州词派研究》，同济大学出版社 2002 年版。

沙先一：《清代吴中词派研究》，人民文学出版社 2004 年版。

朱德慈：《常州词派通论》，中华书局 2006 年版。

魏淑芬：《湖海楼词研究》，台北里仁书局 2005 年版。

陆勇强：《陈维崧年谱》，中国社会科学出版社 2006 年版。

马大勇：《史承谦词新释辑评》，中国书店 2007 年版。

龙榆生：《唐宋词格律》，上海古籍出版社 1978 年版。

方智范、邓乔彬、周圣伟、高建中著，施蛰存参订：《中国古典词学理论
　　史》，华东师范大学出版社 2005 年版。

姚蓉：《明清词派史论》，广西师范大学出版社 2007 年版。

严迪昌：《清诗史》，浙江古籍出版社 2001 年版。

刘世南：《清诗流派史》，人民文学出版社 2004 年版。

朱丽霞：《清代松江望族与文学研究》，上海古籍出版社 2006 年版。

蒋星煜：《西厢记的文献学研究》，上海古籍出版社 1997 年版。

乐黛云、陈珏编选：《北美中国古典文学研究名家十年文选》，江苏人民出版社 1996 年版。

［日］青木正儿：《中国近世戏曲史》，王古鲁译，作家出版社 1958 年版。

［日］青木正儿：《清代文学评论史》，杨铁婴译，中国社会科学出版社 1988 年版。

［法］丹纳，傅雷译：《艺术哲学》，人民文学出版社 1963 年版。

［美］R. M. 基辛：《文化·社会·个人》，甘华鸣译，辽宁人民出版社 1988 年版。

［美］马文·哈里斯：《文化人类学》，李培荣译，东方出版社 1988 年版。

［美］艾尔曼：《经学、政治和宗族：中国帝国晚期常州今文学派研究》，赵刚译，江苏人民出版社 2005 年版。

后　记

　　拙作的初稿，是我的博士学位论文。六年前它新鲜出炉之际，我怀着"述诸于文以求铭记"的心情记录下了自己的写作感受。"曾醉心于频繁奔波上海、宜兴、苏州间，如同探探秘寻宝般的搜集整理阳羡家族资料，深深惊叹于阳羡各个家族绵延数代的文化业绩、及家族间纷繁不断的婚姻关系。曾在无数个夜阑，反复吟读着他们的作品，深深感动于其中的激愤、哀怨与不平。我渴望透过文字，触摸那些默默无闻的寂寞灵魂，用理性的语言阐述他们曾经的辉煌。多少次，当我因思维凝滞、语言困乏而焦灼烦躁时，总能从他们那或激昂悲愤、或无奈哀怨的情感中获得灵感和勇气，继续奋笔在文字格中前行。"不过，有那么一段时间，我却没有勇气再回味这百转千回的独特感受。随着屡次课题申报失败，热情受到打击，投入遭受质疑，阳羡联姻家族文学活动研究，被搁浅在一旁。我开始尝试另觅路径，寻找新题，几番兜兜转转之后，最终还是将研究点放在了探究家族联姻与文学发展的关系这一命题上，而将研究范围与重点划在了"清代两浙"。在我参加工作的第四个年头，我成功申请到了国家社科青年基金项目，成为当年我校最为年轻的国家项目主持人。至此，我才惊觉，源于阳羡家族文学研究的惊叹感和探索感从未消退，正是这种默藏于心的力量，支持我在纠结迷茫之时领悟到了学术研究的本真。

　　以温情而感性的文字而告终，似乎是很多书稿结束的惯性。大概是因为从选题构想到行文成稿的实现过程总是漫长，昼夜更迭的理性探索中积凝了太多感慨和感受，"此情可待成追忆，只是当时已惘然"。我本以为那些温情、那些感性，是为了抓住惘然之际的吉光片羽，后来才发觉原来一切始于始终萦绕心间未曾惘然的钟情和投入。这些年来迟迟未将博士论文出版，并非真的将其冷落，而是略有担心，希望随着时间的沉淀，学术的积累，寻找瑕疵，完善不足，如匠师雕玉一般，精磨细琢。或许，这部小书如今所呈现的模样与这样的理想要求还有距离，但逻辑构架、语言表述与当年的博士论文确有明显不同。我深知，这样的"改观"，只可谓学界初出茅庐者独立进行学术研究的一点见证，但其并未尽善尽美的真实性，是否也蕴藏着见证成长的意义？

六年前，博士论文后记的终了，我这样对自己说，人生的行船，即将在纷纭复杂的现实社会中起航，我将怀着感恩的心继续前行。时光转眼即逝，我为人师、为人妻、为人母，不再青春，逐渐成熟，但感恩的心始终未曾改变。

感谢始终陪伴、鼓励我的父母家人。感谢给予我关心和帮助的朋友们、同事们。还要向一直关心我学术成长、为本书赠序的研究生导师，支持和敦促本书出版的学院领导及学科领导，为本书排版校对付出辛劳的中国社会科学出版社的各位编辑，致以最真挚的谢意。

书稿三校之际，父亲突然病危入院，母亲匆匆返乡，幼女无人照看，生活顿时陷入忙乱。书稿最后的校审，是在重建生活秩序和平衡各种压力的过程中完成的。岁月无情，挟裹着磨难与挫折，是否也会带来些许幸运和安慰？我愿把美好的期许寄予时光中，静静等待。

2014 年冬记于绍兴
2015 年初夏补记